喀纳斯谎言

死城幻境

西门 著

江苏凤凰文艺出版社
JIANGSU PHOENIX LITERATURE AND ART PUBLISHING, LTD

图书在版编目（CIP）数据

喀纳斯谎言 / 西门著 . -- 南京 : 江苏凤凰文艺出版社 , 2016

ISBN 978-7-5399-9104-7

Ⅰ . ①喀… Ⅱ . ①西… Ⅲ . ①长篇小说－中国－当代 Ⅳ . ① I247.5

中国版本图书馆 CIP 数据核字 (2016) 第 057226 号

书　　名 喀纳斯谎言
作　　者 西　门
出版统筹 黄小初　周亚林
选题策划 大　树
责任编辑 姚　丽
责任监制 刘　巍　江伟明
八思巴文书法、篆刻 雨　鹤
出版发行 凤凰出版传媒股份有限公司
江苏凤凰文艺出版社
出版社地址 南京市中央路165号，邮编：210009
出版社网址 http://www.jswenyi.com
经　　销 凤凰出版传媒股份有限公司
印　　刷 北京建泰印刷有限公司
开　　本 690×980毫米 1/16
字　　数 360千字
印　　张 22
版　　次 2016年7月第1版　2016年7月第1次印刷
标准书号 ISBN　978-7-5399-9104-7
定　　价 35.00元

目录

Contents

第一章　两秒钟记忆

有些事情无法解释，即使猜出白发，终究寻不到答案。

2021年6月5日18时30分07秒，我在北京飞往新疆乌德巴勒的航班上迷失，整个航程被什么人或者什么物质偷走，记忆仅仅留下两秒。无法描述被盗的感觉，确切说从未有过异样，就是真实的存在。前一秒还在刚起飞的航班上，眺望北京夜晚的华灯初上，后一秒站在清晨的乌德巴勒机场出关口。

北京属于异乡，收容了我将近四年的青春。

乌德巴勒应算第二故乡，不是我的原籍。

一个整日醉醺醺的老家伙总在清醒的时候说，我的生命是从天而降的无根之水，或者是一块不方不圆的冰雹，不知道原籍，不知道父母是谁，不知道他们早已死去还是活着，但这是常人求之不得的，因为了无牵挂。

一首哈萨克民歌里这样唱道："没有故乡的人，不配有忧伤。忧伤是最凶狠的毒药，有人死于猛烈，有人活在苦中……"

在时光中迷失，难道真和无根之水的生命有关？

四年多来，我已在北京厌倦了活着的热情，这个庞大的城市改变了我。城市永远没有真相，只有几千万张麻木的脸，以及匆匆奔赴生活的几千万双脚。一个人或许有人性，茫茫人海没有人性，它已不是人，只是苦海。

这是我的第三次迷失，每次都是在天上。

还好，乌德巴勒旷野的风，永远像石头一样生厉，尽管这是六月，硬得仍能攥在手里用力抛出去。砸什么吗？砸左边这个瘦高的女子吧，在飞机上，她坐在我旁边。

匆匆人流中，她穿着很不地道的哈萨克连衣裙，肩上的绿格子披巾垂下来直到脚踝，往上则遮住鼻梁，只露出眼睛。就在女子要出关的瞬间，一阵劲风从关口外掠来，绿色披巾瞬间自下而上飘飞，宛如开屏的孔雀。她慌乱间扭头向我回望，仿佛这股风是我所为，而就是这惊鸿一瞥，像受到强大的胁迫，某种无形的欲望让我必须看了她一眼。

借着机场的灯光，她的眼睛呈古铜色，里面装着整个黄昏之下的喀纳斯湖，我不会游泳，也从没有到过湖边，这只是我想象中的一部分，全都是危险。

“嗨，吉美洛追……”

有人在叫我，老班长的声音，距离19.34米，右后5点方向。

穿过军装的人才知道，这个称呼在当兵的时候是一种样子，脱下军装之后又是另外一种样子。当兵的时候，只有班长才能称其为班长，退役之后，任何一个老兵，甚至排长、连长，以及你不知道军衔的老兵，都可以是老班长，完全属于尊称。

“哎，洪森！这边。”

一只女人的左手搭住我的右肩，依照手掌按压的角度和力度，她的身高在1.57米到1.58米之间。我回头，看到一个小巧的汉族女子，全副武装的黑衣特警。

再回头看出关口，瘦高的女子突然消失不见。我想冲过去寻找，汉族女子一把拉住我的胳膊。

“洪队骗了我。”汉族女子摘下面罩，轻蔑一笑。

“有只孔雀在出关口开屏，现在在哪儿？”

“警觉指数零，智商零，完全不具备特种兵素质。”

“对不起，挡到你了，算我没问。”

我转身走向洪森，洪森在距离十米的地方张开双臂。

“阿哈，乌勒嗯规乌达拉，宝日恩伙日太犹？”

我快活地大声喊叫，用蒙古语叫着哥哥，夸张地说好久不见，今年的雨水好吗？这是我们小时候经常开的玩笑，因为在这片草原上，蒙古人见面总会这样寒暄。

洪森没有回应，我继续向他走去，等到相距三米，他的双臂放下来，意外地看着我身后的汉族女子。我猜，她的脸色肯定很难看，刚刚意识到我的话里也有轻蔑的成分。太迟钝了，她应该在我话音刚落的时候实施点射，而现在已错过最好的狙击时机。如此的反应速度，怎么可以做特警？

洪森两边各有三名荷枪的特警，半包围队形正对着我，从面罩露出的目光都是千年寒冰。距离洪森一米，我想凑到近前，做以前做过无数次的游戏。

洪森的右手伸出来，拒绝的姿势。这让我突然意识到，他之前伸开的双臂，并不是给我拥抱，或者等待我的拥抱，他在指挥特警们和我对峙。

我想张开嘴巴咬他的手，然后看到了亮着屏幕的手机。

“解释一下。”洪森的口吻硬得像石头。

“你应该问我为什么这么快站在这儿。”我伸手要夺手机，汉族女子抢先从洪森手里拿走。

六名特警包围过来，枪口朝着我的胸膛。

“尊敬的汉族女子，解释一下？”我满不在乎地开着玩笑。

“特警。”她严肃地回应。

“好吧，以后叫你女特警。”我把视线转向洪森，尽量用着平淡的语气，“请问，我们认识吗？”

洪森故意避开我的目光，打开肩上的对讲机：“龙局，人已见到，被控制。”

被控制？如果我愿意出手，两秒之内可以将六把全自动放到地上。

对讲机里并未传来回应，四辆警车呼啸而来，十几名警察又把我和特警们围住，各种枪齐对着我。

我不得不平静下来，因为有些事情也非常想知道。

洪森沉默，两名警察过来搜身，拿走了我的2018Leesizhe。龙局长看到背包带上绑着的小羊皮袋，用手捏了一下，里面四个硬物。

“异能晶石，源自银河系，压力大于五百KPa自行爆炸，如果换算成核装置的TNT当量，相当于地球……”我还没说完，洪森把小羊皮袋解下来。

“什么？”龙局长非常警觉。

“荣誉。”洪森把小羊皮袋塞到我的手里，“注意职业道德，别让它离开你的身体。

“继续搜。”龙局长不耐烦地喊。

第一次见这位龙局长，不知为什么，好像天生对我存有敌意。

我始终很配合，双臂舒展在洪森面前，如果不是故意晃动右手里的小羊皮袋子，姿势绝对是要给他拥抱。洪森当然知道我在侮辱他，目光丝毫没有闪烁，这让我为他骄傲，也感到失落。

不愧是局长，这位汉族一级警督双目鹰隼一样审视着我。

“带走你之前如实交代，345公斤行李在哪儿？”

我想恶作剧，指了指脚下的空地，开心地喊叫：“哦，忘记了，可能传送有问题，还在飞机上。”

“03，07，立刻启动M3，一根头发都不放过。”龙局长显得有些慌乱，按下对讲键的手指有些抖。

仅仅过了两秒，对讲机里传出更加慌乱的叫声。

“报告龙局，飞机不见了，完全消失，完全消失！”

龙局长和警察们飞扑而去，洪森不动声色地拿出手铐。看得出，洪森的动作有些迟疑，女特警顺手拿过来，利索地卡住我的手腕。

“真心疼队长。”我对女特警笑着说。

“浑蛋，有种把五十万乌德巴勒百姓都害死。”女特警挥拳打中我的胸膛。

我对她的粗莽并不生气，只是这种粗莽让愤怒翩然而至，我冷冷地盯着洪森，甩出一句话。

“洪森，为什么出卖我？”

第二章　汪洋大盗的血

依维柯行驶在玄默的夜里，一个多小时，没有人说话。

车灯照射到呼巴拉克桥，突然想起额尔齐斯河大桥。

尽管在乌德巴勒长大，从没进入过那条中国唯一流入北冰洋的河流。说起来好笑，当年在高中读书，还曾想和洪森一起利用暑假偷偷去斋桑湖，看看哈萨克斯坦和乌德巴勒哈萨克的姑娘谁长得更美。

“吉美洛追，几年不回来了？”

龙局长从前面转过身来看着我，神情比之前和蔼。难怪，五十四分钟前经历了一场虚惊。

两名警察声称我乘坐的飞机完全消失，事实上，龙局长和警察们跑过去的时候，停机坪上的庞然大物岿然不动。不知道为什么，龙局长并没有就这件事深究，而是迅速把我带离了机场。如果判断没错，目的地应该是市公安局的审讯室。

“高中毕业之后当兵，再没回来过，七年零三个半月。”我的口气也很舒缓，自然地把戴铐的手架在前面的椅背上。

“为什么回来？为什么选择这时候回来？”龙局长目光陡然变得凶狠，“还有，究竟因为什么，你用卑劣手段达到提前退役目的，既然离开军营，为什么一直不回家，莫非和家人关系不好？哦，请原谅，我忘记了，你没有家人，也从不承认他们……”

这是我最憎恨的话，每每如此，杀心顿起。

洪森突然鸣笛，这是紧张到极限的表现。

越野车里的空气凝固，只有龙局长还在说。

“三十年前，喀纳斯一带曾出现过一对夫妻，民族不详，人们都管他们叫江洋大盗。这对狗男女妄图找到湖里莫须有的财宝，杀人越货无恶不作。这些事你可能比我清楚，后来这两个人双双丧命湖底，图瓦人说是被湖怪吃掉了，只可惜他们的孩子逃过一劫，至今还丑恶地活着。对了，你回来的日子很特别，今天是他们的忌日，整整二十年。

洪森的脚早已离开油门，越野车处于滑行状态。

“消灭他们的战斗有过很多次，本人两次有幸在场，最后一次险些胜利。”龙局长继续着话题，既像如数家珍，又像表达遗憾。

完全不用计算胳膊的工作力矩，如果必须这么做，只需要往斜上方前进四十三厘米，龙局长的鼻梁就会被我的双拳砸塌，而且会有鲜血流下来。

洪森疾速回头，看到了我的视线从龙局长鼻梁上掠过。

“观察兵洪森，准确密位公式，立刻。”我轻声笑着说。

“龙局长没有……并没有别的意思。”洪森迟疑地说。

“狙击手洪森，进攻行动第四条，立刻。”我依然笑得很轻松。

“用精确火力射击敌方的班组武器操作人员及其他。”

洪森撒谎，这是在给他的上司面子。狙击手进攻行动第四条，应该是：用精确火力射击敌方的指挥人员。

在这个世界上，没有人比洪森更明白我的厉害。现在，他给足了上司面子，全军区实弹比武的时候，我和他的二人组勇夺第一名，双双荣立二等功。只有他知道当时发生过什么，只有他知道当时我给了他什么，这样东西叫面子。

“吉美洛追，你没有回答我。”龙局长还在穷追不舍。

“就算他们是我的父母，我有什么错？”我不得不针锋相对。

“要看你的血液深处，有没有遗传的罪恶。”

“如果发现了，麻烦通知我。”

“危险人物。”女特警在我后面强调。

“这就是你给我戴上手铐的原因？信不信我一秒钟就打开它？”说到危险，我心里油然而生一种快虐，回头挑衅地看着她。

二十年了，包括不会说话的那些日子，每当有人不敬或是冷嘲热讽，我内心便升上来敌意和跃跃欲试的进攻。曾经，我错误地认为这是叛逆。事实上，这种力量要比叛逆锋利得多，锋利到会伤了自己。

或许我的话让女特警深信不疑，猛地探过身体攥我的手腕。就在她按住我的手的瞬间，一声轻微的悉响，手铐已戴在她的手腕上。女特警惊叫出声，依维柯快速停在路边，双闪耀烁。手铐居然能够挪移，我内心的快意远比她的惊诧严重，无法想象。

“哗啦”一阵枪支的响动，车上四名特警的枪口对准我的脑袋。坐在驾驶位的洪森回身冷峻地看着我，还信手按亮了车厢里的照明灯。

我想错开目光，下意识瞄向后视镜，更让我吃惊的事情发生了。宽宽的镜片里都是绿，在最后一排左侧位置。

绿格子披巾？绿格子披巾！

我想塌下腰来调整位置，看清披巾上面的脸，两个特警出手将我的头按下去。位置和角度不对，无法看到影像。我情急之下猛地挺身向后面看，座位上空空如也。

洪森猫着腰过来，蹲在我面前：“玩够了……就停手吧。”

我坚定地摇头：“没看到那只孔雀吗？”

洪森显然不懂我的话，拉住女特警的手把铁铐打开。

我乖乖伸出手，洪森却把手铐挂在自己腰间。

“出了意外谁负责？”龙局长的语气很气愤。

“他也许什么都没有，还心存善良。”洪森的话很轻。

我丝毫没有被洪森的话感动，反而在眼神里充斥了憎恨，往前面凑近五厘米，让他看得更加清楚。

洪森没再说什么，起身回到驾驶位，启动汽车的动作也很轻。依维柯好像不是行驶在柏油路上，像一条气垫船，缓缓滑过水面。

进入乌德巴勒市，街上没有路灯，到处漆黑一片，所能看到的建筑没有一扇亮着的窗户。怎么回事？这里有世界上最大的风力发电厂，怎么可能缺少电能？这座城市很年轻，今年刚满三十岁，地理位置很好，如果把布尔津县和阿勒泰市比作两只合十的手掌，乌德巴勒就是美妙的指尖。它的名字更美，梵语里是牡丹花的意思。

再往前走，我渐渐感觉出异样。车灯照射着街道两旁的行人，或许因为依维柯在快速前进，那些人的脚步异常缓慢，不但目光呆滞，而且都赤着脚，走过的痕迹又黑又湿。

不会是血吧？我慌乱地想。

“米娜，打开车窗。”

洪森的语气很重，女特警探身把我右侧的车窗打开。

长生天啊！多么希望嗅到熟悉的味道，我不禁用力吸着瞬间涌过来的风，可是……我仓皇间抬手去堵鼻子。

太晚了，那阵风已经钻进肺泡里。天旋地转的眩晕，痛彻心扉的悲怆，身体在漫无边际的轻飘中，袅袅攀升进黑色的夜空。

这应该是……死亡的味道！

我用尽力气想把它咳出来，一头扎到胶垫上，依维柯紧急刹车。

米娜把我拉起来，我顺势向外面看，嘴巴惊得无法合拢。

依维柯应该停在了非常空旷的地方，由于车灯和警灯的光亮，无数人从四面八方直扑过来。

他们目光呆滞，飞蛾见到灯火般迷乱。

发动机还在低鸣的警车，就是旷野中的频振式灭蛾灯。

尽管米娜快速关上车窗，我仍然看到了可怕的一幕。很多人在红蓝交替的光里奔跑，发生碰撞之后，他们的身体开始变白，如同寒冰扔进熊熊燃烧的炉火，瞬间熔化成透明的胶质。

胶质？如果不是胶质，它们属于什么？

也许我的形容完全不准确，与其说那些是胶质，不如说是黏稠的水，它们摊在坚硬的土地上，最后渗得无影无踪。

后面的人还在往前冲，眨眼之间，依维柯被层层包围。他们的喉咙发不出声音，只是拼命拍打车窗。等到玻璃上留下层层重叠的血印，那些手再也不能挥动，就像春天屋檐下的冰柱，坠落下去然后熔化。

“洪森，发生什么事，这是哪儿？我惊恐地大叫。

“你最熟悉和喜欢的地方，这儿有九道黑和狗鱼，还有格瓦斯。”洪森尽力控制着哭腔，声音极度颤抖。

“乌德巴勒人民广场？”

“七年前的。”

“时光……倒流？”

扑近车窗往远处看，我想寻找熟悉的标志建筑，哪怕熟悉的烧烤摊也好，视线全部被外面无数只血红的掌印和眼睛阻挡。

“怎么会是这个样子？”我哀号一声。

“也许是一只鸟。”洪森无奈地说。

“灾难是在布谷鸟的叫声中开始的，几乎惊天动地。我以为有很多鸟，事实上只有一只，因为声音只有一个。”米娜肯定地说。

一只鸟会给一座城市带来灾难？

既然一个蚁穴会毁掉整条河堤，或许也有可能。

“也许它受到惊吓，这是错觉。”我慌乱地说。

龙局长想说什么，对讲机里传来语声，他情急中把它从肩上扯下来，一杠三星也随之掉落。

“我是若尔巴吕斯，现在传达阿勒泰行政专员公署的命令，部队五分钟后到达，正式接管乌德巴勒，现在命令你和全体警员，密切给予配合。”

“是，市长。”龙局长擦了擦额上的汗，“看好，其他人跟我走，不许发生碰撞。”

龙局长猛地打开车门，几名特警随他冲进人群。

车门重重关上，我的身体随之一震，洪森的大手宽慰地搭住我的肩膀。

“看看，她是谁？”

洪森指着车窗外一个蓬头垢面的哈萨克女孩，穿着褪色的花裙子，高高的帽顶上插着柔软的猫头鹰羽毛，怀里抱着笨重的书包。

我隔着血玻璃向外看，女孩也往里面看。

也许是想看清楚，女孩抬起了手。

不要啊，你还是个学生，不要拍打车窗，不要让自己熔化！

我在心里哀求，所幸她抬起手只是轻轻划着玻璃，把重叠的血掌印抹成了一道弯弯的彩虹，只有红色的彩虹。

实在认不出来，我惶惑地摇头。

洪森悲伤地说：“你怎么可以忘记她？2014年最后一天，你写好情书让我送过去，她看了以后吓哭了。”

长生天啊！我的心瞬间缩成一团，全身的血倒灌进双瞳。

第三章　哈萨克郁金香

科孜朵勒达克！哈萨克语里的郁金香！

我心里哀叫着这个美丽的名字，胸膛里涨满了寒冰。这是她吗？怎么可能？

我鼓足勇气再向外看去，她暗红的眼睛毫无神采，仿佛两颗花楸浆果，萎凋在乌德巴勒野外冰封的石崖上。

科孜朵勒达克，是你第一个告诉我这种花的名字，你说它是百合科郁金香属的草本植物，荷兰、新西兰、伊朗、土耳其、土库曼斯坦的国花，被称为世界花后，绝对能代表时尚和国际化的一个符号，但它原产于新疆和西藏地区，后经丝绸之路传到中亚，又经中亚扩散欧洲及世界各地。

科孜朵勒达克，你肯定不会忘记，每年春夏，我们都去布尔津那条1.2公里长的花楸谷。穿过两边茂密的疣皮桦，还有云杉和落叶松的混合林，春天看雪白的花朵，秋天采摘鲜红的浆果。每到那个时候，你总是先兴高采烈地把书包装满，然后再变得异常忧伤，劝我少采一些，因为它们也是鸟儿最爱吃的食物。

你说这些浆果要是黑色的该有多么好，就成了你无数只黑色的眼睛。那个时候我喜欢卖弄，对你说要是这些疣皮桦变成垂枝桦就好了，因为疣皮桦的名字太难听，联想起来很不舒服。你当时俏皮地笑，告诉我其实也不喜欢垂枝桦，而是特别喜欢一种叫作垂枝银芽柳的树，春天的时候，紫色枝条上长出的银芽披散下来，像一串串排队吃饭的玩具熊。

直到两个月后，我才知道你为什么笑得那么俏皮。原来疣皮桦和垂枝桦是同一种树，你没有戳穿我，但这却笃定了我以后必须要去趟江南，必须给你折一枝回来，并且向你炫耀。

你说垂枝银芽柳只有江南才有，这是我后来去过珠海的原因。

科孜朵勒达克，曾让我无数个夜晚失眠的女子！

科孜朵勒达克，曾让我从来不敢直视的女子！

你野杏花般灿烂的笑脸去了哪里？

你黑葡萄一样的大眼睛去了哪里？

隔着玻璃，我把手掌贴住她的手掌，指尖瞬间酥麻，全身没了一丝力气。

我怎么可能忘记那一天？

2014年最后一天，白色冰晶下了一夜。踩着直没膝盖的积雪，我在慌乱中去约好的地点。

清晨的乌德巴勒文化广场是蓝色的，两辆除雪车轰鸣。

看到科孜朵勒达克远远走过来，一团热气围绕着红披巾，我的脸突然无火自燃，居然莫名其妙地紧随着一辆除雪车走走停停，故意不让她看到。事情多么不遂我愿，偏偏除雪车坏掉，偏偏她就朝它走过来。

我真的是只傻鸵鸟，低低地扎着头向另一辆除雪车跑去。

高过九十九层云霄的长生天啊！我的腿越用力，踩下去越深，拔出来就更狼狈，还把笨拙、滑稽的屁股留给了她的视线，然后听到了她的叫声。

“吉美洛追——”

我不敢应答，幻想着她不再大声喊叫，就这样直冲冲走到对面。

也许无处可躲，就会不得不正式面对尴尬。

科孜朵勒达克没有再喊，曾有那么一瞬，我怀疑她已转身离去。

事实上，科孜朵勒达克走了。

看到我的背影之后，她在我深深的脚印旁留下一件东西，我让洪森送给她的那封信。信封曾用剪刀剪开，她看过里面那些热烈的文字。信依然厚厚的，那些热烈的文字还蜷缩在里面，只是她在信封背后写了一行字。

“吉美洛追，以后请不要这样，爸爸知道了会打死我的。”

好吧，本来也不敢多做奢望！

感情是纯洁的，就像这漫无边际的雪，那就让纯洁把纯洁埋葬。

我在心里反复说着这句自认为感天动地的话，把信轻轻放进脚印里，然后用手刨了雪把脚印填满。我以为这样做非常潇洒，头也不回地走开，哪知道刺骨寒风欺负了我的眼睛，咸水顺流而下。

咸水在脸上结成了冰，像透明的盔甲。那个时刻，我以为盔甲坚不可摧，其实不堪一击。我心里非常明白，科孜朵勒达克写在信封上的话，就是拒绝的真正原因。她怕爸爸会打死她，理由只有一个，在她爸妈眼里，我是江洋大盗的儿子。我心里不服，没人能证明我是那对恶人的后代，在无法确认的情况下，不应该承受惩罚。科孜朵勒达克当然喜欢我，愿意和我在一起，但她害怕面对自己的家长。

……

车窗外的科孜朵勒达克显得非常焦躁，我担心她会用额头撞击玻璃，所幸只是轻轻贴住。哦呀！完全没有声音，却骤然重捶了我的耳膜，心已经感受不到，它早就是一个可憎的肇事者，卑鄙地逃离了现场。科孜朵勒达克和我隔着玻璃相望，她看不到里面，最后失望地走开。

“这是陪你长大的城市，像不像做梦？”洪森问我。

“和我有关？”我的问询太轻，只有自己能够听见。

“先解释这是什么。”米娜递过来厚厚一叠A4纸。

我疑惑地翻看，纸上密密麻麻从未见过的奇怪符号。

不用抬头也感觉得到，洪森的眼神里充满了渴望。他渴望答复，可我很快还给米娜，坦诚地摇着头。

“请解释。”我抬头迎着洪森的目光。

“你用手机发送到我手机上的短信。那个时候，我正待命处理紧急情况，手持电台不能用，手机堵塞崩溃，完全和指挥部失去联络，误了大事。”

洪森语气低沉，虽然不知道发生什么事，能感到性质严重。

“哥哥，这不是真的。”我的话开始苍白无力。

“当然是真的，我从洪队手机上打印下来的，共计36436个符号，分3000次发送，其中5021个符号有重复，重复最多的863次，第二为356次。老实交代，这些符号代表什么？”

米娜锐利的目光刺痛着我的眼睛，我心虚地摇头。

“或许是病毒，我在飞机上，按规定已经提前关机了。”我尽量解释，不管怎么样，这解释在我看来都是狡辩。

“根据短信接收时间，你当时的确在天上，但似乎忽略了一件事，3000条短信发出的时间前后共计十秒钟，而这十秒钟，你究竟做了什么，我们会调取飞行监控。”

“好，现在就走，我更想知道发生了什么事，走，走啊！”我激动地站起身，头部重重撞在车顶的灯箱上，一声脆响，灯箱碎裂。

车里暗下来，米娜警觉地用力抓住我的胳膊。

我恼怒地想把她甩开，最后放弃了冲动。

“米娜，放开，他不会跑。”洪森把米娜拉到一旁。

“洪森，够了，不要企图往我身上栽赃，我们有过友谊，自从你出卖我那一刻开始，什么都没有了，消失殆尽，消失殆尽！”

洪森激怒了我，这句话比挑衅还富有侮辱意味。

我大声呵斥洪森，手掌伸出老远，几乎要触到他的鼻子。

“如果没有大脑小脑，就用鼻屎想想，谁能在短短十秒之内发送那么多莫名其妙的东西？你能吗？你做梦的时候可以，我不能，不能！请原谅我把你们的质问当成未来的指控，我不接受，绝不接受！你比谁都清楚，尽管在我身上发生过一些事，但我从来没有做过什么，从来没有，现在摸摸你的良心，它还在吗？如果把你之前的话收回，我还有你这个朋友。不然，对不起，不想和你玩了，请把我送进监狱，以便让你的心自责终生！”

我喊得口干舌燥，洪森没有发怒，轻轻拨开我的手。

突然有些可怜洪森，面对我的漫天怒火，居然还能镇定自若。

米娜的脸色早就变了，快速看着洪森和我。

她看洪森的时候是心疼，看我的时候完全是鄙夷。

“外强中干而已。”米娜说得一字一顿。

“我有比十秒更短的时间，前一秒在北京的飞机上，下一秒站在了出关口，想知道为什么吗？还有，这不是第一次，这是第三次，想知道吗？想知道是真是假吗？洪森，回答，洪森，给个答复。”我大吼，向他们二人叫阵。

“之前……还有两次？”米娜警惕地看着洪森。

洪森的脸色在昏暗中显得铁青，沉默良久，坚决地摇头：“他在气头上，没有的事。”

我暗自发笑，洪森还在乎着友谊，还记得自己发的誓言，在我身上出现的怪事，他不会告诉任何人。

“后面纯粹撒泼，前面还算人话。”米娜放松下来。

本想刺激她，没想到她不但接收了，还高高在上给了评价。我当然要反击，正在绞尽脑汁，眼前突然眩晕起来，无数强光从四面八方钻进依维柯。

我听到车外的人们在惊呼惨叫，扭头看去，科孜朵勒达克疯子一样跑到远处，消失在光晕里。

“接管的部队到了。”洪森如释重负，颓然坐下。

“把我交给他们，大不了再次重申两秒的经历。”我居高临下看着洪森。

洪森抬头看着我，眼里是绵软的柔和，说的话却让我魂飞天外。

“两秒钟，相信这是你的认知，或者真实感受，但不是事实。事实是你乘坐的航班本来要在2021年6月5号中午12点30分起飞，因为雷暴原因，起飞时间改为傍晚18点30分，飞机2021年6月8号6点15分在乌德巴勒机场降落，其间经历了三天四夜。”

“这么扯淡好玩吗？”我惊魂未定。

“如果你心里还有神圣。”洪森的语气很低沉。

“机上498名乘客和驾驶员，都对这次航程失去记忆，第499人例外，他的记忆有两秒，记得起飞前和置身乌德巴勒机场的出关口。BW385次航班的机型是宽翼826，在没有加油的情况下，如何飞行那么长时间？BW385次航班所有电子设备失灵，为何没有坠落？”米娜冷冷地问。

“你在问上帝吗？”我也冷冷地反问。

“上帝不会撒谎。”米娜说。

“也许是时间。”我说。

我冷静地看着米娜，三个人同时想到了什么，同时伸出手。

三块手表在强光中抵在一起，我低头细看，惊骇地把手表捂住。

我的手表显示为2021年6月5号，21点20分24秒。

航班起飞的时间是2021年6月5日18时30分07秒。

三天四夜之后，我的手表几乎没有走动，这些多出的时间，正好是我下飞机到现在的时间。

如果粗略计算，整个航程就是两秒。

“洪森，我跟你走。”

我的声音没有颤抖，只是变了腔调。

第四章　魔鬼城老家伙

准噶尔盆地最西北的地方，有一条怪异的佳木河。

我现在去它的下游，那里耸立着风蚀亿万年的火山碎屑岩和熔岩，阴森并且炫目。当地维吾尔人称它沙依坦克尔西，翻译成汉语是魔鬼城，而一个特别固执的人，总管它叫苏鲁木哈克，任何人不能反驳。

在我五岁之后的三年当中，常常靠在这个人的怀里，他稳稳骑在颠簸的马背上，一路唱着我听不懂的东西，即使深夜也不曾间断。我们要去河边一架小窝棚，如果运气好，会遇到一个脾气怪异的蒙医在那里歇脚。

我从未告诉过他，对于每次出行都非常恐惧，因为不会说话，喉咙也发不出声音。他和我正好背道而驰，每次出门都充满希望，尤其人们问是不是又要给我看嗓子，他总是得意地大声叫个不停。

“嗨，看看，看看，又要出发了。我老家伙得让戈壁滩上的沙子，好好打磨一下年轻人的喉咙，用不了多久，他能唱最好听的《江格尔》，做这片草原上最厉害的江格尔奇，还会超过我。”

“老家伙，你真是头被石头撞了，疼是不疼？”

“是呀，是呀，沙子打磨过的嗓子，最适合唱呼麦才对。”

每当听到这些反调，他会哈哈大笑，拿出黑皮囊喝一大口马奶酒，然后捋着卷曲的胡子，继续大声嚷嚷：呼麦有什么好的，驴叫的样子，我的马听见连尿都撒不出来了。”

“老家伙，你在做一件傻蠢的事。”

“是呀，是呀，你把他养大，迟早会祸害这片草原的。”

“哦呀，他的血迟早会变黑的，就像那两个被湖怪吃掉的大盗。”

每当听到这些恶毒的话，他也会哈哈大笑，还从后面捧住我的脸，大声地吆喝着：“看看，看看，年轻人的眼睛多么明亮，一只是水星，一只是金星，怎么可能流着恶人的血？他不是我从喀纳斯的水里捡到的，我老家伙敢用三百岁的陶布舒尔跟你打赌，他将来就是江格尔在世，这片草原会以他为荣。”

每当他大声说出这些话，人们总是摇头或者摆手，顺带怨怼地看我一眼。

他的话，所有人都当玩笑，只有他深信不疑。

那时候，我无法告诉他，我屡次做着同一个梦，在深不见底的水里挣扎，每呼喊一次，就吞下一口又苦又咸的水。我无法告诉他这个梦，也无法告诉他，我怕梦里的水。其实，他根本不会想到，所有声音我都能听见，只是不愿意说话，如果不得不说，就说给自己。曾有一度，我以为找到了惧怕水的原因，张嘴就会吞下苦水，所以总是紧闭双唇，这样感觉安全。

七年零三个月没见这个人了。

之前，我们有过很深的矛盾，都还没有释怀，埋怨还在心里。可我不能食言，必须来践行早就说好的约定。他说不管我走多远，不管走多久，二十五岁生日的时候，一定站在他老家伙的面前。

还有十天，是我的生日。事实上，我和他都不知道真正生日是哪一天。他认真挑了一个日子，那天我们相遇。

黄昏时分，我即将到达下游，远处有人在慌乱地奔跑。

好吧，我毫不惊讶，再度感觉无聊，因为这里有人在开玩笑。

无数次相似的黄昏，魔鬼城笼罩在金色余辉中。旅游观光的人们惊诧地看着上苍的鬼斧神工，不知道从哪儿传来异响，低沉间挟裹着凄凉，宛若千军万马奔腾厮杀。声音来得如此迅猛，如此遥远又极其乖巧，等人们的恐惧达到极致，异响消失不见，随之而来的是清晰的马蹄声。人们定然寻声而望，好吧，这时候一位金盔金甲、尺长雪髯的老者，手持丈八的铁枪，骑着白骏马威风凛凛走来，站定在通天的金色逆光之中。

影像如此真实，又如此虚幻。每当这时候，谁都以为看到了成吉思汗，全部伏地而跪。

这个人骑在马上岿然不动，缓缓抬头仰望，雪髯翘得很高。白云苍狗之间，十几只雄鹰盘旋，他果断挂上铁枪，豪迈地张弓搭箭射向天空。

人们张大嘴巴叫好，视线随着箭镞而去。

片刻之间，雄鹰盘旋依旧，箭镞凌空而返，落下来的地方正是他的额头。

“啊——”

好像计算好了一样，他和人们的惊叫连成一片。

人们扑过去的时候，他瞬间消失在逆光里。人们惊惧地看到地上一滩鲜血，心里不禁鼓荡起不安和负罪，如果不是喊叫惊扰了他的准度，定能看到精彩一幕。

“听着，如果不是你们，我不会死的。”

悲怆的声音从四面八方涌来，人们惊惧地四散纷逃。

好吧，这是他的小把戏，我从五岁看到十八岁。只有我知道他如何在人们的视线中巧妙离开，只有我知道他去了哪里，这一切都像无解的近景魔术。

城西的空地上，熟悉的马奶酒味道。

转过两处很像棕熊的小丘，一匹老马安详地卧在沙石上。他席地而坐，靠在马背上弹拨陶布舒尔琴，脚边是黑皮囊。

陶布舒尔琴和黑皮囊，是他最心爱的两件东西。一件用来演奏音乐和歌唱，一件让他在醉乡里把歌唱给长生天。

现在，他没有歌唱，雪白的胡须没有翘起来，温顺地贴着胸膛。

他分明看到了我，却好似眼中空无一物，苍老的声音平淡无奇。

“哦呀，看看，看看，年轻人，你从哪里来？”

我的喉咙哽了一下，被干燥的空气划伤。

他没有再说话，右手探到距离地面三十厘米之后停住。很显然，他要挑选一块最喜欢的石头，然后远远抛给我。这个场景，在我十八岁之前出现过多次，每次都被我以溜走的方式拒绝。

我等待他的动作，准备再次转身。

他选中一块红色粗玛瑙，并没有抛给我，用力攥了攥，解下腰里的小羊皮袋子，虔诚地放进去。

“还差几块到六十个？”

我大声说出这些话，只是希望把他惊醒。

看看，他手中的黑皮囊，就是花楸树上最后一片叶子。黑皮囊掉在地上，他没有弯腰去捡，而是嘴里嘟囔着什么。

我在学会说话之前，就学会了观察他的嘴唇，当然知道他嘟囔着的是什么——他不服气地说，才不会去捡，那个样子要低头的，我老家伙不会让眼泪湿掉随便一块石头。他很果断，微微仰着头，宁肯隔着一层咸水看我。

“年轻人，我老家伙当然知道，可是要等一个人，只有这个法子才能等到。”

“他是谁？”

“哼！我老家伙……八十岁的眼看不到他，就用八十岁的心想。他在我怀里长大，他很乖，我一想他，他就在我怀里。他是从我手上飞走又不愿意回来的山鹰，他是我的孙儿。”

“爷爷……”

这是我哽咽的呼唤，弱如喃喃自语，他能听得见。

“其脉高苏日黑撒界！”爷爷颤抖着说。

“其脉高苏日黑撒界，欧乌格！”我回应着，嘴唇也在抖动。

哦呀，爷爷说太想念我了。

我说，我也想念你，爷爷。

仿佛寒冬骤然被盛夏替代，冰冻的河床屈服成了柔软的水。他开心地想起身，晃了几次身体都没能如愿，完全不像过去在马背上那样威风。

七年零三个月，时光不长啊，怎么让他老成这个样子？眼前有些模糊，有泪水涌出来，遮挡了我的眼睛。

他坚持站起来，缓慢而笨拙，就连张开的双臂也如垂老的鹰翅，慢慢用羽毛划动空气。他期待我的拥抱，我慢慢走过去，当彼此距离只有两米，他苍老的笑容在皱纹里越来越盛开，我的脚步却突然加快，冲向了他身体的右后方。

在我身后，我知道他的双臂会失望地垂下来。

我已顾不上解释，因为在雄狮样子的小山下面，有一片绿色掠过，一个瘦高的女子正在奔跑。

绿披巾！

神秘的绿格子披巾！

第五章　俄罗斯绿披巾

不能再让它消失！

抓住这个女子，能解释他们怀疑的一切。

我快速奔跑，头脑依然保持着冷静，绕过小山去拦截。

绿披巾马上就会出现，我想放慢速度，却无法控制脚步，明明看她迎面而来，直接撞了过去。她被撞翻在地，由于惯性的作用，长发和绿披巾都在后仰的时候飘散开来，情景和机场出关口一模一样。

她完全没意识到狼狈，惊诧地站起身，呆呆地看着我。

不得不说，在追赶她的时候，我的身体出现了异样的感觉，这就是我的眼睛。如何来形容它的酸涨不重要，关键是酸涨的理由。或许根本没有原因，或许不知道答案，就在我看到绿披巾的时候，两只眼球仿佛承接了巨大的吸力，也就是说，奔跑的力量不是来自双腿，而是眼球向前的冲力。眼球带着我在往前冲，甚至还清晰地看到了两滴泪水，向子弹一样射出去，飞到她的绿披巾上。

也许她以为那是我的汗水，带着热量在干燥的空气中快速蒸发。但她还是不可思议地看着绿披巾，又抬头看着我。

绿披巾上的泪水闪着刺目的光亮，它恋恋不舍地洇散开来，最后无声无息。

顾不上解释，我蹿过去抓过绿披巾仔细辨认，最后确认无疑。我想，在她看来，这次碰撞完全出乎意料之外，所以等她缓过神来，从我手里夺过绿披巾，径直欢快地向爷爷跑去。她奔跑的样子很特别，头始终昂着，小腿弹性极好，像在垂枝桦林里用舞蹈求偶的岩雷鸟。

她抓着爷爷的手，急切地说着什么。爷爷微笑着应答，场面很是温馨。

我走到爷爷近前，顺手拿过黑皮囊，狠狠地喝了几口马奶酒。

“看看，看看，一脸愁烦的样子，没听过我老家伙说俄语吗？眼睛毒得很，天上的山鹰一叫，我都知道它发现了什么。哼！你是蒙古族人，可总跟我说汉话，太难听，太难听。”

爷爷很开心，说完慈祥地看着女孩，完全忽略了我的存在。

我不禁仔细打量这个说俄语的高挑女孩。在飞机上，在乌德巴勒机场出关口，在极其短暂的时间里，从未想她有另外的国籍，还以为哈萨克或是柯尔克孜，而在她明朗的轮廓里，五官又带着东方的韵味。平心而论，这是个不折不扣的、有着明显异域情调的美人儿。可是，她是什么来历的美人儿呢？

“爷爷，她来自俄罗斯？”我小声问。

“年轻人，你可以走了，做你愿意做的任何事，我老家伙找到了传人。”很显然，爷爷在开玩笑。

“你们刚才说了什么？”我疑惑地看着女孩。

女孩似乎也在和我开玩笑，用俄语说了很长一段话，然后得意地看着我。爷爷看我尴尬，轻轻指点着我的鼻子，开心地说：“年轻人，她说她从出生就注定会来中国，现在终于遇到了要找的那个人。哦呀，当然是我老家伙，她想好了，愿意用二十天的光景跟我学习，她还说已经知道你是谁，你是她命中注定的伊戈尔（俄罗斯古代英雄）。哦，还有，也是那个不该让我老家伙伤心的人，只不过没有想到会遇见你，第一次见面还把她撞了个跟头。”

我的脸色冷下来，不是因为不知道伊戈尔是谁，不是因为对俄语一窍不通，而是她话里透出来的信息，让我感觉受到愚弄。

“她在撒谎，这是第四次见面，第一次在6月5号，北京飞往乌德巴勒的航班上，她的座位在我左边。”

爷爷没有吃惊，也没把这句话翻译给她。当我再看爷爷的时候，发现女孩手里多了一张票根。这是一张莫斯科飞往乌鲁木齐的机票，时间比我从北京起飞早四个小时。我不得不怀疑再次出现错觉，开始觉得在乌德巴勒市公安局的那阵理直气壮的咆哮很可笑。

“爷爷，帮忙翻译一下，在中国，不，在莫斯科或者……或者整个俄罗斯，这种绿格子披巾很多吗？”不知为什么，我的话拖泥带水，也许是预感会得到失望的回应。

“不，即便在全世界，它都是独一无二的。”

女孩居然用流利的汉语回答，神情非常骄傲，原来她一直能听懂我的话。

“我想知道原因。”我诚恳地看着她，希望接下来的回答能有转机和惊喜。

“很简单，编织它的是一双女人灵巧的手，这个女人独一无二。”

“我还想知道，它……”

“你是指它的年龄吗？它诞生在这个世界上的年龄比我大一岁，不过，我十六岁才拥有它，是我亲爱的妈妈送给我的生日礼物。”女孩说得真诚而又温柔，看不出任何撒谎的模样。

爷爷笑眯眯地看着女孩，完全忽略了我眼神中的失望。

“爷爷，有些事……我想和你好好谈谈。”我把黑皮囊递给爷爷，语气很沉重。

“年轻人，就知道你会老实交代的，别以为我老家伙什么都不知道。说吧，为什么提前从兵营子里走了？从离开兵营子到北京，起码有八个月的光景，你去哪儿了？”爷爷又开始大声嚷嚷。

“人间蒸发吗？很好玩。”

女孩似乎来了兴趣，认真地看着我，我一时不知如何回应。

一阵风掠过，女孩解下绿披巾，围在爷爷身上。爷爷根本不客气，享受着她带来的温暖，很满足的样子。

“我要说的不是这些，也不是八个月，七个月零九天。”

“好啊，反正我有二十天时间，足够侦破你的七个月零九天。”

“世界上有一种事情叫秘密，”

“如果我用秘密和你交换呢？”

“你怎么知道……我会有兴趣？”

“哦呀，我老家伙不爱听没头没脑的汉话，该煮羊肉了，今天火得旺些，河水放得太多了。”爷爷牵着马走向佳木河边的小窝棚，刚走几步又回过头来，用手指着我，“哼，我老家伙改主意了，想享受一下，你来煮。哦呀，不，你实在笨手笨脚，还是躲得远远的。”

爷爷大部分时间里很可爱，就像现在这个样子。

顺着爷爷的背影看过去，远处的小窝棚没有任何变化，甚至看不出老旧。其实，我和爷爷在这里从没遇见那个怪异蒙医，我想，里面肯定也是老样子，过去有几件简单的石头桌椅，现在多了烧牛粪和马奶酒的味道。

天光稍暗下来，谁也没有提议，我和女孩信步朝西边走。

地平线上保留着一抹透亮的昏黄，再往上看，满眼蓝到深绿的天幕，几颗星星眨动眼睛。我突然想起十岁那年的作文，居然把这样的美好的情景，鬼使神差地写成了星星一眨一眨地唱歌。所有的同学都笑我，只有科孜朵勒达克急红了脸，她站起来大声训斥他们，还说自己就亲耳听到过星星唱歌。不知是她凛然不可侵犯的神情，还是她的语气如此笃定，同学都相信了我。从那天起，我和她经常夜里偷偷去西坡的桦树林里听星星唱歌，其实是她在唱，她把所有会唱的歌曲都教给了我，还用小提琴的技巧教我拉马头琴。这样的结果导致我患了一种病，不愿意离开她半步，长大后才知道，这种病类似反应性童年依赖症。

又想起了科孜朵勒达克。又想起了那场无疾而终的初恋。

科孜朵勒达克，既然你也喜欢我，从不相信我是江洋大盗的儿子，为什么不说服你的爸妈呢？你告诉他们，你就说……说什么呢？你没有证据，谁都没有证据，是与不是，都是个谜。

“嗨，年轻人，看看，看看，这美丽的天幕像不像我的绿披巾？”女孩向前跑了几步，转过身来对我说。

我从思绪中抽身，赞叹地注视着她。说实话，披巾颜色有些浅，如果现在披在身上，此时的天光必把它染至深邃，必和天幕融为一体。我走过去，近距离端详着她，这张充满异国情调的脸，竟和科孜朵勒达克有些神似，只是神似在哪里说不清楚。

绿色披巾，金色的头发。

我知道很多俄罗斯女孩的头发都是麻栗色，她们血液中的热情，不允许这个颜色如此晦涩，所以会染成金黄，就像北欧的女孩一样，以表现青春的绚丽。

我想象着她披着绿色披巾的样子，突然想到了向日葵。

“你不可以这么像向日葵。”完全没过大脑，我的话脱口而出。

“玩具熊是我的最爱。”女孩兴奋地说。

哦呀，认识的两个女孩居然都喜欢玩具熊。

科孜朵勒达克特别喜欢南方的垂枝银芽柳，春天的时候，紫色枝条上长出的银芽披散下来，像一串串排队吃饭的玩具熊。

眼前这个女孩喜欢什么样的玩具熊呢？

从植物到动物，思维也太跳跃了。

“我在赞美植物。”我以为女孩的开心指数很低，假装客气地说。

“玩具熊是向日葵的一个品种。”女孩认真地说。

“我的枪法很好，一发即中。”我也装作内行地说。

“当然，这是常识，你故意的。”女孩不好意思地笑了。

“当然，它很美丽，更加健康。”我只好就坡下驴。

“哦呀，这是我的国花，我很幸福。”女孩说话的时候眯起眼睛。

向日葵……是俄罗斯的国花？

好吧，算我没有文化又自作聪明，幸好没丢人现眼。

“嗨，年轻人，看看，看看，你这样直视人家的眼睛，多么没有教养和礼貌。”

这句话提醒了我，终于想明白她和科孜朵勒达克之间的相似之处，就是眼睛，除了闪动的灵性，还有善良和真诚。

“你让我想起一个人，当然略有区别，你的睫毛比她长三毫米。”

我的话把女孩逗笑，她开心地问：“爷爷说你当过特种兵，特种兵搞测量吗？”

“在中国的军队里，侦察连不都是侦察兵，也有养猪的，怎么样，我说的是不是像玩笑？”

“嗯嗯，不过……从你的眼神看，倒像真的。”女孩突然想起什么，惊讶地学着爷爷的样子，“哦呀，对不起，我不是在打听你的军事秘密，可是……这属于军事秘密吗？你也问我个问题，我们扯平。”

“为什么找到了爷爷，因为《江格尔》？”我顺水推舟开始深究。

“他的说唱音乐让我崇拜，只是不太明白，这么美好而伟大的艺术，你为什么拒绝？现在告诉你，我要学，学下去，做江格尔奇。”

“江格尔奇有规矩，会唱一章《江格尔》，就给自己一块石头，有五块才能叫江格尔奇。”

“爷爷不肯说，但我非常想知道，你现在拥有几块石头？”

我伸出四根手指，她脸上立刻出现了调皮的表情。

“年轻人，看看，看看，多么愚蠢，我现在可以自豪地告诉你，在走之前，也就是二十天内，我也会拥有四块石头。”

“为什么不是五块？不做江格尔奇了？”

“妈妈告诉我，中国男人特别爱面子，不好意思让你无地自容。”

“不，我听过五十章《江格尔》，会唱二十五章。”

“二十五章？哦呀，很了不起，世界上超不过十个人。”

“可我只要了四块石头，不想做江格尔奇，那是爷爷让我走的路。我的路在自己脚下，除非永远没有长大，除非他一直把我抱在怀里，而他骑在那匹……”

面对女孩的崇拜，我想彻底把自己夸一下，却被突然射来的强烈灯光打断。距离四百五十米的地方，冲过来一辆越野车，眨眼之间停在近前。

洪森和米娜下车，脸上都是严峻的表情。

“吉美洛追，马上走。”米娜急切地说。

“又出什么事了？你们已经审过我了。”我有些不耐烦。

“远比想象严重。”洪森说着打开了后边的车门。

我的左脚踩在迎宾踏板上，忐忑不安地盯着洪森：“我没那么大的承受能力，先告诉我严重到什么程度？是我，还是那些事情？”

“都有。”米娜抢先回答，语气很果断。

我没有再说话，弯腰钻进车里，女孩突然跳进来，把我的身体撞向右边车门。

“没你什么事，告诉爷爷，我有事先走。”

我想推女孩下车，窝棚门口出现了爷爷的身影。

爷爷看到了洪森，开心地大声嚷嚷：“哦呀，年轻人，哈日艾日合乌努？”

爷爷朝这边喊，洪森没有答话，快速让越野车轰鸣着急掉头开走，直到离开五十米，大声朝着暗夜呼喊：“乌格勒阿吗格朗，欧乌格……”

爷爷再次见到我，他是多么开心啊，煮了一锅羊肉，等到看见洪森，兴奋地问他喝不喝白酒，洪森没有回答，只是在远处大声祝福，晚安，爷爷！

我心里一阵愧疚，女孩摇下车窗，对后面喊出一长串俄语。

不知道女孩说了什么，我的心暂时安定下来。那么长的一段话，应该能让爷爷放心吧！

第六章　时间峰值对撞

三天前，我第一次出现在市公安局的问讯室。从机场到市里的路上，洪森曾简单描述了航班的情况，我不免想象着被问讯的样子，因为问讯和审讯不同，心情并不存在紧张。

“洪森如何出卖了你？当然，可以选择拒绝回答。”

我的面前坐着洪森、龙局长、米娜和另外四名干警。

龙局长的语气貌似和蔼，暗地里是咄咄逼人的味道。

“洪森替我回答，如果他不介意的话。”说这话的时候，我谁也没看，只是看着墙上挂着的几十面锦旗。

“当时情况紧急，我向龙局长汇报了你的行踪。尽管你来之前不让我告诉任何人，因为突发事件，因为你很可疑。”洪森很冷静，丝毫没有愧疚的意思。

我淡淡一笑，对洪森的答复不置可否。

龙局长看着我，良久，直到把胸膛里那口气吐出来：“吉美洛追，现在还原一下真相吧，当然，所谓真相也是目前经过调查得出的部分结论。在你记忆中只有两秒时间，但是除你之外的其他乘客，全部失去了记忆，最可怕的是飞机上三名驾驶人员，他们对如何在三万米高空停滞，又如何降落在乌德巴勒机场，完全一概不知。”

“停滞？你们不是有很多卫星吗？”我觉得简直不可理喻。

“米娜，告诉他。”龙局长生气地对女特警说。

米娜起身打开幻影机，右侧硬幕上出现若干幅卫星截图，每幅画面都有一个小白点，醒目地用红线圈着。

“这就是卫星截图。BW385次航班在起飞瞬间突然消失，一个小时后出现在乌德巴勒市区上空，高度三万米，当时一动不动。有关人员曾认为画面出现定格，但很快觉察出异样，因为对其他航班的扫描都属正常。就是这个小白点，仅仅出现不到半秒钟，也就是11帧后不见了，直到今天降落前才重新出现，时间为五秒。”

“怎么说服我这是真的？解释一下，荒诞的也可以。”我注视着硬幕上的几个小白点，想象着它在高空停滞的样子，想象着我在高空不动的样子。

“我要说的不是结论，只是想象，这涉及到时间轴的概念。时间从A到B，如果是顺流，从B到A自然是逆流，乌德巴勒出现时间逆流的状况，有可能影响了正在上空的飞行器，如果仅仅这样解释，似乎简单了些，还有一种情况比较复杂，就是时间的顺流和逆流以最高峰值相撞，并在某个节点相遇，这个节点形成了时间真空，不然无法解释飞机在北京的消失，至于这两地有什么可疑的联系，我想象不到。”

米娜的解释很滑稽，表情却非常严肃，险些让我信以为真。

“在路上的时候，洪森说你们已经掌握了飞机上的监控录像，我的一举一动都在上面，只是曾消失过十秒钟，那么之后呢？”

龙局长用手指敲着桌面：“这需要你来解释，整个航程的监控几乎都是静噪，仅有一段清晰的是关于你。你在座位上看杂志，杂志的名字是《草原风情》，你当时翻到第17页，文章是《神奇的转世神马》。这段画面持续半分钟后，你突然在座位上消失，时间长度十秒钟。后来又在座位上出现，时间半秒钟，也就是12帧，之后监控线路被毁坏，再也没有出现任何影像。”

“你说的是另一个人，我完全不知道。”我肯定地说。

龙局长掏出烟来想抽，最后沮丧地扔在桌上。

“如果确认是我，不会狡辩。”我的口气软下来。

“或许……缘于一种未知的强大磁场。”龙局长的口吻很怪异，像在试图说服自己相信。

看到龙局长的样子，我瞬间来了底气，提高声音说："这要归于军事和国家安全，绝不是我能做到的，左侧的围绿披巾的女子可以为我做证，什么都没有做，包括洪森收到的三千条短信。"

在我和龙局长对话的时候，米娜一直盯着我的眼睛，此刻激动地站起身来，手中的钢笔扔在桌上。

"吉美洛追，撒谎。"

"谎从何来？"我也激动地站起身。

米娜没有说话，抓起桌上的遥控器，在我前面晃了一下，空气顿时聚集成一堵墙。距离眼睛八十七厘米，现出清晰的彩色影像，飞机座舱里的监控。

关于两次出现和消失的情景，都和龙局长讲述的一样，唯一不同的是我左侧的座位是空的，根本没有围绿披巾的女子。

"她比我早坐下，我过来的时候还起身让了位置，只是从没有过交流，她自始至终沉默。"我信誓旦旦地说。

问讯室的门开了，有位女警察走到米娜近前，放下一份文件，小声说着什么。米娜认真地看着，随后扬了扬那份文件，脸上的神情非常气愤。

"吉美洛追，还记得刚进公安局的时候，我抓过你的左臂吗？现在告诉你，如果这个女子在左侧，即使距离超过十厘米，你左侧衣袖仍然会有披巾上的细碎纤维，这份检测报告表明，根本不存在。还有，你声称这个女子曾经出现在依维柯最后排左侧的位置，我只能说你出现了错觉，不仅仅这些，你说的这个女子不但没有在飞机上，就连两个机场的各个检测口，包括售票系统都没有记录。"

"我把你的话当作玩笑。"我也针锋相对。

"小时候，你非常憎恨乌德巴勒。"龙局长突然说。

"谢谢。"我满不在乎地说。

"长大必定毁灭这座城市。"龙局长又说。

"第二步。"我坦率地说。

"第一步是打死欺负、侮辱过你的人。在你少年时期的思想里，这座城市中可以被称作是朋友的人不超过五个，其他都是敌人。你想学马头琴，没有老师愿意教你，洪森说你后来学会了，教你的是小提琴老师，所以颤音很特别很好听，令人钦佩。"

龙局长明显带着不屑，我突然感觉胸肋间有些疼痛。这是少年时期的习惯，当我有了压抑的愤怒，身体就会出现这样的反应。

洪森绕过桌子走到我面前，神情凝重地把手搭在我的肩上：“兄弟，你左侧的座位一直空着，原来的乘客改签了航班，如果你还不相信，桌上放着的就是乘客记录。”

似乎为了礼貌也应该过去看看，我走到洪森座位前，看着打印的乘客记录，上面明确显示那个人的姓名、联系方式和改签记录。我走回原处，长时间沉默。

“吉美洛追，说点什么。”

龙局长的话很轻，好像从很远的地方传来，对我而言却如同炸雷，除了恐惧，无法用其他词汇形容。我把目光投向洪森，长久注视着他的瞳孔，直到看出里面的关切和爱护，完全没有责备。

“好吧，七年之后再回到乌德巴勒，不是因为我在北京无所事事，答应过爷爷，如果他在我二十五岁生日的时候还活着，必回到他身边。我一直在猜测，也许生日这天，他会解开我的身世之谜，我的父母死了还是活着，他们现在在哪里。还有，一个叫科孜朵勒达克的哈萨克女孩，她是我的初恋，想这次悄悄回来，找到她当初拒绝我的原因，也算了却一段往事。至于我说洪森出卖了我，是因为没有保守我回乌德巴勒的秘密，暴露了我带回来的东西。”

“你指随身包？”龙局长的神情有些怪异。

“完好无损。”洪森向我递过来坦诚的目光。

我放松下来，尤其是说出了一直不敢说的事，心突然有些野了，完全没有把这里当成问讯室，好像在北京的某一家茶楼，朋友们聚在一起聊天。

“你的诚恳……让我略感意外。”龙局长淡淡地说。

“我想知道发生什么事情？为什么科孜朵勒达克回到了十八岁？”

“关于这件事，或许军方很快有结论，我们也在等消息。吉美洛追，有个问题必须回答，你的345公斤行李到底在哪儿？我们没有查到记录。”龙局长又摊开面前的笔记本，好像上面写着无数疑问。

“既然洪森告诉你，他就应该知道怎么回事。”

龙局长严肃地看着洪森，洪森很尴尬。

“我被控制的时候，只有随身包，目前还在你们手里，关于行李一概不知，飞机上没有吗？”我悠闲地问。

“看你不急的样子，行李似乎不重要。”米娜用挑衅的目光看着我。

“反正也丢不了。”我用微笑回应着她的挑衅。

米娜没有说话，大踏步出了问讯室，没过多久拿着我的随身包又坐回原位。

我以为米娜要对我反戈一击，没想到她却转移了话题。

“吉美洛追，还记得两名同事说你坐的飞机完全消失吗？龙局长赶过去的时候飞机还在，而事实上，那架飞机的确完全消失过，一名警察拍下了当时的情况，你猜照片上有什么？”

“当然什么都没有，飞机瞬间消失又瞬间回来。”

“错，照片上那架飞机还在，是他们的眼睛受了某种影响暂时失明。”

“然后呢？”

“说明你智商不如你想象的高。”

终于明白米娜这番话的意思，一方面嘲笑我的智商，一方面为洪森挽回面子。其实，我一直感觉米娜对洪森的态度有些异常，只是没有更详尽的事情确认。好吧，既然同事都在维护洪森的面子，对于多年的同学和战友，也没有必要再为难下去。

“其实行李对我根本不重要……”

我的话还没有说完，米娜伸出左手制止。

“洪队，你来告诉大家345公斤行李的真相。”

米娜想拉洪森起来，洪森暗中使了千斤坠，米娜最后放弃念头，打开了我的随身包，从钱包里抽出一张银行卡放在桌上。

“行李在这儿。”

龙局长疑惑地拿起银行卡：“怎么回事？”

米娜做了一次深呼吸，以便让语气镇定而平缓。看得出，这不是刻意地做作，只是为了效果更好，显示智商与众不同。

“一张100元人民币的重量约为1.15克，这张银行卡里存有3000万人民币，如果变成现金，它的重量是345公斤。幸亏没说里面都是一元硬币，每个一元硬币约为6.05克，3000万是181.5吨。”

所有的人在惊讶中恍然大悟，我不得不佩服这个汉族女子的智慧。

龙局长突然伸手指着我的脸，高声问：“从哪儿弄来这么多钱？抢劫还是杀人越货？是不是当江洋大盗的父母留给你的遗产？是不是找到了他们的老巢？在哪里？”

我必须用微笑告诉龙局长，可笑的蠢货。我淡然微笑，龙局长的眼神中陡然掠过一丝杀机。杀机并不会让我感到畏惧，只能嗤之以鼻。龙局长似乎要说什么，一位女警察猛地推开门闯了进来。

“龙局，军方来电话，可能是通报调查结果，一号机。”

除了我之外，所有的人都站起身，惊喜的样子溢于言表。

龙局长用力拍着桌子：“妈的，谜底就要揭开了。”

第七章　死城乌德巴勒

警车驶过距离乌德巴勒十公里的苏哈拉桥，已是将近夜半时分。刚出发的时候，原想和洪森交涉此行的目的，后来打消了念头，那是莫名的慌乱战胜了好奇心。

拿了车上的望远镜，几次让洪森停车，想看看被军方控制后的城市外景。洪森完全无视我的要求，反而越开越快，我只好开窗望去。剧烈颠簸中，这朵曾经美丽的牡丹花，在视线里只是苍白的斑块，又像放大镜下躁狂的萤火虫。

虽然没有生于斯，这里有我的少年时光啊！警车要穿越市区，距离六公里，洪森扳动了某个开关，我和女孩的头发突然直立起来。吸力在车顶，洪森和米娜都戴着帽子，没有受影响。

“军方配备的，高磁防护墙。”

米娜炫耀地说着，回头看了看我们的狼狈。

我没有回应，抬手揽了女孩直立的长发，轻轻下压在她的后背。

这是标准的搂抱姿势，米娜撇嘴，不愿意看到我因祸得福。

这位来自俄罗斯的女孩，经过初时的兴奋，把呼喊都留给了来时的黑色莽原。此刻，她安静地靠在我的肩膀上，完全是由于警车的轰鸣，以及划过空气的呼啸，我感受不到她呼吸的声音。睡吧，就算醒来看见回到2014年的乌德巴勒，因为不知道原来的样子，你也不会感到惊讶。洪森开车拐向市区东边，慢慢停在一处山坡的背阴处，我扭头观察方位，这里根本看不到乌德巴勒。

“此乃何意？”我疑惑地问。

“米娜，把他换下来。”

洪森没有回答我，轻声对米娜说，口气却像命令，随后下了车。米娜小巧的身体直接从前面跨过来，弯腰站在我和女孩中间。我在困惑中闪开身体，等米娜用胳膊揽住女孩的脖子，轻轻跳下车。洪森向山坡上走，我只好跟在后面。

“累了说一声，我来开。”我不满地喊。

“有些情景不应该让女人看到。”洪森说着，攀住一棵小树往上蹿去。

“女特警不应该是女人。”我效仿着洪森的动作，蹿到他的身边。

洪森扭头瞪我，即使在黑暗中，我能看出里面的杀气。

“好吧，算我嘴贱。”我无趣地坐下，四下环顾着。

完全不明白洪森的用意，此刻也显然不能再问，只好沉默。洪森也沉默，抬腕看了看手表，拿出一包烟要抽。烟的包装完整，他从未抽过，没找到撕开的关键，只好用牙去咬塑料纸。我拿过烟盒打开，叼上一支点燃，风很硬，烟雾顷刻吹到脑后。洪森赌气一般把烟夺走，我意识到他有心事，所以不去打搅，顺着他看的方向望去。西面是乌德巴勒，中间两公里处黑压压一片，看不到边界。在我印象中，这里从没什么暗藏的东西，新播撒的人工林？

“军方安排的帐篷区，住得下五十万人。”洪森淡淡地说。

他知道我要问，提前给了答案。

事有蹊跷，我故意没有反应，不想破坏他的情绪和思路。

果然，洪森开始自说自话。他说因为短信的事情，没能及时接到上级命令，见到的灾难是第二现场。他说现在人们都把乌德巴勒叫作死城，刚开始时光倒流的时候，死城里的人们并不惧怕阳光，还时常在街上走动，但是皮肤随着时间延长，变得越来越透明，泛着惨白的光泽，如同盛在塑料袋里的水在渐渐钙化，或者就是一块块冰，在塑料袋里慢慢融解。

我绞尽脑汁想象着这种描述，那些人如何毫无目的地向前走，塑料袋里的水如何在渐渐钙化，他们如何没有察觉，直到把自己走成流淌在地上的一摊水，一点点渗透下去。

洪森言之凿凿地告诉我，事实上，死城上空的太阳并没有温度。

说到这里，洪森又开始沉默，又开始看手表，又开始抽烟。

四支烟抽完，洪森再次看表，1点59分30秒。

我预感到两点的时候，肯定会出什么事情，下意识站起身，没想到竟然和洪森同步，肩并着肩向前面望去。

长生天啊！死城上空一直亮着的探照灯同时熄灭，暂时黑暗之后，所有的建筑竟然发出淡淡荧光。还没等我惊叫出声，更奇异的景致出现了。一点点的荧光从散到聚，最后集结在死城的每条街道上，鬼火般泛着磷光。这些荧光是什么？萤火虫？洪森没有说话，只是默默凝望。如果是一场电影，这无限的诡异和壮观，要用多少特技才能展现？我需要答案，确切地说，想知道是否和我有关。

洪森良久开口，语气低沉、绝望，像灾难电影的旁白。

“不管你是不是愿意相信，军方做着最大努力，中国最顶尖的生命科学家都在这里。科学家们选择了今天晚上两点，关闭了所有探照灯。你看，这座死城泛着荧光，人们的身上映上微蓝的颜色。无论怎么想象，你无法得知他们被什么神秘的力量指引，他们麻木地从各个角落聚集在街道上，简直是成群的萤火虫，轻飘飘地向着东面而飞。”

他们？萤火虫？五十万百姓，变成了萤火虫？有趋光的本能？

哦呀！突然之间，军方准备的漫无边际的帐篷，瞬间亮如白昼。一股股荧光的人潮，从细流成为江河，无声无息向帐篷区飘移，最先进入的人们，渐渐被光芒淹没，渐渐被帐篷收拢。

我想认出十八岁的科孜朵勒达克，直到看花了眼睛，直到把他们看成了月光下泛着粼粼波光的海面，咸涩的泪水蜇痛了我的眼睛。漫无边际的五十万人啊，真的难以做到。如果不是他们还在涌动，我怀疑时光曾经停滞过。如果不是我牵挂的人在其中，我怀疑自己早就逃得无影无踪。

不知过了多久，身后天际的幽蓝被杏红侵犯，天快要亮了。

一切归还给了空旷，一切交付给了平静。

第八章　初恋唇语

警车再次开动，径直进入帐篷区的甬道，停在临时搭建的指挥部门前。

现在终于明白了，如果第一次问讯我的是警察，这一次则是军方，二者有着天壤之别。但我还是不明白，军方可以责无旁贷地接管城市，我对于军方有什么利用价值呢？事实上我曾是军人，在别人眼里是个逃兵。我想摇醒沉睡的女孩，米娜用不容置疑的手势制止了我。

“留在车里，我陪她。”

作为曾经的军人，我当然理解米娜的意思，随即和洪森下车走进指挥部。可能刚开过会议，里面聚集了很多人，应该是自治区和其他兄弟市县的领导。我认出了乌德巴勒的哈萨克族市长若尔巴吕斯，他在全国很有名，上任两年后，乌德巴勒的工农业生产总值，第一次超过了广东的同级别城市。我听洪森提过，他是在乌鲁木齐开会才幸免于难的。

若尔巴吕斯市长向我看过来，我刚要过去，一位非常文气的将军却抢先向我伸出手。我快速观察着十几个军人，将军的军衔最高，我没有去握，很自然地敬了军礼。

“报告首长，吉美洛追奉命报到，请指示。”

该死的习惯成自然，这样的举动，我自己都非常吃惊。将军明显放弃了和我握手，把伸出的手抬高，轻轻把我敬礼的右臂按下，微笑着说："如果是光荣退伍，这军礼我受得起。"

这是个下马威，绝对的下马威。根本没有想到，如此文气而且微笑着的将军，会用淡淡一句话去打击我的自尊。我无法做到伪装情绪，脸色冷下来。

"敬花将军，吉美洛追服役期间，立过两次二等功。"也许是想解开这份尴尬，洪森破天荒地夸奖了我。

敬花将军？复姓敬花？很有趣的姓，虽然不懂它的来历。

敬花将军这时再看我一眼，移步走到操作台前。

守在旁边的士兵搬了椅子放在桌边，随后把帐篷帘子落下来。我知道那是给我的座位，我快速闭上眼睛，不是为了习惯黑暗，而是即使睁着什么也看不到。等到感觉有亮光在闪，睁眼看到了亮着的电视屏幕。

录像是军方对死城的监控，我看到了各处的街道。当镜头给出一座石房子的特写，能清晰看到石头的冰裂纹。一阵惊惧掠过我的心里，如果连石头都改变了硬度和密度，那些砖木结构的房子呢？会不会坍塌下来夷为平地？还没等我缓过神来，画面上已是痛苦扭动身躯的百姓。一位女军医伸手却不敢碰触他们，有个年轻人从远处跑来，用力抓住她的手臂摇晃，仅仅过了五秒钟，年轻人从手臂到躯干依次变成了透明的胶质，摊在她的脚下。女军医不敢低头去看，仰望着天空发出一声哀号。

我在警车上看到过此类情景，当时还庆幸科孜朵勒达克没有用力拍打车窗。我正惦念着十八岁的科孜朵勒达克的安危，她出现在屏幕上。她无助地躲在人群之外，怀里紧紧抱着书包哭喊。眼泪模糊了我的视线，即使这样，我依然看清了下一个镜头，她的面部特写。哦呀！脸上所有的血管毕现，皮肤接近透明，苍白中透着灰青。

"够了，够了。"

我冲向操作台，昏暗中没有找到播放的机器，情急中把电视扣在桌面上。我以为这样会让痛苦减轻，没想到瞬间崩溃，电视里传出了她绝望的喊叫。

"吉美洛追，你在哪儿？你说过会一直在我身边的……"

长生天啊！

这的确是我曾经说过的话，而此刻，我们身处两个世界。

"她现在在哪儿？"

没有人回答，就连洪森也装作没有听见。

“她在喊我的名字，我要见她。”

敬花将军扭过头来看我，神情有些怪异：“画面根本没有声音。”

没有声音？我听到的不是科孜朵勒达克的呼喊吗？

是啊，我会读唇语，那是从五岁就会的本领。

“请你们相信，她在呼喊我的名字……”

我拼尽全身力气喊出这句话，双腿虚脱地跪在地上。

“放弃这个念头，任何外人都不能进入军方控制的区域。”

这句话冷冰冰，敬花将军给我的回答。

“既然我是外人，叫我来干什么？”我抬头冷漠地看着他，坚强地站起身来。

“任何人不能阻止我，即便你是七道杠。”

说完这句话，我固执地向外冲去。三个士兵挡住去路，我甚至还没想好如何出手，他们已倒在地上。洪森走过来，我摆出他最熟悉的格斗姿势。洪森一动不动，只是轻轻地说了一句话，我的手颓然放下。

“即使见到她，你也不是七年前的你了。”

这句话重击了我，从没想过个问题。

有人撩开帐篷的帘子，我被强光晃了眼睛，头脑清醒些。

我愧疚地看着若尔巴吕斯市长：“对不起，我失态了。”

若尔巴吕斯市长走过来，用力扳着我的肩膀，真诚地说：“好兄弟，你才有一个亲人，作为一市之长，我有五十万个。现在必须冷静，情况还没搞明白，绝不是哪一个人的事情，需要共同努力。”

一句话让我把怒火浇灭，不好意思地看着敬花将军，坦诚地说：“首长，我还不知道为什么来到这儿，希望得到明示。”

敬花将军没有正面回答，甚至都没有看我，完全在自说自话。

“在有些人眼里，这是一场灾难。在科学家眼里，没有得到原因，就会被称作未知原因的灾难。但是在军人眼里，它关乎国家安全，即便你是一个普通人，这四个字的分量，想必也很明白。据军方调查，在你乘坐的航班起飞时，除你之外，乘客和飞行员全部失去记忆。我们调取了警方对你的问讯记录，你有两秒的记忆时间，你也许不能说明白这两秒的具体情形，但是有个现象不能忽视，在飞机出现异常状况的同时，乌德巴勒也发生了惨况，这两者完全同步。”

“我也是受害者。”我用了低沉的语气，只是为了强调。

“你的两秒记忆非常重要，或许是揭开真相的唯一钥匙。”

“不要把精力用错地方，也许某国核爆，或者什么武器。”

“没有爆炸声，没有冲击波，时间倒流，你觉得是武器吗？亏你还当过兵。”

“那就是外太空，科技发展到现在……”

敬花将军显然没了耐性，不等我把话说完，坚定地挥了挥手。有士兵把右侧的帐篷打开，放眼望去，右边别有洞天，摆满仪器的检测室。

“骨骼，骨髓、血液、大脑、毛发，任何垃圾类惰性组织，请配合。”敬花将军说完居然出了帐篷。

我直直地看着洪森，洪森面无表情，眼睛里藏着一份怜悯。

“洪森，为了你和科孜朵勒达克，我愿意做一头猪接受宰杀。”

“不，为了乌德巴勒五十万百姓。”若尔巴吕斯市长激动地说。

我不禁一愣，胸膛里居然升腾起某种奇怪的东西。这种东西四年之前曾经多次出现，后来被北京折磨成了粉末。

走进检测室，我回头微笑着看洪森：“如果开颅，或者提取脑细胞，如果我失忆，或者侥幸活着，请你一定告诉我，我们曾是最好的兄弟。”

第九章　熊睛预言灾难

睁开眼睛，看到了洪森的笑脸。

哦呀！“我还活着？”

“暂时告一段落。”洪森扳过我的后背，抻平压皱的衣服。

“检测还没出结果之前不准离开洪森的视线。哦，不要误会，刘参谋长让我转达的。”一位五十多岁的女科学家，从我身上拆解着各种颜色的导线，用地道的湖南口音说。

“世上还有个参谋长姓刘？”我简直义愤填膺。

我恶狠狠地说着下床往外走，女科学家脸上是莫名其妙的表情。

如同来时没人迎接，走的时候也没人欢送。洪森开警车顺原路返回，米娜和女孩悄悄嘀咕着什么，相见恨晚的样子。我希望绕道而行，洪森明白了我的心思，不愿意让俄罗斯女孩看到乌德巴勒的惨状。

说起市公安局的所在地，不得不说是个奇迹。它原来在市里，前些年新疆曾出现多起恐怖事件，各种反恐机制相应而生，不但招兵买马，机械化快速反应组织也规模庞大，只好另选新址，原来的老院子驻扎进了消防武警。乌德巴勒是座扇形的城市，公安局处于扇柄下端位置，到达各处的出警时间几乎相同。没想到搬离市区，居然躲过了一劫。特警大队在市公安局大院西侧，直到走进洪森的办公室，米娜终于忍不住脸上的失望，神气地向女孩伸出手，食指勾成镰刀状。

女孩闭着眼睛把脸凑过来，米娜刮了她的鼻子。

“搞什么鬼？愿打愿挨的嘴脸。”我懒洋洋地靠在椅子上。

米娜神气地走过来，故意叹了一口气：“我不愿意做胜利者，这意味着失望。第一次见你的时候，我认为你的智商和警觉性为零，再次相见，这两个指标成了负数，以后还是不要再见了，和脑残在一起很痛苦。”

我没在意她的话，装模作样地在椅子上疏松筋骨。

洪森走过来替我捏肩，重重捶了两下：“接下来才是重要的。”

“状况你已经很清楚了，但却忽略了三件事。一、整个乌德巴勒时光倒流了七年，而你站在公安局门口的时候却没有吃惊，没有问洪森为什么只有它不受影响；二、为什么魔鬼城没有经历时光倒流，你从没想过这场灾难的边界有多远，而你常常自夸是特种兵里目测水平最高的奇才。你本应该对这些非常敏感，如今却熟视无睹，我很想用一个温柔的词汇描述你，令人作呕。”

平心而论，米娜戳中了我的痛处，可我不是轻易认输的人，随手拿起桌上的笔，在稿纸上快速写下几串数字，抬起手向后边递过去。

洪森拿过纸来看了一眼，疑惑地问：“什么东西？”

“你这位女同事的身体净高、臂展、手指、两腿以及臀部、腰部的准确长度，还有一项不好意思，汉族女同胞，要写出你的胸围吗？”

米娜从洪森手里夺过稿纸，快速浏览着。

我扬扬得意地看着米娜，同时也做好了逃跑的准备。

让我感觉到意外的是，米娜并没恼羞成怒，居然频频点头。

洪森很尴尬，悄悄看着米娜的表情。

米娜突然翻了脸，把稿纸揉成一团砸到我的脸上，恶狠狠地揪住我的衣领：“吉美洛追，严肃警告你，绝不允许对我不礼貌。”

“出示理由。”我指了指她的手，示意她放开。

“再过一个多月，你要管她叫大嫂。”女孩抢着说话，温柔地从我衣领上挪开米娜的手。

哦呀，总感觉米娜对洪森的态度有些异样，没想到关系如此亲密。好小子，有了未婚妻居然守口如瓶，还算什么兄弟？仇人还差不多。我也会翻脸的，先是扭头向洪森笑，随即把表情调整为愤怒。

“列兵洪森出列。”

洪森向前跨出一步，随即乖乖地平展双臂。我走过去如法炮制，好像要热烈拥抱的样子。从认识洪森到现在，无论哪种场合，我们两个从未拥抱过，但在每次早操解散之后，我们就会像现在这个样子，先对比彼此的臂展，我再凑过去用鼻子贴着他的额头。参军的时候，我们两个的身高有固定的差距，这样比较能判断出谁长高得更快。

很明显，洪森又长高了，发际线高于我的鼻子下端。

“未婚妻是味药，二十五岁居然还能长高1.3厘米。”

洪森没有说话，抬脚向我的小腿踢来，我没有躲避。

“为什么？”米娜开心地问。

“你男人是老库尔班的一头驴。”我假装生气地指着洪森。

“不，你没有穿军靴，忽略了这件事。”女孩说。

没错，我又忽略了一个细节，以前的身高差距都是在穿军靴的情况之下，而现在洪森穿着警靴，我是老人头。

“这货……彻底废了。”米娜对女孩说。

女孩似乎想争辩什么，后来只是模棱两可地笑了笑。

“嗨，看看，看看，年轻人。”我学着爷爷的样子，指着洪森和米娜，“赶紧把儿子生出来，带他去逛北京的花花世界，趁老叔还有三千万。”

正在神聊，大院外边有急刹车的声音。

洪森的神情最先凝重起来，抢先冲出办公室，我随后跟出。敬花将军和几位军官走进来，其中一位军官让过洪森，直接挡在我面前。

“吉美洛追，如此重大事件，你竟敢撒谎。”

“我只对我的心负责。”我摊开双手做出很夸张样子。

“警方问讯记录里，你曾说航班左侧位置是个围绿披巾的女子，监控录像显示，这个人不存在。”

“对不起，我破坏了监控。”我故意捣乱。

米娜和女孩走过来，关切地看着我和洪森。

“刘参谋长，有什么不对吗？”米娜不动声色地看着军官。

刘参谋长严肃地说：“根据我们对他衣服的检测，结果和警方完全不符。军方检测表明，他外套前面有大量的、浸染过绿颜色的羊毛碎屑，经过进一步化验，这些碎屑年代久远，在二十五到三十年之间。”

洪森认真地看着我，语气沉缓地：“兄弟，前后两次检测有作弊吗？如果没有，你说的那个女子可能真的存在，监控出了问题。”

还没等我说话，米娜神情舒朗起来：“刘参谋长，你们忽略了一个问题，如果吉美洛追陈述属实，羊毛碎屑应该出现在他的左臂，而你们检测到的是前胸位置。事实很简单，他曾和一个围绿披巾的女孩有过重度接触。

“她在哪儿？现在在哪儿？”刘参谋长高声问。

“军官先生，是我。”女孩走到刘参谋长近前。

刘参谋长警觉地伸出手：“身份证。”

“搜查证，否则对不起，懒得配合。”我不屑地说。

我挡在女孩面前，只是动作有些晚。

女孩已经从随身包里拿出俄罗斯护照，恭敬地递过去。

从看到护照颜色开始，刘参谋长眉头便紧皱起来：“这个地区已经军管，任何外国人不得停留。”

这厮简直得寸进尺，我生气地问敬花将军：“批示呢？”

敬花将军并没在意我的态度，一脸正色地说：“国际形势本就复杂，这个事件出现之后，很快成了世界的焦点，有些别有用心的国家，还有一些所谓的专家和所谓的异象术士趋之若鹜，这对我们的国家安全非常不利，现在这些不请自来的外国人，都被安置在乌鲁木齐，不能随意走动。”

刘参谋长还是不依不饶地看着女孩：“来中国的目的？”

“你吃咸了？”我把女孩拉到身后，准备捣乱到底。

刘参谋长正色地说：“她来中国的时间很敏感，必须了解清楚。”

我可怜地看着刘参谋长：“她来找我，够吗？”

刘参谋长斩钉截铁地：“远远不够。”

女孩无辜地看着米娜，小心翼翼地问：“米娜姐姐，这里发生了什么事？我的假期还有二十天，不想现在离开。”

军方的人不约而同盯着女孩的眼睛，希望看到里面的伪装和谎言。

刘参谋长一字一顿地说：“你从魔鬼城到乌德巴勒，难道什么都没看见吗？谎言会被揭穿的。”

米娜并没理会他的话，轻轻拉住女孩的手，简洁地叙述了这几天发生在乌德巴勒的惨状。女孩难以置信地看着我，忽然脸色大变，脱口而出了几句俄语，随后在胸前合十。

“谁知道她刚才说的什么？”刘参谋长高声大叫。

“她说……父亲跟她说过的话竟然是真的，原来这里真有噩运，那个可怕的预言就要应验了。”

米娜平静地做着翻译，在场的人全都惊愕不已。

女孩又用俄语对米娜说了几句话，开始急切地打开随身包寻找着什么，摸索半天什么都没有找到。

没等刘参谋长催促，米娜再次翻译了女孩的话。

“她父亲曾经说过，如果这个预言得到应验，会有一种力量能够制止。”

洪森急切地问：“是什么，什么力量？”

女孩伸在随身包里的手突然停止动作，脸上有了惊喜的笑容。也许是放松的缘故，她不再脱口而出那些俄语，而是用清晰的汉语说了三个字。

“就是它。”

在场的人都盯着女孩的手。在她柔润的手掌上，有一个玄色肃穆的小铁盒。打开盒子，里面静静躺着一块扁圆的棕红色石头，中间直径一厘米的圆孔，用羊皮绳穿着，切削的平面上显示着四个镌刻的黑色符号。

“世上真有异能石？”我疑惑地看着。

“它本不属于我，所以不知道叫什么。“女孩遗憾地说。

“应该有名字，否则天理难容。”我直盯着它。

“它叫熊睛，棕熊一样的颜色，中间的孔是它的眼睛，是我给它的名字。”女孩又变得开心起来。

“熊睛？倒是挺像。”

我从盒子里拿那块石头，猛然感觉全身麻木，一股炽热的电流瞬间涌进血液。我能清晰察觉出来，源头正是这块石头。

石头在发光。即使白天，仍能看到炫目的光芒。

我的手颤抖，石头掉落地上，光芒丝毫未减。

女孩弯腰捏着羊皮绳把石头提起来，仿佛有种神秘的力量，石头猛然向前面荡去，险些让她的身体腾空。女孩尽力控制重心，随着石头的劲道越来越大，最后双脚竟然离开了地面，而且越升越高，相距地面五米之遥。

我和洪森、米娜反应过来，情急中追过去，方向是乌德巴勒死城。人们在后面追赶，军方更是如临大敌，还开动了越野车。

这是一段奇异的旅程，在我的奔跑中，越接近着女孩，身体就越来越轻，如同跑道上加速前进的飞机，直到我的双脚离开地面，向着她的身体飞升。我在空中揽住她的腰，再往下看，他们都停止了奔跑，仰头慌乱地看着，只有军方的越野车疾速前进，很快超过了我们。

我不想让她看到死城的惨状，在空中极力扭转着她的腰。我们的身体贴得很紧，她的眼睛注视着我，完全忽略了这也是一种飞行。

“嗨，起飞前应该向空管报告。”我大声喊。

“看看，看看，年轻人，很好，和想象一样。”女孩也兴奋地大喊。

我不懂这句话的含义，也许她说的很好是指我，也许是石头。

飞越军方的越野车两米，我和女孩缓缓下降地面，士兵将我们包围。

女孩完全没有在意，只顾观察着石头。

石头快速发生着变化，上面的符号在闪烁。

女孩抬头，正看到500米外的乌德巴勒死城，慌乱地大叫起来：“这里有奇怪的磁场吗？我爸爸说过，只有特殊的质子它才会发光，如果发光将会有大灾难，甚至时光倒流，所有的人会死去，只留下幻影，那将不会是真实的生命，它是那些人的……”

“不许造谣惑众。”刘参谋长突然冲过来推搡女孩。

我想冲过去保护她，已经来不及，她被几个士兵拖走。女孩纵是被推搡，依然把目光定在石头上，朝我大喊起来：“吉美洛追，一定相信我，石头会说话的，强大的射线袭击过这里，源头并不太远，可能是喀纳斯湖底……”

第十章　可能的拯救者

任凭如何争辩，俄罗斯女孩还是被军方带走了。

始终想着她没说完的话，那将不会是真实的生命，那是那些人的什么？如果她的话是真的，我看到的科孜朵勒达克是什么？

她的鬼魂？这怎么可能？

我一时无法分辨军方的真实用意，有可能为了国家安全，有可能担心谣言散播。还有一种可能，当然这是善良的猜测，女孩手中那块石头，被他们当作了救命稻草，而又不愿意承认。不管怎么样，这些天在乌德巴勒和我身上发生的一系列事件，尽管也是亲历者，但在潜意识里有意撇清着关系。可现在，我还能逃离和脱身吗？俄罗斯女孩，她在中国最信任的人是爷爷，爷爷不在身边，我当然要站出来。没错，我讨厌这个刘参谋长，必须去讨个说法，必须让姓刘的付出代价。

“不希望看到他去闹事。”米娜居然看出我的想法，认真地对洪森说。

“不是冲动的时候，冷静一下。”洪森对我说。

“冲动并没什么，关键的问题是你这个兄弟已经彻底废掉了，她被带走并不意味着有生命危险，接受调查之后会回来，他只想快意恩仇，什么都不顾及，什么都不考虑，什么都忽略，脑袋长在肩膀上，这是可耻的。”米娜说完看着我，在等待我的反应。

我必须承认，米娜的嘲讽和不满很有道理。

我的确忽略了很多事情，但必须为自己找个借口。脱下军装四年，再用特种兵的素质要求我，显然不合时宜。那又怎么样？我就是个傻蛋，也不能眼睁睁看着朋友被带走，为了国家安全，也不代表可以随意殃及无辜。

尽管我心中愤愤不平，米娜在这些事件中的表现非常让我吃惊。她缜密的思维和伶俐的口舌总是给我打击，我不得不安静下来，把曾经忽略的情节，重新浮现在脑海里。

“没有问题要问吗？”良久，米娜换了一种口气问我。

“不是不想说，担心再遗漏细节，丢不起人。”我坦率地说。

“你现在太迟钝了，遗漏很多细节，之所以没有告诉你，这是米娜的意思，她希望你自己有所察觉。”洪森并没有怪罪我，只是很遗憾。

我沉思片刻，把心里的想法说出来。

我告诉米娜有几件事没有想明白，截至目前，在我身上共发生三次奇怪现象，从没有把它们联系起来，也未曾试图找到相同点。如果有某些联系，或许可以帮助解开乌德巴勒的谜团。更重要的一点，我并没有向警方询问调查结果，包括一直关着的手机，他们是否检测过，是否在电信系统里查找过传送记录，还有那些奇怪的符号，尽管现在不知道什么意思，很有可能是一种特殊的信息，对解开异象有帮助。

“略有进步，远远不够。”米娜的脸上很平静，一点都没有高兴的意思。

“大嫂，兄弟已经很努力了。”我做着无辜的表情。

洪森向米娜示意，不要让我再尴尬下去，米娜惋惜地摇着头。

平心而论，非常想知道米娜接下来要说的话，可她一直沉默。当我的耐心到达了极限，她才慢慢开口，直到把我的尴尬晋升为几乎羞愤而死。在米娜长达十分钟的言语中，我意外感受到了她的关心。米娜认为我对细节的疏忽跟是否脱下军装无关，而是验证了我现在的生存状态。我像戈壁滩上的石头，随意席地而卧，任凭风吹雨打，失去了生命的鲜活感受。

好吧，我承认。好吧，我是戈壁滩上的一块石头。

“如何活着是你的自由，但是在某些时刻，我希望你清醒。”米娜说着话，出示了警方对手机以及电信系统后台的调查报告，都没有我发送信息的记录。

“嫂子，你太敏感，怎么样，本人猜得没错，那些奇怪符号就是偶然的病毒。”我得意地说。

“绝不是，也绝非偶然，它再次出现了，我们都看到过。”米娜果断地否定了我的话。

“不可能，如果看到了，我不会没有印象。”我的语气非常肯定。

“米娜说得没错，曾出现在一件东西上。”洪森认真地看着我。

他们的话很像说谎，更像串通好了上演一幕双簧。我大幅度地摇头，以此证明判断正确无疑。

“这件东西曾在娜斯塔西娅手上。”米娜说完，紧盯着我的眼睛。

我毫不示弱地大声回击：“在下根本不认识你说的这个鸟人。”

“如果是真话，那你就是个多情种。不，这么形容你显得非常不准确，应该是浪荡子，滥情种。”米娜边说边用手指着我的鼻子。

我想笑，装作生气地指着洪森的鼻子说：“你们两个背着我狼狈为奸，本人乃一介守身如玉之光棍，反倒被你媳妇说成烂人，如果不是考虑到朕是她的小叔子，即刻告她诽谤。”

洪森得意地看着我，也伸出手来指着我的鼻子：“好吧，我一直不同意米娜彻底把你灭掉，现在支持她。老婆，出击。”

米娜装模作样地干咳一声，跨步迈到我的近前。我以为她要发难，暗中做了防卫准备。根本没有料到，米娜的神情瞬间软下来，装作阅尽风尘的样子，用手抚摸着我的胸膛，还运用了嗲嗲的声音。

“连人家的名字都不知道，为什么和人家拥抱呢？是不是接下来还有后续的事情，比如一夜情……或者多夜情？”

“朕虽后宫佳丽三千，从没抱过任何女人，大嫂，你好恶毒。”

“还有比你更恶毒的人吗？承认的勇气都没有，不晓得名姓，不知道来历，就给人家发生重度接触。别不承认，不然的话，军方也不会从你外套正前面这个位置，检测出二十五到三十年历史的绿色羊毛碎屑。”

哦呀！我恍然大悟，联想到了最关键的细节。

“你是说她手上那块石头？对不起，是我忽略了，没细看上面的图案，但这只是一个疏忽而已，我跟她……不是你想象的那样。”

洪森看我认真的样子，一拳打在我的肩膀上：“故意这么说的，你接受检查的时候，她俩在车上说了很多话，当然知道火星撞地球。”

“吉美洛追，那个女孩的底细，嫂子可都替你打听了，想不想知道？娜斯塔西娅，女，24岁，出生于俄罗斯第二大城市圣彼得堡，莫斯科罗蒙诺索夫大学社会学系研究生，还有一年毕业。他的父亲是俄罗斯有名的自然科学家，母亲是画家，中国人，祖籍杭州。她曾尝试在宣纸上用丙烯和油性颜料作画，并且解决了困扰多年的问题，让作品得以永久保留。”

不知米娜是何用意，快速介绍着这个女孩的情况。

除了装作脑残般地傻笑，我不知道匹配什么样子的表情。

米娜收起微笑，认真地问：“为什么告诉你这些？”

我开始顺嘴胡诌：“身处幸福，大善妇女，见不得别人孤苦伶仃。”

自从见到米娜，我已被她搞得如同惊弓之鸟。按照我的性格，即便胡说八道，也不能在女人面前丢了脸面，于是连风马牛不相及的事情，都必须搅和进来。

精明的米娜何尝看不出我的虚张声势，毫不客气地乘胜追击，在我头上又敲了一记闷棍：“一个半小时前，我说要跟你讲三件事情，前两件都已说过，而你把最后一件忘了，知道我要说的是什么吗？”

“是啊，要说三件事，最后一件是什么？”

“就是要跟你介绍这位俄罗斯女孩的情况。”

长生天啊，我要被这个汉族女子折腾死了！求您把她带走吧，随便扔到哪片草原上都可以，只要找不到回来的路。

“在北京呼吸过乌德巴勒的空气吗？”米娜笑着问。

“大嫂，兄弟傻，曾经尾随在羊群后面想吃口热乎的，行吗？有件事必须善意提醒，不要有意把我和她扯在一起，在下不是汉人张生，那俄罗斯的厮也不是崔莺莺。”

“难得谦虚，我长话短说，短信和石头上的符号是一样的，肯定有某种联系。娜斯塔西娅说石头能制止以后的灾难，我有预感，也是莫大的期望，你们两个人，或许能拯救乌德巴勒。”

我不赞同米娜的说法，大脑疾速转动，寻找驳斥的理由。

“想象足够丰富，就算两者的符号有相同之处，可她是外国人，我和她会有什么联系？会不会以为我也出生在圣彼得堡，和她本是亲兄妹，或者同母异父，或者同父异母，或者更复杂的什么关系？我承认你思维缜密、无所不能，我一直想知道我的身世之谜，我没有见过父母，所以非常想知道他们是什么人，你能告诉我吗？”

“我不能。”米娜果断地说。

“满足条件，为你卖命。”我也果断地说。

“变相逃避，这不是理由，你生长在这里，这里有你的少年时光，你有责任，你有义务，让它摆脱灾难重建美好。”

“你小叔子是个蠢货，担当不了大任，另请高明。”

“懦夫，懦夫。”

“懦从何来？在下师出无名。”

“错，那块石头可能是你的，这是娜斯塔西娅的猜测。”

“还有什么危言耸听，说出来让我忍俊不禁。”

“也许你们两个有很多关系，至于是什么，谁也不知道。”

“自己不愿意做，不要往别人身上蹭血。”

“你不相信自然有你的道理，我也可以选择不信，但这可能是某种开始，如果娜斯塔西娅赢了这场赌，以后的事情会源源不断而来。如果她输了，一切没开始就会结束，或者说没必要开始。”

“赌甚？”

“那块石头，你现在是她的研究对象。”

“石头算个屁，朕是八九点钟的太阳，整个世界都是朕的，朕是主人，尔等是房客，租金拿来，二十五年的，一并结算。”

我和米娜越说越冲动，洪森始料不及。

“吉美洛追，在没有见到你之前，我非常尊重藏族同胞，可现在我不得不说，你不但愚蠢，还是藏族同胞中最懦弱、最浑的一个。”

“NO，毕蒙古路哄努。”我用杂糅的词汇，告诉米娜我是蒙古族。

“什么意思？”米娜一时困惑。

我不得不笑着看洪森，洪森脸上霞光一片。

“哥们，有件事非常不明白，你为什么还活着？为什么不羞愤而死？求求你，赶紧找个地方自尽吧，趁我还年轻，有能力找到你并把你埋葬。我保证出重金请个好石匠，墓碑上的字也会很漂亮。请问，文字用藏文可以吗？”

洪森尴尬地看着米娜：“藏、蒙两族有些信仰相同，吉美洛追的确是藏名，爷爷请西藏喇嘛起的名字，但随爷爷是蒙古族，吉美是金刚，洛追是无畏，”

“搞什么吗？”我撇着嘴问。

“洛有智慧的意思。”洪森急忙补充。

“勇猛智慧的金刚萨埵。”我装模作样地点头。

哦呀！总算打败一次这个汉族女子，我非常想看米娜的羞愧和慌乱，但是不尽如人意，院外急刹车的声音替她解了围。我们同时意识到，肯定是军方的人，也肯定和娜斯塔西娅有关。我们几乎同时冲出门去，果然是军方的人。

敬花将军和刘参谋长走得很快，脸上一片凝重。军方的人向两边闪开，我看到了后面的娜斯塔西娅。她的脸上很平静，没有任何异常，我放下心来。敬花将军看了我一眼，作为礼貌，我以轻轻点头回应。

“要复杂了，可能超出我的想象。”米娜小声说。

洪森眉头一皱，我也学着他的样子，想不出来复杂的含义。

娜斯塔西娅走到米娜近前，开心地说：“姐姐放心，将军没有为难我。”

“世上还有天理。”我小声嘟囔着，故意不看将军和刘参谋长。

刘参谋长大声说：“吉美洛追，立刻到指挥司令部。”

“我是自己的，谁也休想搬我的脚。”我本不想冲动，他的表情和眼神使我非常不悦。

我拉着娜斯塔西娅要进办公室，米娜悄悄把我拦住。

“不想验证我的判断吗？”米娜小声对我说。

“那好，倒要看看他们如何对待我这个老百姓。”我用不屑的眼神看着刘参谋长，而他正用询问的眼神看着敬花将军。

“刘参谋长，就在这儿说吧。”洪森想缓和紧张气氛。

敬花将军向刘参谋长伸手，刘参谋长把一份文件递过去。从将军拿到文件的瞬间，他的表情变得极其严肃而神圣。

“现在，宣布军区紧急战备部的命令……”

第十一章　幸运数字960

关于我参军的经历，洪森认为是个美丽的错误。

按着原来的安排，高中毕业之后，我会考入珠海的某所大学。不是讨厌乌德巴勒冬天的寒冷和夏天的干燥，完全因为科孜朵勒达克喜欢一种叫作垂枝银芽柳的树。我从一本画册上酷爱了珠海这座城市，喜欢了从未见过的热带植物，以及在想象中甜蜜的潮湿空气。事情非我所愿，毕业前夕，科孜朵勒达克接到新疆军区特招入伍的通知，这是她一直盼望的，她坚信会在文工团里成为最出色的舞蹈家，她也希望我参军，以后可以在部队直接考入军校。

我至今不明白，爷爷如何看穿了我的心思，早早藏好了所有能证明我身份的证件。按着他的意愿，我读到高中，脑袋里的文化已经足够。他希望我做他的传人，跨上白骏马，身背陶布舒尔琴，和他并肩策马在莽原上，凡是有人烟的地方，就会响起我和他的歌声。

我非常清楚，只有让爷爷开心，才能拿到那些证件，然后和洪森一起去征兵报名处。但是，爷爷比我的想象还要狡猾，他在得到我假装的承诺之后，把证件放在火堆里，不但帮着煮熟了一锅羊肉，还给我缝制了一个小羊皮袋，嘱咐我永远不要让它离开身体，要像他这辈子一样，尽量往里面多装至高无上的荣誉。

爷爷说，如果我的荣誉高过他，他在死去的时候会幸福。

“吉美洛追，有没有听到命令？回答。”

刘参谋长一声厉喝，打断了我的回忆。

“没有。”我平静地说。

“刚才在干什么？”刘参谋长质问。

“你可能无权知道。”我的话低沉，只有这样才能给他打击。

“不可理喻。”刘参谋气愤到了极点。

“我必须提醒你一件事，你有没有尊严我不感兴趣，我有，所以和我说话必须客气，而且……无条件。”我盯着刘参谋长，话虽舒缓，语气却刺穿了他的胸膛。

“好，对不起，注意措辞。”刘参谋长败下阵来。

“你肯定知道我提前退役，但不是我申请的，是有个人早就拟好了声明，美其名曰我的身体状况不适合在军营。这是欺骗，这是逃避责任，这是让我热血沸腾的地方，突然飞出来一只苍蝇，我恶心了，不想玩了，签完字走了。”

“请继续。”敬花将军很淡定，也许在等我的漏洞。

“知道我为什么一开始就讨厌你这个部下吗？因为当初逼我签字的也姓刘，也是参谋长。一张纸提前退役，一张纸特招入伍，退役时我是兵，现在给一杠两星。我是戈壁滩上的一块石头，可现在不想是了，既然你们扔出去，就别想再捡回来。”

“给你时间考虑。”敬花将军温和地说。

“翻手如云，覆手为雨，既然如此神通，要我干什么？我是个废物，请让我以废物的姿势活着，谁他妈都别想改变。”我收起伪装，恶狠狠地说。

“一个小时够吗？”敬花将军好像没听到我的话，有点惺惺作态。

我再没有兴趣答复，独自向洪森的办公室走去，刚走到门口，忽然意识到，这个举动很可能让他们认为是一种默许，于是回身坚定说：“请注意我的口型，绝……无……可……能。”

敬花将军并没有被羞辱到气极败坏，眼神里反而出现了柔光。

“部队给予过你什么？”敬花将军轻声问。

“应该问没有给予我什么？”我挑衅地说。

“我很好奇。”

“2016年夏天，本人的青春热血始终沸腾在212华氏度以上，和一个数字有关，960，它意味着什么？”

"你的幸运数字？"

"中国人民解放军的幸运数字。"

"此言何意？"敬花将军冷下脸来。

"匈牙利，布达佩斯。"我笑着说。

"狂妄，狂妄至极。"刘参谋长对洪森大喊，"他在说什么？他在说什么？"

"作为军人，我认为你很可耻。"这是我留下的最后一句话，说完转身回了洪森的办公室。

我知道敬花将军和刘参谋长肯定不会放过我，他们会向洪森发难，因为我是他的兄弟。可以肯定的是，洪森也一定会说出我的未尽之言，他会说出960的真正含义，也会说出为什么单独列出了一个国家和它的首都。

洪森会流利地背诵一则新闻，这是他在2015年夏天的爱好。

"据新华社报道，6月23日，为期3天的第14届军警狙击手世界杯在匈牙利首都布达佩斯落幕，经过26个比赛科目的角逐，5项冠军全部被中国武警猎鹰突击队的狙击手收入囊中。警察组比赛中，陈军以880分夺得个人冠军，陈军／李知雨组合以1739分夺得小组冠军。军队组比赛中，王永川以952分夺得个人冠军，王永川／李文组合以1858分夺得小组冠军。王永川以个人最高分获得军警个人总冠军。王永川／李文组合以小组最高分获得特别奖。"

如果敬花将军和刘参谋长还不懂其中奥义，洪森定然会悲愤控诉，就在这则新闻的268天之后，我在队内测试打出了960分，他命令我报名申请参加第15届军警狙击手世界杯的比赛，而就在我兴冲冲准备递交申请书的时候，拿到了提前退役的处理决定。

部队遣返了一名未来的神枪手。因为是未来，什么都没有发生。

坐在办公室里，我严肃地提醒自己，他们给予的不是荣誉，尽管也不是侮辱，准确地说是危难中的委托，只是由于心里的不平衡，自己毫不客气做了拒绝。当我意识到这种不平衡，也只有在办公室里来回踱步，能平息脑海中的乱绪。

洪森、米娜和娜斯塔西娅进屋，三个人脸上都写着郁闷。

"给我五分钟时间，交代一下工作。"

洪森抓起桌上的车钥匙要往外面走，我伸手把他拦住。

"军方正式通知，娜斯塔西娅必须两小时之内离开乌德巴勒，她有两个选择，一是立刻回国，二是去新疆以外的地方。"米娜抢先说道。

“这是要挟，她可以留下来帮忙的。”我生气地大喊。

“他们不相信我说的话，那位参谋长认为我使用的是巫术。我把父母和导师的联系方式留下了，如果他们感兴趣，可以调查。”娜斯塔西娅一脸无奈。

“现在如何应对？”我把目光投向米娜。

“那要看妹妹的安排。”米娜淡淡地说。

“老子不接受，老子不允许朋友任人宰割。”我压抑着怒火，用力挥动拳头。

“你们先商量，我去去就来。”洪森急急地走出门去。

娜斯塔西娅看着我和米娜，沉默良久，轻轻拉住米娜的手。

“米娜姐姐，舍不得你。”

娜斯塔西娅的意思已经很明确，她选择了离开。

好吧，算吉美洛追这个废物无能！

我正考虑洪森开车带她去魔鬼城拿行李的时间，是否要超过两个小时，还有选择从阿勒泰机场还是乌鲁木齐机场起飞，看到了米娜意味深长的微笑。

米娜的微笑分明是给娜斯塔西娅的，而我突然觉得是为了让我看到。是不是我过于自作多情了？米娜以同样的微笑和娜斯塔西娅热烈拥抱，我终于明白接下来要发生什么，娜斯塔西娅决定不回魔鬼城拿行李，她选择直接离开。

因为时间紧急，洪森还有重要会议，送娜斯塔西娅到阿勒泰机场的是一名特警。我很想去送她，可我就是这样一个废物，明明想去做件事，却装作若无其事。

娜斯塔西娅不应该是我这种人，却采取了同样的方式。

她和洪森、米娜相拥而别，仿佛我不存在，只是轻轻招了招手，这是故意还是无意的？洪森和娜斯塔西娅的突然离开，让这个本来不大的办公室，瞬间变得空旷无比。我无事可做，百无聊赖地坐在椅子上闭目养神。

“一个人静会儿，还是让我说点什么？”良久，米娜笑着问我。

“尽情使用你的智慧，帮我打发这无聊的光阴吧。”我懒洋洋地说。

“吉美洛追，本想继续灭你，可是……看到你的眼泪，我改变主意了，想和你说说心里话，也想听到你心里真正的声音。”

我猛地坐起身，我哭了吗？我用手擦拭眼睛，果然，手上洇湿一片。

“兄弟已经没有心了，只想野蛮地活着。”

“除了爷爷和洪森，现在放不下的还有谁？”

“你，你是我嫂子了。”我没有开玩笑，此话发自肺腑。

“那当然，除此之外？”

“我曾经的郁金香，弄不明白这件事，死不瞑目。”

“这么严重？”

“得不到答案，行尸走肉，懒得做任何事。”

“洪森说得没错，你现在还惦念她，是个感人的多情种。其实……世界上所有的事情都是辩证的，比如现在的你，看似很无聊，其实很幸福。你可以不相信，但我不能不告诉你，期待也是一种幸福，你现在就身处其中。我之前说过你很愚蠢，现在也一样，因为有一件事情你从没有想过，你现在看到的科孜朵勒达克是七年前的她，你很担心她的生死，可忽略了一件事，那就是她……她曾在没时光倒流之前还活着，在出事的前几天，她和洪森通过电话，也提到了你。只是她对七年来去了哪里，一直在做什么，只字不提。”

猛然睁开眼睛，这个女人果然厉害，一句话打通了我的任督二脉。

“她现在怎么样？我是说……二十五岁的时候。”

“还是不要刺激你吧，反正都已经过去了，你只需要知道，她的十八岁在这场灾难里会安然无恙，不然也……活不到……二十五岁。”

“嫂子，你是个伟大的女人，谢谢你！”

我并没特别留意米娜说这话时的谨慎和勉强，尽管这让我心怀窃喜，因为大难当头，再大的喜悦也是轻飘的，没有一丝重量。

“振作起来吧，你的希望还不仅于此，或许还有更美好的事情等着你，知道娜斯塔西娅为什么不拿行李选择直接回国吗？她给自己留下了再次站在你面前的理由和借口，说不定你们会有很好的未来。”

“跨民族还可以，跨国度就很难想象了，我是个粗人，玩不起。”

“接着说。”

“有你这样一位既硕士又博士的大嫂，足够让我面红耳赤了。你知道吗，我眼中的你是什么样子？如果你在古代，定是个呼风唤雨的女巫。”

“很好，以后我说的每一句话，你最好认真听认真执行，不得有误。”

我和米娜正在说话，洪森神色严峻地走进来，随手把笔记本扔在桌上。

“又出什么事了。”我关切地问。

“研究结果出来了吗？”没等洪森回答，米娜站起身来追问。

洪森平静了很久，缓缓地说：“你说……不管什么样的结果，你都能接受。”

米娜没有回答，深深地点头。

我被他们两个的对话完全搞糊涂，尽管看到洪森脸上开始晴朗，还是想弄明白发生了什么事。

“洪森，如果是工作上的事情，你就别回答了，如果不是……”

“我个人的。”

“现在的状况……领导没批准你们结婚？”

“不会的，因为……”

洪森快速看了一眼米娜，我看到米娜悄悄向他摇头。

我心里的疑惑更重，就我和洪森的关系而言，若是不告诉我，显然说不过去，除非是工作上的机密。

洪森正在为难，桌上的电话突然响了。

还没等洪森说话，听筒里传来一个男人的声音。

“洪队，那个女孩出事了！”

娜斯塔西娅！

第一反应让我冲出了办公室，又不得不回头等待洪森。

凭我的双腿，一天也跑不到阿勒泰机场。

没想到这种等待是徒劳的，洪森走到我近前，下贱地摊开双手。

“你的意思是没有车？”

“外面停着六辆，指挥不了。”

“你是队长。”

“头衔在，暂停指挥工作，期限为时一周，等待发落。”

“她怎么办？娜斯塔西娅怎么办？”

米娜慢悠悠地从办公室里走出来：“吉美洛追，现在跑步前进还来得及。”

因为多次受到米娜的嘲讽，我突然觉得这是他们又一场戏，可是潜意识告诉我，并没有戏那么简单。

“不说出来会死人的，你们不是我的生前好友。”

是走是留都难以选择，我想暴跳如雷却无从发作。洪森和米娜“哈哈”大笑，我也盲从地跟着笑起来。我想，我现在这副可耻的嘴脸，在米娜眼里绝对是顶极脑残。

第十二章　夜入死城

乌德巴勒时光倒流的第八天。

从生命科学家的口中，我得知了它每天的变化程度，这不是最终的判定，仍属猜测。所有的人都疑惑同一个问题，这些人到底死了还是活着，抑或处于目前人类不得而知的状态？为解开这个谜，他们尝试了所有的先进仪器。生命科学家得出的结论是，时光倒流第一天，这些人的身体还残留着某些生命特征，只是由于个体差异，特征或多或少。第二天，生命特征逐渐减少，有些人完全消失，然后根据时间依次类推。任何猜测都可能是假想或事实，而我宁肯认为，有些人即便消失了生命特征，只要他仍在活动，就是用另外一种方式活着。

洪森告诉我，人们在进入帐篷的第二天，军方试图用强磁场减缓所谓的死亡进度，也试图以此抗拒时光倒流。军医试图给他们注射药物，根本找不到皮下肌肉组织，最后只能盲目注射。针头带着药物穿透他们的身体，药物却喷射到了远处。有人提出将药物制成气雾剂，弥漫在密封的帐篷里，大家都觉得这是好办法，结果更另人吃惊，因为军医发现，他们根本没有呼吸。

上级需要答案，生命科学家只能在报告中写下这样的文字：这些人的状态，有可能是肉体留在大自然中的影像，尽管能够走动，没有任何生命特征。

我认为这是胡说八道，但又貌似不可能。

米娜的解释非常简单，数学里有A和A′。

军方搭建的帐篷区漫无边际，最东边是市公安局特意安排的工作站。昏暗的夜里，五十万之众沉寂如坟墓，只有巡逻士兵的脚步声。

尽管属于特殊时期，我的心难得安静了下来，因为洪森就睡在我隔壁，而科孜朵勒达克就睡在某一个帐篷里，她离我或者很远，或者很近，不管是什么样的距离，都适合想念。娜斯塔西娅的险情早已经解除了，现在这个时候，我的身体和大脑充满了矛盾。身体说不出来的倦怠和疲惫，大脑皮质异常兴奋，懒惰的双腿命令我尽快睡去，而潜意识却让它悄悄走到外面。

放眼望去，无数探照灯笼罩着无边无际的帐篷，就像古代战场上的连营，只不过没有厮杀声，属于死一般的寂静。此时的娜斯塔西娅，早就沉睡在异国的梦乡里了吧。她肯定是带着无奈和遗憾离开的，在阿勒泰机场过安检，数次未能通过，最后查出罪魁祸首，那块叫作熊睛的石头。说起来，这件事并不难解释，乌德巴勒没出事之前，安检是宽松的，军方介入之后，提高了警备级别和安检力度，熊睛放射出的异常磁场，被认定危险物品。

机场留给娜斯塔西娅的选择有两个，一是放弃熊睛，一是等待深度检测。娜斯塔西娅选择了前者，因为最快的检测结果可能是一周之后，而留给她离境的时间不足一个小时。娜斯塔西娅让特警把熊睛带回队里，米娜从洪森手里拿过来，直接挂在了我的脖子上。本来非常简单的事情，我居然有做贼心虚的感觉，把熊睛塞进衣服里，让它贴着我的胸膛。

我并没意识到戴着它会有什么异常，但的确有一种冲动，必须看一看七年前的乌德巴勒市。熊睛和心理，究竟哪一个在作祟？谁知道呢。

避开哨兵的视线并不困难，有一点很麻烦，帐篷区外面围建了很高的铁丝网墙，没有任何工具，我不可能穿越或翻腾而过。想起了手铐挪移到米娜手上的情景，虽然不明白什么原因，肯定与那件绿披巾有关。至今，我无法判断娜斯塔西娅的绿披巾，是不是和我看到的同属一件，但是希望出现奇迹。

想到这里，我不禁哑然失笑。

每个男人都希望自己是英雄，而英雄如果再匹配上异能，就会天下无敌。我想念那件视线中的绿披巾，下意识向四周观望，发现洪森站在背后。

“睡不着吗？”我装作若无其事地问。

“最好老实点。”洪森用了命令的语气。

我朝洪森笑了笑，笑容里很多成分属于无奈。我搂着他的肩膀往回走，偷偷摘下了他右袖上的通行证。远处探照灯的余光，漫射着乌德巴勒这座死城。在它成为死城之前，还有一段时间被外界叫作鬼城，因为它诞生于21世纪初疯狂建楼的年代。这里的百姓都是外地移民，没有一位本地居民，都是贪图政府的某种奖励搬迁至此。

人们因城市的名字而来，乌德巴勒在梵语里是牡丹花。人们渐渐喜欢上它，骄傲地当作自己的原乡，容忍着它的任何缺点，尤其是建市之初到后来，整日整夜都有一辆辆牵引斗车运送石头。人们不知道石头从何而来，又运送到哪里，只盼望它加快进度，等到安静下来的时候，这朵花会永远美丽、安静地盛开着。

我以为这朵花会永远凋谢，不再有生机，连飞鸟和昆虫都消失殆尽。事实上，如果仔细观察，这片死寂还是有细微的异样，若有若无地有蓝色微光跳动。

可能有士兵警戒，我躲在一棵大杨树后面观察。这棵杨树高有二十米，初三那年秋天，它的叶子变成金黄，我曾呆呆地仰望多时，直到看出叶子里面藏着一只寸许长的树莺，正从缝隙里和我对视。我悄悄发短信叫洪森和科孜朵勒达克来看，等他们跑到树下抬头的时候，正好有一摊屎落到洪森的眉心。当年的快乐是如此放肆，而现在再也无法做到了。

死城里没有半个人影，我放心地从东边进入街道，绕过一座三层小楼，验证了洪森的话。他说虽然没有确定原因，军方仍然做了最大努力，把十个用于实验的介子交换器，安放在了主要街道上。

我看到了几个球体，直径三米的介子交换器，

在球体边缘，蓝色静电般的点点光亮，有轻微脆响。

我很好奇，想近距离观察，刚刚走近五米距离，交换器突然低鸣，球面上的光亮连接成弧电，仿佛有无形的吸力，我的身体正向它靠近。本能反应让我产生抗拒，脚下用力摆脱吸引，足足跑出三百米，最后站在乌德巴勒高级中学门口。

这里留下了我十二年的读书时光。

透过铁栅栏向里面看去，教学楼上挂着鼓励学生迎接高考的标语。至今，没有参加那场高考成了我心里的一个遗憾，而洪森则觉得逃离了一次苦难，当我们俩站在征兵报名处的时候，他从没有那么开心过。那个时候，我的兴奋和洪森一样膨胀，因为正是爷爷的狡猾，恰恰成就了我的军旅梦，他烧掉了所有证件，我正好以这为名，从公安局户籍室开据了证明。

也许被洪森不幸言中，也许可以无限放大他的总结，所有的美丽都是错误。当我在库尔勒穿上军装，每天在训练场上摸爬滚打，以为远在乌鲁木齐的科孜朵勒达克，也和我一样在排练厅里挥洒汗水。终于等来了第一次探亲假，得到批准的六个小时后，我在新疆军区文工团被兜头泼了一盆凉水，查无此人。

那时候，我的第一反应是她去了别的部队。经过努力，终于得到了确切消息，她根本没有参军，家人也不知道去了哪里，只是《乌德巴勒晚报》每天都登着寻人启事。

我正冥想科孜朵勒达克失踪的秘密，劲风从脑后侵袭而来。

下意识翻滚，从原地闪开危险区域。

正要回头看风的源头，我猛然意识到后背贴靠着柔软的东西。

如果不是危险时刻，我会为这滑稽一幕哑然失笑。

我靠着一个人肉滚滚的右小腿外侧。

呆愣愣地往上看，这个肥胖的身材罩着宽大的战袍，完全罩住了我的头。我无法判断他的身高，撩开战袍一角往外看，那股风的始作俑者长着一双豹眼，身高足有一米九，比我高出五厘米，手里提着铁枪，另有一个略瘦的勇士出现在右侧。

等边三角形，我被固定在左下角。

完全不能脱身，胖勇士重重踩住了我的小腹。我猛然用力让上半身抬起，本想用左肘捣开他的腿，却看到他脖子上吊着三把全自动步枪。突然明白了为什么他踩在我腹部的力量如此之大，除了肥胖和身躯，还有三把步枪的重量。

没有时间猜测三个人的来历，仅凭铠甲、铁枪、粗制的弓箭，还有身上的味道，像极了古代的勇士。军方的人不会有这种装束，他们是什么人？一个严峻的问题似乎有了答案，步枪在这些人手里，说明有些战士已经牺牲。

“罪人，又见面了，窝达鲁在哪里？”豹眼勇士恶狠狠地说。

由于豹眼勇士的咬牙切齿，语速并不快，我能听懂。

这句话包含的信息量太大，我怎么成了罪人？

窝达鲁是什么东西？他在向我索要，我拿过吗？

当然没有，因为我们从未见过面。

“嘿，精神病院出来的吧？”不管他是否能听懂，我用蒙古语说。

豹眼勇士显得义愤填膺，凶残地用枪指着我，随时都会扎过来。

胖勇士似乎更恼怒，大叫着抬起脚，狠狠地跺下来。

这是逃生的机会！

我向外侧翻滚，四肢着地，猎豹般前冲。

我应该选择有障碍物的地方，只是为了奔跑顺利，愚蠢地选择了宽阔的街道。

刚庆幸后面没有声音，仅仅一瞬间的侥幸，急促的马蹄声震撼着我的耳膜。刚才并没有看到马，马从何处来？

还是那三个勇士，果然骑在马上。

他们把我围在中间，三杆铁枪齐指着我的胸膛。

必须审时度势，不然会无谓牺牲。

好吧，我选定对胖勇士下手，他脖子上吊着三把步枪，必为重物所累，手中的铁枪必受限制。

三勇士圈马围着我旋转，像猫吃耗子之前的耍弄和调戏。

我在寻找机会，现在机会来临。

胖勇士笨拙地甩着三把步枪圈马转身，我从枪缝中找出空当，腾身挥拳向他的后背打去。根据他的体重，我几乎用尽了全力，拳头所到之处，打到海绵上一样柔软。胖勇士的身体和铁枪落叶一般飘向远处，落地之后，双腿竟然像积雪一样熔化，幸亏地上的三支步枪支撑住了身体。

顾不上诧异，我抓缰上马，不料出现了意想不到的一幕。

这匹高头大马是空气做成的，我的右腿滑过它的腰身，没有任何阻挡，落地的时候，高头大马消失不见，我的姿势是标准的骑马蹲裆。

其实，高头大马并未消失，它跑向躺在地上的胖勇士，二者接近的时候，它又恢复了原样。

旁边的两个勇士，恼怒中怪叫着举枪扎来。

这个时候，无法形容狼狈和慌乱，我想让胖勇士的马再形成空气，我想踢中马腿让其再次瞬间蒸发，完全没有想到，踢中的却是实实在在的皮毛和骨头。

战马屁股坐地，我的右脚骨折般疼痛，单膝跪下。

“阿嘎如——”

豹眼勇士大叫一声，把手中的铁枪扔向胖勇士。

这是豹眼勇士在慌乱或者愤怒中的失误，他只看到胖勇士手中没了铁枪，想把铁枪扔给离我最近的人，而事实上，他完全可以从后面让铁枪穿透我的后背。

不知道阿嘎如是什么意思，如果是现代蒙古语，它的意思是一种叫作刺柏的植物。根本来不及猜测，胖勇士在倒下的马上抓住铁枪，用力投掷过来，而我不能动弹，正等着疼痛消失。

完了，就要死得不明不白。哦呀，就在枪尖距离额头五厘米的时候，就在能有幸看到枪尖扎进去的瞬间，它在没有任何燃烧的情况下，神奇地熔化在地。

胖勇士的身躯和战马仿佛被热浪腾空，瞬间飞了出去。

豹眼勇士圈马想逃，我冲过去抓住了他的战袍。

战马向前冲，一片撕裂的战袍留在我的手里。

如果不是亲身经历，无法相信这居然是真实的存在。

我想尽快离开这个地方，捡起地上的三支步枪向西边跑去。我在奔跑中感觉光亮越来越强，直到被炫目的灯光笼罩。我不得不眯上眼睛，左手放在额头遮挡光线。逆光中，有个不太熟悉的身影向我走过来，他投下的影子让我的身体变暗，但却让我看清楚了前面的景象。

走过来的是刘参谋长，后面足足有一个营的士兵，各种轻重武器闪着幽光，枪口的瞄准目标，不用猜也能知道。刘参谋长在距我十米的地方停住，斜抱着一支口径足有五厘米的武器。这个东西我从没有见过，此刻，刘参谋长用它瞄准了我。

无处可躲，只能想象从枪口喷射出火焰或者是榴弹。扣动扳机，枪口里射出来一束近乎发白的红光。红光在我身上瞬间反应，带着焦煳味道，我的意识开始混乱。我觉得不能说是死了，准确的形容应该是完了。我会像那些渗透到地上的物质一样，消失在这个世界。

第十三章　军方绝密视频

军方归还了我的物品，这是昏迷两天之后看到的。

随身包里的东西都在，但我必须要回答以下几个问题:

一、夜间只身进入乌德巴勒，出于什么动机和目的?

二、三个骑马勇士是幻觉还是真实存在?

三、两个勇士消失的方式，和某些乌德巴勒居民消失的方式是否相同?

四、撕下的那片战袍为什么没有带回来?

五、带回来的三支步枪，是否真正夺自勇士之手?

我靠在床头，面对着刘参谋长咄咄逼人的眼神。其实，回答这五个问题非常简单，不管军方是否相信，可是，看到这个讨厌的人这种讨厌的眼神，我突然毫无兴致。

“相信与否不重要，这是我的经历。”我淡淡地说着，以此向刘参谋长挑衅。

“不敢回答，意味着什么？”刘参谋长不屑地问道。

“蔑视你。”我向刘参谋微笑。

敬花将军一直在观察着我，此刻，他制止了刘参谋长和我的纠缠，从公文包里拿出一个便携播放器，不动声色地放在床边。

“可以不看，如果改变主意，还请遵守纪律，这是要呈送国家安全部的最高军事机密。”

敬花将军说完，示意刘参谋长离开。刘参谋长憎恨地看了我一眼，随后和将军离开，把帐篷帘子用力放下。视线黑暗下来，播放器的屏幕发着幽光。

我从未动过不想看的念头，因为好多事情不明白，甚至还想用一秒钟把它全部看完，可惜视频足有四十分钟，要耐住性子。这是军方对整个死城多角度监控的剪辑，在一位女性谨慎的解说中，我似乎明白了一些事情，也有一些事情更陷入困惑。自从乌德巴勒成为一座死城，我所看到的士兵们装备的防毒面具，其实是具有超强磁能的特种服装，这样他们的生命才可能不受威胁，而在此之前，先后有十二名士兵，在没有保护设施的情况下，或快或慢地熔化成胶质，渗透在地上消失不见。就在军方控制乌德巴勒后的第四天，开始出现士兵神秘消失事件，除了我带回的三支步枪，还有两支不知去向。有一个只有四秒的镜头显示，三名士兵似乎发现前方有情况，同时举起枪，一个几乎透明的人形向他们走过来，距离三米左右出拳攻击，三名士兵随即熔化成胶质，步枪缓缓掉落地上。

在我昏迷的两天里，又有很多糟糕的状况。根据高空监测发现，市区所有建筑进一步出现密度松散现象，随时摇摇欲坠。帐篷里的五十万百姓，出现了莫名其妙的躁动，军方提供的所有治疗方案毫无成效。

视频播放结束，敬花将军和刘参谋长进来，他们计算好了时间。两个人平静地看着我，等待我的反应。

没有任何保护措施，夜间只身进入乌德巴勒死城，我根本不知道为什么能活着回来。我无法情景再现和三名勇士的搏斗，唯一证明真实存在的，就是那片撕下来的战袍。

证明我的话是真是假有什么意义？难道再回去寻找它那片战袍吗？如果它也消失了呢？我无法自圆自说，更疑惑的是既然进入市区必死无疑，十个介子交换器是如何放置的？敬花将军看出了我的心思，播放了一段当时的录像。十个介子交换器，全部由无翼垂直飞行器用高空投放的形式选择着陆点。

刘参谋长的手机响了，是信息传递的声音。他没有预看，直接把手机放在床上，我和敬花将军都凑了过去。这是刚刚拍到的监控，地点为乌德巴勒城南的白迪克大道，两侧有重兵把守，两个荷枪实弹的士兵，押着一个低着头的女孩出来，有着和娜斯塔西娅同样颜色的头发。我正要细看她是谁，两个士兵突然消失，消失的方式和勇士们的方式相同，也和有些百姓消失的方式相同，只有两支步枪还在地上。

为什么这个女孩安然无恙？我正要问刘参谋长，他的手略抖，图像已经结束，屏幕一片空白。女孩最后留在画面上的动作，是右臂抬起挥了挥手。

“完了？”我诧异地问。

“监控里的人消失了。”刘参谋长说。

“你知道这远远不够。”我不满意这个回答。

“设备失灵，持续到现在。”刘参谋长解释。

“她呢？”我预感到又要出什么事情，猛地坐起身。

“两个士兵已经牺牲，至于这个女孩，金色长发遮着脸，她是谁，长什么样子，一概不知。”

“消失？她有特异功能？”我疑惑不解。

“截至目前，三十六名士兵以这种方式牺牲了。”敬花将军紧盯着我的眼睛。

“或死于死城，或死于死城里的古人，或死于……这个女孩？”我的脑海中闪现出可怕的一个念头。

“如果能证明后两个问题……”敬花将军期待地看着我。

“等一等。”我非常不礼貌地打断他的话。

我在思考一个问题，证明我在死城遇到过勇士也许不难，如果仅仅凭借这段录像，证明这个女孩是杀人凶手，未免过于草率。

如果她也消失了呢？这将是个冤案。如果她没有消失，现在在什么地方？

我皱着眉头看刘参谋长，认真地说：“关于这个女孩，有什么发现？”

刘参谋长无奈地说：“什么都没有，除了金色头发。

“出具士兵资料，根据他们的身高，判断这个女孩的身高。”我顾不上穿鞋，赤脚踩在地上。

有人很快送来了两个士兵的资料，根据他们的身高，我比对着监控判断出了那个女孩的身高，把一串数字写下来。因为看不到女孩的鞋底有多高，穿着鞋的高度为1.72米，误差不会超过2毫米，头发最长端为55厘米，误差不超过2毫米。

这个女孩不是米娜，米娜身高1.58米，半长发。这个女孩不是娜斯塔西娅，娜斯塔西娅身高1.74米，头发长度56厘米。不，这个女孩也许是……娜斯塔西娅？从第一眼看到她的金色长发，我就曾怀疑是娜斯塔西娅。她没有离开中国，还是有分身术？现在，必须向着最可怕的方向考虑，也许这个女孩和我一样，在某种时刻有瞬间消失的能力，有着同样自由出入乌德巴勒的能力。如果我的目测有误，或者她换了一双鞋，这些数字包括这些误差，会不会就是重合？该相信我的目测能力，还是该相信不可能巧合？

“吉美洛追，你觉得是谁？”刘参谋长突然问我，语速很快。

“不可能是娜斯塔西娅。”我脱口而出。

刘参谋长的笑容极其奸诈，毫无疑问，我急切的回答在他看来，反证了他的判断。我想出去呼吸新鲜空气，看到对面又新增了一顶很大的帐篷，很多人忙着搬运家具。敬花将军告诉我，这是刚成立的灾难联合调查组和恢复城市安全委员会，其中还有建设这座城市的开发商和设计师。也许我真的变迟钝了，从看到这场灾难起，只想到了它的原因，没有真正把这座城市的重建放在心上。我不禁感觉政府的强大，当然还有军方的力量。

“要恢复这座美丽的城市，不仅仅是政府的任务，和它有关的人都有责任。”

敬花将军的语调貌似温和却很坚定。

我知道他话里有话，却装作没有反应。我十分清楚，在我的心结没有打开之前，什么都不愿意做。我曾那么热爱军营，甚至疼惜和炫耀过从身体里迸发出的热能和汗水，仅仅一张纸，结束了我的军旅生涯。我不认为这是人生的污点，只是跨不过尊严这道坎。

“将军，相信异能存在吗？”不知道为什么，我突然问了这个问题。

“没有认识你之前不相信，查了你在部队的资料，在你身上有过两次奇怪的事情发生，而且都在天上。你当然知道，军营是个很特殊的地方，为了安全起见，在无法查明真相的时候，让你提前退役，也是无奈之举。”

“如果我在你的部队呢？”

“同样如此。”

“如果按你所说，我的离开能让军营安全，有没有想过，我离开军营之后，我的生命或者别的什么也会安全吗？”

敬花将军没有回应，他的眼神里瞬间掠过一丝愧疚。

“那时候，我整个人都崩溃了，不愿意离开战友，不愿意离开训练场，不愿意离开那把枪。如果不是听着远处的训练口令和枪声，我也许就会走绝路。因为在那个时候，也是一个姓刘的参谋长，他把我轰出了距离军营五公里以外的地方，绝不能再往前踏近一步。”

“你对军营的热爱，让我这个老兵……心生崇敬。”

“那就请理解我，为什么拒绝特招入伍的命令。”

“理解完全不同，你的理由是军营曾给你带来伤害，而我认为，你既不是情有可原，也不是好马不吃回头草，完全变成了另外一个人。”

“我想知道在你眼里是什么形象。”

“形象不重要，我倒愿意说说你的骨肉，在你的血管里，已经没有军人的血液了，一丝一毫都没有。”

对话陷入僵局，谁也觉得没有再补充的必要。敬花将军说得没错，只有军人的血管里才流着红绿相间的血液，我已脱下军装，已经成为普通的老百姓，没有必要再次让血液沸腾。哦呀！我找到了最好的理由，这一切和我无关。

在这座死城里，或是在帐篷区里，和我有关的只有科孜朵勒达克。

洪森和米娜的出现，让我和敬花将军的沉默得到缓和。

我很不客气地对他们两个人说：“不出现，就是不管兄弟的死活。”

米娜关切地看着我：“洪森密切关注着你的安危。”

在敬花将军看来，我和米娜的对话或许非常无聊，他始终紧盯着洪森的神情，似乎在斟酌着要说的话：“洪森，看来……撤职这件事，你没有受到影响。”

洪森正色地说：“无论作为军人还是特警，服从组织安排。”

我曾在洪森的办公室里，看到过他跟米娜的异常神情。当时以为是工作上的巨大压力或者不顺，撤职这两个字刺激了我，我可以面对洪森被撤职的现实，但隐约感到和我脱离不了干系，心里不由得涌上一股愧疚。

“因为那些短信？”我难过地看着米娜。

“和短信的价值相比，微不足道。”米娜开心地捣了我一拳。

我一时不知该说些什么，一辆军车疾驶过来，五名军人跳下车。

“报告首长，一切安排妥当，十五个人全部安全送往布尔津县，由182团负责。”为首的上尉敬着军礼说。

敬花将军回了军礼，神情不但没有缓和，反倒更加凝重起来：“我们的态度是有礼有节，但要非常清楚地告诉他们，我们是有底线的，希望认真遵守。”

什么都逃不过米娜的眼睛，面对她的聪慧，敬花将军没有隐瞒，淡然说出了事情的缘由。十五名来自某国的自然科学家和军事研究人员，打着联合国安理会的旗号，意欲强行介入这场灾难，军方没有答应他们的要求，礼貌地将他们送往六十公里以外的布尔津县。敬花将军说如果他们愿意，可以认定自己被软禁，当然，那是他们自己的事情。

除了我，其他人的神情不禁肃穆起来。我突然想笑，我站在这里干什么？这些人都穿着关乎国家安全的制服，而我是夹克衫和休闲裤而已，我绝不是好事之人。

“会不会引起国际纠纷？”洪森担心地问。

“要看这样做的必要性。”米娜果断地说。

“吉美洛追，说说看。”敬花将军的话不软不硬，戳中了我的痛处。

“我在北京学会了一句话，事不关己，高高挂起。”

“你的心在哪里？你脚下踏着的是哪一块土地？”米娜生气地看着我，“不管这些人出于什么目的，绝不能让他们先我们一步查到灾难缘由，这不同于地震和任何一种自然灾害，如果让他们查到是某种高能射线所为，即便他们能帮助这个城市重建，甚至是恢复原貌，他们有可能反其道而行之，发现和制造出这种强大的物质，对中国甚至对任何一个国家产生致命威胁。”

我和敬花将军还没有反应，洪森向米娜竖起大拇指。

“吉美洛追，本该你说，这才是我想听到的回答。”敬花将军淡淡地说。

我不禁眉头一皱，正要抵赖自己的愚钝和无知，从右侧驶来一辆面包车，十几个人下车后走向大帐篷，看他们的气质和打扮应该是联合调查组和恢复城建的委员会的人。这些人并没有引起我的兴趣，我注意到快速开走的那辆白色面包车，确切地说是那名女司机。我只看到她的侧影，似乎特别熟悉又感觉陌生，尽管匆匆掠过，心里还是暗自一惊。如果没有判断失误，她的头发长度应该和在监控上消失的那个女孩相同。

“那个女孩是谁？”我问洪森。

“在哪儿？”洪森疑惑地四处寻找。

我撒腿向面包车驶去的方向狂追，跑出二百多米，面包车卷着尘土远去。面包车在远处驶过一段石子路，尘土变得稀薄。就在面包车拐弯的时候，牌照折反了阳光的光亮。我快速闭上眼睛，记住了那些号码，同时也感到自己犯了一个低级错误。

第十四章　古勇士再现

无论是谁，每天看着漫无边际的帐篷，都会备感压抑。

如果仅仅是压抑，让每颗心变得粗粝一些，或许能在沉默和死亡气息的包围中坚持下来，可惜连这点小小的幻想都成了奢望。曾经有人以为，乌德巴勒的百姓们会用这种生命形式，在帐篷里一直沉默下去，没过多久，原本死寂的状况不复存在。

中午，我躺在简易床上假寐，突然感觉心脏有些异样，整个身体和神经被什么禁锢住。它一层层紧缩，就像脸上贴着面膜站在风中一样。

地震？帐篷顶上的灯根本没有摇晃。

快步走到外面，其他人都若无其事，难道是我的错觉，还是身体出了什么问题？我闭上眼睛仔细品味着这种异样，说不出原因，从没有发生过。我正要往帐篷里走，后面突然大乱，人们都向左侧的帐篷区冲去。我随着人们向前跑，在一道警戒线前面停下，这是我不该逾越的限度。瞬间弄清了状况，原来帐篷里的百姓突然变得狂躁起来，一次次向外冲击。他们试图从里面飞越而出，完全不像萤火虫，而是一群群凶残的飞蛾，就在前面有人化成胶质的水之后，没有人胆怯，不断地前赴后继。里面的百姓无法出来，士兵没有接到命令，不敢进入帐篷。就以这样无奈的方式，眼睁睁看着帐篷被撞得摇摇欲坠。

一个小时四十五分钟，帐篷区安静下来。

一个小时四十五分钟，我的禁锢感消失。

奇怪的始发和结束，竟然如此同步，我和他们有什么必然联系吗？

据军方估算，在这个时间内，不少于五千人渗到土里消失。

我曾亲眼看到敬花将军要下达打开帐篷的命令，让他们自由活动，仅仅一瞬之间，他打消了这个念头。因为放他们出来，不知道会去哪里，无法预测他们给现时空带来什么样的威胁。

事件发生时，帐篷里并没有声音，没有吆喝和呐喊，外面的人也沉默，只有一位生命科学家的声音惊慌地在帐篷区上空回荡。他在给上级通话，也许是做口头的报告，他用本能的感知和判断描述着看到的一切，没有任何修辞的时间。他说帐篷区里突然发生混乱，性质如同越狱性暴动。他担心混乱升级会让更多的人消失，事实上，这种越狱性的暴动，无论从次数还是幅度都在直线上升，十五顶帐篷在撞击中已经倒塌，里面的人全部跑出来，瞬间没了踪影。没有人看到他们去了哪里，只知道飘移的方向直指死城。

帐篷区安静下来，这有些可怕，因为刚才的混乱消失得无影无踪，如同什么也不曾发生。帐篷区一直被军管，警方不便插手，洪森和米娜以及同事们只能袖手旁观。现在，我看不出他们究竟对军方的处理方式是否同意，既然平息了，纵是有意见也是枉然。

我心里惦记着一件事，提议洪森和米娜去山坡上透透气。

在此之前，我曾把写在纸上的面包车牌照号码交给敬花将军，出乎我的意料，他对这串数字并未特别留意。对此感兴趣的反倒是米娜，经过她的解释，我明白了敬花将军的态度，原来这辆面包车从乌鲁木齐而来，一路上都有军车守护、跟随，如果有什么发现，皆属于草木皆兵。

“你不觉得她像那个瞬间消失的女孩吗？”我不甘心地看着洪森。

“我没看监控，刚才也没有看到面包车司机。”洪森诚恳地说。

我当然听出了洪森的坦率，但同时也知道，警方和军方是两个不同的体系，从二者的上层开始，就有着若即若离的敏感关系，谁都不方便越界，谁都不会明显地摆脱谁。如果让我评价，军方更冷酷，警方更有人情味。

“头发长度，我是说……好吧，什么都没说。”我自我解嘲，弯腰想找到一块顺眼的石头。

米娜的神情突然很严肃，毫无选择地拿起一块紫石头扔出去。洪森看着我和米娜，似乎明白了什么。米娜把洪森拉到身边，伸出胳膊指向那块紫石头的方位。

“直线距离26米34厘米，误差不超过2厘米，坡延距离42米15厘米，误差不超过2厘米，报告完毕。”

我把米娜的胳膊放下，一串数字脱口而出。

米娜向坡下走去，在那块紫石头近前拿出车钥匙。

一束红线直射我的额头，随后扫过山坡，回到米娜脚下。

米娜低头观察着数据屏，不动声色地走回来。洪森急切地看着她的表情，我装作漠不关心，直到看见米娜的拳头打向我的胸膛。

“两项目测结果，误差不足1厘米，吉美洛追，我有充足的理由相信，你对那个女孩的判断，有可能是同一个人，至少头发的长度相差无几。”

“出现低级错误，监控上的女孩头发是金色，面包车司机的头发是黑色。”我无奈地说。

“从看到头发颜色开始，你就想和娜斯塔西娅撇开，这是潜意识。但是，头发颜色不能说明什么，如果警队允许，两个小时之后，我就是白发魔女。”米娜认真地说。

“绝不是娜斯塔西娅，一个人不会同时出现在两条河流，她现在俄罗斯。我想，敬花将军的意思也很明确，没有亲眼见到的事情，不会轻易下结论。”洪森安慰我说。

“不，他和刘参谋长的心机昭然若揭，老子非常不舒服。”我愤愤不平地说着，用力扯开衣襟，一脚把几块石头踢向远处。

米娜整理着我的夹克衫，眼神像大嫂一样充满关爱。

“兄弟，必须证明自己。”

哦呀！未来大嫂的聪明无处不在，如同现在这个关爱的动作，险些让我上当受骗。她想在貌似无意当中，把我这个顽固的人解决掉，我当然不能束手就擒。

“嫂子，其他人完全无所谓，我只在乎你们。”

可能是被我揭穿伎俩的缘故，米娜的脸上浮现一丝微红。我以为她会知难而退，没想到这更坚定了她的信心，原来是我错了，她脸上的微红根本不是尴尬，是一种叫作坚定的冲动。

“吉美洛追，我是你们眼中的南方人，出生在广西北海，在一次集训中和洪队相识，随后申请调到了乌德巴勒。尽管它现在是一座死城，可它仍是我情感的故乡。所谓时世造英雄，我们遇到了它大灾大难的时候，这也是一种幸运，应该挺身而出，难道不想和你的兄弟并肩作战吗？”

“非常感动，可惜情况不同，洪森现在被撤职，有些事我也至今无法释怀，比如出生之谜，不知道父母是什么人，不知道故乡在哪里，我是被爷爷捡来的，就像一捧无根之水，他捧着我的时候我是水，松开手的时候就是一摊泥。我不仅仅没有根，没有的还有很多。”

“你现在正要失去我们俩。”

“我和洪森永远不会背叛，无论友谊还是什么。”

“洪队，把事实告诉他。”

洪森不愿意说，但我还是得知了关于他被撤职的真相。短信事件让洪森受了处分，不再担任特警队队长。在阿勒泰行署公安局认真考虑之下，决定抽调三十名精英，组建特别行动小组，用以应对最危险的未知状况，洪森担任组长。我察觉到了洪森的责任感和荣誉感，他心里很清楚，特别行动小组就是敢死队。他希望我能和他并肩战斗，他原以为我不用思考就会答复，事实上，我让他很失望。没有准确和充足的理由拒绝，但我可以不停地摇头。米娜比洪森更要失望，也比他更穷追不舍。

米娜看着一眼望不到边的帐篷，淡淡地问：“我们俩不会强人所难，只提一个要求，理由，必须说出一个理由，哪怕这个理由非常荒唐可笑，只要你说出来，我们立刻就走。”

很显然，米娜要把我逼上了绝路。在米娜的心里，我要说出的任何一个拒绝的理由，都会是荒唐可笑的。可是，我的心沉重到要掉下来砸到山坡上，输不起友情，也开不起玩笑。

我抬手折断一根树枝，用沉重的语气说：“我想……”

我的理由还没有说出，坡下传来一阵大乱。此时没有风，安静如死城的帐篷区靠东边一侧，一顶帐篷忽然大动，同时传来很多人的惊叫声。

暴乱又开始了？

我的禁锢感并没有出现，为什么？

洪森首先向坡下跑去，米娜虽是小巧身材，速度并不慢多少，刚跑出几步，还回头看我的反应。我一直站在坡上，受到她眼神的刺激，随着他们向下狂奔。跑到大动的帐篷近前，士兵已层层包围，盲目地举着枪。

“什么事？什么事？”

洪森对着士兵们大喊，士兵们一动不动，没人应答。

从帐篷异动的情况来看，很多人在里面乱飞和奔跑，有人大声喊着什么，我侧耳仔细听辨，居然有马的嘶鸣。

五十万百姓从灾难发生后就没有过声音，现在的喊声从何而来？帐篷一直是封闭的，马怎么会进去？

不祥的预感瞬间充斥了大脑，如果按军方上一次的按兵不动，帐篷里的人会全部被马冲撞和踩踏成胶质的水。士兵的神情也很焦灼，得不到命令，只能眼睁睁看着，这要比让他们在战斗中牺牲还难受。来不及和洪森交流，我们竟然同时朝着帐篷角的支柱冲过去。决定是正确的，我们同时注意到帐篷门的帘子被什么东西固定着堵住，根本无法冲进去，而这个东西就是一匹马的屁股。士兵们受到启发，冲过来合力将帐篷一侧的帆布解开，顺势将两根立柱拔出，用力向上兜去。

偌大的帆布半敞半垂，里面的状况一目了然。

帐篷里，三个骑马的勇士用枪向百姓们狂扎，人们像塘里的鱼受了惊吓，成群地顺着边沿逃窜。

“嗨——”

我向里面大喝一声，企图引起他们注意。果然，三个勇士拍马从帐篷里冲出，篷顶垮塌下来。为首的勇士看到我之后凶残地狞笑，用铁枪指着我的胸膛。这三个就是在死城和我交过手的人。没错，看到了豹眼勇士残缺的战袍，不见的那一片，被我扯下来扔在了市区的街道上。士兵们将三个勇士团团围住，他们丝毫没有胆怯。

“窝达鲁，交出窝达鲁。”豹眼勇士指着我狂喊。

一辆越野车疾驶过来，敬花将军和刘参谋长等人下车。

敬花将军大喊：“不要轻举妄动，弄清目的和要求。”

刘参谋长随即也大喊：“我来和他们谈判。”

我不屑地对刘参谋长说：“拜托，能再可笑点吗？你能听懂他们说什么？”

刘参谋长简直义愤填膺：“吉美洛追，你的人品太怪异了。”

敬花将军严肃地说：“有什么主意？”

我大声说：“你的自以为是让我茫然。”

洪森对我的表现看不过去，诚恳地对敬花将军说：“他认识，交过手。”

米娜也大声说：“他们说的是古蒙古语，可能是古代的人。”

敬花将军拍了拍我的肩膀：“你来决定。”

我故意高声问：“姓刘的可以在旁边学习吗？”

刘参谋长急忙说：“完全可以。”

不想看到刘参谋长的尴尬，我直视着豹眼勇士的眼睛，我用很慢的蒙古语问他们来自哪里，为什么在这儿制造混乱。豹眼勇士的神色似乎有所缓和，指了指残缺的战袍，又张开手急切地说着什么。我只能听明白某些意思，有些句子完全不懂，只能猜测到他们是来找我的，向我索要窝达鲁。我想，这件窝达鲁对他肯定很重要，也肯定不是那片撕下来的战袍。

我向他摊开双手，表示没有他们想要的窝达鲁。

他瞬间怒火万丈，根本不相信我的话，横着眉头用铁枪指着我。

“嘿，孙子，瞧你丫揍性，哪儿来那么多闲篇儿，甭他妈在这儿逗咳嗽，有种咱俩单挑，弄死你丫的。”

我再也没有了耐性，脱口而出一句在北京学到的话。人们等待的是我的谈判，不是这句京片子。人们都惊诧地看着我，我心里明白，自从这句话出口，便失去了他们的信任。北京是首都，可是对他们来讲，首都太遥远，况且他们也未必知道这是京片子。可以这样认为，当他们听到我说出陌生的话，我便站在另一行列里，和他们没有了关系。

敬花将军已经向刘参谋长挥手，刘参谋长准备和他们谈判。豹眼勇士当然听不懂我的话，这并不影响他从我和表情中得出判断。三声大叫，三杆枪借着战马的前冲，同时扎向我的胸膛。已经无处可躲，但必须离开人群，把危险留给自己。我向后退了两步转身就跑，洪森不可能让我独自承担，随后追过来。米娜不可能让洪森身处危险，她也向洪森跑过去。马比人快，三个勇士已经追上了我。是不是有点惨？这是学北京人骂街的代价。

“啪，啪，啪——”

就在我的后背将要扎上三杆硬物，洪森果断鸣枪。

三个勇士被枪声吓了一跳，但那仅是半秒钟的事情，三杆铁枪又错位扎向洪森的胸膛。我和米娜同时冲向洪森，米娜在紧急中抓住一杆铁枪。如果在平时，这肯定是滑稽的一幕。身材小巧的米娜就像做撑杆跳，冲向最高点的时候出现闪失，整个身体沿抛物线远远甩出去，坠落在帐篷顶上。

我和洪森徒手与三个勇士搏斗，仿佛又回到了兄弟齐心的军营。没有恐惧，没有惊慌，只有热血在沸腾。还以为和前天晚上的情景相同，拳头击中胖勇士和马，二者会消失或者变成透明的胶质摊在地上。让我吃惊的是，拳头感觉到的反弹力量如此真实与强硬，好吧，既然是真实的，那就随时死在铁枪之下。

敬花将军下达了人马俱获的命令，士兵们把全自动步枪当成了冷兵器，尽管这没什么用处，但是人多势众，还是让三个勇士感觉到了不妙。一声呼哨之后，三人沿着帐篷区的甬道策马离去，转眼消失不见。

我和洪森惦记着帐篷顶上的米娜，刚要向帐篷冲过去，突然停住了脚步，她不但没有受伤，还貌似悠闲地摆弄着手机。我和洪森刚放松地相视一笑，米娜突然尖声叫了起来。

“嗨，我知道他们要干什么了！”

第十五章　幻影或谎言

根据帐篷里的军医描述，三位骑马勇士的出现是瞬间的事。

当时军医正在给人们做音乐的心灵抚慰，三位骑马勇士突然跃入，而帐篷没有任何碎裂，只是剧烈摇晃，这让人想起了崂山道士。如果军医的话不可信，监控可以证明一切，一名军医的左臂还被马踢成了骨折。可惜，摄像头在三匹马冲进来的位置上方，只能看到人马冲进来，并没有显示冲进来的方式。

我非常清楚，敬花将军对我之前的讲述，根本没有相信，而军医的话顶多让他半信半疑。即便他亲眼见到那个场景，这个纯粹的唯物主义者，宁肯认为这是在灾难面前，有着不明目的的人做出的荒唐行径，他的意思很明确，有人装扮成了古代的勇士。

我以为米娜会让敬花将军相信这是真实存在，他还是坚决地摇头。

聪明的米娜，她总会给我惊喜，甚至让我佩服。

就在我准备和三个勇士谈判的时候，米娜打开了手机的全息摄影功能。也许当时她意识到了，三个骑马勇士说的是古代语言，把视频快速传给了她的蒙古学导师——巴雅尔教授。教授给米娜的答复很简单，他们说的是古蒙古语，来寻找被撕下的一片战袍。

有件事无法预料，即便让敬花将军相信这是真实的，对这场灾难来讲有什么益处？还有一个问题，如果敬花将军的判断正确，这三个人是草原上的趁火打劫者，就意味着我之前看到的是一场幻影。

我曾看到的那一幕，还有那场生死较量，难道真的是幻影？

如果真的是幻影，我给敬花将军的描述，属于真话还是谎言？

傍晚的时候，西边的云霞亮得刺眼，一点都不像血，而是像一锅烧开的鲜血在风中散开的蒸汽。在这大难临头的时候，所有的一切都变得怪异。

我和洪森、米娜又来到那片山坡，夕阳余晖下的帐篷区，逆光中显得更加虚幻。我很想闭上眼，让这一切转移或者消失，可是舍不得，这里有五十万百姓，有科孜朵勒达克，他们越可怜，就越应该得到珍惜。洪森一直沉默不语，米娜也有了少有的安静。我心里浮现出一个想法，下意识看了看天空，米娜俏皮地向我微笑。

“赞成你的想法。”米娜说。

“你说话了吗？”洪森疑惑地看着我。

“你兄弟刚才看了看天空，想知道什么时候黑下来，然后再去市区，找那片扔了的战袍。”

米娜非常肯定，我也不需要再掩饰，朝她点了点头。

“意义何在？将军不信，拿什么也没用。”

洪森不同意行动，米娜一时也想不出反驳理由，他们两个看着我，都在等着我的答复。

“一只不敢下令还击的废物。”我不屑地说。

没错，无论敬花将军还是刘参谋长，都让我瞧不起。敬花将军是否相信我的话，根本不重要。我很想表达心里的真实所想，手机铃声打断了思路。

米娜在接听电话，神情惊诧不已，同时也有兴奋。在长达三十分钟的通话中，米娜始终没有说话，而是用锐利的眼神轮番从我和洪森的脸上掠过，直到挂断电话，凝重的神情才慢慢浮现上来。电话那端是巴雅尔教授，他仔细比对了三个勇士的古蒙古语，有些词汇早在二百年前就已消失。从理论上讲，现代人不可能掌握那些词汇和发音，至于为什么出现这种状况，教授无从得知。教授将图像拿到大学视频工作站进行放大播映，发现了奇怪的现象，其中有一匹马和一位勇士的影像，出现了不定期的透明、半透明和不透明情况。在透明的情况下，人和马的影像后面遮挡的东西清晰可见。教授没有给出确切答案，声称需进一步进行实施画质和影像检测。米娜的第一反映，让我和洪森大吃一惊。

“这三个人是历史人物，确切说，应该是某个朝代某个时期活生生的人，只是由于我们不知道的原因，他们复活了或者说在复活之中，教授所说的透明、半透明和不透明，证明了他们的复活进度。”

洪森大叫：“这不是不可能，绝无可能。”

我攥紧拳头挥到洪森面前，认真地说：“不是不可能，很有可能，我的拳头打到过他们，有时像打空气，有时真实地打在马和人的身上。”

洪森抓住我的拳头看来看去，最后把目光停在米娜脸上。

“如果你们的判断正确，绝不能再去死城，如果那些人完全复活过来，他就会死在那儿，用这么大的死城做坟墓，太奢侈，我不同意。”

米娜关切地看着我：“我现在同意洪队的话。”

我情急之中站起身，指着远处惨白的死城，咬牙切齿地说：“没人能阻挡我的行动，势在必行。”

洪森一把拽住我的手，用力把我拉得蹲下，大声说：“去了有个屁用，也许他们早就把那片战袍拿走了。”

我的心里一片温暖，被人关爱着，是件很幸福的事。

我想说几句感激的话，突然觉得那是苍白的，于是，我缓慢而坚定地说：“其实想了很久，没有找到不去的理由，成全我。”

洪森愤怒地指着我的鼻子说：“有种试试看。”

直到现在，我不得不把所想到的事情都讲出来。抛开三个骑马的勇士不提，只说帐篷里的百姓。前些天只要发生碰撞，他们的身体就会变成流质，渗到土地里消失。经过几天的盲目治疗，他们当中有一个年轻人的身体渐渐变得坚实起来，不再出现之前的状况，他有伤口，或许很快就会有鲜血，也会有痛感。这是让人想象不到的恢复进展，我在高兴的同时更加深了疑惑。夜里进入市区，忽略了一件重要事情，这座死城究竟恢复到了七年前的哪一天？它在时光里停止不动，还是以怎样的速度向后或者向前延续？我更想知道科孜朵勒达克需要多长时间，才能活到二十五岁，就是我现在的年龄。当然，我更想知道，从我参军到现在的这几年，她是如何度过的，当初为什么狠心拒绝我，不留情面地把那封情书退还。如果弄不明白这些，我甚至死不瞑目。我的一番话，洪森和米娜大吃一惊。

我以为这些话完全出乎了他们的意料，他们根本没有意识到我会思考如此多的问题，所以对他们接下来长时间的沉默，没有感到异样。

“不要试图说服我，即便不去拿那片战袍，也应该知道死城里现在是什么时候。”我拍了拍洪森的肩膀，显示着我的决心。

“后来的事，我是说……在你当兵之后，科孜朵勒达克对你还很重要吗？”洪森用很柔软的眼神看着我，这种眼神我从来没见过，乍看起来像个娘们。

“也许一点都不重要，但我必须去做。我想象了一个情节，很想在这个死城里，抚平我心里的伤痛。我和她的关系一直很好，除了你，最愿意照顾我的人就是她，可她为什么拒绝了我的感情？”

米娜一直深思着，此时拔下脚边的一朵野花，轻轻放在我的手里：“说说看，我给你的这朵花代表什么？”

我拿起野花看了看：“友谊，关怀。”

米娜把野花拿走，轻轻扔到旁边：“还好你没说爱情，所谓当局者迷，用这朵花表示最恰当不过，你把她对你的友谊和关怀当成了爱，在你的心里，她是你的初恋，而你不是她的。”

这完全没有可能，米娜低估了我十八岁的心和眼睛。

“从小生活在歧视当中，爷爷对你的照顾也是粗糙的，你得到了科孜朵勒达克的关爱，于是像抓住了感情的救命稻草，于是把她的关爱当成了爱情。其实，你不是放不下这段感情，也不是非要弄明白她拒绝的原因，而是在潜意识里还想把这种依赖继续下去。你何尝没有绝望过，得到最终答案，是你对这段感情的恐惧的结束。清醒过来吧，不管她因为什么拒绝了你，这是事实，你没有恨她，这还不够好吗？”

米娜说得很动情，差一点我就崩溃地承认了内心的纠结。

“这些年一直不敢这么说，怕你受刺激。我跟你说过，我去帮你送情书，她看了之后哭了，是吓哭的，她的家教很严，父母都是咱们的化学老师，你没忘吧？”洪森还想试图说服我。

我已经坚定了信念，根本无法变更。

我缓缓地说：“时光倒流是个机会，给自己一个答案。”

洪森生气地说：“自私，胜过对生命的珍惜。”

我淡淡一笑：“知道，但无法控制。”

洪森对我的肩膀打了一拳，大声说：“浑蛋，我不允许。”

我艰难地说：“米娜说……出事之前你和科孜朵勒达克曾经通过电话，只是她没有提自己的情况。我知道她一切都好……就行了，即使乌德巴勒恢复原样，我不会介入她的生活，什么都没有，剩下的都是祝福，都是祝福。”

洪森和米娜再次沉默，我觉得他们被我的话感动了。至今，我仍旧无法理解那天晚上的事情，生命科学家也没有答案。但这导致了我的憎恨，也许他们真的把这些人当作了昆虫。浩浩荡荡五十万之众，如何在沉默中迁徙进入这些帐篷？仅仅用趋光的渴望，完全不能解释这场奇观。非洲草原上几千万只角马的迁徙，那是它们生命中必须要做的，和生死存亡有关，那是宿命。有些海洋哺乳动物也出现过莫名其妙的举动，它们自愿搁浅在浅滩上，把肉体交给空气，然后让造物主把它们的灵魂带走。

这些无辜的人们呢？他们为了什么？

纵是两个师的兵力，也无法把五十万人的身份弄清楚，这场安置没有人员登记。洪森曾警告我不能随意进入帐篷，根本无法得知科孜朵勒达克在哪顶帐篷里。现在仍然不知道她在哪里，可毕竟有些谜团要揭开了。我像卸下了一个包袱，仰面躺在山坡上，轻轻闭上眼睛。

“如果你们可怜一个无父无母的兄弟，就在这儿陪他三个小时，之后，他可能有去无回……”

说完这句话，我知道有泪水流下来，急忙用手把脸捂住。

第十六章　回到七年前

第二次夜里进入乌德巴勒死城，心里平添了些许恐惧。

走在街道上，竟然忘了第一次来的时候是否有风。

现在有风，闻到了浆果腐烂后的气味。如果在以前这个季节，家家户户都会在阳台上放一些从野坡上采来的早熟浆果。它们在硬风硬水的环境下生长，练就了一副好身板，即使到十月或者更早，至少第三场雪来临的时候，它们都在枝条上不会掉落。在新疆一些地方，有人把不肯掉落的杏子叫作“吊死干”，在乌德巴勒，人们把这种浆果叫作“晚嫁娘”。

街道建筑旁的十个介子交换器还在工作，我径直走向曾和三个骑马勇士搏斗的地方，地上什么都没有，看不到被我撕下的那片战袍。

也许被风吹走了，也许被他们的人找回去。

现在，我的恐惧感消失，理智告诉我，让敬花将军相信我的话，本身就很荒唐。我的心里存放着另一件事，记挂着的是死城时光倒流的具体日期。

我的初中和高中时代，都是在学校集体宿舍度过的。小学的时候和洪森睡在一张床上，这要感谢爷爷在这片草原上的名声。从爷爷捡到我那一刻起，所有的人都以为我是哑巴。

爷爷曾鼓励我在众人面前开口说话，哪怕发出一丁点声音，他的努力和对我的期望就没有付之东流。那时候，越想开口喉咙就越紧张，直到七岁生日那天，爷爷骑马带我到乌德巴勒，看到很多孩子高兴地跑出学校大门，只用了三口，黑皮囊里的马奶酒就被他喝了个精光。我当时靠在他的怀里，忽然感觉后背发凉，他已经坠落马下，摔得不省人事。

我确认听到了我的惊叫，声音大得难以想象，所有的家长、老师和孩子都看过来，最先冲过来的是洪森的父母。洪森的父亲看到马脖子上挂着的陶布舒尔，认出了声名显赫的爷爷，他曾多次想象能向爷爷请教技艺，甚至合一张影，都是他作为乌德巴勒市文化局局长的荣幸。

爷爷在洪森家养伤，我被送往医院检查声带，结局是双喜临门，爷爷的伤痊愈，我顺利地读一年级。可惜好景不长，洪森的父母双双调往乌鲁木齐，洪森不愿意和我分开，我们都成了住宿生。洪森家原来住的地方早已卖掉，即便现在去看也不是原来的家了。绕过民族商厦左侧的停车场，再过两个十字路口，能看到科孜朵勒达克家的小白楼。说起来，这座小白楼是她父母用辛勤工作换来的，属于政府特殊奖励。因为从建市开始，只有她的父母获得过全国模范教师的殊荣，培养了后来的若干个化学硕士、博士。

小白楼大门紧闭，挂着很大的铁锁。为了安全起见，我戴上手套从墙缝里找到了钥匙，这还是初中的时候科孜朵勒达克喝醉了告诉我的。

拿着钥匙开锁，铁锁在手里碎成了一团渣。轻轻推门，獐子松的大门朽木一样垮塌下来。打开洪森为我准备的强光手电，刚照到地上，升起一股蓝色烟雾。

长生天啊，我急忙关闭手电，不是怕强光再度把这一切毁灭，而是看到了静静坐在台阶上的科孜朵勒达克。她全身近乎透明，宛若一尊被阳光晒过的冰雕，充斥着陈旧的感觉，也不知道她的视线看向哪里，她的瞳孔黯淡无光。

科孜朵勒达克头发散乱、衣衫褴褛，定是从暴动中跑出来的。科孜朵勒达克舍不得离开这里，这是她的家和归宿。我慢慢走过去，她居然对我视而不见，好像我是空气。这是我再次遇到她的十八岁，两种青春年华又如此不同。

我蹲下来仔细观察她，发现身体并没有落地，和地面保持着三厘米的距离。我尝试着去抚摸她的头发，就在要摸到头发的时候，她在瞬间消失。完全没有方向，就像眼前的一块幕布，露天电影放映到最后一秒，画面成了空白。

我差一点就确定刚才这一幕是幻觉。作为亲历者，我有权利声明。幻觉，从开始到结束都是真实的。

借着远处探照灯的漫射光，我观察着眼前的情景。院里停放着一辆自行车，这是科孜朵勒达克读书时的交通工具。玻璃阳光房内散落着脸盆和花洒，几盆花已经干枯得成了标本。我曾怀疑进入小白楼之后，它会塌下来将我埋住，最终强烈的好奇心战胜了恐惧。我轻手轻脚进入客厅，茶几上放着几张《乌德巴勒晚报》，日期分别是2014年11月3日和11月4日。

无论哪一天，月份应该没有问题。这座城市时光倒流到了七年前的冬季。

这不禁让我心中窃喜，我被科孜朵勒达克拒绝的那天是2014年最后一日，而这个时候，我还在心里充满着希望，等待她的答复。我情不自禁向科孜朵勒达克的卧室走去，我和洪森曾在这里偷喝她爸爸酿的葡萄酒。那是我终身难忘的味道，科孜朵勒达克说葡萄是爸爸从野外采来的，它们在秧架上已经冻成了冰，所以在酸甜中有一种凛冽的寒冷，让人回味无穷。

一切还如原样，桌上放着一个纸盒，里面是生日蛋糕。

我又看到了科孜朵勒达克，她静静地坐在桌前，乖巧地双手合十，那是闭目许愿的样子。

这不是幻觉，她就在这里，只是和我无法交流。我不明白的是她安静地坐着，椅子却没有着地，悬在地板上面。我不敢再去触碰她，怕她再次消失。

好吧，就用这种特殊的方式，弥补我没有为她庆贺生日的过失。我轻轻打开纸盒，看到了我在蛋糕上留下的字：郁金香生日快乐。

我的心瞬间变得透亮起来。准确地说，时光回流到了2014年11月6日。2014年11月5日是科孜朵勒达克的生日，蛋糕是我第二天送给她的，因为送不送她生日蛋糕，我犹豫了一天一夜。

在此之前，我从没有过睹物思人的经历和感受，而我现在分明能够看到她，她却静止不动，就好像不存在一样。原来这才是茫茫相隔，找不到痛点的心如刀绞。

打开纸盒，蛋糕像粉尘般散开，幸好有几支蜡烛好像还能点着。我想拉开书桌的抽屉，找到火柴或者是打火机。我轻轻捏碎铜锁，抽屉里有两盒火柴，还有她的日记本。我试着点燃蜡烛，好不容易才点着，就在转身要唱生日歌的时候，科孜朵勒达克见到了光，再次消失不见。

我为这次疏忽懊悔不已，愣怔良久，翻开日记看她写过什么，外面突然响起急促的马蹄声。装好日记本探窗而望，十匹马围在院外，我认定他们是被室内的光亮吸引过来的。冤家路窄，正在想是否有那个被撕了战袍的勇士，突然看到向我瞪眼的人便是。情急之中，我从二楼跳到后院，翻过栅栏向远处跑去。

急促的马蹄声再响，他们显然听到了我跳到地上的声音。凭借对地形的熟悉，我躲到第二人民医院保卫室门口。刚喘了两口气，那些战马好像猎犬一样嗅觉灵敏，眨眼之间一字排开，挡住了去路。正考虑逃生的办法，豹眼勇士跳下马径直向我走来。我本应告诉他，我也在寻找那片被撕下的战袍，他根本没有给机会，张开双臂向我抓来。这是蒙古勇士摔跤的姿势，我想和他较量一番，身体始终保持着攻击有效距离，两个人绕来绕去，他显得不耐烦，出拳向我打来。

这就是进攻的空当，一声低喝之后，他被我远远甩出去四米。其余九个人怪叫着骑马挺枪向我冲过来，我急中生智，拿出强光手电筒扫过去。战马受到惊吓，直立着嘶鸣，趁没有落地之际，我从左侧顺着街道向汽车站方向跑去。

他们穷追不舍，我回头看距离多远，撞在一棵大树上。身体穿过树干，偌大的树冠砸下来。尘土飞扬，马蹄声暂时阻隔在迷雾的另一端。好景不长，我踉踉跄跄向前跑，脚下被滑倒，前冲着摔在地上。

“嗖——”

一支铁枪从头上飞过，插在旁边的四层小楼上。

扭头往上看，楼体有碎裂声，正要闪开危险之地，又有三支铁枪插进去，整座楼朝前面坍塌下来。漫天都是飞扬的白尘。这是最好的保护伞。

后面是杀人的勇士，只能一往无前。

好不狼狈，我几乎爬行着钻进白尘之中，右手正好抓住了令我滑倒的东西。哦呀！即使在如此危急的时刻，我都笑出声来，因为抓住的正是那片战袍。

好吧，不是白尘在下落，是我挟裹着白尘在狂奔。在这团白尘中，我丧失了所有的能力。除了奔跑，时间、距离一概不知。现在，除了我的瞳孔，任何一个地方都是白色的。

这次行动是绝密的，只有我和洪森、米娜知道。进入死城之前，米娜帮我找到了士兵把守的盲区，而出去肯定没有那么简单，军方肯定听到了城里的动静。果然，如同我第一次出来一样，敬花将军和刘参谋长带人和我对峙，距离只有五米。这是我的个人行动，没必要再重复解释理由，唯一担心的是再次看到刘参谋长手中的武器。

刘参谋长像上次那样举起武器向我瞄准。有些事不能重复，如果再重复，我还要昏迷两天。我快速掏出强光手电向他照去，除了洪森、米娜和敬花将军，其他人全部就地卧倒，刘参谋长手中的武器掉在地上。

“不用了吧？”洪森捡起武器，若无其事地递给刘参谋长。

刘参谋长尴尬地看着上司，敬花将军审视的眼神看着我，我坦然地向他走去。

“不怕灰飞烟灭吗？”我扬了扬手中的那片战袍。

敬花将军并没有看我手里的东西，盯着我身上的白尘。

“依然讨债，人多了，十个。”我淡淡地说。

敬花将军沉思了一下，对刘参谋长说：“东西带回去，保证不出意外的情况下，适当做安全处理。”

刘参谋长伸手要拿那片战袍，我故意给了米娜。

“什么意思？”刘参谋长显得很生气。

“你们根本不相信它的存在，是我们警方委托吉美洛追找到的，洪队，我们走。”米娜说完，拉着我的手就走。

“米娜，这不合适吧？”洪森紧追两步，试图阻拦。

“警方和军方不是一个体系，我们有自己的工作，有什么不妥吗？你兄弟的随身物品也是由警方转交给他们的，这很正常。”米娜越说语速越快，步伐也越走越快，生怕什么人从手中把那片战袍抢走。

回特警队帐篷的路上，我很兴奋，好像完成了一次很重要的任务，滔滔不绝地讲述着这次的经过和险情。回到帐篷里，我小心翼翼从口袋里拿出科孜朵勒达克的日记本，告诉他们乌德巴勒时光倒流的准确时间，也说了那块生日蛋糕，还无比憧憬地畅想了死城复原后的情景。哦呀，我可以再次见到二十五岁的科孜朵勒达克，只是还有一点没弄明白，不知道死城的时间流速是不是和现在同步，我甚至还开了一个玩笑，如果死城的恢复需要三十年，她肯定不会再爱一个五十五岁的老头。想到开心处，我有些得意忘形，完全忽略了两个听众的神色。

洪森和米娜一点都没有兴奋，两个人变得迟疑和木讷。

“两位，难道你们对美好的未来没有畅想吗？”我的两臂张开，两只手分别搭在他们的肩上。

米娜轻轻把我的手移开，洪森则把我的手按在他的肩头。

“兄弟，洪队有话跟你说。”米娜躲闪着我的眼神，似乎还有一声轻叹。

“但讲无妨，趁我现在高兴。”我把手抽出来，坐在椅子上，那是标准的军姿，尽管身上还是一团白尘。

“我要说的这些话，其实是准备以后说的，至于什么时候，我不知道，但我十分清楚现在要对你说，是在城外等你的时候决定的。我和米娜一直担心你回不来，或者会发生什么状况，如果有意外，我内心会一辈子受折磨，尽管我对一个人有过承诺，但是，我现在终于做出决定，即使对那个承诺食言也毫不可惜，因为我不愿意再隐瞒下去，这对你不公平。”洪森艰难地说着，几次磕磕绊绊，说不下去的样子。

“从没见过这么啰唆，朕恕你无罪。”我无所谓地说。

洪森没有说话，拿过桌上的日记本，深深地低下头去，双肩在颤抖。我以为洪森在窃笑，扫过米娜悲哀的眼神，才意识到有些不妙。

“到底什么事？别让我的心脏爆炸。”

因为是夜间，我压低了声音，但那种力量足以让洪森就范。洪森没有抬头，只是摇晃着手中的日记本，最后压抑不住哭出声来。我预感到某种不祥，想从洪森手中夺过日记本，又怕它碎裂。可是，这个并不厚重的日记本，好像有一种魔力，传递到我的手上，我的手也在抖。

“有一句话，你们最好别告诉我。”我的声音也在抖。

“不，再隐瞒下去毫无益处。”

米娜说话的神情很悲壮，我似乎猜到了什么，如同等待死亡判决书，明明知道生命的终点，偏要等待法官宣布。良久，洪森抬起头，泪流满面地看着我。

“兄弟，请原谅，我不能再瞒你了，科孜朵勒达克，她……已经死了……”

第十七章　就想看她一眼

此刻，洪森站在我的面前，和七年前相比没有多少变化。

男人的胸膛不轻易靠近，如果有靠近的必要，定是能整夜沽酒，定是能把鲜血滴在酒中，然后一饮而尽，赤裸裸且坦诚地看着对方的眼睛。你们可以不是同父异母，也没必要同母异父，甚至没必要一奶同胞，眼神已经超越了一切。我始终认为，朋友可以有千千万，能被称为兄弟的只有几个。参军之前，洪森是我唯一的兄弟，经过了军营的洗礼才明白，战友情是可以超越兄弟之情的。洪森，这样一位和我同时有着兄弟情以及战友情的男人，居然在天衣无缝的平静中，欺骗了我七年零三个半月。

洪森，你目的何在？洪森，我该不该恨你？

米娜的表情始终很淡然，她夹在我和洪森之间游刃有余。显而易见，她早就知道科孜朵勒达克离开了人世。曾有一个时刻，我希望她的表情是惊愕的，这样会弥补一下我心里的失衡，可惜，她的淡然意味着要和洪森一起面对我的责难，而这种淡然的真正意义是要我必须接受，甚至接受洪森对我的欺骗。

如果我是女人，大哭一场可能很好。作为一个男人，有什么更快捷的通道，远离此刻的恐惧呢？

洪森一直在等待我说话，他的手无力地空张着，是在要我的宽恕吗？米娜把自己的手放在洪森的手掌里，这也许想传递一种力量。可恶的米娜，你所给予他的力量，无疑是让欺骗更有合理性。

“我要走了。”我虚弱地说。

“该说的他都说了。”洪森没有说话，米娜冷冷地说。

“好，那就诀别……”

不想拿走来时带的一切，只想带走科孜朵勒达克的日记本。日记本明明就放在桌上，我伸手去拿，却感觉永远都拿不到。它在躲着我，我着急地探手去抓，猛地往怀里带，日记本骤然间碎裂。

长生天啊，这是科孜朵勒达克唯一的遗物！

我想把日记本复原，无论怎么收拾都不能如愿，最后被双手揉搓成碎片，又变成粉尘落在地上。我承认此刻的心情是怪诞的，但是并没有怪诞到无法指挥自己的双手，怎么会把日记本揉碎？

我又看到了洪森空张着的双手。没错，洪森的手才是揉碎日记本的罪魁祸首。

洪森知道再也无法挽留我，看到我去拿日记本，想提前把它抢在手中。而我当时根本没有意识到他的手存在，四只手在抢夺中毁灭了科孜朵勒达克的日记。

这是个意外，所有早就安排好的意外中的一部分。这个意外能不能阻止我的脚步？我冲出了帐篷。

看看，看看，东边天地交接之际，如同躺着一条死去的带鱼。这种丑陋的天象，不配有红彤彤的朝阳出现。如此甚好，符合此刻的心境。

不知道去往哪里，反正科孜朵勒达克已经死了。我没有问她死于何时何地，没有问洪森为什么欺骗了我七个春夏秋冬。什么都不重要了，什么都可以放弃，什么都可以不去理会，包括头上的天，包括脚下的地，还有身后传来的越野车的轰鸣。肯定是洪森，他还奢望能把我留下。

越野车从身边开过，飞扬的尘土将我淹没。它没有停下来，而是继续向前，我始终在飞扬的尘土里，就像现在身处的世界。

前方二百米处，越野车停下来，没有人下车。这个距离，足以让我想明白一些事情，要么原谅要么憎恨。也许还有第三种方案，现在寻找不到。现在最重要的，是向越野车走近还是另辟蹊径。还好，当我决定离开的时候，车门打开，米娜跳下车。

好一个故作姿态的女人，为什么经过我的时候不把车停下来，反而停在二百米之外？我已经感受到了生与死的距离，区区二百米算个什么东西？

米娜走过来，本来不想看，她脸上的泪水吸引了我的目光。我知道为什么，心里突然有了一种快意，它的本质是报复。我向米娜走去，脸色阴沉得像夜空。

仅仅相距三米，幸亏米娜停住脚步，不然我会直接撞过去。我想用这个举动告诉她，科孜朵勒达克死了，我要活着，就必须做个浑蛋。我用眼神侮辱着她的自尊，她恰好去揉眼睛，把我的愿望挡在外面。

"有件事你不知道，洪森说出那句话，他是个废人了。"米娜委屈地哭了。

"活该。"我淡淡地说。

"十八岁之前，洪森说愿意替你去死。十八岁之后，他改变了想法，因为他不会让你有危险，希望你活得比别人都好。"米娜的语气很无辜，这听起来更让人容易相信。

"活该。"我淡淡地说。

"你有两次……差点死了。"米娜幽怨地看着我。

"活该。"我淡淡地说，本人现在是浑蛋，什么都必须不在乎。

"一个不成熟的男人，天天等着另一个不成熟的男人成熟起来，他害怕这个人受到伤害，不知道怎样去保护，他的心很累，这个人就是洪森。你可以不承认，洪森的心血也可以白费，但有一点你必须明白，你现在变成了浑蛋，他也是个傻子。"

"我们是诀别过的人，你不守信用。"我无所谓地说着，把嘲讽的味道调整到恰如其分。

"孬种，根本不敢回忆过去。"

"很不幸，我开除了洪森，你作为同案犯一并处理。"

"可洪森为了你强迫了他自己，第一次是在五年级，你受不了同学说你是江洋大盗的儿子，到果园里找到半瓶农药，结果洪森背着你去民族医院洗胃，从果园到民族医院将近四公里，洪森累得小便失禁。第二次是初三，你和科孜朵勒达克为了值日表吵架，竟然从三楼往下跳，扬言结束生命，而你最后安然无恙，因为洪森冲过去趴在地上用后背接住了你。他从没告诉过你，就是这一次导致了他脊椎永久性错位，这是后来在训练场上多次受伤的原因，这也是你无数次嘲笑他身体素质不如女兵的真相。当然，你也根本不会知道，他本来已经考上军校，为什么突然决定结束自己的军旅生涯，因为他的身体完全不能承受高强度训练。因为你的脆弱，因为你的可笑，动不动就要死，洪森怎么敢把噩耗告诉你？他一直在等着你成熟，等着你有面对噩耗的勇气，可他的愿望迟迟没有实现，一直没有实现。”

洪森退役对我始终是个意外，因为他当年毕竟考上了军校。在此之前，我一直认为，我们前后退役是兄弟之间共进退的表现，就在我被勒令提前退役三个月后，洪森也光荣地回到了乌德巴勒。我一直觉得洪森在这点上很讲义气，绝没有想到另外的原因。洪森一直想在部队干下去，想不到我害了他。

可是，这能抵消他对我的欺骗吗？想想看，如果之前，得到科孜朵勒达克的噩耗，我的表现会是什么样的？我今年已经二十五岁，刚刚得到了科孜朵勒达克的噩耗，我现在的表现……就是这样的，已经和兄弟诀别，正和兄弟的女朋友唇枪舌剑……

“吉美洛追在你眼里是什么人？”我淡淡地问。

我希望米娜的回答充满恶意，这样心里可能会好受一点。

“你说的这个人不在我的眼里。”米娜果断地说。

“洪森在你眼里是什么人？”

“他在我心里。”

“洪森会原谅我吗？”

“这个问题不存在。”

“你描述的洪森像我爸爸，而不是我的兄弟，你怎么看？”

“活该。”

“我知道有此下场，但不妨碍我继续浑蛋下去。”

我从米娜手中抢过车钥匙放进口袋里，干脆席地而坐。米娜镇定地看着我，拿出手机扔过来。我知道米娜的意思，她希望我给洪森打电话道歉。可是，既然要当浑蛋就要有所作为，我没有伸手去接手机，手机落到腿上。我假装小心翼翼地把手机放到草地上，随便向后倒去，闭上眼睛装作睡觉。我在等待米娜的制裁，感激她说出了我对于洪森的伤害。

米娜走过来，对我的屁股狠狠踢了一脚，蹲下来一本正经地问：“在你们浑蛋界，有游戏规则吗？”

“你老公是高层，请问他。”我严肃地说。

“科孜朵勒达克死了，你唯一留下来的理由不存在了，希望节哀顺变。以后的路很长，不要像小时候那样动不动就寻死觅活，洪森不能再救你了，因为你不想跟他在一起，至于将来做什么，那是你自己的事情。还有，我们结婚的时候，会找别的伴郎，伴娘不会变，这是我和娜斯塔西娅的约定。越野车是公家的，别让警察浪费体力追讨，洪森有备用钥匙，他会开走的。”

这个恶毒的女人，明明知道我服了软，还要将我置于死地。杀人不过头点地，还想怎样？

米娜向回走，迎面开过来的警车让她停住了脚步。洪森跳下车，看着我和米娜的表情，我装作委屈的样子，等着他走过来。果然，他快步向我走过来，蹲在我的前面。

“刚和刘参谋长通过电话，军方已经成立应急解剖小组，就等你去了，想卸成几块儿？”洪森一本正经地说。

这个贱人，居然和老婆一个口气。

“癞皮狗，起来。”米娜走过来，照准我的屁股又是一脚。

我借势一把搂住洪森的腰，认真地说：这儿不影响性能力吧？如果不能……那个什么，兄弟以后多尽力……

米娜用力拧住我的脸，生气地喊：“再往下说。”

“好，我……为你们养老。”我恭敬地说。

“到底有没有一句人话？”米娜崩溃到央求的境界，像在哀鸣。

“有，不过……是个条件。”我认真下来，用问询的眼神看着洪森。

“一百个条件也无妨。”洪森拍着我的肩膀。

“科孜朵勒达克死了，帐篷里的科孜朵勒达克还在，不管用多长时间，不管帐篷区里有没有五十万人，你陪着我，找到她，看她一眼，就一眼，哪怕只有一眼。”

我肆无忌惮地流着眼泪。洪森被我传染，两滴水浇灌了草原。

第十八章 战袍羊皮卷

如何在五十万异常的生命群中找到科孜朵勒达克?

我的答案是……不知道。

我和洪森、米娜戴着特别通行证，穿梭在无边无际的帐篷里，谁也没想这次寻找会终结在哪一座帐篷里，只是执着地透过一扇扇小窗看去。

一次次充满希望，一次次给予绝望。

当太阳将要照到帐篷的时候，军方按着规定遮盖了小窗，启动了里面的照明设备。他们不能见到阳光，会在阳光里消失。我和洪森不得不终止寻找，回头看看整夜查找过的帐篷，不过是总量的千分之一。

十八岁时的初恋，我一直承受着形同窒息般的折磨。科孜朵勒达克，如果你能体恤我的迷茫，也帮我回到七年之前吧。我能听到你唱的那首哈萨克民歌，曾让我肝肠寸断的《嘎俄丽泰》。当时，电台里播送彭丽媛演唱的这首歌，你一下子就迷上了它，我在你哼唱的第三天才学会旋律，但我不知道它的意义，不知道它会成为今天的写照。

科孜朵勒达克，你可曾知道，就是班里组织的那次春游，在山坡上听了你的歌声，我才下定决心给你写一封六页纸的情书。

我是个笨蛋，竟然从春天写到冬日，从飞花写到了雪落。

一个十八岁少年的情书，尽管只有六页纸，宽如帕米尔高原。

一个十八岁少年的情书，尽管只有六页纸，高过慕士塔格峰。

什么是初恋？初恋就是深深扎进真皮层的那根酸枣刺，我不敢鼓足勇气把它连皮带肉剜出来，那样会流血。尽管这样会一劳永逸，我只能让它在原地潜伏着，躲避着别人也躲避着自己。因为每碰触一次就疼一次，所以只能听之任之，所以只能面对隐隐作痛，最后成了习惯，最后成了活着的某种变态的乐趣。

是的，我没能力改变军方的决定，只是固执地认为，有一种办法会对你有好处，那就是把你们重新送回死城，让你们重新进入时光的流程，也许会恢复到原来的样子。可惜，这种想法首先遭到了洪森和米娜的否定。

他们让我先回答一个问题，如果发生不可预见的乱象，如何收拾？是啊，我很自私，没想到收拾局面，只想到如何收拾心情。长生天啊，我们的普遍认知中，人只能死一次。

现在出现了异常，我一时无法判断，科孜朵勒达克死在哪个时期。在这片帐篷里，死于时光倒流的十八岁？在时光倒流之前，我和她分手的时候？我和她分手之后，死于这七年当中？三种情况显然都不是，米娜曾告诉我，前些天洪森还和她通过电话，那就应该是死于我回到乌德巴勒之后这几天。然而，洪森尴尬地告诉我，这些话是他俩早就编好的谎言，科孜朵勒达克确切离开人世的时间，应该是我和洪森去报名参军后的三天之中。

洪森有充足的证明，他在部队第一次探亲假期间，曾目睹科孜朵勒达克父母手中保留的两次病危通知书。关于这一点，我有理由反驳，其他同学告诉过我，她的父母曾多次在媒体上发布寻人启事，如果死在医院里，还寻找什么？

到底是死亡还是失踪？二者截然不同啊！

洪森对科孜朵勒达克的失踪，有着让人意外的看法。他曾去医院进行调查，她失踪在急救病床去往太平间的楼道里，至于当时医护人员如何解释，任何人都守口如瓶，这是一个彻头彻尾的谜。作为父母，他们寻找的不是女儿，从某种意义上说，寻找的是女儿的尸体。尽管找不到原因，事实是科孜朵勒达克在停止呼吸之后，她的尸体不翼而飞。

科孜朵勒达克一直接受严格训练，她想成为一名舞蹈家。这样一个鲜活有力的生命，会死于什么疾病呢？

“如果不肯原谅我，如果因为她的死，现在改变了想法，我不会强求。”洪森习惯性地要拍我的肩膀，最后停止了动作，无奈地看着我。

我不知道如何回应，只能呆呆地看着洪森。

“洪队曾让你说一个理由，现在应该找到了。”米娜说话的时候并没有看我，小心地把桌上的日记本粉屑装在盒子里。

“不，我要说的理由跟科孜朵勒达克无关，上次不是，这次也不会是。上次想说……这次可能随时会有生命危险，一直愧对爷爷，想回去看看他。”

米娜显得意外而感动，点头的时候还紧抿着嘴唇。米娜并不知道，这个理由对我还有更深层的意思。

我曾告诉过洪森，我的参军过程非常艰难。爷爷希望我继承他的衣钵，在草原上做个受人崇敬的江格尔奇，而我坚决要和科孜朵勒达克一起，甚至放弃高考，要在绿色军营让青春发光。走之前的那个晚上，入伍通知书放在石桌上，我和爷爷都喝了酒，我狠狠地放下一句话冲出门去，不用回头都能猜到爷爷酒醉之后的迷乱目光。爷爷肯定以为时光停止了，肯定觉得我从来没有这样陌生过，因为我扔下的那句话是：别指望我步你的后尘，你就当我死了。

往事不堪回首，我从此多了失眠的毛病。特种兵训练时，浑身痛到要用手搬着腿上床，而手根本抬不起来，后果就是四肢在地上徒劳地哆嗦。我喜欢这样，累到倒头便睡，忘记做梦，忘记所有想知道的一切。

此时这个夜晚，比当兵时训练到浑身无力还要难受。我感觉不到自己的四肢，尽管躺在床上，如同飘浮在空气中，找不到支撑点，大脑一片空白，这些空白里，都是科孜朵勒达克的笑容。

一个活生生的人，就这样消失了。一段甜蜜中掺和着苦涩的初恋，就这样无疾而终。更感到可悲的是，在她死去的七年里，我竟然像没事人一样。不愿意把这件事看成可悲，那本是我的原罪。

下午4时，我睁开眼睛，洪森和米娜坐在床前。他们的眼睛红红的，或许哭过，或许一直未眠。我艰难地起身，告诉他们至于现在有什么打算，根本没有想。

洪森理解我的心情，轻声说：“回去看看爷爷吧，有车。”

我本想说声谢谢，又担心这种客气让洪森误解为我还对他耿耿于怀，所以只是报以微笑。我下床活动了一下筋骨，洪森把车钥匙递给我，米娜又从我手中把车钥匙拿走。

“我改变主意了，这件事应该让他知道。”米娜严肃地说。

“别以为我很坚强，我什么都不想知道，除非她复活。”我说。

“吉美洛追，允许你消极，但必须有时限，一秒钟够吗？”米娜说着，把帐篷窗帘撩开。

阳光照进来，我的精神为之一振。

“根据你的描述，我们已经告知军方时光倒流的准确日期，他们将指派相关领域的顶尖科学家来到这里，测量死城现在的时空速度。如果能够掌握它，或许能用某种手段，再让时光进一步倒流，至少能找到科孜朶勒达克的死因，也就能避免她的死亡。”

“不可能，她就在帐篷区里，你要单独放她回死城吗？怎么知道她会和死城一起恢复到以前的样子？她现在的经历，十八岁的时候不曾有过。”

说这些话的时候，我多么希望和米娜换了位置，我来提出希望，米娜进行反驳，事实上截然相反。洪森迟迟没有说话，他看出了我的心思，我本想得到他的安慰，听到的却是蔑视。

“你可以逃避或者放弃，我们必须放手一搏。”米娜果敢地说着，放下窗帘。

我迫不及待地冲向外面，我想站在阳光下，阴暗的地方太压抑。

洪森和米娜走出来，转身向右侧走去。

我紧随他们之后，到了乌德巴勒市公安局的临时指挥部。

“本人讨厌你们的龙上司。”我站在门口不愿意进去。

“不想知道那些勇士为什么找你吗？”米娜推着我往里面走。

大帐篷里很多人，围着一位五十多岁戴眼镜的教授。洪森悄悄告诉我，这就是米娜的导师巴雅尔，昨天晚上用直升机接过来的。巴雅尔教授的头发花白蓬乱，而且长而卷曲，他用左手撩着垂下来的乱发，右手用放大镜看着一件羊皮卷轴，旁边是被我撕下来的那片战袍。我很奇怪为什么没有军方和联合调查组的人，洪森没有回答，只是向我挤了挤眼睛。

龙局长紧盯着巴雅尔教授手中的放大镜，很显然，他认为它放下来的时候，巴雅尔教授就会有结论。良久，巴雅尔教授终于放下放大镜，脸上没有喜色，反倒平添了几许凝重。

“谁是吉美洛追？”巴雅尔教授问龙局长。

龙局长看着我，米娜把我推到巴雅尔教授的近前。

“关于这两件东西，和你两次在死城的经历，能保证说的都是实话吗？”巴雅尔教授的眼神并不犀利，反正非常温和。

“我想知道向你保证的意义。”我淡淡地问。

“你做了一件别人难以想象的事，不但见到了七百多年前的古人，还和他们交过手。哦，我说的不是你成了胜者，而是你们之间不可思议的相遇。”

巴雅尔教授的一番话，让在场的人不禁啧啧称奇。

我刚要说什么，巴雅尔教授兴奋地摆手制止：“那个部队的将军不相信是不是？告诉你，如果这件事谁都信以为真，那就不是传奇了。”

我礼貌地报以微笑，接下来实话实说：“教授，我要说的是……我只拿回了一片战袍，而现在有两件东西，羊皮卷没有见过。”

巴雅尔教授兴奋地说：“你撕破了一个勇士的战袍一角，在这片战袍里，藏着一个羊皮卷，这对他们很重要，所以对你穷追不舍。”

我凑过去看羊皮卷上的符号，非常类似蒙古文，或者看上去就是蒙古文，但这些文字从来没有见过，不知道什么意思，更不是我的短信和娜斯塔西娅手中那块石头上的符号。

“教授，这些文字我没有见过，什么意思？”

“让我的学生告诉你，米娜，你来说。”巴雅尔教授向米娜招手。

米娜走过去仔细看了半晌，尴尬地说：“貌似蒙古文，具体写的什么不认得。”

巴雅尔教授开心地说：“1204年，成吉思汗征讨游牧在大阿尔泰山一带的乃蛮人，太阳罕掌管官印的回鹘人塔塔统阿成了俘虏，可他还是忠诚地保护着那些印信。成吉思汗喜欢他的人品，让他教太子和诸王用畏兀儿字写蒙古语，学术界把这种文字称作回鹘式蒙古文，就是现在蒙古文的前身。好了，就说这么多，现在可以骄傲地告诉大家，这个小伙子给我们拿到了一件无价之宝，这是大蒙古帝国的圣旨，大汗在号令天下，要寻找……寻找成吉思汗的……转世神马。”

巴雅尔教授有些结巴，我不免心生疑虑，蒙古历来汗位更迭频繁，他口中的大汗是哪一位呢？我善意地想，也许是他故意卖关子，当然，也可能是激动的原因。

人们议论纷纷，作为在老江格尔奇身边生活了多年的人，我当然知道成吉思汗的转世神马是怎么回事，于是不禁对自己有些崇拜。

所有人的都喜形于色，只有米娜皱紧了眉头。

“教授，在蒙古历史上寻找转世神马的圣旨有几件？”

“当然只有一件，有历史记载。”巴雅尔教授肯定地说。

“我有疑问，如果只此一件，我曾在北京的历史博物馆看到过，不过，那道圣旨是用丝帛做成的，并非羊皮。如果有两件，也可能记载有误，也可能有真有假。如果根据历史记载只有一件，哪件是真的呢？”

教授听完，神色立刻变得肃穆起来。

是啊，如果米娜说得有道理，那么，我拿到的这件是真是假呢？

第十九章　五个古代安答

越野车在G217上疾速奔驰。

天气好得不像样子，大片云朵连绵成片，广袤的苍穹反被它们挤成一条条缝隙，宛同雨水丰沛的夏季草原上，手拉着手唱歌的小河。我在心里祈祷，天再深再蓝些吧，那样就是秋天了，会离灾难更远些。

哦呀！也许到秋天的时候，一切噩梦都过去了！

自从乌德巴勒出事，我几乎没有认真注意过天气，如此壮阔的美景，让人有逃离死城的感觉。我知道这有点自私，如果和美好愿望联系起来，想必洪森不会责怪，米娜也无话可说。没错，我在洪森和米娜眼里，还是个任性的孩子。他们肯定觉得自己是我的监护人，我必须从任性变为乖巧。

心比车快，只有这样才能早些在魔鬼城见到爷爷。当然，也许会到处找他，他总是居无定所，如果愿意，他可以到这片草原的任何地方睡上一觉。

爷爷总说我在一个黑夜里从大树上掉下来，而他正好经过那里，他用弹拨陶布舒尔的手接住了我。那年他六十岁，我被他养育了二十年，其中有七年零三个半月，不在他的身边。

爷爷本名来自梵语，尊称素木普日，崇山峻岭的意思。

在说爷爷的职业之前，我要说中国最伟大的三件事，这就是三大民族史诗：蒙古族的《江格尔》，藏族的《格萨尔》和柯尔克孜族的《玛纳斯》。按爷爷的说法，《江格尔》最早出现的时间，应是15世纪到17世纪上半叶，它广泛流传在新疆地区的蒙古族卫拉特人中，后来影响了天山南北更多的蒙古人，成了家喻户晓的英雄史诗。

江格尔被蒙古人尊为圣主、可汗，三岁开始打仗，七岁名扬四海，四十二个可汗的土地被他征服，在宝木巴建立了四十二个联盟，他善于管理国家，那里是仁爱的乐土。

《江格尔》由伟大的说唱艺人代代相传保留下来。

爷爷就是这样一位伟大的说唱艺人。

一张嘴。

一壶酒。

一匹马。

一把陶布舒尔琴。

这是爷爷的全部，他觉得这样活着痛快。

每每得到人们的掌声和尊敬，他觉得这是他的生命价值。

在新疆一带，说唱《江格尔》的艺人被人们尊称为江格尔奇。据说神一样的江格尔奇能唱七十章，爷爷好酒只能做仙，他能唱五十章，但这在天底下，再也找不到比他更会唱的人了。

能唱五章《江格尔》，才能被叫作江格尔奇。说唱的人，每学会一章，就在小羊皮袋子里装一块漂亮的石头，这是对自己的奖励，也是一种荣誉。我不想成为爷爷那样的人，他的道路我不愿意走，所以只认真学了四章，小羊皮袋子有四块石头。

从小到大，我听全了五十章爷爷弹唱的《江格尔》。从小到大，我至少会弹唱二十五章《江格尔》，但从没有告诉他。我不愿意当江格尔奇，所以故意把石头停留在了四个。

娜斯塔西娅声称二十天就会得到五块石头，根本没有可能。现在她在哪儿呢？大学校园里，还是某个通幽的小路上？她有没有像现在这样，也猛然间想起我呢？米娜说我是她的研究对象，没有把我研究透彻之前，她被军方送回了俄罗斯，她要打的赌呢，就这样无疾而终？

心里有点别扭，车速反而更快，距魔鬼城还很远，再往前应是和什托洛盖，我决定在看到“双山包”之前，在路边短暂休息。刚刚跳下车，猛然看见五匹快马从东面疾驶而来。午时的阳光正好，云缝漏下的光线斑驳着铺在高原上，马蹄腾起的尘雾没有沿着地皮横向移动，而是从下而上顺着光线袅袅攀升。马上的五个勇士都戴着黄色的帽子，帽子后面的簪缨，上上下下地在颠簸中飘扬。远远看过去，就像穿梭在稀疏的向日葵丛中。

来不及多想，我跳上车沿着国道向前疾驰。前进一公里，透过后视镜，看到他们策马跃过稀疏的栏杆，奇怪的是没有追赶，可能看到来往的车速极快，感觉到了危险。

国道右前方十三米处，有条垂直延伸的平缓坡道，是当地人图方便上道违法用沙石垫的，后面是起伏的山坡，耸立着上千架旋转着的风力发电机。

好吧，越野车完全能拐向那边的山坡。好吧，他们手中没有铁枪，适合演出恶作剧。我开车离开主道驶入山坡，然后停下来。果然，他们大声吆喝着拨了马头冲过来，我再次冲油门，故意把车速降到只领先二十米，这样他们会觉得有希望，更会穷追不舍，等到马精疲力竭，再做下一步打算。

哦呀，那就在这片山坡上，在森林般的风力发电机长翼下面，来场一车五马的飙风吧。

“啜——”

“啜——”

“呦——”

“呦——”

勇士们频频打马，口中发出赞叹和惊诧。这让我感到他们并没有恶意，于是忽快忽慢地驶出十五公里。蒙古马的体力极限快到了，马上的人也会疲惫不堪。这是弄清他们真实身份的最好时机，我等着他们走近，下车的时候并没有熄火，车门也半开着。

五位勇士来到近前，圈马围着越野车打转，他们奇怪的眼神没有任何伪装，甚至把头探进后备厢往里面望去，最后疑惑地看着我。

“你们是……什么人？”我缓慢地用蒙古语问。

为首的勇士指了指天上，神情疑惑而惊喜。

我想听到的回答也应该是缓慢的语调，这样便于沟通。没想到五个人同时说话，语速快到根本不明白说什么。我向他们做着不懂的表情，勇士们下马将我围住。我向他们示意说话尽量缓慢，为首的勇士终于明白了我的意思。在艰难的交流中，他们对这辆越野车有着浓厚的兴趣，从他们的表情看，对我没有任何恶意，而我则在夸赞他们的骏马时，装作喜爱地抚摸着它们的身体。骏马的体汗以及皮毛的手感，让我感觉这些生灵是真实的存在，不是幻觉和幻影。

看出了他们现在遇到的困境，饥肠辘辘，口干舌燥。我从后备厢里搬出装满矿泉水、牛肉干和马肠的纸箱，分发给他们，随后装作顺手的样子把后备厢关闭。这个举动很清醒，如果他们是现代人装扮，会很快露出马脚。

事实上，这又一次让我无比困惑。他们看着瓶里的水，张大了嘴巴摇晃，根本不知道如何拧开盖子，情急中把矿泉水瓶捏得哗哗响。如今，在任何一个偏僻角落，哪怕是五岁的孩童，都会拧开瓶盖喝水，难道他们真的是古人？

一个现代人和五个古人在217国道旁的山坡上相遇？

一切都是真实的，这怎么可能？

为首的勇士抽出腰间的短刀，看样子要扎破瓶子取水，我友好地制止了他。我拿过矿泉水瓶，轻轻拧开，往地上倒了点水。他欣喜地张开大嘴一饮而尽，其他四个人也如法效仿，经过几分钟的风卷残云，箱子里空空如也。

我弯腰捡拾地上的垃圾，有几个空水瓶被风吹走，我跑着去捡，他们看到后也纷纷去追。

只有对草原有善意的人才会这么做。

只有对草原有善意的人才是善良的人。

所有的垃圾都被整理到纸箱里，我抬头看到五个粗大的拇指，他们在夸赞。在为首的勇士缓慢的话里，我听出了温暖的味道，他说草原是额吉的脸，不能让她有一点肮脏。

也许是水足饭饱，他们围着我有说有笑。为首的勇士从怀里掏出一卷用羊皮绳捆着的树皮纸，这些纸质地粗糙，从外面看有黑色和红色的印痕，还没弄清楚是什么东西，他已固执地塞到我的口袋里。不管是什么，我以为这是对我慷慨的报答，没想到他腾身跳到越野车上，挥动大手把车顶拍得巨响。

“我要骑你的老虎车……”

哦呀，我听懂了他的话，实在忍不住大笑起来。

从他的后背看去，四肢扭动的样子定是骑马的高手，但他半蹲在车顶上，滑稽得却像跳藏族的锅庄舞。

半晌，他满头大汗地跳下车，发愁地看着我。我想和他们开个玩笑，把纸箱放进车里之后快速挂挡，越野车轰鸣着蹿出去。我在后视镜里看不到他们惊诧的眼神，当看到他们要策马狂追，我在山坡上原地掉头，随后以120公里的时速回冲过来。

紧急刹车。用力鸣笛。

越野车在距离五匹马三米处再次急掉头，后面是纷飞成弧线的沙石。

我在他们的惊惧中下车，得意地看着他们的表情。

他们勒马步步后退，恭敬的样子像看到长生天旁边的天神。

不得不说，从远远看到他们奔来的时候，我就用手机一直拍摄着我们之间的情形。我想，当洪森和米娜看到这些图像的时候，会对我另眼相看，崇拜有加。

勇士们的表情由惊惧崇拜，渐渐变为悲伤。

他们小声商议着什么，随后用祈求的目光看着我。

再一次艰难交流，我明白了两件事情，他们居然是忽必烈汗帐下的将军。他们把象征身份的牙牌放到我手里，我的心瞬间紧缩。

爷爷曾在讲述江格尔的传奇时说过这样一件事，洪古尔在江格尔危难时结为安答，就是汉族所说的结拜兄弟。二人并肩作战，从此留下美好的传统，如果有人把象征身份的东西交给你，就如同他愿意把生命交给你。如果你愿意，你们将结为安答，可以为彼此赴汤蹈火，毕生不离不弃。

我拿着五个牙牌有些犹豫，尽管不知道上面的文字写的什么，但他们真挚的眼神不容拒绝。

"扑通……"

"扑通……"

他们弯膝而跪，抬头望着长生天。

哦呀！我也必须弯膝而跪。

我们以扇形之阵排开，他们口中念念有词。

好吧，我在忐忑中洒酒滴血，在沉默中完成了肃穆的仪式。

他们当中四人明显比我大，最年轻的一个可以论论短长，或许能骗个哥哥当。艰难交流再次开始，当我说出故意编造的提前了一年的生日，还是排位老六，因为老五出生在公棕熊发情的七月，而我"出生"在十一月，那时猎人们已经踏着大雪、架着鹰隼进山了。

老五占了便宜似的冲我笑，我只好做出愿赌服输的表情。

要有信物交给他们，找遍全身没发现合适的东西，最后摘下手表戴在大哥腕上。他不知道手表为何物，我按键播放出马的嘶鸣，大哥学着马的叫声欣喜若狂。

“从此以后，不管你们走到哪里，只要一声招呼，就会出现在你面前。”我开心地说，“还有，我欠四位哥哥一份信物，会补上的。”

大哥傻傻地点头，我想，他还沉浸在和天神结拜的激动之中。

既然结为安答，就不能欺骗对方。

我说得没错，的确能找到他们，手表上有卫星定位追踪系统。

“额日敦巴日，额日敦巴日。”大哥开心地拍着我的肩膀。

“额日敦巴日，额日敦巴日。”其他四个人也开心地大叫。

额日敦巴日是神虎的意思，这是给六弟的新名字吗？

听起来不错，我放声大笑，六个人紧紧拥抱在一起，真是快活极了。

第二十章　圣旨之谜

活在青春里，谁的心中没有一盘炉火？

遇到适当时机火星四溅，定会熊熊燃烧。

面对五个刚刚结拜的安答，尽管时间短暂，与生俱来的好感还是战胜了陌生。他们向我讲述了忽必烈汗赋予他们的神圣使命，同样是一张羊皮卷，里面却是丝帛的圣旨。我想起米娜说起的那件文物，掏出手机想拍下来，大哥忽然把圣旨抓在手里，警觉地看着我。

大哥肯定把手机当成了火种，或者是一种神奇的东西，能把圣旨摄入其中。我向大哥微笑，告诉他没有任何恶意，还拍了他警惕的神情，随后调出图像在他眼前显示。他的样子可想而知，他看到空气中的自己，简直魂飞天外，倒退几步跌坐在地上。意想不到的事情发生了，四个人把大哥拉起来，同时用敌意的目光看着我。大哥下意识地看着腕上的手表，想摘下来还给我，后来又改变了主意。因为那是我送给他的信物，还给我便意味着违背之前的承诺。

我知道这仅仅是敌意，并没有上升到拔刀的地步，急中生智之间，准备播放手机里的马头琴曲《圣山》，这是若干年前额尔古纳乐队的作品。把手机放在一块岩石上，连接越野车里的播放设备，悠扬的乐曲开始了，五个人愣愣地听着。

马头琴声回响在辽远的天地间，我用蒙古语忘情地唱起来。

巴尔虎草原上有一座神山，神山的祥云滋养着草原。

那是成吉思汗敬拜的圣山，那是牧人心中神圣的宝格德山。

哎，宝格德山，您是草原的保护神。

哎，宝格德山，您是牧人永恒的圣山。

敖包凝聚着永恒的信念，雄鹰为您看护着草原，

科尔伦河依恋在您身边，您的恩德永远，珍藏在牧人心间。

哎……

五个人很快被悠扬的旋律陶醉，大哥的眼里还有热泪在闪烁。他们开始随着音乐和我的歌声舞蹈，姿势笨拙，却用情至深。我也加入到他们的行列，彼此互动和开心地推搡着。音乐终止的时候，我向大哥伸出手，他没有迟疑，把羊皮卷交给了我。我仔细地拍摄了圣旨的全貌和细节，随后发送给了米娜。米娜很快给了回信，这件圣旨和她看到的一模一样，只是新旧之分。

“毛伊罕是谁？”我问五位安答。

“你见过她？在哪儿？”五哥突然充满敌意地问。

我本是把问题说给大哥的，五哥突然开口，语气除了紧张和敌意，似乎还有别的情绪，只是我不懂毛伊罕究竟是何人，也就无从判断五哥的真实心理。

“我朋友说圣旨里提到了她，没有别的意思。”我坦诚地说。

五哥的神情缓和下来，还长长吐出一口气。大哥拍了拍我的肩膀，似乎叫我不要在意。稍微有些尴尬，我用很慢的语速告诉大哥，我曾看到过另一件圣旨，是写在羊皮卷上。我没想到他们的反应如此强烈，脸上都是惊喜的神采。

“兄弟，这件东西在哪里？你什么时候见过？”大哥说得很慢，生怕我不明白，又反复重复了一遍。

“在一个骑马的勇士身上，我和他交过手，他的武器是一把铁枪。”我说着话，不停地比画那个勇士的姿势和身高。

五个人仔细盯着我的动作，神情中有惊喜也有疑惑，我忽然想起米娜曾录有那个勇士的影像，急忙打电话过去，让她尽快传送给我。米娜的动作非常迅速，不到一分钟，接到了她的视频信息。我把录像在空中播放出来，五个人看到那个勇士，不禁一阵大叫。很显然，我帮他们找到了要找的人，他们在激动中语速很快，根本无法听清说什么，我让他们说慢一点，他们突然看着右后方。

顺着他们的视线望过去，两公里的地方，出现了疾速前进的尘流。凭我已有的经验，至少有十匹马在奔跑。那些人越来越近，我辨认出为首的正是刚刚播放的那个勇士。我的心里一凛，五位安答怎么会和那个人是一伙的？

大哥身手利索，刚要指给他看，他已从我身边直接飞跳到马上，甚至忘了收起圣旨。除了五哥，其他三个人也策马追去，五哥收起圣旨揣在怀里。可能是对四位兄长的极度信任，也可能他并未感到危险，五哥装圣旨的动作不紧不慢。他告诉我不用再等，以后还会见面，见面的地方是一座金顶大帐。

五哥飞身上马，他的动作比四位兄长快得多。这时我才明白过来，五哥收圣旨的动作本来可以很快，只是他要把话说得很慢，以便让我知道说的什么，所以让语速和动作有了统一。我本想开车离去，五哥的一个动作让我心中一凛，他在飞奔出距我三十米的时候，抽出了腰刀，右臂高高举起，随时要下劈的样子。

我的心里突然快乐起来，他们和那个人有仇。

我预感到这次碰面不同寻常，想掉转车头追上去，可惜这个方向留给越野车的宽度不够。五位安答策马而去的路线，是两块巨石留下的缝隙，只勉强让马的身体通过，其他地方都堆垒着密集的巨石，我爱莫能助。

我侧耳聆听远处是否有打斗的声音，偏偏处于逆风。正在为难之际，米娜打来电话，她发现卫星定位系统对我的跟踪出现异常，问我是否还在越野车上。我把遇到的事情讲述一遍，米娜的兴奋在我的意料之中。

良久，远处没有动静，我不得不趋车离开，重新驶上G217。一个半小时以后，我按着指示路牌离开国道，当越野车的方向正好朝着魔鬼城的时候，狠狠地一脚刹车，头部险些撞到挡风玻璃。

魔鬼城上空，是我从未看到过的情景。我相信魔鬼城上空也从来没有出现过这样的情景。大朵大朵的白云开始发暗，相互纠缠着聚拢在一起。不到五分钟，天空已经完全昏暗下来，尽管看不到蓝天的缝隙，那些乌云仍然在相互挤撞着涌动。魔鬼城是异常干燥的地区，怎么会出现这种情况？

2019年5月12日上午，我曾在北京的某栋居民楼上看到异常情景。当时我站在二十四层楼上隔窗向远处望去，天空瞬间黑暗下来，密集的闪电又把城市照亮。所有的汽车都打开了灯光，狂风骤雨袭来的时候，看到了违背自然规律的一幕。由于建筑密集，狂风从楼宇间旋转着穿越，把掉下来的雨滴重新裹卷到天上。

那个时候，甚至从刚下雨开始，不知道为什么，心里突然很悲伤，不知道原因，不知道结果，仿佛与生俱来的情愫，海浪般一波袭来，然后退潮般结束。

魔鬼城出现气象异常绝非好事，可能会发生什么灾难？我开车向前冲去，就像从白天驶入黑夜，渐渐看到逃跑的人群和车辆。车速都很快，车流、人流的方向和我截然相反，好像我独自逆行在高速路上。

但愿爷爷不在这里，不管在什么地方。但愿在小窝棚里找不到他，醉倒在任何一条河边都可以，只要不是魔鬼城。当然，见不到爷爷，我的逆行不会停止。

有件事让我耽搁了时间，本想避开人流从魔鬼城东侧走，刚拐向远处，陡然发现魔鬼城里奇怪地安静下来。我掉转车头重新回来，车灯照射着前面一座雄狮般的山丘，在雄狮左前腿的位置，有一片东西湿漉漉的闪光。即使在暗棕色石头的包围中，仍能判断出是一片鲜血，红得非常刺眼。

我的心瞬间飞向小窝棚，驱车离近它的时候，发现一个高大肥胖的身影围着小窝棚转来转去，手中拿着一块黑乎乎的、巴掌大小的扁平石头，中间闪着光，好像寻找或者探测什么东西。这个罗盘样的石头，不禁让我联想到探雷器，小窝棚里有什么呢？

“阿嘎如将军，这个人很可疑。”有人大叫。

“杀。”高大肥胖的人扭头举起小罗盘怪叫。

终于知道了阿嘎如的意思，原来是人名。

就在这个高大肥胖的家伙扭头时，我看清了他的容貌，原来就是和豹眼勇士总在一起的胖勇士，他的名字叫阿嘎如。

我在车里，阿嘎如看不到我的脸。

如果他也认出我，会是什么反应？

阿嘎如指挥十五个骑马的勇士冲过来，铁枪对准了车头。我还没有来得及反应，他们一字排开冲过来，扎下铁枪想把越野车掀翻。

我很犯难，如果直冲过去，必定会伤到马和勇士。

他们无法掀动越野车，发疯般狂扎，右侧车窗被扎出冰裂纹。如何逃生并不是问题，如何毁灭他们也不是问题。急迫中的时间如此短暂，我无法如愿。好在很快便作出了决定，我看到了爷爷。爷爷被绑在窝棚前的木柱上，两个人高扬着手中的皮鞭，一次次抽打着他的胸膛。

这些人是好是坏已经不重要了。这些人是否是真正的生命已经不重要了。没有什么比爷爷的生命更重要。

越野车开始愤怒轰鸣，我咬牙切齿。我想象着越野车向战马冲过去时的罪恶，想象着它向这些人撞过去时的疯狂。好吧，等待心里的道德天平失去平衡，沉下去的那一端必定和爷爷的生命有关，于是，罪恶、疯狂完全变成了快意。

“呼喳——”

猛然听到怪叫，左侧窜来一匹皂色马，马上正是阿嘎如。

阿嘎如距离越野车只有两米，似乎非常依赖手中的小罗盘，他高举着照射越野车，坚信罗盘发出的光能把车灯的强光收走。我在怒火中选择了配合，抬起左手中指挑动操纵杆，车灯远光近光开始交替闪烁，最后关闭了灯光。

阿嘎如脸上出现了胜利的笑容，仅仅过了两秒，我已把车上所有的灯光全部打开。阿嘎如猝不及防，慌忙揣起小罗盘，抡枪向越野车砸来。

我也坚信一件事情，即使是在生死决斗的时候，心里还存留着游戏的成分。铁枪劈砸而下，越野车快速后退，等铁枪落空扎在地上，越野车猛地前进，向铁枪直撞过去。这是突然而来的念头，也是被阿嘎如彻底激怒。枪尖落地时碎石和尘土纷飞，荡出一个大坑。

哦呀，阿嘎如的力量超出了想象，不管他是否知道有个人名叫高宠，也不管高宠是不是真实人物，他在学着挑滑车，只可惜不是錾金虎头枪。岂有此理，越野车毫不犹豫地撞过去，铁枪开始打弯，阿嘎如拼尽全力反抗，战马一步步倒退。

再有一秒，阿嘎如会弃枪逃命。预测的事情没有出现，战马先嘶鸣着卧在地上。阿嘎如失去支撑，铁枪脱手之际，枪杆在越野车的重压之下，狠狠劈向战马的头颅，鲜血如雨般迸出。血雨没有沾染上阿嘎如的战袍，他在怪叫声中腾空而起，肥大的身躯居然飞上了越野车顶，稳稳抓住了行李架。

好吧，登高而望，看看你的手下如何被我毁灭。越野车完全按照操纵行事，小窝棚前面这片开阔地上，在愤怒的轰鸣和刺耳的刹车声中前突后冲，与之相呼应的是马的哀鸣和人的惨叫，直到车轮无法碾过一匹匹战马的肚子，它们的鼻孔喷出鲜血，溅在受伤的人脸上。

车顶上的阿嘎如并没闲着，惊呼自始至终。十五个人和十五匹马躺倒在越野车外围，只有冲过去才能撞开两个手持皮鞭的家伙，而现在显然不可能，越野车被马的尸体团团围住。两个家伙可能看出了我的窘境，呆呆地看着刺眼的车灯，我以为他们会被残酷的血腥场面吓住，因为他们已经放弃了对爷爷的折磨。还以为会逃跑，完全没有想到，他们竟然高举着皮鞭直冲过来，狠狠抽打着两个车灯，嘴里发出凄厉的怪叫。

多么可笑的一件事情，但我笑不出来。我需要判断，是否给这两个人活着的机会。我也在想，要不要给车顶上的阿嘎如活着的机会，因为他在用短刀狠命扎着车顶。尽管这是徒劳的，但他激发了我的仇恨，心里有了答案。

如果之前的行为属于迫不得已，那么现在应该住手了。

我打开车门跳下去，两个家伙扔了手中的皮鞭，捡起地上的铁枪向我扎来。

又是躲无可躲的危险。就算躲避，根本没有跳进越野车的时机。只能应战，我蹿向左面想拿地上的铁枪。铁枪还被死去的人攥着，用力往外抽的时候，一杆铁枪刺中我的右腿。还好是擦边而过，裤子被戳出一个洞。这种小状况不会让我胆寒，只能激发斗志，就在铁枪缩回去的时候，借了它的力道，我让身体完全腾空，拳头像一把重锤击中他的胸膛。他的身体腾空，我的双脚落地，手中的铁枪拦腰抡去，另一个人在惨叫中倒地不起。

我向爷爷冲过去的时候，内心开始有了慌乱。爷爷被绑在木柱上，头向下垂着，花白的头发也散乱下来。闻到了浓烈的酒气，却不敢伸手到他鼻子下面。终于，我确认酒气来自他的呼吸，还有吐出来的脏物。

爷爷，孙儿以长生天的名义祈祷，你一定要活着。

好吧，如果长生天不能让我如愿，从此以后，我将没有信仰。

抱着爷爷走向越野车，阿嘎如极力挣扎着站起身，几次都摇晃着倒下，双手紧抓着行李架。

“阿嘎如，这种感觉叫晕车，一会儿会更强烈。”我大声说着，把爷爷抱进车里系好安全带，随后挂挡猛踩了油门。

阿嘎如终于认出我，恼怒中拍打着车顶怪叫。

越野车困在战马的尸体中间，留下的空间只能原地旋转，但这已经足够了。越野车怒吼着旋转，车尾的惯性一点点把战马的尸体向外围挤撞，阿嘎如的惨叫时断续。大约持续了五分钟，终于出现可以通行的空当，不幸的是前方正是小窝棚。

已经不容犹豫，远处传来近百匹马的嘶鸣和蹄声。

“对不起，老家伙，我得把你的家毁了。”

话音未落，越野车向小窝棚直冲过去，一阵木桩断落的声音，夹杂着锅碗瓢盆的乱响，越野车穿堂而过，随即驶向原野。

“阿嘎如将军，还在车上吗？”

我开心地大声问，车顶上已经没有了惨叫。

第二十一章　可憎的曼陀罗

天亮时分，越野车停在离帐篷区三公里的地方。

这里有一条小河，它的名字很啰唆，当地人管它叫三十八道清水沟。

需要把车身上干了的血冲刷掉，以免引起不必要的麻烦，但是，在做这件事情之前，我要给爷爷喂口水，估计他已经非常干渴了。

可怜的老家伙！

可恶的老家伙！

看看，看看，昨天晚上我都撞死了十五匹战马，越野车都披上了黑乎乎的迷彩，你竟然还醉着。看看，看看，前胸的衣襟都被皮鞭打成碎片，它们和血糊在一起，你的鼾声居然就像打雷。还好，你还活着，只是不知道什么时候醒来。

清凉的河水，没能让爷爷睁开眼睛。我把他抱在怀里，用河水轻轻擦拭着他的脸和胸膛。向东面望去，太阳已经出来，蜿蜒的河面上趴着一条温暖的闪电。

嗨，看看，看看，好得不像样子的景致！

嗨，看看，看看，不看上一眼，这辈子会白活的！

爷爷的呼吸缓慢地平稳着，这让我的心情安静了很多。帐篷区方向传来汽车的声音，我不再为没有洗去车身的血渍而着急，悠闲地等待它开到近前。

洪森、米娜下车后跑过来，看到我怀里抱着的可怜的老家伙。最后下车的是刘参谋长，他围着越野车转了一圈，伸手摸着车身上的血渍，随后拿出手机打电话。不用猜疑，肯定是向敬花将军报告，吉美洛追这个不知天高地厚的人，现在是杀人犯。米娜给爷爷擦拭着身上的血迹，洪森并没有问车身上的血渍从何而来，蹲下身帮忙的时候，掏出手铐放在沙石上。这是什么意思？警示我应该逃跑，还是告诉我最好自己戴上，以免伤了和气？当然，还有一种可能，手铐在身上，蹲下的时候有些碍事？

其实，爷爷现在的样子，足以让洪森明白，一定发生了意外。我对洪森说了昨天晚上的事情，洪森从我怀里抱过爷爷就走，他认为爷爷可能没有醉酒那么简单，现在最要紧的不是擦拭血迹，而是让军医做全面检查。

“太浑了，忽略了这件事。”我内疚地说。

“手铐替我收好。”洪森头也不回地说。

洪森刚把爷爷抱上车，远处传来一阵轰鸣。不用这样兴师动众吧？走到刘参谋长面前，我挑衅地举起双手做着投降的姿势，右手中指上吊着的手铐在晃。刘参谋长冷冷地看我一眼，没有任何表示，转身迎着疾驶过来的军车而去。

三辆军车急停，敬花将军和十几位官兵下车，径直向我走来。

我不屑地对敬花将军说：“乌德巴勒现在是世界上最大的监狱，3216平方公里，你还要把我送到哪儿？”

敬花将军丝毫没有恶意，甚至都没有看那辆越野车，真诚地说：“吉美洛追，你离开的这段时间，多个地方发生了奇异现象，严重威胁着百姓们的生命安全，这些地方在逐渐扩大，几乎包含了整个新疆的草原地区。”

我淡淡地说：“我指使的。”

敬花将军变得严肃起来：“你去接一个人。”

我不悦地回应：“特招入伍的命令我拒绝了。”

“去与不去，都不会影响行动，现在告诉你，出于礼貌。”敬花将军又缓和了神情，对走过来的米娜和刘参谋长说，“出发吧。”

米娜抓住我的胳膊，悄悄说：“如果你相信洪队能照顾好爷爷，现在就跟我走，免得后悔。”

米娜的力量并不大，足以感觉必须跟她走。我被米娜拽上军车，坐在刘参谋长身边的时候，米娜一本正经地告诉我，目的地是阿勒泰机场。发动机的轰鸣，丝毫没有阻止我的睡眠。已经二十七个小时没有合眼了，当我被米娜捅醒的时候，感觉军车已经停下。没等米娜再次出手，我要赖般地抱住座椅，并且给了她一个坚定不移的眼神：我要睡觉。

米娜跳下车，恶狠狠地对我喊："浑蛋，连接视频。"

司机是个少尉，下车去追米娜，我拿出手机，突然发现身边还坐着刘参谋长。

"累了？"

"什么意思？"

"不高兴，如此而已。"

"吉美洛追，我好像没有得罪过你。"

"姓刘。"

"什么意思？"

"只是不高兴，如此而已。"

不用看也知道，刘参谋长的脸色肯定很难看，我本想乘胜追击，手机里有接收视频的邀请，我却迟迟未动。我一直觉得，凡是姓刘的都很贱，就像现在的刘参谋长，完全和他没关系，却伸过手来替我按下了接收键。

晃晃悠悠的画面，是米娜举着手机在走。画面远端出现一个拉着行李箱的女孩，她向米娜招手。尽管图像颤抖，不用看她的脸，从身形已经确定。娜斯塔西娅！娜斯塔西娅曾被军方赶走，如今又被军方接回来，这里面有着怎样的变化和悬念？我紧盯着屏幕，画面中的娜斯塔西娅向别处看，肯定在找我，最后失望地朝米娜微笑。

"追捕还是当作人质？"我不屑地问。

刘参谋长没有回答，不作声等于不接受我的指责。

"她和死城没关系，和我要不要去死城也没关系。"我继续说道。

"真不后悔拒绝特招入伍？"刘参谋长岔开话题，笑着问道。

"官职太小，给正师大校，一切妥当。"我对他的笑容非常不满，宁肯胡诌八扯，也要让他有所收敛。

果然，刘参谋长收起笑容，他知道我说的不是真话。我险些被他激怒，本来想看他的猥琐和卑劣，而现在猥琐和卑劣的显然是我。

刘参谋长一脸正色，用低沉的声音说："必须去死城找到那片战袍，不管你用什么名义，必须。"

由于警方隐瞒，军方至今不知道我已找到那片战袍。

刘参谋长这样说并不奇怪，我奇怪的是娜斯塔西娅再次来到乌德巴勒，军方竟不给解释，或者认为根本没有必要向我解释，因为我和她在某种意义上没有任何关系。既然没有关系，为什么让我来接她呢？

刘参谋长看着手表说：“如果顺利，现在应该站在门口了。”

“废话。”我简直嗤之以鼻。

我扬了扬手机，瞬间就败下阵来。不知何时手机已经黑屏，米娜断了视频连接。刘参谋长并没得意，俯身向远处看去。

米娜和娜斯塔西娅说笑着走过来，少尉在后面拉着行李箱。我恶作剧地在后排座躺下装作睡觉，准备给娜斯塔西娅一个惊喜。米娜上车坐在副驾驶位，娜斯塔西娅打开车门要上车，看到我闭目躺着，不禁有些诧异。

“你怎么了？”娜斯塔西娅紧张地问。

“刚刚癫痫发作，差点死过去。”刘参谋长一本正经地说。

感觉一只手伸到鼻子前面，一定是娜斯塔西娅要试我的呼吸。我张开嘴就咬，随后听到了她开心的惊叫。

“姐姐说有个浑蛋在车上等我。”娜斯塔西娅把我拉起来，顺势坐在旁边。

“哦，你说洪森呀，他有重要事情先走了。”我也装作一本正经，悄悄对娜斯塔西娅挤了挤眼，故意气着米娜。

“被你说中了，行署来了调查组，他必须详细解释一些事情，包括那些短信，也包括你这两次在死城遇到的神秘人，还有……一些别的。”米娜谨慎地说。

“这不强他所难吗？我自己都说不清楚，他怎么可能知道，让他们来问我，开车，去找洪森。”我大声叫起来。

“他们问你，你不是同样也说不清楚吗？”娜斯塔西娅着急地说道。

最近在我身上发生的事情，一定是米娜告诉了娜斯塔西娅。她的语气充满了关切，说话的时候，还紧张地抓着我的胳膊。

米娜冷静地说：“我们现在所做的事，是军方安排的。”

“老子管它谁安排的，我要见洪森。”我咬牙切齿地看着刘参谋长，好像他是主谋一样。

“吉美洛追，意气用事只能坏事。”刘参谋长回头正视着我凶残的眼神，随后客气地说，“米娜，我不方便介入警方的事情，给你们五分钟，请尽快沟通。”

刘参谋长向少尉示意，二人下了车。

“什么意思？什么意思？”我挺直了上半身，冲着刘参谋长叫嚷。

“正好，娜斯塔西娅有话单独对我们说。”米娜有意向我微笑，希望我的情绪有所好转。

“单独的意义是什么？我怎么知道他们车上有没有监控？”

很显然，我这是无名火。汉族人有句俗语，没缝下蛆。

我急切地看着娜斯塔西娅，希望她说出再次出现的原因，而她却凑过来抻开我的衣领，直接把手伸进去，拿出了那块熊睛。

娜斯塔西娅认真地说：“你能安全出入死城，都是它的功劳。”

我意外地问：“详细点，让我相信。”

娜斯塔西娅开心地说：“如果不是你安全回来，将军还不会相信我，现在好了，没人把我当成女巫了。”

米娜也兴奋地说：“妹妹，快告诉这个浑蛋，为什么再次出现在他的面前。”

娜斯塔西娅刚要说，洪森来电话通报爷爷的情况。洪森对我说，爷爷血液里的酒精含量虽然很高，主要还是曼陀罗的成分，这种致幻剂才是昏迷不醒的罪魁祸首。在洪森简洁的言语中，我知道了在爷爷身上发生了什么。那些勇士在小窝棚里发现了他的琴声，执意让他学唱一首歌，爷爷给予拒绝，他们把曼陀罗粉放到马奶酒中，希望爷爷在兴奋和迷乱中言听计从，可是，爷爷的身体被毒素折磨到昏迷，失望和愤怒让他们举起了皮鞭。

我的表情严重扭曲，米娜和娜斯塔西娅紧张地看着我。

“爷爷现在怎么样？”娜斯塔西娅的声音几乎带了哭腔。

“军医现在正在治疗，等我们回去的时候，有可能出现两种结果，一是醒了，一种是永远昏迷，植物人。”我用力攥着手机，仿佛在为爷爷加油。

“军官先生，我们可以走了吗？求求你！”娜斯塔西娅探出头去，哀求地看着刘参谋长。

刘参谋长显然听到了我们的对话，示意少尉马上开车，尽快到达医院。

“不，慢一点。”我颤抖着声音说。

刘参谋长回头看着我，如此真诚的眼神，这是第一次。

“吉美洛追，相信我们的医生。”

米娜伤感地说：“我理解他的心情，这和军医无关，他现在不相信爷爷。”

娜斯塔西娅哭了，难过地说：“爷爷太老了，太老了。”

我用力把头低下，不能让他们看到眼里的泪水。军车开动，心脏被轰鸣声绞碎。如此明确的路程，如此明确的目的地，我却感觉自己如同年迈的爷爷，更是一只垂老的鹰，只在空中挣扎了几下翅膀，一头坠入茫茫大海。

第二十二章　至尊牙牌

本想第一时间见到爷爷，女军医在病房前拒绝了我。要想看到他，至少三个小时以后。我和娜斯塔西娅在病房前徘徊，她的失望比我只多不少。

娜斯塔西娅再来中国，途中并没过多提及，我只知道她受了军方的邀请。在军人眼中，巫术本是不存在的，面对如此恶劣的状况，可能是有病乱投医的心态，也许她和她手中的那块熊睛，成为军方的救命稻草，尽管他们非常清楚，熊睛在我的身上。有件事出乎我的意料，又在意料之中，这次再来中国，也是娜斯塔西娅的意愿。她征得了父母的同意，得到了导师的支持，导师还希望通过乌德巴勒事件，看到一篇前所未有的、震惊世界的硕士论文。

“好像没有特别欢迎我。”

将近傍晚时分，娜斯塔西娅和我走在通往山坡的路上，语气很平淡，既没有多少希望，也没有过多的失落。我想，这可能是我的情绪影响了她的判断，当然，主要是我的原因，没有去接她，只是在军车上躺着。特别憎恨姓刘的那个家伙，如果不是和他较量，我没有不去接她的理由。可是，此刻用姓刘的来搪塞，太抬举他了。

“其实……一直未曾觉得你……离开过……我。”

我努力使用着貌似最准确和最礼貌的词汇，娜斯塔西娅被我欺骗了，她开始惊讶，开始感慨，开始很幸福的样子。

“必须告诉你一件事，但是现在请你不要问为什么，如果……如果不得不说，我会告诉你的。”娜斯塔西娅看着山坡下的帐篷区，声音变得很虚幻。

不知如何回答，我只有沉默。

“为什么连纠结都没有？”

“我在想……要告诉我的是什么事情。”

“一堵挡风的墙，一株要被吹倒的向日葵，哪个对你重要？”

“如果有可能，我会改变风的方向。”

脱口而出的话，娜斯塔西娅惊诧不已，随后是幸福的神情，完全是三分钟前的重复。我完全不知道这句话对她的意义，站起身向坡下走去，洪森和米娜匆匆而来，中间是巴雅尔教授。我和巴雅尔教授只有一次谋面，此刻，他兴奋地看着我，眼神中充满着观赏的味道，好像我的身体已经变了模样，不再是血肉之躯，而是一尊极其有研究价值的塑像。

“教授想看五个牙牌。”米娜直截了当地说。

因为米娜的直率，我突然有些舍不得，不只是牙牌属于我的私人之物，重要的是它代表着结拜的情意，按着传统，不能随意展示给外人。

“牙牌代表一个人的身份，你不想知道他们是什么人吗？”巴雅尔教授看出我的顾虑，语气中有了引诱的味道。

我没再说什么，从口袋里掏出牙牌递过去。因为看过羊皮卷的经历，我判断上面的符号也属于回鹘式蒙古文。当然，不知道它的意思，米娜也同样困惑。

巴雅尔教授抚摸着牙牌爱不释手，眼神中的贪婪一掠而过。哦呀，他肯定在琢磨如何把它们据为已有。

“教授，这是我的私人之物，不方便转赠给你。”我客气地说。

没错，必须软中带硬先行打消他的念头，省得他开口。巴雅尔教授有些尴尬，但还是点了点头。巴雅尔教授当然知道上面的文字是什么意思，他没有立刻说明，却讲了牙牌的来历。单纯从字面上解释，牙牌在唐代的时候，是用象牙或骨角制成的记事签牌。著名志怪小说家，晚唐邹平人段成式，曾在《酉阳杂俎 · 忠志》中有过描述：“睿宗尝阅内库，见一鞭，金色，长四尺，数节有虫啮处，状如盘龙，靶上悬牙牌。”宋代的时候，也有过明确的吟诵。南宋大诗人杨万里《甲寅二月十八牡丹初发》中有云：“排日上牙牌，记花先后开。”

巴雅尔教授说这五个牙牌是象牙腰牌，在宋元时期用于官员的认证，上面刻写着官员的官衔和履历。牙牌在中国各地的博物馆中有收藏，只是品相非常不完整，上面的文字都被磨掉或是风化腐蚀。

“连我自己都不敢相信，居然和七百年前的古人结为安答。”我说着话，装作无意地去拿牙牌。

巴雅尔教授下意识向旁边躲避，最后恋恋不舍地还给了我。

“教授，这不会妨碍你告诉我上面的文字是什么意思吧？我想知道他们的名字。”我再次客气地说。

“没错，是他们的名字，可惜史料中没有关于他们的记载。你的安答是忽必烈汗最贴身的五虎上将，你一定奇怪为什么叫五虎上将，这本是汉人习惯的称呼，要知道忽必烈汗最喜欢的就是中原文化，但这和中原文化没有关系。现在我来告诉你，查干巴日、哈日巴日、呼和巴日、乌兰巴日、希日巴日，翻译成汉语就是白虎、黑虎、青虎、红虎、黄虎。”

尽管我是蒙古族，因为从小就读汉族学校，只要不是特别复杂的日常蒙古语都会讲，这得益于爷爷说唱的《江格尔》，至于文字，应该停留在小学一年级的水平。我想，等再见到他们，这五个相似的名字，还是不要用蒙古语讲吧，古蒙古语和现代蒙古语的发音，肯定有不小的区别，免得他们听着怪异。

想到五个结拜兄弟，很想知道他们现在身处何方。我想问米娜，她的手机响了，她信步走到不远处接听电话。米娜背对着我，看不到她的表情，足足有二分钟，她挂断电话走过来。

我问米娜：“我的手表在什么位置？”

米娜愣怔地说：“不是在查干巴日手腕上吗？你给他的信物。”

米娜的回答让我非常意外，她一向聪慧绝顶，怎么可能不知道，我问的是卫星定位系统，现在追踪到的具体位置。

“不是这个意思。”娜斯塔西娅善意提醒着米娜。

“哦，情况非常复杂，信号显示时有时无，大概范围在魔鬼城。”米娜愣怔地说着，好像心不在焉。

“嫂子，你没事吧？”我关切地问。

“对不起，刚才走神了，洪森刚来电话，爷爷已经醒了，但是情况很不妙，神志不清楚，自己是谁，吉美洛追是谁，完全搞不清楚。你别着急，军医说这种情况也在预料之中，看来还需要更长的时间。”米娜着急地说。

这个消息已经足够好了，毕竟爷爷已经苏醒。

爷爷的大脑非同一般，装得下几千万言的《江格尔》，如果失忆或是痴呆，对民族和国家甚至世界文化都是损失。我相信爷爷，他也会像江格尔一样，勇敢地和疾病做斗争。

娜斯塔西娅脸上也浮现着笑容，我想，她的想法和我如出一辙。

聪明的米娜当然透析了我和娜斯塔西娅的心思，我们往山坡下走，脚步都轻快起来。巴雅尔教授本来一直身形未动，可能是对那五个牙牌的牵挂，让他极其失落，三步并作两步追上来。他的脸很红，不是因为运动，而是有话想和我说。我心里想笑，这个可怜的老头，有话就真说吧。他依然不说话，只是在我身边急走，脸越来越红。距离帐篷区还有一公里，他懊恼地拍着脑门，似乎下了决心。

“吉美洛追，五个牙牌……什么时候能……能让我……观察一天，我想好好……研究一下。”巴雅尔教授气喘着说。

“想起来了，还有一件东西。”我从口袋里掏出大哥给的那卷树皮纸，“没打开过，您研究这个。”

“中统元宝交钞？”巴雅尔教授抢在手里贪婪地看着。

在高中历史课上，我知道了这六个字的含义，它的刻版印制时间为中统元年的忽必烈时代。这种纸币与现代的钞票几乎一样，是用树皮纸印造的，钞纸长16.4厘米，宽9.4厘米，正面上下方和背面上方都盖着红色官印。

“也许是唐僧取经的通关文牒。”我开玩笑地说。

巴雅尔教授喜出望外，刚要打开，突然停住手。

闷雷般的马蹄声。身后轰鸣的马蹄声让我陡然回头，距离不足一公里，至少有五十匹战马疾驰而来。我奇怪为什么没有在更远的地方察觉到声音，也许他们在这片山坡上从天而降。

我大声催促娜斯塔西娅和米娜快跑，抓住巴雅尔教授的胳膊，希望他能在我的帮助下脱离危险。让我惊愕的情况出现了，巴雅尔教授丝毫没有惊慌，反而挣脱了我的手，迎着战马跑过去。这位学识渊博的老人，肯定为自己见到古人而疯狂。不管是不是这个念头，我冲过去把他拦腰抱住。

巴雅尔教授极力挣扎，嘴里大声喊着："千载难逢的机会，你怎么可以破坏我实现梦想？"

我有些恼怒，用胳膊夹着巴雅尔教授往回跑。就在距离米娜和娜斯塔西娅不足三米的时候，马群冲过我的身体，在她们前面停住。

漫天的尘土包围了我们，等到视线通畅，我看到了交过几次手的豹眼勇士，他的战袍依然缺着一角。

"真是阴魂不散。"

我放下巴雅尔教授，想把三人挡在身后，不料他猛地把我推个趔趄，径直走到那个勇士的战马前面。两个人开始对话，都使用古蒙古语。他们语速太快，什么都听不明白。

良久，巴雅尔教授回头疯狂地对我大喊："吉美洛追，感谢长生天吧！今天是盛大的节日，明白我的激动吗？这位将军名叫吉达，就是长矛的意思，孛儿只斤·阿里布哥的第一勇士。哦，这不是地名，也不是植物，它是一个人的名字，你知道成吉思汗吗？哦，你当然知道，成吉思汗有儿子也有孙子，你可能不知道，阿里布哥刚刚在哈剌和林被贵族们推举为大蒙古国的大汗，他们在找转世神马。"

巴雅尔教授兴奋地语无伦次，米娜却眉头紧皱。

"如果阿里布哥是大蒙古国的大汗，那么忽必烈这时候……"

巴雅尔教授断然制止了米娜的话，走过来兴奋地说："这是历史，请记住这是历史，不管他们是什么，他们都在历史长河中出现过。太好了，太好了，我好像在做梦，真的是个梦吗？真的是个梦吗？"

我看着吉达的眼神，他也正充满杀机地看着我。

"好像没这么简单，只说了这些？"我低声对巴雅尔教授说。

巴雅尔教授拍了拍脑袋，开心地说："当然不是，当然不是。他们这次来有两个目的，一是找到你，让你归还羊皮卷圣旨，还有一件事，他们必须把你的爷爷带走。他们认为你爷爷身上有一种神奇的力量，所以才被吸引到他住过的地方。他还说如果你的爷爷不跟他们走，会杀死他，不能落到敌人手里。"

如此残酷的事情，这位教授居然用极其开心的语调说出来。我承认，在这个时刻，我憎恨他，要比憎恨这位名叫吉达的勇士更甚。

"请告诉他，羊皮卷在你手里，是不是归还由你决定。至于我的爷爷，如果敢动一根汗毛，他们会变成空气。"我淡淡地说。

巴雅尔教授惊诧地看着我，直到听见这些话，才觉察出之前的话和表情多么不合时宜。他沉吟了一下，再次走向吉达。

趁这个当，我悄悄提醒米娜，应该打电话让洪森出来救援。米娜没有应答，娜斯塔西娅似有似无地摇摇头。我看到米娜手里攥着的手机，明白了两种结果，一是手机没电，二是洪森没有接听。无法得知巴雅尔教授又说了什么，情况突然发生巨变。吉达勃然大怒，怪叫着指挥手下，将我们团团包围。我以为米娜和娜斯塔西娅会紧张，事实上她们两个人非常镇定。米娜冷静地向帐篷区望去，那边没有任何动静。

不得不考虑如何解脱困境，我张开双臂把米娜和娜斯塔西娅护在身后。她们背后同样面临着战马和铁枪，现在能做的只有这些。也许无意，也许安命自保，巴雅尔教授居然从我身体前面挪开。留给我前面的空当是两杆铁枪的距离，也是吉达最好的攻击范围。

我以为巴雅尔教授会紧紧贴住米娜和娜斯塔西娅，他却走到距离她们两米远的地方。这个举动让我心中一凛，但我没有时间去想，吉达已经狠狠踹了马镫，举枪向我的胸膛扎来。几次面对吉达，我总是躲无可躲。吉达，这个名字意喻长矛的家伙，总是将我逼到绝境。那么这次呢？按着他冲过来的巨大惯性，如果胸膛中枪，紧贴着我后背的娜斯塔西娅也会失去性命，甚至波及到米娜。

根据米娜的身高，被刺中的位置将正好是咽喉。

闪躲和被吓傻或许都是人的本能，我选择了前者。

第二十三章　疯子巴雅尔

毫无疑问，在如此危难面前，我采取了躲避的方式。

我的身体瞬间顺时针划过娜斯塔西娅，下探右臂疾旋到米娜的身体右侧，右手再抬起来的时候，吉达的战马头部正中，被一颗子弹击中。我在危急关头，抽出了米娜的配枪，所有动作和时间配合得恰到好处。

辽远的山坡上回荡着枪声，除了这匹倒下的战马，其余的战马都被惊吓得前蹄腾空，发出震耳欲聋的嘶鸣。摔到地上的吉达，或许是被枪声吓倒，或许是马腹紧紧压着左腿，他的眼睛并没有看我，也分辨不出在看什么地方，只是张大了嘴巴，久久没有合拢。

米娜和娜斯塔西娅紧紧抱在一起，她们被眼前的景象惊到。战马们前蹄落下，狂躁地打着响鼻，狠狠刨着山坡上的沙石。这个尘土飞扬的场面提醒了我，我举枪朝天，打光了所有的子弹。还好，一切如我所愿，世界上所有的马都是最容易被惊吓的动物。勇士们再也无法控制坐骑，在惊叫中向着来时的方向窜去。

始终没有顾上观察巴雅尔教授的表情，他要走过去帮助吉达脱身，我固执地抓住他的胳膊，那种力道根本不容挣扎，最后被我拖着向帐篷区走去。

帐篷区里五辆载满士兵的军车快速开出，他们是被枪声吸引的。有这些士兵担负警戒，接下来应该平安无事，至少明天早晨之前不会再有险情。

我和娜斯塔西娅去了病房，安静地等待爷爷好转过来。坐在凌晨一点的夜里，我们为爷爷祈祷。娜斯塔西娅很想知道我如何被爷爷收养，我想换一种心情，准备用感恩的语气讲一段往事，就在这时，东面一公里处，又传来滚滚的闷响。

“好像要下雨了，我喜欢雨。”娜斯塔西娅开心地说。

“不，这是马蹄声，还有九百米，至少有五百匹战马，他们卷土重来。”我冷静地说。

纵使有五千匹战马围住帐篷区，我们也不会担心。我和娜斯塔西娅跑向外面，亲眼见到了刘参谋长的指挥才能，士兵们严阵以待，在沉默中和前面二十米处的古代勇士们对峙。也许一触即发，也许无限期对峙下去。刘参谋长出奇地镇定，这不会令我刮目相看，他只是做了应该做的事情，既保护了帐篷区，又没有对古代勇士们动手。

僵持的局面就此展开，二十五盏探照灯骤然亮起来，从不同方向照射着那些勇士，这给了他们巨大的压力，他们在逆光中无法看清帐篷区的动静。当然，即使他们看到无数黑洞洞的枪口，也不明白那是何物。有一件事我觉得很奇怪，按照以往的作风，他们早就怪叫着策马冲过来，那将无法避免一场屠杀。而此时，他们只是勒马面对着帐篷区，丝毫没有要冲击的样子，这是为什么？

时间在悄悄流逝，我预判着将要发生的惨状。娜斯塔西娅向四周寻找着什么，她应该是奇怪为什么没有见到洪森、米娜以及警方的人。我不想在这时候告诉她，警方和军方其实是不相融的，至少在某些问题上。

“这里是战场，闲杂人等离开。”刘参谋长大声喊。

他说的闲杂人等就是我和娜斯塔西娅，除了我们都是军人。

我和娜斯塔西娅不动声色地离开，这给了我们见证爷爷醒来的契机。

“看看，看看，年轻人，我老家伙突然老了，很老很老，怎么成了这个样子？怎么会是这个样子？”爷爷躺在病床上，看到我和娜斯塔西娅进来，极力装作兴奋的样子。看得出来，这种兴奋费了好大力气才表现出来。

“如果你不记得我，也许是件好事。”我打趣地说。

“年轻人，你好恶毒，休想远远跑掉，难道让陌生人为我老家伙养老送终吗？长生天一直看着人间，他会不高兴的。”爷爷大声叫着，装作生气的样子瞪着我。

娜斯塔西娅对我们的逗趣无可奈何，只有笑嘻嘻地听着。

爷爷扭头去看娜斯塔西娅，眼神又变得温柔起来。

“爷爷，他不敢做糊涂事，我不会放过他的。”娜斯塔西娅坐在床边，给爷爷梳理着蓬乱的头发。

“就是，想当我老家伙的传人，就得向着我。”爷爷开心地说。

爷爷的病情有了很大好转，居然用俄语跟娜斯塔西娅小声说着什么，好像很秘密的样子，还有意无意地瞥我一眼。两个人的神情很幸福，不知道他们谈话的内容，我刚要委婉询问，巴雅尔教授推门闯进来。

“老人家，我答应吉达将军一件事，你有一块神奇的石头，在哪里？”巴雅尔教授急切地问道。

“我老人家有五十块石头，每一块都很神奇，你说的是哪一块？哦呀，先说说你是谁？你是谁？”爷爷正沉浸在幸福中，对巴雅尔教授的话完全没有在意。

“都给我，石头在哪儿？”巴雅尔教授情急中抓紧了爷爷的胳膊。

因为巴雅尔教授在吉达面前的表现，非常令我不快，必须斩钉截铁地拒绝。

我把他拉开，不悦地说：“那些石头是爷爷的命根子，一生的荣誉，别说拿一块，看一眼都不可以。”

巴雅尔教授大叫道：“吉美洛追，你应该知道严重性，外面那些人只是其中一部分，凌晨的时候，还会有大批赶往这里。不到万不得已，士兵不会开枪的，可他们会不管不顾，他们会向里面冲。按照他们的性格，会战斗到最后一滴血，到时候这里血流成河，谁能担得起这个责任？”

爷爷脸上充满了疑惑，他看向我，我把视线转向别处。爷爷看着娜斯塔西娅，娜斯塔西娅不会撒谎，叙述了傍晚的经过。爷爷沉默下来，良久都没有说话。

巴雅尔教授在病房里走来走去，渐渐变得气急败坏起来：“老人家，那些人拿不到你的石头，会冲进来，会杀人，事情如此紧急，总得表个态吧，这算什么？”

爷爷伸手用力在脸上搓了几下，好像要让自己更加清醒，然后慌乱地看着我，慢慢地说：“洪森跟我说了乌德巴勒变成死城的事情，还有科孜朵勒达克那姑娘。活到八十岁，这个样子只在《江格尔》里唱过，如果没让我亲眼见到，不知道怎么去相信它。年轻人，这些事，是你造成的？还是我老家伙？”

我的心好像被埋到土里，生气地说：“爷爷，这件事的确是真的，我不知道是不是因为我，但我可以肯定地说，不是因为你。”

巴雅尔教授简直暴跳如雷：“怎么可以这样说？现在就是因为他，那些人才会围在外面，如果不把石头给他们，真的会死人的。”

我愤怒地说：“没有拿出证据之前，你说的都是废话。”

巴雅尔教授激动地喷着口水：“好吧，他们在那个小窝棚里发现了奇怪的磁场，是被能量吸引过去的，他们认为这种能量能让他们完成大事，所以必须拿到手。”

这种说法和爷爷的讲述大相径庭。

在爷爷对洪森的讲述中，折磨他的勇士是为了让他学会并传唱一首歌，至于是一首什么样的歌，爷爷从没有听过，也不知道它的名字。巴雅尔教授为什么这么说呢，难道有什么不可告人的目的？我已经看出来了，为了学术，他几乎要变成疯子，什么都不管不顾。

如果不被人拿走石头，原本是可以做到的。但是，我担心一个情况，爷爷所有的家当都被我装在越野车里，车钥匙交给了洪森，洪森完全可以交给米娜，因为米娜曾是巴雅尔教授的学生。就巴雅尔教授目前的态度，显然还不知道石头放在哪里，米娜也没有告诉他。现在要做的是找到洪森，首先把越野车控制住。

“有些事……我老家伙要好好想一想。”爷爷温和地看着我和娜斯塔西娅，轻轻挥着手，示意我们出去，“年轻人，时间也许很长，你不要着急。”

娜斯塔西娅用征询的目光看着我，实际上，她接受了爷爷的意见，正在等待我的行动。好吧，让老家伙好好想想，他是石头的主人，有权做任何决定。

“教授，请你离开。”经过巴雅尔教授身边时，我冷冷地对他说。

巴雅尔教授正不知道该走该留，爷爷温和地拍了拍病床。巴雅尔教授像捞到了救命稻草，兴奋地坐在爷爷身边。我不好意思再轰赶他，和娜斯塔西娅走出病房。

东面在探照灯的笼罩下亮如白昼，那里五百匹马和五百个勇士被锁定在光区里，他们面对着黑洞洞的枪口，完全不懂得危险的严重等级，僵持还在继续。

我俩都清楚对方心里想什么，谁也不先开口。那里是战场，我和娜斯塔西娅是不受欢迎的人。

第一声脆响传来，寻着方向看去，那是一支箭射中了某一盏探照灯。几乎没有时间的拖延，无数支箭宛如铺天盖地的七寸黑色腹蛇，扭曲着身躯向探照灯飞去。探照灯安然无恙，有些箭飞向空中，有些箭拦腰折断掉落下去。

勇士们抢先打破了僵持，士兵们接下来会有什么反应？

我和娜斯塔西娅也打破了内心的僵持，几乎同时向东面狂奔，距离事发地还有530米，洪森迎面跑来，拦住了我们的去路。

“跟我走，若尔巴吕斯市长立刻要见你们。”洪森着急地说。

“现在最着急的应该是刘参谋长，是不是搞错了？”我看着仍在飞射的箭，疑惑地说。

洪森显得有些迟疑，接下来的话却非常肯定：“今天晚上空气通透，没有风，更没有月亮，市长想请你们再用那块石头做一次测验。你知道，军方不相信这些，没有必要再做沟通。市长的意思是……他不相信这是巫术，认为会对死城有帮助，而且军方现在有事情被牵绊，时机很好。”

娜斯塔西娅兴奋地问道：“若尔巴吕斯先生在哪儿？”

洪森没有给出回答，只是向旁边招了招手，一辆没有开启灯光的民用面包车开过来，车上有特警打开车门，我们三个钻了进去。面包车快速行驶，自始至终都没有开启灯光，即使离开帐篷区驶入茫茫原野。我想，警方和军方的隔阂在哪里呢？为什么警方如此小心翼翼？如果被军方发现，这次市长提议的行动，会被强行制止吗？

面包车在一处缓坡停下，洪森催促着我和娜斯塔西娅下车。

“在哪儿？”我小声问洪森。

“身后500米。”洪森说。

我回头看到一架警用直升机，若尔巴吕斯市长和龙局长站在旁边。

“有必要瞒着军方吗？”我又问。

“军事管制包括天空。”洪森认真地说。

“娜斯塔西娅小姐，给您添麻烦了。上次的测试军方不感兴趣，也没有进行完整，希望这次能有详尽的数据。”市长走过来，礼貌地向娜斯塔西娅伸出手。

娜斯塔西娅恭敬地和市长握手，真诚地说：“市长先生，我将要做的绝不是巫术。我的父亲是俄罗斯非常有才华的自然科学家，因为机缘巧合，得到了一块能够测试多种能量的石头。父亲没有说过原理，我看到过他如何操作。如果你们有记录仪就好了，以后可以仔细研究。”

市长欣喜地说：“这一点我们也想到了，请吧。”

“娜斯塔西娅小姐，如果你愿意，吉美洛追可以同行，这样你的心情可能会更好。”龙局长尽力寻找着善意的词汇，脸上浮现着恭维的笑容。

这个让我厌恶的家伙，总算说了一句受听的话。

“谢谢，你们看透了我的心思。”娜斯塔西娅开心地说。

“你的石头呢？”龙局长突然问道。

想必龙局长仔细观察了娜斯塔西娅，她没有带任何东西，脖子上也没有羊皮绳。娜斯塔西娅习惯性地摸着脖子，突然愣了一下，然后笑眯眯地看着我，张开双臂走过来。

真是该死，我领会错了娜斯塔西娅的意思。我以为她很感激我的同行，要和我热情拥抱。我张开双臂拥抱她，根本没有碰到她的胳膊。当我双手摸到她后背的时候，她的双手早已高高抬起，正从我脖子后面解那条羊皮绳。真真切切的尴尬，我很像一个猥亵妇女的下流货。娜斯塔西娅显然也意识到了这一点，她在我的脸上轻轻吻了一下，若无其事地拉着我的手走向直升机。

舱门关闭的一瞬，我大声对下面喊：“米娜在哪儿？”

没有得到回应，不知何时，洪森已经坐着面包车离开。

好吧，但愿米娜不会把爷爷的五十块石头交给巴雅尔这个疯子。

第二十四章　第四次空中意外

登上直升机，接下来的事情全部出乎意料。

逼仄的机舱隔断出两个区域，娜斯塔西娅被带到靠近机尾的地方，我猜想，那里可能放满了各种仪器。和娜斯塔西娅合作的是位女特警，完全不像米娜那样身材小巧，从她硕大的脑袋和胸脯能够判断，体重至少在135斤。两个人高马大的女孩子猫在机舱里，情形可想而知。越是没有看到米娜，越觉得她会和巴雅尔教授在一起。这次出行，完全可以用惴惴不安来形容我的心情。

非常想看到娜斯塔西娅用石头测验的情景，可惜隔断是用塑胶做的，中间没有窗口。龙局长似乎看出我的心思，指了指飞行员身后的一块屏幕，我的心安定下来，想不到还能看到监控，已经很不错了。

仪表显示直升机在三千米高度，我想象着它在夜空里，蜻蜓一样划着宽阔的弧线，飘移在乌德巴勒死城的上空。这完全不是做检测的样子，是用这种飞行的方式慰灵，至少我的心里是这样想的，至少我可以在离大堂更近的地方，为科孜朵勒达克超度，或者做穆斯林式的祈祷。

人总是这样，在狭小房间里的时候，你会认为自己是唯一的，即使孤独，也会感觉心灵被什么东西填满，而如果独自走在草原上，那种辽阔会让你感觉自己仅仅大于一棵草。现在，不知如何描述心里的怪异，身处在狭小的直升机舱里，而直升机则游荡在广袤的夜空里。

你的心就是整个世界，这种语言完全是骗人的鬼话。

你只是世界的一部分，而世界根本不知道有你存在。

娜斯塔西娅高挑的身材，遮挡了监控镜头，画面上部分是她细长的脖颈，两侧空余出来的地方，是两台闪烁着不同数字的仪器表盘。无法看到娜斯塔西娅在做什么，我在百无聊赖中，透过左面的舷窗看深不可测的夜空。

“吉美洛追，你知道什么是风马旗吗？”

高密度的海绵，过滤了绝大部分直升机的轰鸣，龙局长清晰的声音传进我佩戴的耳机。

“对不起，我知道风马牛。”我想讽刺他，语气却非常礼貌。

“对少数民族不了解，这不能怪你，根不在这里。”龙局长并没有生气，语速不紧不慢。

完全能够听出来，龙局长说的“少数民族”显然是一种挑衅，既是肯定我和两位汉族江洋大盗的血缘关系，又在旁敲侧击。好吧，就算我不学无术，也当然知道风马旗，更知道草原上所有的传说和故事，因为爷爷就是一部百科全书。

“确定说的是风马旗？”我淡淡地问。

“当然。”龙局长笑了。

“作为成吉思汗的子孙，我只崇拜禄马风旗。请注意，藏族的风马旗和蒙古族的禄马风旗不是一回事。”我不屑地说。

“有的人会混淆，缘于文字的相近，还有……在惯常的地方看到不惯常的人和事，总会引起歧义。就像你，有藏族名字，拿着蒙古族的身份证，实际上并不一定是蒙古族。”龙局长的语气很轻松，好像议论的不是身边的人。

我不想和他交流，摘下耳机又显得没有礼貌。扭头看他一眼，想用目光显示自己的不满，发现他正看着右侧的舷窗，根本没有看着我。

好吧，就让这场毫无交集意义的谈话继续。

“1986年，15岁，我在布尔津一个手工作坊里，看到有个蒙古男人在刻藏族风马旗的雕版，当时并不知道这个人是最有名的雕刻师，后来他成了我的岳父。”

“需要恭喜吗？”我随口说着，看远处一小片灯火，应该是国道上的某个收费站，这说明直升机已经不在死城上空。

“吉美洛追，我很好奇，在你活过的25年当中，佩服过什么人吗？当然，你的爷爷除外，你不想当江格尔奇。”

“独眼龙，绰号，在我服役的部队，曾成功改装俄罗斯VSK-94微声狙击步枪，最大的本事就是他的左眼，据说目测了狙击目标之后，蒙上双眼照样一枪击中。他曾给多个国家的元首表演，自然拿到过全军的第一名。我记得看到那座奖杯之后，非常憎恨自己为什么如此年轻，如果生活在同一个年代，愿意和他一比高下。”

“现在还有想法？”

“脱下军装不再过问军人的事。”

“如果愿意见，我倒能帮忙……”

下意识扭头去看他，发现他也正扭过头来看我。

我不想在对视中示弱，就像看到了那个独眼龙一样。

龙局长闪开了视线，继续看着右侧的舷窗，耳机里又传来他不紧不慢的声音：“报纸上有过他的报道，我在公安局干了很多年，要想找一个人并不困难。还有一件事你可能不知道，他最有用的那只左眼，毁在了那两个江洋大盗手里。”

这句话，引发了我内心的悲痛。

突然之间，独眼龙不再是我的对手，成了怜悯的对象。

“客观分析，你在我心目中的形象是丑陋的。除了部队教给你的本领，还会什么？对社会有什么贡献？在这个世界上，很多人羡慕你一夜暴富的方式，当然，之所以说一夜暴富，是我不知道你用什么方式，在很短的时间内拥有了三千万元人民币。成为千万富翁之后做过什么？既没成败家子，也没有成吝啬鬼，你什么也没做，像个废物。”龙局长慢悠悠地说着，完全没有顾及我的脸色。

“很短的时间会是多久？”我逗趣地问。

“一年？两年？”龙局长淡淡地反问。

“一秒钟。”我说。

龙局长猝然回头，目光像一把刀剜着我的内心。

“只有一秒钟。如果可以，无休止复制。”我镇定地说。

“特异功能？”

“想发财就跟我干。”

“我有理由相信，你找到了江洋大盗藏宝的地方。”

“我对这个社会没有贡献，是因为这个社会没有给予我什么，所有的欺凌和侮辱都享受到了，我最好的反击方式不是沉默，而是麻木。曾给予我温暖的那些人，我会以涌泉相报，至于其他，连免谈都说不上。另外我想提醒你，我坐在这儿，不是为了听你训话的，所以该是免开尊口的时候了，谢谢。”我终于冷下脸来，给了他一个明确的态度。

长达两分钟的沉默，龙局长说话的热情完全消退。

扭头看向监视器，画面还是以前的样子。既然一切如常，没有什么好担心的，干脆闭上眼睛休息。就在我刚闭上眼睛的时候，感觉直升机突然剧烈抖动。透过耳机，听到娜斯塔西娅长长的尖叫声。因为闭着眼睛，大脑非常清醒，刚才的一幕是个错觉。当然，不是说刚刚发生的是幻觉，而是前后次序发生了颠倒。

娜斯塔西娅的尖叫在前，直升机的抖动在后。

难道曾经有过的经历要再次重演？

我的三次迷失经历都在天上，第一次就是置身于直升机里。

2015年6月上旬的某一天，全班去莎车执行一项绝密任务，代号为“湖边之狐”。那时候，洪森刚提升为副班长，武装直升机在四千米高度飞行，下午20点46分03秒，直升机突然震动，随后像风吹落叶般斜向坠落。我在恐惧中紧紧抓住洪森的手，那时的他很镇定，好像什么事情都没发生。直升机距离地面二百一十米，我拉着洪森的手抬头向天上看去，直升机像陀螺一样在失控中旋转。就在灾难即将发生的时候，直升机突然恢复正常，缓缓降落在草地上。

洪森抖开我的手，汗水湿透了我们的军服。

洪森看看不远处的直升机，又看看张大嘴巴呆滞的我，无论如何也想不通，我们两个是如何从直升机里直接站到了草地上的。

我的惊诧和洪森一模一样，大脑眩晕之间，跟着他向直升机跑去。直升机的舱门紧闭着，我们是如何跳出来的？直升机的螺旋桨慢慢停下来，我和洪森向里看去，所有人员都像睡着了一样。洪森焦急地用拳头捶着舱门，里面的人恍然间醒来。看到我们身处机外，班长拉开了舱门，我们两个钻进去，直到坐下还惊魂未定。

“为什么迟到？全班会被扣分，谁负责？”班长大声怒吼。

我和洪森不知道如何回答，好在班长没有深究下去。

直升机再次升空，虽然最后完成了任务，洪森一直心神不宁，他告诉我要写一份报告给首长，看到我慌乱的样子，最后打消了念头。这是第一次感到奇怪的事情在自己身上发生。除了我和洪森，直升机上所有人员都不知道发生了什么。

现在，直升机的状态和之前情况略有不同，之前属于斜向坠落，现在则是头朝下直线向地面冲去。娜斯塔西娅和女特警从机尾跃过隔断，从我头上摔下来。我在情急中抱住娜斯塔西娅的身体，寻找并抓住了她的手。接下来的情景并没有如我的想象，我的想象是和娜斯塔西娅安全地站在地上，就像之前的我和洪森一样。而此刻，我和她紧紧相拥在机舱里，听着螺旋桨斩断树杈的可怕声音。声音足足持续一分钟，我们的身体左右摇荡，心却安定下来。

依照有限的经验，直升机可能没有坠向地面，架空在了茂密的桦树林中。果然，我透过舷窗看到了被折断的树枝，最粗的一根直径足有35厘米。然而，不幸的是这些桦树长在河岸上，下面是湍急的河水。

“不要动，保持平衡。”龙局长怀里抱着女特警，小心翼翼地发布命令。

我看了看怀里的娜斯塔西娅，她竟然没有惊慌，脸上是兴奋的神情。

“想不想知道发生了什么？”娜斯塔西娅小声在我耳边说。

“可能还要抱你一段时间，不要介意。”我也小声打趣地说。

飞行员开始联系基地，救援人员会在四十分钟内到达。

我轻轻扭动脖子去看龙局长，他抱女特警的姿势很怪异。女特警的身体完全对折，龙局长的手搂着她的肚子，宽大的屁股正顶住龙局长的脸，女特警的头发披散下去，摊在龙局长的皮鞋上。

“局长辛苦了。”我幸灾乐祸地说。

龙局长还没有说话，一直头朝下的女特警身体略微动了一下。

“我……更辛苦。”女特警痛苦地说。

娜斯塔西娅实在忍俊不禁，突然笑出声来。

哦呀，架在树上的直升机失去平衡，左歪右斜中向地面坠落。

第二十五章　神虎的九条命

几声巨响，直升机摔落在河岸边，差半米掉进水里。

无法出去，窒息着等待，爆炸没有发生。女特警滚出去，龙局长脱离了苦海。娜斯塔西娅也没有被甩开，她粘在我的身上，把我压在下面。

飞行员艰难地爬过来，对着娜斯塔西娅怒吼：“为什么笑？”

“忍不住。”娜斯塔西娅站起身，无辜地看着飞行员。

飞行员的脸因为愤怒变得扭曲，攥紧拳头不知道该打在哪里，胡乱挥舞着说：“直升机值多少钱，知道吗？”

娜斯塔西娅开始愧疚，难过地看着我。

“你若死了才可惜，培养一个飞行员，国家付出的比它要多。”我必须帮娜斯塔西娅说话，还向她递过去宽慰的眼神。

“测验记录没被损坏才是最重要的。”女特警站起身来严肃地说。

她的话让人肃然起敬，我伸出大拇指，她却没有理会。

龙局长根本不在意争论，用力试图打开舱门，被飞行员制止。

飞行员近似哀求地说：“龙局长，尽量减少损失吧，救援人员会来的。”

龙局长停手，我悄悄试了试左侧的舱门，居然打开了，不由分说拉着娜斯塔西娅跳了下去。

龙局长、女特警和飞行员并没有出来，娜斯塔西娅看了我一眼，从她的眼神里，我明白一件事，这时候走出直升机是不合时宜的。龙局长应该在灾难的第一现场。飞行员不应该离开他的直升机。女特警需要知道检测记录是否出现问题。我和娜斯塔西娅呢？娜斯塔西娅反身上了直升机，检测记录更是她最关心的。

直升机的照明系统完好，两束强光直射远处，前面的桦树林白得刺眼。信步向远处走去，强光照射着我的后背，视线中的景物柔和下来。

陡然间，一公里外的马蹄声轰鸣着压迫而来，还没做出决定是走是留，近百匹战马出现在光线末端，转眼间距离只有十米。即使我没有做出决定，这种犹豫也是正确的，不能把危险留给身后的人，必须把这些人拦在前面。

“嘎吱吱吱——”

近百张弓拉开的声音震撼着空旷的桦树林，所有的箭镞对准我。

我回头看直升机，由于逆光，根本看不清。

“你是谁？”

为首的勇士催马过来，换弓为刀指着我的胸膛。几乎来不及说话，我要把安全留给身后的愿望落空。所有的马一步步向前逼近，我不得不一步步后退，退到距离直升机只有两米，后背被灯光烤得仿佛在发烫。

娜斯塔西娅、龙局长和女特警跳下来，两把手枪对准了为首的勇士。

记得第一次向蒙古勇士亮出牙牌的时候，情况突然发生变化，把我当成了仇敌。而现在，我依然有这种冲动，因为他们手中没有铁枪，只有弓箭和短刀。

娜斯塔西娅想越过我的身体冲向前面，我一把拉住她的手，可她固执地没有退缩，站在了我的左侧，和我的身体平行。

我从腰间解下大哥的牙牌，举起来把它放在强光里。

牙牌耀眼夺目，充满了神圣的意味。

“嘎吱吱吱——”

又是一片震耳欲聋的声音，他们快速收起了弓箭。还好，这局面和我的愿望一致。我把牙牌扔过去，为首的勇士接过来看，随后回头向人们示意，全部下马跪在地上，齐声呼喊起来。

“额日敦巴日——”

“额日敦巴日——”

“额日敦巴日——”

他们在呼喊我的新名字——神虎。

想必大哥已经告知他们结拜的事，我也等同于他们的首领。呼喊声在黑夜里传出很远，我示意他们起身，回响还在继续。这样的场景，让娜斯塔西娅吓了一跳，她欣喜地看着龙局长和女特警，二人还在警觉当中，没有收起枪。

为首的勇士恭敬地双手把牙牌奉还：“将军，我是莫日根，你没有和五位将军在一起吗？”莫日根张嘴说话，不禁让我极其困惑。

五位安答的话，我只能听懂几个词，完全靠猜测判断意思，而他说的话几乎全部能懂，这是怎么回事？

“为什么我能听懂他的话？”我问娜斯塔西娅。

“他们在冒充古人。”女特警抢道。

“不，问问他的家乡何处。”娜斯塔西娅若有所思地说。

我仔细端详着莫日根，并没有看出异样，不禁大声问：“莫日根，为什么你的话我能听懂？你家乡在什么地方？”

莫日根指了指脚下，开心地说：“六将军，我十五岁才离开这里。”

古蒙古语和现代蒙古语的区别可想而知，莫日根的说法并不能让我信服。但是现在，我只能猜测，在古代的这片草原上，他们说着非常类似现代蒙古语的话，这里也许就是现代蒙古语的发源地，也许是某种方言和现代蒙古语类似。

我疑惑地问：“自从和安答们分开之后再也没见，你们也不知道？”

莫日根说：“大将军传信需要援兵，我们跑了两天两夜。”

我环视了一下众人：“歇歇脚吧，他们会没事的。”

他们把我的话真的当成命令，放松地圈马围拢过来，惊讶地看着直升机。

莫日根赞叹地说：“这就是那匹神奇的马？大汗很想看看。”

我尴尬地笑笑，无奈地说：“不，我的马不在这里，不过，这匹马现在病了，需要你们帮忙。”

看样了，米娜没有透露我和五位古代将军结拜的事，龙局长和女特警始终处在警惕当中，当然还有难以置信的疑惑，因为莫日根提到了大汗。

有勇士们帮忙，直升机重新在地上站起来。

莫日根执意要拉着它离开，去我们想去的地方，为了不必要的麻烦，我只好命令他们立即起程去寻找五位将军。莫日根带着马队离开，我和娜斯塔西娅折来树枝，在一块平坦的地方点起篝火，她笑着看我，轻轻学着勇士们的样子呼喊。

“额日敦巴日——”

“额日敦巴日——”

我告诉娜斯塔西娅这是神虎的意思，她的表情从惊诧到幸福，仅仅用了一秒钟，笑容极其天真。我在心里说，娜斯塔西娅，你这个如此无邪的姑娘，不应该卷进这场灾难，应该回到你的国家，回到你的校园，回到你的父母身边，好好完成学业，找一份开心的工作。

也许是出神地望着她，篝火让我的目光发亮，也让我的脸庞通红，她的神情愣了一下，随后自然地摸着我的脸，轻声说：“我的神虎，为什么？”

“什么为什么？”

“不曾问过我的名字……是什么意思？”

“哦，现在还来得及吗？”

我轻轻攥住她的手，其实是为了让它从我的脸上挪开。长期以来，科孜朵勒达克一直在我心里斜45度坐着，这是我最喜欢看她的角度，这个角度的她也最美。截至目前，我还没有准备亮出这个空位，不知道谁会走过来坐下，我不拒绝也不期待，还是那句话，没有准备好。

“我喜欢猫，也有九条命，娜斯塔西娅的意思是复活，永远不会离开这个世界，永远不会离开你。”

“可我会离开这个世界。”我淡淡地说。

“不允许这么说。”娜斯塔西娅认真地看着我。

龙局长接到电话，救援人员二十分钟后到达，让他报上准确方位。我在等待中没有感觉那么久，也许只有十分钟，听到了救援直升机的声音。我和娜斯塔西娅站起身，龙局长走过来，好像有了底气的样子。

“吉美洛追，我们需要好好聊聊。”

“现在吗？随时奉陪。”

“当然是回去，现在风会闪了舌头。”

凌晨时分，我们被救援小组接回帐篷区，刚刚跳下直升机，洪森和米娜便冲了过来，除了宽慰，他们眼中还有疑惑。洪森不明白为什么救援直升机发现我们的时候，不是出事的第一地点，而是距离这个地方十五公里的苏伦河边。我认为应该龙局长回答这个问题，他却把洪森拉到一旁小声嘀咕着什么。

和上次迷失不同，这次事故我没有任何责任。

米娜一直没有说话，忧心忡忡地看着我。我隐约感到了不安，难道我们在天上的时候，地面的对峙升级导致了人员伤亡？若尔巴吕斯市长走过来，表情极为严肃，确认了我的猜测。刚要问糟糕到什么地步，市长走到我面前，坚定地看着我，甚至还像第一次见到我那样，上下打量着。

“洪森尽力了，可他无能为力。”

这句话意思很明确，显然也有别的意思。

“吉美洛追，准备吧。”龙局长突然冒出一句话。

“怎么做？”

我的话说给龙局长听，目光却看着市长，因为龙局长和我同时出现的，这里发生的事情市长才有发言权。

“吉美洛追，他们还堵在警戒线外面，看样子不把你交出去，他们不会走。我并不知道你对他们做了什么，洪森试图保护你，让你陪娜斯塔西娅去做检测，他也试图冒充你去同他们交涉，但被看穿了。”市长无奈地说。

我突然明白过来，为什么当初洪森阻止我去对峙现场，随后催促我和娜斯塔西娅去空中检测，原来是有意而为。我感激地看着洪森，这种事他完全做得出来，为了兄弟的安危他可以去做一切。

我心怀感激，连自己都不相信，却说了两个字：“愚蠢。”

米娜并没有反感，焦急地说：“军方划了20米警戒线，这是死命令，无论谁越过就会开枪。那些人已经冲击两次，十三匹马死在警戒线下，如果不是洪森出面拖延，后果更严重。”

我生气地说：“抓我，无非是拿了羊皮圣旨，事实上它在你老师手上，你非常清楚，应该管他去要。”

米娜气急败坏地说：“教授失踪了，爷爷也不知去向。”

非常可怕的念头出现在脑海里，爷爷被巴雅尔教授绑架了。找到爷爷是现在的第一要务，无须任何人批准，可是当我准备行动的时候，洪森紧紧拉住我的胳膊，如同阻止的信号。

“一起吗？”我冷冷地问。

“到处监控，你需要知道最好的寻找方法。”洪森小声说。

龙局长向我走过来，关切地说：“市长已经安排去找了，现在跟我走，还有娜斯塔西娅小姐，破译检测记录最重要。”

我极力克制着愤怒，大声说：“那是你们的事。”

我扭头看娜斯塔西娅，她正为跟我走还是跟龙局长走为难。

米娜过来揽住娜斯塔西娅的胳膊，这和洪森对我的动作一样，只不过米娜的神情很亲切，让娜斯塔西娅无法拒绝。我不禁要为娜斯塔西娅接下来的举动失望。完全出乎我的意料，娜斯塔西娅挣脱了米娜的手，坚定地走到我身边。

“请尊重我的选择。”娜斯塔西娅说。

“各行其是。”强硬地甩下一句话，我拉着娜斯塔西娅转身离开。

刚走出几步，一名军医跑过来，手里拿着一张纸。

“老人家留下一封信，刘参谋长让转交给你。”

军医冲着我身后的龙局长喊话，我瞬间明白过来，肯定是爷爷临走之前留给我的。我箭步迎上去，没等军医反应过来，把信抓在手里。

第二十六章　怨灵与白女巫

留言很简单，爷爷只给了两行字。

从字迹分析，不像在胁迫与仓促中写下的。

爷爷说要跟巴雅尔教授回大学，帮忙做件天大的事，还拿走了五十块石头。这些从容的文字，看不出任何危险，无法判断出于自愿或被逼迫的情绪当中。有件事很奇怪，爷爷的五十块石头都是随地在戈壁滩上捡来的，它们会有什么能量呢？如果一切正常，那些勇士为什么紧紧抓住它不放？百思不得其解，娜斯塔西娅也没有答案。如果想知道，看来只能去查监控录像。

军方拿出图像资料，无论病房里，还是爷爷和巴雅尔教授走在帐篷区的甬道上，以及爷爷从米娜的帐篷里拿出盛石头的袋子，二人没有争执和推搡，所有过程都很友好。悬着的心落地，就算爷爷想做一件事吧。

娜斯塔西娅疑问依然很多，巴雅尔教授是疯狂的考古学者，不可能轻易离开这里的古人，即使要离开，用何种方式呢？军方和警方都没有派车，如何去往远在几千公里外的内蒙古师范大学？关于这个疑问，军方给出了答案。一辆军车被巴雅尔教授开走，目前正在搜寻中。

好吧，现在是黑夜，任何光亮都会被轻易发现，再次见到爷爷只是时间问题。

我决定不要再为此事纠结，尽快随娜斯塔西娅去找米娜，她们还要共同完成任务，破译熊睛的检测记录。破译工作开始之前，市长有意播放了监控录像。我想，这可能是为了增加娜斯塔西娅的同情心和责任感。画面是那些人在死城里的活动情景。所谓活动，不是他们在街道或小巷里走动，而是坐在某个建筑前面发呆，也许后面就是他们的家，他们要回去，失去了勇气，或者无法找到进入的方式。

看着他们的样子，突然感觉诡异，似乎没有坐在地上，而是和地面保持着某种距离，身体也并非静止不动，完全不是摇晃的节奏。

这种现象是什么？是悬浮！没有了质量的生命，悬浮在半空中。

无论之前我有多么美好的愿望，现在到了破灭的时刻。他们根本不是生命存在，也不是留在大自然当中的影像，更没有谁能让他们在时光倒流中复活。

这才是残酷的事实。好吧，如果真是如此，这些影像则无比珍贵。我开始担心影像何时消失，如果连它都没有了，那些曾活生生存在着的人，还有什么留在大自然当中呢？

有过悲哀。有过悲凉。现在是悲怆。

是的，悲怆！它在我的血管里奔涌，提醒着我不能脆弱，不能像松软的堤坝那样被洪流冲毁。也许不能为他们做什么，也不能为这座死城招魂，我所能做的就是怀着这种情怀去祭奠，让悲剧不再发生。

现在所能做的，仅仅是祭奠吗？不敢问自己，怕心给了另一种答案。

善良的娜斯塔西娅热泪盈眶，所有的人都以为她承受不住这种痛苦，但她擦干眼泪之后，坚定地看着我，轻声说："我的神虎，即使全世界都不认同，你一定要相信。"

"很多奇怪的事，我不能解释，如果你说出来，我深信不疑。我相信这不是巫术，只是现在无法解释。"我从娜斯塔西娅的目光中意识到什么，真诚地说。

"不，我说的是这座死城，曾经美丽的牡丹花，还有这些可怜的人们。"娜斯塔西娅悲伤地说，"父亲曾经说过一个预言，当一种物质出现的时候，时光会倒流，不幸的是……这座城市还有这些人，已经在预言里了。"

我答应相信娜斯塔西娅，但这句话触及得太远，而我想知道的很近。我想知道到科孜朵勒达克现在究竟是什么状况，为什么明明坐在自己家里，却在手电筒的光芒下消失？甚至在抚摸她头发时，触碰到的如同空气，她的这种特殊的身体，究竟还是不是生命？如果不是生命，只是一种幻影，她的存在特质是什么样的？

我把所有疑惑讲出来，娜斯塔西娅伏在我的肩上低头不语。我感觉得到，她的身体在颤抖。

“说吧，科孜朵勒达克现在究竟是什么？”

咬着牙关说出这句话，我已经做好最绝望的准备。娜斯塔西娅抬起头，蓝色眼睛里溢出泪水，如同一面平静的湖泊，骤然溅起涟漪，又像大地突然倾斜，湖水冲破堤岸肆意奔流。

“这是预言最可怕的地方，时光倒流之际，所有人都会死亡，虽然只是慢慢消失着生命特征，永远不会复活。即使时间再神奇地回到原点，看到的影像也不属于生命，不属于灵魂，那是他们对人间的恋恋不舍，他们留在这个世界上的只有两件东西，一个是他们曾经使用过的名字，还有一个……就是这些……”

娜斯塔西娅再也无法说下去，时间仿佛被我的心偷走。我需要立刻知道答案，用力攥着娜斯塔西娅的手。她的手柔软无力，已经不足以支撑呼吸。

“这些是什么？为什么科孜朵勒达克回到家一动不动？她不能落地，只能在半空中悬浮？”我在怒吼，用声音展示着固执和急迫。

“那是……她曾经有过的心愿，还有心愿……未了。”

说出这句话，娜斯塔西娅用尽了全身气力。

长生天啊，心房坍塌了，我被彻底击垮！

“在我的祖国，人们不把他们叫作鬼魂，认为是死后的幽灵，因为心愿未了，因为还有爱有怨怼，叫作怨灵。”

如果相信娜斯塔西娅的话，这意味着科孜朵勒达克的生命已经消失，无论怎样挽救都无济于事。科孜朵勒达克，你还有心愿未了，除了你的父母，你曾说我最重要，在你未了的心愿里，希望我做什么？

“在这个预言里，必是心愿触发心愿，不管大家是否认识，都会为未了的心愿用另一种方式存在，会抗争，会相互残杀。”娜斯塔西娅痛苦地说。

“心愿触发心愿？”我不明白这句话的真正含义。

“如果预言成立，冲击乌德巴勒的强质子射线，也应该由心愿而发。不知道在这个城市里到底发生了什么，但我相信……”

娜斯塔西娅没有继续说下去，不知是她自己都无法理解这个预言，还是不愿意再给我额外的打击。如果这么分析，死城出现的古人，或者所有复活的人，都在死去之前心愿未了？

监控室里陷入死寂，只有录像静静地播放。

我已无法在这巨大的压抑中存活，正要强迫自己从监视器上转移视线，突然看到坐在小白楼前的科孜朵勒达克。未了的心愿不是不能落地吗？为什么她现在坐在那里？十个勇士从画面上一掠而过，他们还在找我。这应该是我从后院逃走的那个晚上。

为首的勇士正是吉达，他挥舞着铁枪，科孜朵勒达克突然站起来，伸开双臂阻拦。如果说到心愿，此时的科孜朵勒达克肯定感觉到了我的存在和危险，她牢牢站定在地上，不让他们往前踏近一步。

科孜朵勒达克，为了我，改变了心愿方式。吉达在恼怒中举枪向科孜朵勒达克扎去。黑色的、长长的枪头洞穿了她几乎透明的胸膛。长生天啊，就在她的身体变成胶质的那一刻，吉达压枪将她挑起，科孜朵勒达克的身体抛洒在空中，化成了漫天雨滴，坠落在地上消失不见。

我紧咬着牙关，本来要出口的惨叫只喊给了麻木的心。

科孜朵勒达克！

我的初恋！

现在连心愿都消失了，谁知道你究竟还牵挂着什么？

消失的时候，还有什么让你恋恋不舍？

吉达，我永世的仇敌！

你必死于我的手中！

你必死于我的手中！

至少两万米高空的雷声砸落下来。

从第一声到达耳膜，我无心判断时间长短，也没有意识速度多快，帐篷顶上已响起噼啪的雨声。沉浸在痛苦的迷茫里，我感觉自己这颗心，如同天上某一朵乌云，掉下的不是雨水，而是冰冷的鲜血。

静坐，身体里所有能流淌的东西都归于大地吧！

哦呀！就像科孜朵勒达克的心愿一样，这也许会让我们重新在一起。如今，我已无暇顾忌曾经无疾而终的初恋，这已经不重要了，和科孜朵勒达克的生命相比，什么都轻如鸿毛。科孜朵勒达克消失的不仅仅是生命，不仅仅是曾经对我的信任和关怀，更不仅仅是当我受到侮辱的时候，她勇敢蔑视别人的凛然不可侵犯。一切都曾经有过，一切又都不复存在。长生天啊，所谓的牵挂和疼惜，都是留给活着的人满足私欲的，死去的人又怎能感知？

娜斯塔西娅和米娜在工作，我突然想去对峙现场，最好吉达还在。我在瓢泼大雨中僵尸一般移动，直到看见前方的洞天，那是探照灯照射下的雨滴在闪光。

僵持还在继续，勇士们在马上一动不动。我走到洪森身边，盯着他手中的全自动步枪。向它伸出手，它一动不动，我意识到出现了幻觉。实际上，洪森手里的枪，距离我的手指还有30厘米。洪森看到了我空洞的眼神，不想让我暴露在勇士们的视线里，用力把我拉到旁边卧倒。

“她们两个呢？”洪森小声问。

“枪。”我说了此刻要说的话。

“这不是你的岗位。”洪森声音很轻，但明显在训斥。

我抓住全自动步枪摇晃，洪森没有撒手。我的手轻易被洪森挪开，连自己都没有想到，当一个人双手失去力气的时候，原来全部力量会转移到腿上。我猛地站起身，向着对面冲去，嘴里发出一声大叫。

“吉达，来呀，我在这儿。”

呐喊压过了雷雨声，沉闷的对峙发生裂变。对面的勇士们瞬间有了动作，转眼一分为二，中间闪出两米的空当。一个瘦小的白色身影骑在雪白的马上，这个人全身被白袍包裹，甚至都没有露出眼睛，无法分辨男女。

洪森第一时间冲来，举枪对准了白袍的上半部分，那是胸膛的位置。

突然出现的白色身影，一定让洪森感觉到极度危险，所以不顾命令站在了我的身边。洪森横向距我二点五米，这是曾多次被验证过的数字，如此的间隔足以让我离开危险，把敌方的注意力吸引到他的身上。

白色身影伸出右臂，一支黑色令旗魔术一样拿在手中。

我瞬间辨认出来，这是一只女人的手。

女萨满？野萨满？白萨满？

我的脑海中瞬间跳出三个词汇，又瞬间感觉判断失误。

关于萨满，作为一个蒙古族人，多少了解一些。在蒙古人的原始宗教萨满教里，对鹰有着独特的理解，他们把雄鹰当作自身的神物象征加以崇拜。它是天的神鸟使者，受命降到人间和部落头领结婚，生下一个美丽的女孩，神鹰传授她与天及众神通灵的神术，并用自己的羽毛给女孩编制成了一件神衣，头上插上羽毛做的神冠，让她遨游天界，把她培养成了一个了不起的世界上最早的“渥都根”，也就是女巫师。

在这个女人身上看不到任何萨满的标志。尤其没有铜飞鸟，就是那只神鹰。她更不是白萨满，白萨满是一个教派，产生于明末清初，而这些人来自忽必烈时期，我只是看到她的白衣白马，自然而然产生了混淆。

我见到了传说中的女巫？还是一个没门无派的女巫？

“不要装神弄鬼，你并非渥都根的传人。”我大声说。

黑色令旗开始上下摇晃，我的身形未动，洪森向她走过去。

洪森走出五步，我察觉出异样，想把他拉回来。洪森突然急转身，右手食指自然伸直。

哦呀，当食指缩回去，一定是扣动扳机，我的胸膛会是标靶。我坚信洪森不会击毙自己的兄弟，无论受到什么样的诱惑。我迎着枪口走去，距离不超过一米五，枪口将要触到衣服。

判断完全错误，洪森眼里陡现杀机，食指短促有力地勾回。身后响起惊叫，我在这片声音里身体斜向后坠，两腿绞住了洪森的腰。枪声在我们两个还未落地的时候响起，起身的时候，全自动步枪已在我的手中。后面的人们当然知道出现了什么状况，两个特警跑过来把洪森拉走。

黑色令旗在我背后响起扑啦声。她在召唤我。再也没有比这更好的机会了。

我审问着自己的内心，确认没有被蛊惑，步步后退着向她靠近，枪口始终对着警戒线后面的士兵和特警，甚至还装作瞄准的样子。是时候了，当我的后背距她只有两米，突然转身举枪要对准她的额头，就在决定是否将她击毙的时候，仓皇间放下了枪。

眼前是爷爷和巴雅尔教授，二人被五花大绑，女巫已在后面。爷爷的眼神散乱不堪，宛如在弥留之际。一个黑衣勇士往前推着爷爷，如果不是他用力，爷爷会瘫倒在地。

绝不能慌乱和喊叫，以显示坚定的信念。

“古美洛追，不要激怒他们，这样的结果是我早就计划好的。对我来说，这是千载难逢的机会，如果被你破坏我会恨你的。”巴雅尔教授大叫。

事到如今，这个考古狂竟然选择这种方式，不知道可悲和可笑哪个更适合对他的描述或判定。我用枪瞄准他，憎恨地说：“你连累了我的爷爷，和他们一样死有余辜。在你死之前，必须告诉我，爷爷对他们有什么用处？”

巴雅尔教授简直恬不知耻，受到了虐待还显得欣然自得。

巴雅尔教授回头看了一眼白色的身影，赞叹地说：“蒙古帝国最伟大、最神圣的巫师，她有能力让乌德巴勒和五十万百姓重新回到过去。你不能阻止她，你只能听命于她，不然就是五十万冤魂的仇人，就是乌德巴勒的罪人。现在，我和你的爷爷就要去死城里，那将是这些古人的天下，我将亲眼见到复活的奇迹，这将是我一生的荣誉，没有人能超得过我。”

我根本没看巴雅尔，一直看着爷爷，他的嘴唇在动。好像回到了不会说话的童年，我紧紧盯着爷爷颤抖的嘴唇。爷爷在说话，他知道我能懂。

好吧，开始计算从开枪击毙黑衣勇士，到抢走爷爷需要几秒。就在扣动扳机的瞬间，一团烟雾在眼前升起。仅仅过了一秒，烟雾消散，前面空空如也，五百匹马瞬间消失，没有留下马蹄声。

良久，我呆呆地站在原地。怎么可能？这么多人马留不下一点声音？

突然感到了不祥，娜斯塔西娅向我跑来，嘴里大声呼喊着什么。我根本听不到声音，只是看着口型，她在呼喊“我的神虎”。

一片烟雾，导致了我的耳朵失聪？

第二十七章　《江格尔》之名

自从爷爷被掳走，我的行为怪异起来。

这是洪森和米娜的判断，娜斯塔西娅并没有这种感觉，她沉浸在痛苦当中，完全六神无主，只有救出爷爷这一个念头。娜斯塔西娅认为此刻所要做的一切，必须和营救有关，事实上，我所想出的营救办法，每一种方案都遭到军方和警方的否定。

当承认了这个现实，我向洪森列了一张单子。

我需要一顶蒙古包或者小型帐篷。

我需要一个用来供奉的佛龛。

我需要九盏从天亮点到天亮的酥油灯。

当然，我需要去拉苏亚河，用纯净的水沐浴身体。

当然，更需要爷爷的陶布舒尔琴。

为了差点击毙我的事，洪森一直困惑和内疚，他满足了我的全部要求，甚至当我要把蒙古包安扎在乌德巴勒死城外面，就在那条生死警戒线上，也只是犹豫了一下，很快就点头答应。

本该太阳升起的时候，雨势只增不减，拉苏亚河水升高到堤岸边缘。在我五岁到十八岁之间，无数次随爷爷去各地说唱，每次说唱之前，他都要进行神圣的仪式。如果在夏天，他会把自己的肉身在河水里洗干净，如果是寒冷的冬季，他会敞开袍子用干净的雪搓热胸口，然后虔诚地朝东面跪下来，嘴里再塞一些雪，把伸直的食指当成牙刷，上下左右捅来捅去。以前，每次学爷爷刷牙，总是感觉很可笑，总是敷衍了事，而现在已不是一件好玩的事情，它在神圣之余还有了悲壮。

夜里10点左右，爷爷和我第一次相遇。今天夜里10点左右，我的二十五岁生日。至今，我无法确认时间，爷爷没有手表，只看星辰。

高处跳下的雨水，融进来自人间的热量，凶猛地钻入拉苏亚河中。此刻，冷意裹满全身，非常期待这场仪式结束，再回到帐篷区的时候，娜斯塔西娅和米娜的检测结果也许就有了眉目。

截至目前，市长和龙局长同时发布了命令，任何人不得将这次检测行动外露，包括新成立的各种委员会和调查组。我想，当这些人和军方知道了检测结果，会不会以为在悄悄进行一种巫术呢？

白衣白袍的女人未出现之前，任何人都不会相信有真正的巫术，这一点洪森最有发言权。根据后来的描述，他的确被一种神奇力量蛊惑，当时和我保持着两米五的距离，受了女巫的指引向前走，他听到了无声的命令，转身向我开枪。当我冲过去，我们的距离只有一米五，他的大脑瞬间清醒，但还是在清醒之前扣动了扳机。据洪森讲，正是由于我的靠近，女巫的神奇力量消失，而他也有了猜测，那就是当我离他很近的时候，他的意识是可以自控的。我不知道自己身上有什么神奇的力量。我宁肯相信这是洪森的信念战胜了女巫。

沐浴完毕，我裸着身体跪向东方，学着爷爷的样子用食指认真地刷牙，还没站起身，牛吼般的雨声里掺进了脚步声。循声回望，模糊的视线中渐渐出现娜斯塔西娅和米娜和身影，向我奔跑而来。即使会尴尬，即使会看到我的身体，我也不会仓促完成仪式。

她们适时停住脚步，给了我从容穿上湿衣服的时间。我缓缓向娜斯塔西娅和米娜走去，她们却向我狂奔而来，直到我看见她们极其慌乱的神情。

“爷爷出事了？”我被慌乱感染，着急地说。

“不，检测有了结果。”娜斯塔西娅用力摇晃我的胳膊。

“第一时间告诉你，然后商量方案，如何给市长写报告。”米娜的声音在颤抖。

在我的印象中，米娜从来没有过慌张，看来结果不妙。我们在瓢泼大雨中往回走，积水漫过脚踝，三个人踩出凌乱的水花。路上，我得知了检测结果，如果不是之前屡有怪异事情发生，我会以为并肩走着的这两个女孩，已经彻头彻尾地疯了。

娜斯塔西娅是个类似渥都根的疯子。米娜是个有着极端科学头脑的疯子。

在她们的讲述中，这片地域已经是若干个朝代同时存在的地方。娜斯塔西娅曾用熊睛探究过，某种强烈质子冲击了这里，不但让乌德巴勒时光倒流，五十万百姓生命毁于一旦，也对更广泛地区产生了难以想象的影响。据米娜分析，曾经在这里存在过的朝代和人们，都会以或快或慢的方式复活，最可怕的是他们割据一方，又毗邻而居，依照过去的史实，他们都是强悍之躯，为了各种利益难免再起血腥和杀戮。

“米娜，你在杞人忧天，如果是这样，时空怎么算？”

“问你自己，五位安答从何而来？”

“他们是元朝人，忽必烈的五虎上将。”我的语气非常坦然。

“不，你混淆了历史。”米娜正色地说。

“元朝是忽必烈建立的，1271年开始，1368年结束，本人就读过高级中学，学过《中国历史》。”我大声说。

“可是我们看到了阿里布哥的羊皮圣旨，这说明忽必烈还没有完成统一大业，他们的年代绝不是1271年之后，而是1260年到1264年之间，两个亲兄弟还在互相剿杀。这五年期间不是大元，是中统。”米娜也提高了声音。

“还好不是中国国民党中央执行委员会调查统计局。”

我信口胡说，以此在娜斯塔西娅面前掩盖自己的无知。

米娜当然明白我的意思，她抹了脸上的雨水，转身望着茫茫的天地，用颤抖的声音说：“看吧，这里又将成为沙场，根本无法想象，要用现代化武器一个个消灭他们吗？不公平。如果不是这样，用什么方式阻止他们呢，谁能告诉我？”

“姐姐，也许没有那么糟糕。”娜斯塔西娅坚定地看着米娜。

“不，现在没有庆幸，只有面对。”米娜说完，盯着我的眼睛。

我并不想和米娜争执，因为娜斯塔西娅还没有说出结果。

“记得那次飞翔吗？一定要相信我，强大的射线源头就在喀纳斯湖，我曾想过是不是湖怪所为，但世界上所有的湖怪都是人们杜撰出来的，要想得出答案，必须去那里，愿意和我同行吗？”娜斯塔西娅说完期待地看着我。

我没有答应，坚决地摇头。

“为什么？有很好的理由吗？”娜斯塔西娅失望地问。

“也许。”我冷静地说。

“妹妹，不要对他期望过高，站在你面前的这个男人是个懦夫，他不愿意和你同行，因为他怕水，这也是提前被退役的原因。”米娜愤愤地说。

娜斯塔西娅急切地说：“不，他现在站在大雨里，刚才还在河里洗澡。”

米娜回头望着根本看不见的拉苏亚河，不屑地说：“拉苏亚河水的颜色和喀纳斯湖一样吗？他怕的是绿色。”

娜斯塔西娅固执地说：“我的披巾也是绿色，可他喜欢。”

走在大雨中的三个人，谁都在自说自话。

当谁都不能说服别人，只得在大雨中沉默。

娜斯塔西娅不明白米娜的愤怒从何而来，而米娜对娜斯塔西娅的执着更加无奈。在我们三个人当中，米娜的自我感觉最好，她认为从洪森那里了解了我，把我的缺陷当成了懦弱。事实上，害怕水，害怕深绿色的水，的确是我的致命缺陷，但这并不是我提前退役的原因。至于洪森为什么没有说出真情，那是因为我们之间的承诺，只要都活着，只要不是我第一个坦白，他永远不会说出来。

洪森、龙局长和市长早已经在帐篷里等候。米娜直接汇报，我和娜斯塔西娅回避，等到换完衣服再见面，娜斯塔西娅的视线再也没有离开我。

“我的脸不是草原，你现在最应该关心的是它。”我走到娜斯塔西娅近前，把她头发上滴下来的水接住，轻轻甩在地上。

“我的神虎，怎么可以怕水？”

娜斯塔西娅握住我的手，抚摸着湿漉漉的掌心。

“这对你重要吗？”

“当然，比你想象的还重要。”

“在我有记忆的时候，无数次梦见自己沉在一潭深绿色的水中，每喊一次救命，就会吞下一口咸水。这个噩梦一直困扰着我，所以即使距离喀纳斯湖很近，从来没有去过，爷爷很体贴我，他选择绕行。”

“爷爷真好，担心你害怕。”

“不，从没告诉过他这个梦。”

说到这里，我猛然意识到一件事情。爷爷说我们的第一次见面，是看到我从树上跌落，而他恰好经过就用双手接住。既然他不知道我做的梦，为什么每次都绕喀纳斯湖而过呢？

冥冥之中的默契？如此简单？

我不能把疑问告诉娜斯塔西娅，甚至还不能问另一件事情，为什么自从见面，她对我的好感来得如此之快，这种亲近完全不是轻浮，而是极其凝重和诚恳，仅仅是因为崇拜爷爷，或者爱屋及乌？突然觉得这个世界和我自己都很麻烦，但我不能退缩，爷爷还在那些人手中，我必须按照他的话去做，不管我有多叛逆，在我生日这天，必须如他所愿。

“娜斯塔西娅，祝爷爷平安吧，也祝我生日快乐。”

当我安定下来，原本心里想说的话，自然脱口而出。

娜斯塔西娅还是原来的样子，从惊诧到幸福，脸上的表情只须一秒钟。她走过来热烈地拥抱我，在我耳边轻声说：“爷爷会平安无事的，生日快乐，我的神虎。”

如此烦乱的心绪中，得到一个真诚的拥抱，原来非常幸福。我的双臂增添了力量，想用更热烈的方式回应，米娜和市长等人突然走进帐。

娜斯塔西娅笑靥如花，我尴尬不已。

我想从市长脸上看出得到报告后的反应，他的面色很沉静。

“还没写报告吗？”我装作轻松地问米娜。

“这不是简单的事。”龙局长严肃地说。

“落在纸上的东西毕竟和口头汇报不一样，需要再进一步证实。”米娜说着话，歉意地看着市长。

“赞同你的严谨态度，”市长真诚地说。

“好吧，你们难得有了空闲，该我去忙了。”我开心地大声说。

我刚走到门口，市长突然说：“吉美洛追，我想以兄长的身份，聆听你的歌唱，可以吗？希望你答应。”

米娜总是出人意料，当我向洪森列出清单的时候，他什么也没问，而她早已经知道了我要做什么，肯定是她悄悄告诉了市长。

我回身向市长抱以微笑：“市长，那就辛苦了，等到晚上。”

“我的神虎，姐姐说市长会给你惊喜的。”娜斯塔西娅开心地说。

等待天黑，其实是挺难熬的。一秒秒地等，等成一分钟，等成若干个小时，等成黑夜。暴雨已经停了，地上只剩积水和大风，天上仍乱云飞渡。

人们早已等在蒙古包里，我必须步行过去，这也是爷爷教给我的、神圣的仪式之一。完全没有想到，距离蒙古包还有一百米，我的脚再也无法前行一步。

长生天啊！居然出现了三束美妙的耶稣光，正中那束恰好照向白色的蒙古包。不得不认为这是天意，必须感谢月亮，这三束耶稣光就像阳光一样，瞬间涤荡了我的胸膛，所有的杂念全部消除。

我毕恭毕敬地走进蒙古包，害怕惊扰了耶稣光的恩赐。

洪森准备得非常仔细，还指了指羊皮垫子旁边的支架话筒，欣慰地说："兄弟，事先没有经过你的同意，市长找来了这个，外面还有四个十八英寸的定向低音炮，你的歌声会抵达乌德巴勒任何一个地方，不管爷爷在哪儿，他会听得到。"

市长默默把爷爷的陶布舒尔琴递过来，我感激地接下后盘膝坐好，洪森、米娜和娜斯塔西娅也席地而坐。

两扇窗户已经放下卷帘，按照说唱《江格尔》的规矩，必须在封闭的空间里。我学着爷爷的样子，用温和的目光看一眼前面的四位听众，娜斯塔西娅的眼睛最亮，就像波光粼粼的大海，闪烁着迷人的星芒。

哦呀！三百零五岁的陶布舒尔琴响了。

《江格尔》的神圣开篇，回响在乌德巴勒上空。

在你望不到的古老黄金世纪
那是我佛之法弘扬的初始之期
有一个孤儿江格尔
诞生在宝木巴圣地
江格尔的宝木巴地方
那是幸福的人间天堂
人们永远像二十五岁的青年
不会衰老　不会死亡

江格尔的乐土没有边界
四季总如春天那样温暖
看不见炙人的酷暑
受不到刺骨的严寒
清风在天边飒飒吟唱
宝雨在手边纷纷下降
百花烂漫　百草芬芳……

第二十八章　丢失的酸樱桃

说唱持续了整整一夜。

走出蒙古包，世界已在朝霞里醒着。

我相信，不管爷爷囚禁在哪里，肯定听到了说唱，甚至没有在乎周围都是恶人，兴奋地让胡须翘得老高，大声对身边的人说，哦呀！看看，看看，这个年轻人就是我的宝贝孙儿，他可不是个好东西，他有四块石头，却唱了整整十章《江格尔》，总之，骗了我老家伙，骗了，骗了……

起初只想唱完四章，要结束的时候，看到了娜斯塔西娅渴望的眼神，我不想让她失望。当然，继续唱下去的动力是不能让爷爷失望，他让我继承他的衣钵，做一个伟大的江格尔奇，因为他被黑衣勇士控制着的时候，用唇语说出了长久以来的心愿。

“我老家伙活到八十岁，遇到这些古人，没什么好稀奇的。《江格尔》里我能说出名字来的有几千人，他们不管好坏都活在我的嘴上，别为我的性命担忧。你得像江格尔一样，创造你的宝木巴王国，你们都是二十五岁。别抛弃乌德巴勒，它是陪你长大的城市，做个伟大的江格尔奇吧！我的宝贝孙儿，二十五岁生日快乐。今天晚上，我想听到你的歌声……”

这仿佛是天意。

江格尔在25岁的时候，建立了他的宝木巴王国。江格尔和他的宝木巴臣民永远二十五岁。宝木巴神圣的国土，永远鸟语花香。

爷爷让我25岁生日的时候必须见到他。乌德巴勒今年25岁，但它却成了死城。爷爷想让25岁的孙儿像江格尔那样，把死城变成宝木巴王国。

爷爷如此伟大，他的孙儿却无能为力。宝木巴王国仅仅是个美丽的传说。乌德巴勒死城却是残酷的现实。

面对东天的朝霞，我从市长脸上看到了赞许，他觉得我为这座城市做了一件事，就像招魂或者祭奠。其实，我只是顺从了爷爷的意愿，不管以后是不是做江格尔奇，在这个时刻，必须给爷爷最大的宽慰。

娜斯塔西娅很开心，跑到远处弯腰寻找什么，回来时手掌里有六块漂亮的石头。她兴奋地说："我的神虎，请收下它们吧，就当这片草原给你的礼物。"

我犹豫了一下，从腰间解下小羊皮袋。

娜斯塔西娅撑开袋口，把石头一颗颗放进去。

"希望你像爷爷那样，最后得到五十块石头。"娜斯塔西娅大声说。

米娜听到她的话，似乎迟疑了一下，思忖着说："五十块石头？妹妹，也许是你随口说的，事实上是五十一块。"

娜斯塔西娅认真地说："爷爷亲口说他只有五十块石头，我当时还很奇怪，江格尔共有七十章，爷爷为什么不能拥有七十块石头呢？后来他告诉我，这是江格尔奇的传统，如果有人能把七十章全部唱完，对这个人的性命不好。"

我把小羊皮袋重新系在腰间，对米娜说："爷爷只有五十块。"

洪森认真地说："之前，我也是这样认为的，当时从越野车上拿下爷爷的东西，米娜很好奇，特意数了一下，不是五十块，而是五十一块。"

米娜补充道："那些石头都很普通，只有一块很特别，红得像鲜血，质地像奶油，圆得像樱桃，中间有孔，所以特别有印象，绝对不会错。"

红得像鲜血，质地像奶油，圆得像樱桃，中间有孔？我的大脑突然被子弹打穿，瞬间明白了一件事，那些可恶的勇士为什么找到了爷爷，为什么把他掳走？

在我五岁至七岁之间，脖子上一直挂着它。

也就是说，自从爷爷在树下接住我，它就一直没有离开过我的脖子，应该是父母留给我的。当时，我并没有意识到，它会跟我每夜溺水的梦有关。直到一年级下学期的某个星期天，全班到野外去玩，科孜朵勒达克非常喜欢它，提出用玉坠和我交换，被我拒绝了。

只有天知道，我为什么会拒绝，还为了让她不再有这个念头，再也没有挂着去学校。至于以后的事，完全记不清了，可能某一次摆弄爷爷那些石头的时候，放到了袋子里面，只是再也没有想起来它在哪里，以为贪玩的时候丢了。

十八年之后，重新找到了它，只不过没在手里。我忽然意识到一件事，那块石头可能跟频繁出现的梦有关，如果不然，当它不在脖子上的时候，梦也不会消失。它一定有某种能量，放射着某种物质，吸引到了那些勇士。

因为我童年的顽劣，导致爷爷如今的苦难。我把当年的往事说出来，洪森简直难以置信，他当然见过它，还多次和我一起把玩，只是无论如何也想不到，这块石头会有能量，会带来如此多的麻烦。米娜一直沉默，或许她在回忆那块石头的样子，甚至后悔没有把整袋石头隐藏起来，最后导致巴雅尔教授捷足先登。

我为无法得知它的来历感到遗憾，突然发现娜斯塔西娅不在身边，原来她走到不远处打电话。良久，娜斯塔西娅拿着手机走过来，神情里似乎隐藏着某种冲动，她专注地看着我，仿佛洪森和米娜都不存在。

米娜的聪慧可以表现在任何方面，就像现在，她悄悄示意洪森离开。洪森不明白发生了什么事，莫名其妙地和米娜走向别处，不时地回头看我和娜斯塔西娅。

娜斯塔西娅非常奇怪，视线始终不肯离开我的眼睛。

我也不知道发生了什么，在爷爷受苦受难的日子里，她的眼神居然有那么多的柔情，这显得很不合时宜。我错开她的视线，没想到却激励了她心里的柔情，她伸开双臂拥抱过来，轻轻地自言自语。

如果不是离得如此之近，绝听不到她的话。其实，即使听到了也是枉然，因为她说的是俄语。娜斯塔西娅的拥抱柔软而持久，就像这些俄语的节奏。

我想，她一定遇到了什么事情，而且和刚才的电话有关。现在，她的手机在我背后，这简直是个小小的奇迹，当我想看它的时候，娜斯塔西娅离开我的身体向后退去，退到距离一米，慢慢抬起手，我的神情呆住。

确切地讲，我先从她蓝色的眼睛里看到了泪花，然后才看到了手机屏幕上的图片。图片上是三四岁的娜斯塔西娅，胸前有一点耀眼的红色，这点红色仿佛是一种神秘的介质，通过它把娜斯塔西娅的泪花，转移到了我的眼睛里。

长生天啊！我不禁大声喊叫。这点红色，竟然是我丢失的那块石头。这块石头为何戴在童年的娜斯塔西娅身上？难道和她有什么渊源？无论如何也想不明白。洪森、米娜走过来，看到图片之后也愣在当场。洪森疑惑地看着我和娜斯塔西娅，好像非要看出某种必然联系，而米娜则欢喜地和娜斯塔西娅拥抱在一起，低声热烈地交流着什么。

“兄弟，情况貌似很复杂，我是指好的方面。”

洪森在不知其解的情况下，胡乱地高兴着，但这并没有感染到我，我依然疑惑，心情还莫名其妙地有了某种沉重。是的，如果娜斯塔西娅知道这块石头的来历，就有可能知道我的身世。

米娜开心地走过来，朝我胸膛捶了一拳：“说点什么吧？”

“我不可能是俄罗斯人。”我居然傻乎乎地冒出这样一句话。

洪森和米娜同时爆发出笑声，娜斯塔西娅没有笑，依然凝望着我。

“它有特别好听的名字，酸樱桃。”娜斯塔西娅开心地说。

“哦，我知道俄罗斯人特别喜欢樱桃，认为它是漂亮的代表，经常用樱桃的颜色赞美女人的嘴唇，比如她们会这样说……”

洪森卖弄地说着，不幸被米娜佯装嗔怪着打断。

“继续说，说酸樱桃又叫欧洲酸樱桃，在俄罗斯的种植面积相当可观，有人认为它是草原樱桃和欧洲甜樱桃的自然杂交种，说呀，说有些国家认为，酸樱桃的发展水平是一个国家先进发达的标志之一，是人民生活高档次的象征……”

“他就知道嘴唇，你说的这些不懂。”我给洪森打圆场。

“诚然，诚然。”洪森急忙说。

“衮鲁？”我突然问。

看到米娜和娜斯塔西娅有些疑惑，洪森急忙解释：“他的意思是问……酸樱桃是不是石头做的？”

“娜斯塔西娅，我想知道它的质地。”我认真地问。

“父亲从没有说过。”娜斯塔西娅很遗憾。

“不是酸樱桃的干果，我咬过，一点都不胶愣，非常非常哈图，没有味道。”我逗趣地说。

“胶愣是蒙古语柔软的意思，哈图是反义词，坚硬。”洪森在卖弄。

“兄弟两个一样傻，之前一句傻话是什么？”米娜问。

“我不可能是俄罗斯人。”我说。

娜斯塔西娅想说什么，米娜武断地制止。

“你的话很可爱，请继续。”米娜恶作剧般地指着我。

我的神情严肃下来，因为身世问题是严肃的。

我告诉米娜，读高中的时候，我和洪森不止一次探讨过，他希望我和他一样是汉族人，事实上绝无可能。五岁至七岁之间，我虽然没有说话，但能读懂爷爷和别人的唇语，他们所说的大多是蒙古语和哈萨克语。

洪森曾固执地认为，这不能说明我是蒙古族或者哈萨克族，他觉得我最能读懂的还是汉族的唇语，因为我在小学一年级的时候汉语非常流利。我也告诉过洪森一个现实，这是一个谜，自从我遇到爷爷，读小学一年级之前，他从没有跟汉族人有过交流。

米娜听完分析，不但没有给予肯定，反而坚决否决，认为我的说法根本不能成立，她的理由只有一个，即便我不能说话，听力完全没有问题，为什么要去读唇语呢？

我告诉米娜这是一个很复杂的心理问题，当时所有人都认为我是江洋大盗之子，他们每次和爷爷说话，说的也都是那两个恶人的事情，劝爷爷不要收养我，随便扔到什么地方。每每遇到这种情况，我都远远地躲开，但是好奇和恐惧又让我不得不想知道，到底和两个恶人有没有关系，爷爷会把我扔去哪里。久而久之，我的心理严重扭曲，学会了读唇语，却学不会如何保护自己。那时候，我几乎粘在爷爷身上，绝不会离开三步以外，随时准备去抓他的袍子。

米娜和娜斯塔西娅绝想不到，我竟然有如此破败的童年。

米娜第一次有了怜悯的目光，拉着娜斯塔西娅的胳膊，把她推到我的近前：

“吉美洛追，不管你有什么样的悲惨童年，一切都结束了。现在，娜斯塔西娅站在你的面前，请允许我第二次把她介绍给你，这不仅会解开你心中的一些疑惑，更重要的是你将会拥有异彩纷呈的未来。”

米娜深情地说着，我不知道她接下来会说什么，希望会说到我的身世，说到这块石头和娜斯塔西娅的关系，甚至根本无法想到的联系。娜斯塔西娅一直看着我，默默从背包里拿出一个黑色铁盒，里面是那块熊睛。此时，无论我直盯着她还是错开目光，都是不礼貌的，时间过得很慢，甚至有眩晕的感觉。

“今天之前，我是活在童话里的孩子。”娜斯塔西娅突然恍惚起来，眼神迷离，仿佛在呓语。

我不懂这句话的意思，疑惑地看着米娜。

“努层乌奇日？”我用蒙古语对洪森说这里面可能有秘密。

“YES。”洪森坚决地回答。

“她妈妈是这个童话的讲述者，内容关于你。”米娜轻声说。

我和洪森对视，洪森也可能不懂其中之意，但他笑得有些贱。

“四岁之前，那块红色的石头一直挂在娜斯塔西娅的脖子上，这块熊睛才是你的。你肯定觉得不可思议，那是因为有一件事情，从没有人告诉过你。在你五岁的时候，娜斯塔西娅四岁，你们的父母曾在新疆相遇。当时她全家在喀纳斯游玩，意外遇到了雪崩，你父母用近三十个小时找到并把他们救出来，只是已经全部冻僵，消失了生命特征。她父亲醒来的时候，发现她手里攥着这块熊睛，从而认为这块石头神奇地给了女儿生命能量。这种事情，任何一个善良的人都会感恩戴德，尤其是她的母亲，作为一个中国女性，秉承了传统的感恩方式，约定将来两家像一家人那样来往，还彼此交换了信物，就是这两块石头。”

米娜的讲述让我感觉回到了古代，即便是救命之恩，也许会有更好的方式来延续情义，姻缘并不是唯一的。

“娃娃亲？”我哑然失笑。

“完全可以这样理解，但她母亲并没有说得如此确切。另外还有一点，她的父亲曾经明确说过，不管什么时候，当两块石头相遇，定会有事情发生。”米娜认真地说。

“好事还是坏事？”我问。

“笨蛋。”洪森重重地在我腰上捅了一下。

娜斯塔西娅大胆地看着我，笃定地说：“吉美洛追，不管你相不相信，熊睛和酸樱桃足以证明，我找到了童话里的另一个主人公。”

我并不关心是否有过娃娃亲之类的事情，现在急于知道父母究竟是什么人，岔开话题问：“他们是不是江洋大盗？你的父母最有发言权。”

娜斯塔西娅一时迟疑，我心里暗自大惊。如果娜斯塔西娅继续沉默下去，答案将是肯定的。以前，我会认为这种答案非常可怕，当真正处于要掀开谜底的时候，反倒镇定下来，我要的只是答案，仅此而已。

“究竟是与不是，目前没有肯定与否定，就在她全家向你父母告别的时候，发生了一件事情，也改变了后来的故事。她的父母远远看到至少有二十名警察在追捕你的父母，没有来得及告别，这是最后一面。后来，她的父母多次到中国寻找，最后找到的是那个传说，江洋大盗夫妻和儿子葬身在喀纳斯湖底，被湖怪吃掉。所以说，你的父母究竟是什么人，那个死于喀纳斯湖底的孩子是不是你，你又如何死而复生，现在仍然是个谜。”

有时候沉默是一种态度，而此刻的沉默是无话可说。

“物归原主。”娜斯塔西娅递过铁盒。

“我不一定是那个孩子。”我的语气很冷。

“你不能从童话里走开。”娜斯塔西娅悲伤地说。

“童话只是你的。”我冷冷地看着娜斯塔西娅。

“兄弟的意思是说……现在不能要这个熊睛，还不到时候，等找到酸樱桃，再交换也不迟。”洪森稀释着尴尬，胡乱找着借口。

娜斯塔西娅应该能够理解我现在的心情，走过来张开双臂。我并没打算回应，她的拥抱轻柔了许多，然而，语气却非常坚定。

“不管你的父母是谁，他们是我的救命恩人。我并不是因为这段恩情才跟你在一起，尽管妈妈讲的童话很美，而我也的确曾把你想象成了王子，可是不管童话里的王子多么美好，不如我现在遇到的你。”

“没错，你们是在童话之外相遇的。”洪森像是在做总结。

好吧，世上很多疑问都需要反证。好吧，反证的结果往往是真相。

如果这样判断，我的父母的确是江洋大盗，而谜团只剩下一个，我是如何死而复生的？如果进一步剖析，假如爷爷没有撒谎，我是如何从喀纳斯湖底飞到了两公里之外的树上？

谁能回答我？

谁能回答我？

第二十九章　复活者危机

酸樱桃带来的变故有些突然，不知如何是好。

我必须承认，由于科孜朵勒达克的缘故，根本没有想过和娜斯塔西娅在一起，但是理智又让我很清醒，不论哪个时间和空间里的科孜朵勒达克都已经死去，留下的只是怀念以及悲伤。

最大的问题，这是我接受娜斯塔西娅的前提吗？

显然不是，两个女孩之间没有必然联系。

并非不能接受这份感情，从第一次见到娜斯塔西娅，不管是对爷爷的亲切，还是两个年轻人青春躁动的热情，对她都有着好感，只是目前难以接受。我心里很清楚，自己正受制于身世的牵绊，受制于两个江洋大盗的恶名，无法在这种情形之下，全心全意去爱一个人，甚至不能装作若无其事地在这个世间行走。

如果做不到全心全意，不能去爱任何人。

如果做不到义无反顾，不能去爱任何人。

能解开这个心结的人只有一个，就是我的爷爷。

非常可惜，我们共同期待的二十五岁生日的温馨画面没有出现，也许爷爷早有安排，这是他选择的时间点，只是由于意外，两个人的愿望都没有实现。

杀入死城，把爷爷救出来。这是我瞬间做出的决定。

我告诉自己不管发生什么事，不管多少艰难困苦，现在以江格尔的名义起誓，不达目的，绝无更改。五分钟前，米娜故意叫走了娜斯塔西娅，只留下洪森陪我。哦呀！这个聪慧的女子总是如此体贴，她让我有机会和洪森说心里话，也许她的策略是正确的，让我和娜斯塔西娅有相互适应的时间。两个男人之间的心里话，也许会激昂到荡气回肠，当洪森把点着的烟放进我的嘴里，半个小时过去，没有任何交流，递烟和抽烟是唯一的回应。

“废物，你老婆派你来干什么？”

想听的劝解没有出现，终于忍不住压抑，我对洪森发了无名火。

“如果第二次出卖你，我们会不会成为仇人？”

洪森很坦率，语气也很肯定，说明他一直想这个问题。

“比起娜斯塔西娅，你的背叛是小儿科，她的童话才是对我最大的出卖。在这个彰显着温暖和爱意的童话里，我的身体和灵魂罪恶无处不在，告诉我，如何解？”我恶狠狠地大叫。

“没有办法，没有答案。”洪森始终控制着脾气。

“我不能凭借江洋大盗仅有的一次善举去攫取爱情，这是不劳而获，对娜斯塔西娅更不公平。所以，感激你老婆把她叫走，这能让我静下来认真思考，以后如何和她相处。”

“神经病。”

“怪你老婆。”

“她妄图拯救你。”

“老子有自生自灭的权利。”

“浑蛋。”

“是的。”

“怎么对待娜斯塔西娅？”

“去问腾格里。”

“很快会有办法，我敢担保，超不过两个小时。”

我并没特别留意洪森的话，两个小时根本改变不了什么。几番斗嘴，心里感觉舒服些，我告诉洪森要去死城把爷爷救出来，希望得到建议，至少要保证安全性和成功率。至于需要什么装备，并不想携带现代化武器，这对古人不公平，即使胜利也缺少意义。

洪森没有给任何建议，只是让我看了一份材料。这是若尔巴吕斯市长亲自签发的绝密文件，后面附着米娜对检测记录的分析，还有后续意外事件的补充。米娜在报告中确认了娜斯塔西娅的检测以及检测记录的真实性，还申请使用了国家最高安全级别的定向卫星，对这片草原各类不明生命特征进行探测。目前已经得出结论，复活和活跃于这个地区的若干个朝代，包括不同朝代的古人，已经开始从复活地向外扩展，难以想象的是至少有两千多率先复活的人，有可能会混入现代社会当中。

在打印出的地理图片中，可以清晰分辨出三类不同的地区。如果这些就是危险区域，他们几乎占据了新疆版图的四分之一，颜色最深的是喀纳斯地区，这里聚居着两千多图瓦人，关于他们的来历，坊间和史学界一直说法不一，难道素来安定祥和的阿勒泰，就要出现腥风血雨？

“这份报告……米娜什么时候写的？”

我疑惑地问洪森，因为这两天我们都在一起，而在我说唱《江格尔》之前，她一直说为了慎重并没有写。

“去蒙古包之前，不要误会，这是市长的安排，不想打扰你的第一次说唱。”洪森坦诚地说。

“这就是你说的第二次出卖？”

“不，米娜认为你看到报告之后必有行动。”

“何以见得？”

“米娜说她了解你。”

“到底是谁出卖我？”

“你面前的人。”

“请接受兄弟对你的侮辱，不够资格。”

“好吧，我承认。”

我和洪森对视，他的眼中没有我所希望看到的悔过。

洪森坦荡的神情彻底把我激怒，我几乎恨得咬牙切齿。

“你老婆能出卖我什么？她非常聪明，如果再功力深厚一点，再有魔力一点，她就是个女巫。她是你的女人，她不能出卖我的名誉，不能出卖我们的友谊，她出卖的是你兄弟的命，她想让我按照她的意愿去做，对不对？”

“她希望你能站出来。”洪森说得非常认真。

“老子一直站着。”我大声叫道。

“拯救乌德巴勒，拯救这片广袤的草原，或者整个新疆。”

洪森说得顺理成章，米娜完全掌控了他的大脑。

我眯上眼睛去看这个蠢货，淡淡地问：“你觉得我行吗？”

洪森坚决地说：“没问题。”

“蠢货，自私的蠢货，米娜的傀儡！公安局新组织了敢死队，武警和野战军都在，凭什么选定我，因为出身吗？这样做可以戴罪立功，洗掉我血液里莫须有的罪恶？别再打江洋大盗的主意，就算他们十恶不赦，和我有什么关系？不该承担的我绝不承担，不愿意做的事绝不去做。”我大吼起来，连自己都没有想到，会把报告摔到洪森的脸上。

洪森愣怔地看着我，低头去捡散落的报告，他的手在抖。看得出来，洪森在极力控制情绪，可惜不是越来越平静，而是越来越激动。随着一张张纸拿在手里，等完全收集好，情绪也终于爆发。洪森没有把报告摔过来，而是让它做了我们之间的屏障。

洪森用报告指着我，面部因为激动完全扭曲。这么多年，他从没有和我翻过脸，现在要用狰狞来形容。

“你的张狂大可不必，我已经决定夜探死城，去救爷爷，请转告你的老婆，这和乌德巴勒无关。”我平静地说。

“吉美洛追，再叫你一声兄弟，说明我还对你抱着最后的幻想，我不想挺身而出吗？米娜不敢为乌德巴勒牺牲吗？错！我们没有进入乌德巴勒的本领。现在根本无法想象的状况出现了，那些古人盘踞复活的地区，普通人根本无法进入。这不是上天入地的概念，这个界限就在前面，它在你面前完全是空气，却像一堵透明的时空墙，上面布满了无数杀人的刀子。就在你说唱《江格尔》的时候，五名特警和一个班的战士，倒在这堵墙的下面，他们和乌德巴勒的百姓一样成了透明的水。谢谢你，我也许要谢谢你，作为敢死队的队长，本应第一个倒在那堵墙下面，因为要为你准备说唱所需的东西，市长和局长让我留了下来，不然的话，现在站在你面前的不是洪森，是洪森的鬼魂。”

洪森眼里有一把刀，想通过我的眼神扎进我的胸膛里。

“去阿勒泰吧。”我淡淡地说。

“去那儿干什么？”洪森怒吼。

“乌德巴勒没有狂犬疫苗。”我说完转身走开。

我并没有被洪森的愤怒触动。也许洪森说的是事实，那又怎么样？一个女人，不能因为有点智慧，就把自己的男朋友当枪使，然后去利用他的兄弟。我冲进帐篷找米娜，必须把她的嚣张气焰打掉。洪森并没有跟来，我径直闯入女特警们的帐篷。帐篷里，米娜正为一个全身武装的女孩检查装备，她全身包裹着金属状的薄盔甲，腰间还斜挂着类似短刀的武器。

看不到她的脸，从身材判断，确定是娜斯塔西娅。

多么歹毒的米娜，不但要牺牲我，还要牺牲跟灾难毫无关系的娜斯塔西娅。我简直怒火中烧，一个箭步冲上去，不由分说撕扯着盔甲。如果我想为父母赎罪，如果我要去救爷爷，我可以去牺牲，但这仅仅是我自己的事情，不能让米娜的阴谋得逞。

全身盔甲的人惊慌后退，米娜踮着脚抓我的手。我在怒不可遏中把米娜甩出足足两米，得意地扭头去看她的狼狈，随后感到一阵迷惑。

有人过来将米娜扶起，竟然是娜斯塔西娅。

“这……怎么回事？”

我慌乱地去看全身盔甲的女子，她摘下面具愤怒地看着我，原来是在直升机上做检测的女特警。洪森曾经介绍过这位女特警的情况，她叫张茗，毕业于乌鲁木齐公安大学，丈夫和两岁的孩子还在乌鲁木齐。

米娜并没有生气，这完全出乎我的意料。她走过来重新为张茗整理着行装，好像我完全不存在，好像刚才什么事情都没发生。

娜斯塔西娅走过来小声说：“张姐姐要去测验那堵透明的时空墙，那个不是短刀，一种新型的探测装备。”

我困惑地对张茗说：“你还有一个刚刚两岁的儿子。”

张茗淡淡地说：“你知道这片草原上有多少孩子吗？”

逃离！必须逃离！

实在无法面对张茗，她是一位母亲，更是一名特警，此刻她选择了应该去做的事，而我显得无比丑陋，有何颜面在她面前站着？我像逃跑一样冲出帐篷，谁也没有追出来，我想，娜斯塔西娅肯定对我非常失望。

有些事情让人尴尬，有些事情让人无地自容。就像现在，我像逃跑一样冲出帐篷，前方迎面走来洪森、龙局长还有若尔巴吕斯市长。慌乱中无法确认他们的眼神，可以肯定的是，眼神中肯定是鄙视与失望。没有什么好说的，我转身向回走，其实根本没有想好方向，所以只走了五步，双脚便钉在地上。

我遭到了前后夹击。米娜、娜斯塔西娅和张茗站在帐篷门口。

米娜的眼神是失望的，娜斯塔西娅的眼神里充满了无奈，张茗面具后面的眼神是什么样的呢？我不敢再想。左右为难，步步维艰。我问自己，吉美洛追，什么时候沦落成了一个小丑？身前身后的人们都看着我，时间已经凝固。

娜斯塔西娅简直是救世主，她走过来轻轻揽住了我的胳膊。

“我的神虎，你必须答应让我和你一起战斗！”

娜斯塔西娅没说希望我去战斗，也没有说我必须去战斗，她机智地跳过了这两个关口，不但表达了希望我做的事，还明确昭示了自己的愿望。

我对娜斯塔西娅感激不尽，她帮我直接说出了决定。

一位母亲尚且如此，一个外国女孩尚且如此，何况一个背着恶父恶母之名的浪荡子？我的生命本来就不值钱，有什么怜惜的？

我感激地对娜斯塔西娅说：“爷爷会收你做关门弟子的。”

娜斯塔西娅认真地说：“姐姐的意思是不必先去死城。”

我向米娜走过去，她并不知道我和娜斯塔西娅说过什么，此刻眯起眼睛，似乎做好了迎接我再次挑衅的准备。我没有给米娜这个机会，坦诚地向她点点头。

“你的人品还凑合。”米娜笑着说。

“你的决策有道理，爷爷现在可能没有危险，我马上联络五位安答，让这片草原上的恶人再死一次。”

市长向我走过来，认真地说：“吉美洛追，这是集体认真权衡了利弊后的决定，你有超人的本领，仍然凶险难断，希望保重。”

“应该去哪儿？”我直截了当地问。

“离开新疆，去鄂尔多斯。”米娜果断地说。

我承认，刚听到鄂尔多斯的时候的确有些意外，当看到她坚定的眼神，突然明白了这个地方的真正含义。

洪森把手放在我的肩膀上：“兄弟，你肯定需要点什么。”

“别忘了我们的中学，高中时代，替我了却十八岁的心愿。”我调皮地拍了拍他的手。

米娜可能看不惯一个男人对他男朋友的亲昵动作，走过来把我俩的手分开，冷冷地说：“装备不是重要的，想清楚，然后告诉我。”

“如果地球上就我们俩，你会永远在床上闲置。”我高声说。

“下流，令人发指。”米娜趾高气扬地说，“别以为不知道，你刚才欺负了你的哥哥，你这个比驴还蠢的家伙，心里都不知道自己是什么人，凭什么做愚蠢的决定？”

“决定是你做的。”我生气地大声说。

“吉美洛追，愚蠢到令人作呕，你是怎么做到的？”米娜厌恶地看着我。

“你在说什么？”我的确有些疑惑。

“说你一生的幸福。”米娜说完这句话，再也不愿意看我。

第三十章　365个植入文件

米娜的聪明，让我感到很不舒服。

当然，也有一种可能，我有些小肚鸡肠。

米娜肯定判断好了，我的唯一选择是去死城救爷爷，所以故意不提此事，而是把另外一种责任摆在面前，让我二选一。平心而论，比起爷爷个人的安危，当然是这片草原上的诸多生灵更为重要，让我没有想到的是，当我选择为这片草原而战，她又说出了鄂尔多斯。米娜总是让人始料不及，以我自由不羁的天性，非常讨厌这种被动，碍于洪森的面子，我保持着沉默。

傍晚时分，我和洪森再次来到那片山坡上，也许这是最后一次站在这里了，想想经历的一些事情，还是让人难以置信。

“米娜准备好了，10点钟开始。”洪森语气很舒缓。

“她知道朕要什么？”我酸溜溜地问。

“比陛下想得周到。”

“她以为她是谁？”

“你嫂子。”

我彻底无语，不想跟洪森交涉什么，仰面把头放在一块岩石上，望着斜60度角的那片天空出神。洪森没有再啰嗦，仰面躺在旁边，和我看着同一片天空。小时候，当我们觉得日子很无聊，也会来这里望着天空发呆。那时总有科孜朵勒达克陪伴，她总是去旁边采野花，然后埋住我们的脸。很长一段时间，我傻乎乎地认为野花的香味就是她身上的味道，心里有了一种向往。这种向往缥缈而虚幻，就像不懂什么是未来，现在想想看，没有未来的日子其实是悠闲的，悠闲意味着自由，自由就是作文里写过的幸福。

我和洪森就这样发呆，谁也没有说话。一直盯着天空，并没有感觉它在渐渐变暗。我们都处在即将离别的感伤中，过了今晚，我的前程未卜，不知道何时再见，而现在就是最悠闲的时光了，把所有烦恼都抛给脑后这块褐色的石头，肩并肩在一起就足够了。

“米娜让我捎话给你。”洪森突然说。

“懒得理她。”我说。

“她的确让我问你一个问题，认真回答。”

“是你关心的吗？”

“当然，不敢问而已。”

“恕你无罪。”

“说真的，你觉得自己是江洋大盗的儿子吗？”

“当然。”

“为他妈什么？”洪森扭头瞪着我大声叫起来。

“有时候很邪恶。”我坦率地说。

“比如。”洪森咬牙切齿地问。

“我想拆散你们两个，娶她做老婆。”我开心地说。

洪森的眼睛瞪得更大，良久，眼皮渐渐靠拢，眼神里现出得意，向我伸出手，撇着嘴说：“够狠，逼我弄死自己的兄弟，走吧，两位老师等急了。”

洪森带我去的地方，从来没有见过，一个极其狭窄的帐篷隔断区，右侧是一面观察窗，完全看不到窗那边的情景。洪森所说的两位老师不是别人，米娜和娜斯塔西娅。

洪森把我按到椅子上，轻声说：“现在要做的，龙局和市长都不知道，只是她们两个觉得你非常需要，至于是什么，我也不清楚，认真听。”

“老师好。”我赖皮地向她们挥挥手，保持了听课的姿势。

米娜迟疑了一下，用很低的声音说：“洪队说得没错，现在是非常私人的交流。你可能不太理解，为什么在这片草原上会同时出现若干个朝代，为什么不同年代的人会同时复活和并存。我目前所能分析到的只是一个概念，这个概念类似时间胶囊。时间胶囊最早出现在19世纪，现在我要说的是宏观考量下的时间胶囊。你知道植物是有记忆的，那么任何物体都可能有记忆，它们的记忆方式多种多样，在一个恰当的时间节点，在一个特殊的能量冲击下，这些记忆有可能会像最早的磁带、3.5英寸软盘，以及之后的以光信息作为存储物的载体那样，激发或者重复原来的样子。关于这一点，娜斯塔西娅可以做证，熊睛就是收集了乌德巴勒空气中的某种带记忆的电子或者粒子，得出了城市受到强烈质子射线冲击的结果。如果必须要形象说明，我只能说在强大的质子射线冲击下，某几个曾经生活着古人的地区，它们像巨大的时间胶囊一样，重新被激活，并且实现了时光倒流，因为这些地区距离喀纳斯湖的源头较远，它们没有被摧毁，形成了现在的现状。”

“解释似乎有道理。”我赞同地说。

“如同我对你乘坐的航班，如何在三万米高空停止不动的解释一样，那堵透明的墙，也许处在时光顺流和逆流相撞的真空地带，说到这里，张茗让我感谢你，并不是因为你阻止了她，她或许幸免于难，而是你愿意为这片草原挺身而出。”

米娜说完之后，良久没有再说话。

“完了？”我疑惑地问。

米娜微笑着去看娜斯塔西娅，两人交换了位置。

“米老师只告诉了一个概念，并没有说出解决方法，如果你要上课，希望讲明白些。”我轻声对娜斯塔西娅说。

娜斯塔西娅严肃地看着我，眼神异常坚硬。

我知道接下来的话题可能更加沉重，下意识挺直了腰板。

“我在莫斯科国立罗蒙诺索夫大学主修社会人类学，我要完成的课题就是研究不同群体之间，相互渗透相互融合的可能性，它不仅仅是一种介入法，也是全人类文化和生命沟通的必由之路，我把它称为异群介入法。当然，这是在同一时空下的命题，就目前的复杂状况，还需要深入探索。另外，我是约翰·梅纳德·史密斯教授的fans，会用演化博弈论指导这次行动，说完了。”

娜斯塔西娅的话比米娜简洁，我却被完全说蒙了。

洪森关切地问：“感觉怎么样？”

我煞有介事地说：“伊和赛音。”

洪森如释重负地说：“他认为非常好。”

米娜又气又笑地说：“对死要面子的人，我必须义愤填膺。妹妹，拿给他看，别再浪费时间了。”

娜斯塔西娅拿出一个光匙，认真地说：“姐姐和我商议了很久，这里面有365个文件，我们共同挑选出来的，一致认为你很需要。”

我惊讶地说：“哦呀，博士课程？有没有法定假日？”

米娜拿过光匙在我脸上比了一下：“脑袋比它大很多，完全装得下。”

我装作极其痛苦地问：“如果都掌握了，会不会真的成为一个博士，或者像巴雅尔那种教授？我可不想成为我讨厌的人。”

“难道还不够讨厌吗？”米娜说着话，敲了敲右侧的观察窗。

窗户亮了，看不到那边是什么。

娜斯塔西娅轻声说：“365个文件包罗万象，事实上它是巨量信息库，是你需要的生存技能。”

洪森说：“这是米娜的个人兴趣，也是科研成果，因为还没有公开，所以不方便告诉龙局和市长。你要有心理准备，作为第一个试验品，有可能成功。”

“嫂子是刀，哥是案板，兄弟是鱼，这就是现实。”我仰天长叹。

“我的神虎，并不可怕，闭上眼睛即可。”娜斯塔西娅柔声说。

“对呀，差点吓尿了，我是神虎，我是忽必烈汗帐下的六将军，我是额日敦巴日。”我大声叫道。

“神虎先生，走吧，去那边。”

米娜用标准的、擒拿罪犯的姿势，把我押进观察窗旁边的暗门。

它与其说是暗门，不如说是门帘，一直在身后，我没有发现。

娜斯塔西娅说得无比正确，我在黑暗中睡了一觉。

黑暗来自眼罩，我并没有被催眠，之所以轻松睡着，是完全接受了米娜的安排。在睡梦中，我和米娜共同完成了365个文件的输入过程，当她为我拿下眼罩，已是四个小时之后。

“感觉怎么样？”米娜关切地问我。

我没有回应，就像耳朵听不到任何声音。

“吉美洛追，我现在需要你说句话。”米娜着急地喊。

我茫然下床，走到帐篷门口，抬了几次手才把帘子打开。

东边的朝霞已经出现，洪森和娜斯塔西娅一直等在门口，他们两个惊喜地看着我，似乎要辨认我和之前有什么不同。

“现在感觉还好吗？”娜斯塔西娅着急地问。

我没有说话，只是摇头。

“不好在哪里？哪里不好？”娜斯塔西娅有些语无伦次。

我依然没有回答，拉开娜斯塔西娅要向前走，米娜从后面冲出来，抓住我的胳膊。

“我不害怕失败，担心你的身体。”

“那就赶快放开我，要尿到裤子里了。”

米娜瞬间明白过来，抬脚踹向我的屁股，我借着这个力道向前蹿了出去，后面是他们开怀的笑声。

坦率地讲，根本不知道那365个文件在大脑什么位置，我没有忘记什么事情，也没有感觉新的事情发生。这对米娜也许是个打击，毕竟研究处在试验阶段，但无论如何，我和娜斯塔西娅的行程已定。

哦呀，太阳升起的时候，就要出发了！

全身轻松地往回走，双臂有使不完的力量，这让我想起了对洪森的要求，我让他满足我高中时的愿望，那是一个英雄梦。高二的暑假，我和洪森曾在乌鲁木齐的出租车上看到一本杂志，上面介绍了世界各国特种兵使用的狙击弩，因为狂热和喜爱，不得不将杂志悄悄藏进怀中。我最喜欢美国的PSE-Tac15i，当时被称为世界上箭速最快的弩，使用425格令的箭，初始速度可以达到412Fps。

说起来是个笑话，当时我们都不明白格令是什么东西，直到开学问了物理老师，才知道格令原来是历史上曾使用过的一种重量单位，最初在英格兰被定义，一颗大麦粒的重量为1格令。

洪森果真能满足我的愿望？

这有点不可能。

我加快脚步准备和洪森探讨，当走到帐篷区的大道上，看到他正围着一辆越野车走来走去，米娜和娜斯塔西娅也钻进车里说着什么。

“哎，本将军的武器呢？”我走过去大叫。

“你不在编，不能使用特警的狙击弩。”米娜探出头来说。

“让你老公回答。”我不满地说。

“所幸龙局有个爱好，喜欢改装东西，便宜你了。”洪森开心地说。

“自己来看。”米娜说着跳下车。

我刚抬起左腿准备进入车内，一把黑灿灿的狙击弩从车里探出来，直接顶住我的胸膛。我狂喜地后退，直到娜斯塔西娅端着它跳下车。

“哦呀，PSE-Tac15i，真搞到了？”我几乎把狙击弩从娜斯塔西娅手中夺过来，像模像样地瞄准着天空上的飞鸟。

“不许瞄准鸟儿。”娜斯塔西娅说。

“在看空气透明度。”我信口胡说着放下狙击弩。

“龙局对它有四处改进，装填更快更省力。”洪森说着从车里又拿出一只小型号的狙击弩，炫耀地说，“中国特种兵狙击弩和MP9狙击弩的混血，为了更隐蔽，取消了红外系统，升级了光学瞄准镜，适合娜斯塔西娅。”

“车上还有五只小山鹰，不欠你的。”米娜不动声色地说。

“小山鹰？”我不解地问。

“你拿的也是，龙局的叫法。”洪森说。

“有大有小，为什么都叫小山鹰？原来的名字不挺好吗？”我问。

“干吗问为什么？”米娜说。

“明白，有人一米八五，有人一米五八，他们都叫人类。”我故意装作正经地说。

“废话连篇，赶紧看车，还有没有意见？”米娜说着闪开位置。

不得不佩服米娜，在她建议下改装的越野车，已经是太阳能和汽油的双重驱动方式。车厢里码放着必需品，包括药物、能量补给、卫星定位接收系统和我不知道如何使用的仪器和装置，当然还有万不得已情况下使用的现代武器和弹药。

我心里一暖，看到了爷爷的陶布舒尔琴。

“嫂子真好，就是除了它，别的不知道怎么用。”我拿起陶布舒尔琴说。

“妹妹完全可以做你的助手。”米娜自负地说。

说句实话，我并不想把这辆越野车开到某个朝代，这很滑稽，也不符合游戏规则。我非常希望有两匹马，最好是一白一红，白的叫云朵，红的叫晚霞。

洪森告诉我，米娜早想到了，已经请龙局长委托鄂尔多斯警方，选出了两匹骏马，而越野车并非没有用处，可以开到时空墙交界的地方，作为工作站。

真的到出发的时候了。

我不想等局长、市长和一些不认识的人来送。

我向洪森伸出手，他拿出钥匙却没有递过来，只是在走到我近前的时候，轻轻说了一句话。

“看看七年前的科孜朵勒达克吧，尽管只是衣冠冢。”

如果不是出发在即，我的心定然四海翻腾。我们向西南方向走去，洪森特意没让米娜和娜斯塔西娅跟着。

清晨时分的桦树林，被天光映衬得很美。树冠泛着深绿，朝东的白色枝干涂着一抹绯红，而背面还没褪去昨晚的幽蓝。空气如此清新，心情也因此而透明，没有悲伤，没有痛苦。我想，在远行之前，留在这里的，或许只有留恋和告别吧。

低头向前走，默数着从进入桦树林到坟墓的步数。数到239步，洪森拉住了我的胳膊。我仓促间抬头，洪森正看着右前方。

顺着洪森的视线望去，我看到一棵花楸树，旁边的石碑上刻着科孜朵勒达克的名字，石碑旁边站着一位黑衣女子。

貌似熟悉的身影。突然想到开面包车的那个女子。她和科孜朵勒达克什么关系？从背影判断，应该和我的年龄相仿，过去的同学？

黑衣女子可能听到了我们的脚步声，没有回头，径直向右侧走去。只在一瞬之间，我看到一直被她身影挡着的百合花，还有脸上罩着的黑纱。不管是谁，都是来祭奠科孜朵勒达克的。

我和洪森走到花楸树前，这棵树和粉色的百合花，都曾是科孜朵勒达克喜欢的。我突然明白了洪森的意思，如果我不够坚强，没有放下科孜朵勒达克，他绝不会在我远行之前，带我来到这棵树下。

“谢谢带我来这儿。”

“没有别的意思，告个别，让她安心。”

我一直踌躇，想不起说什么，拿过一块石头压住了百合花。

“唱首哈萨克民歌吧，她会听到的。”洪森轻声说。

我回忆着科孜朵勒达克曾经喜欢过的歌曲，想起了高中毕业时她在联欢会上的舞蹈。那是一支由脍炙人口的哈萨克民歌相伴的独舞，那首歌的作者是王洛宾。

愣怔片刻，我坐在花楸树下轻轻唱起来。

嘎俄丽泰，今天实在意外

为何你不等待

烈火般的心情来找你

帐篷不在，你也不在

啊……

嘎俄丽泰，嘎俄丽泰

我的心爱，我徘徊在你住过的地方

已是一片荒凉

心中情人几时才能相见

怎不叫我挂心怀

啊……

嘎俄丽泰，嘎俄丽泰

我的心爱

有谁能够告诉我

你搬向哪一带

你搬向哪一带……

第三十一章　瘦马上的黑狗

越野车飞驰在奎阿高速公路上，我和娜斯塔西娅至少要在二十四小时之内，到达鄂尔多斯的巴音昌呼格草原。

这看似和新疆的危难风马牛不相及，实际上当米娜说出鄂尔多斯的时候，我就明白了她的用意。是的，那里有成吉思汗陵，陵墓后面有一匹叫作温都根查干的白马，我要去保护它。关于这匹白马，米娜认为是忽必烈和阿里布哥之间的必争之物，这是血腥杀戮的根源。

至今，我还无法确定如何面对娜斯塔西娅的这份感情，心中略有愧意，但这并不能否认她是一个好旅伴，一个让人感觉愉悦的异国女子。出发之际，我有必要表明我的态度。

“你对童话怎么看？”我认真地问。

“童年，不能选择拒绝和不相信，现在，有能力自拔。”

看来娜斯塔西娅知道我的用意，语气非常诚恳。

“相信你的能力。”我稍微用了赞美的语调。

“任何人都不能夺走我争取幸福的权利，包括你。”

娜斯塔西娅说着，向前伸出右臂，做着前进的手势。

我完全多虑了，和她相比，自己有些小心眼的嫌疑。

“好吧，从此刻起，我把你当成最好的朋友，毕生最好的两个朋友之一。”我开心地大声说。

“姐姐呢？”娜斯塔西娅问。

“家属，不在序列。”我装作极其不屑的样子。

放下了好多桎梏，心里轻松起来，情绪也随之而来。我对娜斯塔西娅说，此行要去保护一匹活了七百多年的白马，一匹马怎么可能活如此之久？因为它是一匹转世神马。在成吉思汗陵里，供奉着成吉思汗的遗物，也就是人们统称的八白室。八白室中养有一匹白色的骏马，现在自由奔跑在陵后院的草场上，蒙古人叫它温都根查干。

娜斯塔西娅并不懂蒙古人的历史，我耐心地给予解释。为了稳定长生天之子的荣誉和地位，成吉思汗从百万骏马中挑选出一匹白色骏马，当作天马神骏萨尔乐的化身加以供奉，任何人不许骑乘、役使、鞭打和咒骂。成吉思汗去世之后，忽必烈为成吉思汗的八白室定制了祭文、祭礼，从此转世神马成了八白室中唯一活着的遗物。转世神马死后，专门负责守陵的达尔扈特人，会不惜千里万里去寻找另一匹转世神马。每一匹转世神马都要经过严格的筛选才能被认定，身体要像鹅蛋一样溜圆粉白，两眼发亮，四蹄漆黑，通身没有伤痕，不能有一根杂毛，还要具有与众不同的性格和气质。

“我的神虎，从这一点可以认证，蒙古人的确比俄罗斯人更爱骏马，我很敬佩。”娜斯塔西娅赞叹地说。

我告诉娜斯塔西娅马上要见到大阵势，一年一度的夏季淖尔大祭。这是个特别的日子，每年的农历五月十五，今年是阳历6月24日，也就是明天。

“明天是个好日子。”我开心地大叫。

“今天也是。”娜斯塔西娅也兴奋地高呼。

“庆祝和我远行吗？”我问。

“如果这算超级马拉松的话，今天是奥林匹克日。”娜斯塔西娅说。

真是双喜临门！时间如此紧迫，这是我和官员们不辞而别的原因。

也许这次出发，结局将会以我成为民族英雄而告终吧！

我想象着洪森和米娜的样子，知道这是他们所希望的，甚至在一瞬之间还产生了邪念，认为娜斯塔西娅和我并肩战斗也是自私的。她以为自己的爱情完全来自宿命，而我是恶人之子，她希望恋人有高贵的血统，这符合俄罗斯人的传统观念，既然现实无法让她得到，她就把恶人之子通过赎罪的方式变成万民敬仰的英雄。

哦呀！复杂无解的人生之路。

在我们要去的鄂尔多斯，蒙古人每年对成吉思汗的各种祭奠多达六十多种，其中包括隆重的四时大典：春季查干苏鲁克大典、夏季淖尔大典、秋季斯日格大典、冬季达斯玛大典。春季祭奠最为盛大，可惜时间已经过去。现在是农历五月，大草原经过冬春的肃穆，空旷苍凉的原野会被一片青绿代替。

哦呀！这时候空气清新，蓝天高远。

哦呀！这时候有一万种鲜花正密谋着并肩盛开。

哦呀！这时候新生的马驹、牛犊、羊羔遍地奔跑。

哦呀！这时候母生灵们洁白的乳汁如泉喷涌，在牧野和毡房里流淌。

在这一天，牧民们会把第一批挤下的洁白乳汁，向苍天和圣汗神灵敬献，祈求草原的丰饶、美丽。《十福经典白史》里有这样的记载："中夏马月十六，要摆丰盛的贡品祭奠自然界之神，这天要用九九八十一只查干格楚德的乳汁举行淖尔盛会。"我告诉娜斯塔西娅，淖尔大祭是草原牧民庆祝泉水般喷涌的乳汁之节，淖尔是蒙古语湖泊的意思，查干格楚德指的是全身雪白的母马。我只是不明白，为什么《十福经典白史》书中记载的日期，与现在的祭奠日期差了一天。不管怎样，还有一件最重要的事情，马为五畜之首，这一天也叫马驹节，孩子们会骑上他们的小马驹参加比赛，如果需要更换转世神马，这也是在千千万万个小马驹中，寻找它的最好时机，

一路上，我对娜斯塔西娅介绍蒙古人的传统习俗，她一直安静地倾听，直到我把话说完，扭头微笑着看我。

"以前……我是说今天之前，了解这些吗？"

我的讲述，语气平缓且娓娓道来，根本没意识到什么异常，直到娜斯塔西娅提出问题，我的心里突然透亮起来。

哦呀！这些事原来藏在米娜的365个文件里。

哦呀！米娜并没有失败，当我需要会出现在脑海里。

"I loved you; and perhaps I love you still, The flame, perhaps, is not extinguished; yet It burns so quietly within my soul, No longer should you feel distressed by it。"

娜斯塔西娅突然用英语朗诵起来。

这是俄国伟大诗人普希金的诗歌《我曾经爱过你》，我没有用英语接下去，右脚下意识松了油门，不加思索地用俄语直接朗诵出了后半部分。

“Я вас любил безмолвно, безнадежно, То робостью, то ревностью томим; Я вас любил так искренно, так нежно, Как дай вам бог любимой быть другим。”

哦呀！我们同时意识到了，在我大脑里出现了奇迹。

我们几乎同时欢呼起来，这是一句俄罗斯人最喜欢喊的话。

“乌拉——”

好吧，不知道还会有什么奇迹发生，反正它在需要的时候能够出现，现在一切都在良性发展，就像此刻前往巴音昌呼格草原一样，我肯定也会准时到达。

欢乐疯狂而短暂，距离克拉玛依还有七十多公里，越野车驶上克拉苏河大桥，

娜斯塔西娅突然扭身惊叫起来。前方并未出现异常，我快速向后视镜看去，大桥右侧的河床草滩上，几十匹骏马奔驰，好像追逐和跟踪我们。

匆匆一瞥，已经看清这个队伍的人马数量。

六十匹骏马踏起的雪白水阵很是壮观，但影响了我的判断，瞬时无法得知他们属于现代人还是古人。当然，即使判断出他们是古人，也无法判断好人还是恶徒，对我们有没有危险。

娜斯塔西娅看着我，等待我的决定。越野车的速度慢下来，最后停在停车带上。桥下的队伍并没放慢速度，依然向前冲去。凭直觉似乎没有威胁，我的紧张情绪放松下来。

“如果是恶人，绝不能让他们走出新疆，姐姐有过交代，没有任何商量的余地。”娜斯塔西娅的语气非常坚决。

“正合我意。”我说着话，脚下缓缓踩动油门。

越野车很快追上了马群，我用力鸣笛示意他们慢下来。果然，他们勒马减速，几乎和我平行着停下。纵是没有隔离带和桥墩，马群也不可能飞上大桥。

为防万一，我让娜斯塔西娅坐在驾驶位，随时做好开车准备，还特意半开右侧车门，做到能以最快速度跳上车离开。

很不凑巧，二十辆长长的、运输风力发电机扇翼的卡车不紧不慢地开过，它们的噪声实在太大，会影响我和他们的交流。

趁着这个空当，我仔细观察着桥下的人马。这些人衣衫褴褛，面目消瘦，战马

瘦骨嶙峋，一副经历了长途奔袭的样子。从衣着打扮看不出好恶之分，凭感觉应是古人。他们没有短刀或者铁枪，后面只背着弓和箭囊。前些天的那个夜晚，直升机摔到树下的时候，我曾遇到忽必烈派出的支援大哥的队伍，他们也只有弓和箭囊。仔细寻找着熟悉的人，没有看到。

“嗨，你们是什么人？”我用汉语大声问道。

那些人疑惑地看着我，显然不懂汉语。

“你们的将军是谁？”我用蒙古语又喊，故意放慢了语速。

那些人皱起眉，好像似懂非懂。

“你们从哪里来？怎么搞得如此狼狈？”我用古蒙古语又问。

那些人紧皱的眉头舒展开来，像看到救星的样子，七嘴八舌地向我喊叫。听得出来，他们对我的身份非常疑惑，对越野车更是好奇，也对他们身处的这个地方感到迷茫。原来，他们在这片戈壁滩迷失了方向，出来了十八天，每天都东游西荡，到了人困马乏的极致。

关于身份和来历问题，成了横亘在我们之间的一条大河。没弄清他们的来历之前，我不会表明自己的身份。这些人更固执，他们判断不出敌我，不会吐露半个字。

“嘿，我是哈日瑙海，你是什么人？为什么坐在没有牛的勒勒车里，你的牛在哪里？没有牛为什么跑这么快？”首领模样的人迟疑半晌，终于再次说话，充满敌意地看着我。

哈日瑙海，就是黑狗的意思。我看着他不禁笑了，一点不像黑狗，倒像快要瘦死的灰狗。

“哦呀！我从那儿来。”我笑着指了指天上。

显然没有人相信，他们消瘦的脸颊陡然显出冷峻。

“嗟——”

哈日瑙海一声怪叫，他们的双手同时伸出来张开，这是随时从背后拿弓抽箭的预备动作。

脚下的克拉苏河大桥，距离乌德巴勒三百多公里，如果弄清他们的来历，不管好人坏人，会找到他们的老巢，会找到阻止继续向外扩散的办法。我当然不能因为身份问题阻碍了调查，现在只有一个办法，尽管有些冒险。

我的手掏向腰间，娜斯塔西娅在后面用俄语大叫。

“不要——”

娜斯塔西娅明白我要干什么，她现在在车里，来不及阻止。

大哥的牙牌拿在手里，我亮给那些人看。他们看清牙牌上的符号，神情骤然大变。和上次的情景如出一辙，这些人同时张弓搭箭对准我的胸膛，唯一不同的是，有些人因为没有力气，弓箭只拉成了月牙而不是满月。

他们的神情不是崇拜，而是愤怒。

“这个人……跟你们是一伙的吗？他做恶多端，已经被我杀掉。”我大声对哈日瑙海说，愤怒地指着他的脸。

哈日瑙海显得很震惊，鹰一般的眼神啄着我的脸。如此的神情，还是让我无法判断他们的来路。还好，哈日瑙海只是片刻的愣怔，收起弓箭和人们欢呼。

是敌是友已经很清楚了，接下来的交流应该很容易。果然，很快弄清了这些人的底细，原来他们是阿里布哥帐下的弓箭手，受命前去支援吉达。又是这个畜生，这个被我撕下战袍的人，这个杀死科孜朵勒达克心愿的仇敌，这个掳走爷爷的罪魁祸首。吉达，最好一直阴魂不散，让我随时都能找到你。

按着哈日瑙海的讲述，他们的复活日应该是十八天前，也就是乌德巴勒时光倒流的第三天，地点就在距乌德巴勒以南八十公里的桦树沟边。按这样计算，他们如果一路向北，很快会在乌德巴勒一带遇到吉达，可惜复活时在深夜，他们走错了方向，又在戈壁滩迷路，一直转悠到现在。

这是冥冥中的必然相遇，他们在茫茫戈壁没有看到活物，只看到数不尽的“磕头虫”，只看到高速公路上来往的车辆。他们不知道这些车辆为何物，莫名其妙地时而追逐时而停歇，只是在绝望间遇到了我，而我是唯一为他们停下来的人。

为了赢取信任，我信口胡诌着吉达的英雄壮举，哈日瑙海向我透露了所谓的秘密，为什么非要寻找转世神马。我说吉达现在身处危难，我就是为他寻找援兵的，我为他们手指了方向，告诉他们要去的那个地方名叫乌德巴勒，现在是座死城，如果耽搁了时间，吉达会和这座死城同时消失。

他们脸上出现了我期待的神情，我命令他们立刻回返。

为了表示崇敬，哈日瑙海用箭射来一只酒囊，我在空中抓住。

哦呀！看着他们像乌合之众的样子匆匆而去，我心情沉重地回到越野车上。

娜斯塔西娅的脸上有胜利的表情，也透露着些许紧张，还有一丝神秘。我让她下车，突然做了一个非常没有礼貌的动作，我摸向她的腰间，腰里有把手枪，枪柄带着体温，她在车里一直用枪保护着我。

“和米娜有过协议，不到万不得已不能用枪。”我严肃地说。

“我有权变更，姐姐答应的。”娜斯塔西娅的神情非常坚定。

“固执。”

“如果你能安全。”

“关于这一点，你是自由的。”

“接下来怎么办？”

“立刻联系，行动取消。”

第三十二章　761年前的马奶酒

面对这道命令，娜斯塔西娅应该是诧异的。

不需我重复，娜斯塔西娅也没有提出疑问，快速上车打开电台，连接了基地。

“听着，原计划行动取消。”

我接过娜斯塔西娅递过来的话筒，劈头就是一句。

“理由？”米娜的反应直接而简洁。

“三个错误。如果到巴音昌呼格草原仅仅是去保护转世神马，一个电话就可以，达尔扈特人比我更勇敢；如果说到云朵和晚霞，警方直接派直升运输机足矣，不用我驱车三千一百多公里；关于转世神马，你的决定太想当然，无论忽必烈还是阿里布哥，他们寻找的都不是现在放养于成吉思汗陵里的那匹温都根查干，他们寻找的是一匹刚出生的马驹，因为之前的那匹转世神马，一直自由奔驰在七百多年前的草原上，现在出了意外，这是一条黑狗透露的秘密，也是双方博弈的原因。”

“接受判断，告知后续行动。”

“照会鄂尔多斯方面，夏季淖尔大祭正常进行。现在立刻返回和你会合，见面第一时间，必须见到云朵、晚霞，同时调动兵力、警力，将吉达的六十名援兵，阻隔在乌德巴勒以南十公里处，生擒或是消灭视情况而定，完毕。”

“期待相逢，完毕。”

我把话筒交给娜斯塔西娅，发现她正赞许地看着我。

“我的神虎，决定非常正确。”

“你也一样。”我指了指越野车上的导航，娜斯塔西娅在我和米娜通话的时候，已经调出了返回的最佳路线。

“出发。”娜斯塔西娅开心地叫着。

从来没有过如此意气风发的样子，我想庆祝一下，打开了酒囊。酒香浓郁醇厚。哦呀！居然能闻到七百多年前的马奶酒，若在国际拍卖会上，它的价值应该超过七位数。贪婪地闻过马奶酒，我信手把酒囊扔向后面，越野车向前冲去。前方三公里处便是匝道，越野车刚盘了半圈，突然感到一阵迷糊，明明看到了返回的路径，却不听使唤地冲出匝道隔离墩，驶向了戈壁。仅仅闻了马奶酒，不至于形成醉驾。为何神志有些不清？难道酒里有致幻物，上了哈日瑙海的当？用力晃晃脑袋，我闻到了浓烈的酒香。用尽力气刹车，扭头看娜斯塔西娅，她正揉着眼睛，仿佛刚睡醒一样。我们同时意识到什么，困惑中回头看那个酒囊。长生天啊！由于我的得意，酒囊被扔在即时监控的电脑上面，塞子早已甩开，酒全部洒出来。

千万不要造成短路，我在心里嘀咕着。

电脑突然响起刺耳的蜂鸣，瞬间蓝屏，数据快速变化。不知道接下来发生什么，我和娜斯塔西娅呆呆地看着。足足半个小时，屏幕安静下来，只有一行数字闪烁。哦呀！我和娜斯塔西娅大声惊叫，如同遭遇晴空霹雳。

屏幕上出现的是即时时间：1260年6月12日23时15分……

末端的数字还在变，电脑在读秒。怎么可能？我慌乱地看着车外。

刚刚还是上午10点多，现在天黑了。就在我们目不转睛盯着电脑的时候，天已经完全黑了。越野车沦陷在漫无边际的黑暗中，为了安全起见，我快速关闭了所有灯光。足有十分钟的沉默，我们都在理顺思路，试着去分析究竟发生了什么。如果按电脑屏幕上的显示，时光已经回到761年之前，造成这个局面的竟然是一壶马奶酒，从理论上讲，似乎不可能。事实上，从上午突然来到午夜，这不能不意味着什么。

原来是要找时空墙的，难道已经身处在墙的那边？

出发之前，我们所能想到的，是把越野车停在那堵透明的时空墙外面，然后凭借自身的能力，随意在不同时空中游弋。而现在，显然就处在时空墙的里面，如果找不到边界，如果无法回去，有可能永远陷在这里，娜斯塔西娅无法再见到父母，因为她的寿命不可能活到七百八十五岁，这岂不是连累了她？我心疼地看着娜斯塔西娅，她把眼睛眯起来，标准的微笑。

“不要想那么多，我们都不可能活到七百八十五多岁，但这不会让我害怕，因为有个人在我身边，他是我的神虎。”

“备感欣慰，让我冷静很多，我认为……现在必须要做的有三件事：一、必须确认是否回到了1260年；二、在第一件事情确定之后，必须找到它的时空界限；三、找到正确的方法，刺破时空墙。”

“同意，也应该尝试一下，和姐姐取得联系。”

娜斯塔西娅的话，瞬间给我平添了希望，下车拿了全自动步枪，在外面负责警戒。娜斯塔西娅迅速启动电台，我感到暗夜中微弱的红光在闪亮，不禁在心里叫了一声长生天，还好，电台完全没有问题，没有因为时光倒流导致电能消失。

“我是娜斯塔西娅，听到请回答。”

“我是娜斯塔西娅，听到请回答。”

“我是娜斯塔西娅，听到请回答。”

任凭怎样呼叫，没有任何回应。

我把头探进越野车里，娜斯塔西娅的神情在微红的光线下如同雕塑。无论多么坚毅和聪慧的人，遇到这种情况都会绝望，何况娜斯塔西娅只是一个二十四岁的女孩。

“嗨，不能简单用无线信号速度去计算，我们相隔的是761年。”我安慰着娜斯塔西娅。

“也许吧。”娜斯塔西娅思索着说。

“下车，请感受一下大蒙古中统元年的空气。”

娜斯塔西娅无奈地下车，和我肩并肩站在一起。如何形容761年前的空气，这对智慧是个挑战，我享受着它，但心里无法排解慌乱和烦躁，即使形容得出也会变了味道。娜斯塔西娅肯定和我一样，或者说这些空气是什么味道并不重要，甚至她还排斥着它们，因为异常陌生。

“1260年，农历庚申年，猴年。这一年，两件非常特别的事，忽必烈在开平召开了另类的忽里勒台会议，成了元世祖；在哈喇和林举行了特别的辩论大会，究竟道教和佛教谁最尊贵，仲裁者正是忽必烈。全真教的道士李志常和少林寺福裕大和尚据理力争，结果佛教大胜，大量道经被烧毁。”

望着远方的黑暗，我脑海中搜索着相关知识。

娜斯塔西娅侧转过身体，和我面对面站立。暗夜中，她没有注视我的眼睛，注视着我的领口。我突然明白了她内心的脆弱，伸过左臂揽住她的腰。我原本可以按照我们的身高差距，让她自然地从领口嗅到我的味道，但我很快改变主意，左手轻轻搂着她，贴住了我的胸膛。我坚信有力的心跳，要比身上的味道，更能让她踏实下来。

“娜斯塔西娅，你渴望的爱情，难道是从761年开始的吗？”娜斯塔西娅在自语，她问自己，也是在问我。

我不能回答，因为现在绝对是一个充满关爱和鼓励的拥抱。即使是这样的拥抱，也只来自我左臂的宽慰，右手握着全自动步枪。全自动步枪必须握在手里，此刻它并不多余。

我挪动一下身体，把全自动步枪放在越野车上，同时让娜斯塔西娅靠向车体，这样她会感觉更安全。现在，一个美好的女子在我完整的怀抱里，我们都感受着彼此的心跳。我明白了一件事情，不管以前如何认为娜斯塔西娅的坚强和温柔，和此刻亲密无间的拥抱相比，都犯了认知上的错误。

娜斯塔西娅梦呓般说着话，说起第一次相遇。准确地说，那是一次身体的撞击，她并非不能躲避我直冲过去的身体，但她无法控制，好像我的身体散发着无尽的吸力。这让我想起了那时的情景，当我已经控制了双脚，我的眼睛却像被抻出来一样，带着整个身体向前而去，甚至还清晰地看到，从我眼睛里飞出去的两滴泪水，溅到了她的绿色披巾上。这就是娜斯塔西娅说的有着宿命的爱情？

此时，在761年前的暗夜里，显然不是分析原因的时候。

此时，应该让她享受到来自我的安全感。

此时即是永远，不知道这句话是谁说的，这个人很伟大。

娜斯塔西娅的呼吸很快，也许我比她还快，只有无法比较，因为大脑有些麻木，只感觉到她的身体在变软，若不是流淌到地上，就是把我熔化。

娜斯塔西娅，这个美好的女子，完全把自己寄托在我的身上，当我意识到这一点，强迫自己接下来必须要做一件事情。我曾以为这件事会是俯下头来亲吻她的嘴唇，她当然不会拒绝，但显然这是我想做的，却不是必须的。

娜斯塔西娅微仰着头看我，她的眼睛在夜色中迷离无际。

我轻轻亲吻了她的额头，用这个动作代表拥抱的结束。

“走，去找时空墙。”

我从车上拿出全自动步枪交给娜斯塔西娅，左手刚抓住车门的把手，猛然间听到两公里处传来轰鸣。

马蹄声。足足有三百匹马踏在大地上的声音。轰鸣声迅速向我们袭来。

“上车。”我大喊着把娜斯塔西娅推上车。

我以最快的速度跳进去打开了车灯，这等同于暴露自己，但是如果不这样，马群会在黑夜中直撞过来，一匹接着一匹前仆后继，结局不堪设想。

越野车的隔声效果很好，然而，它无法阻隔大地在马蹄下的颤抖。娜斯塔西娅现在肯定有等死的感觉，她紧紧抓住了我的手。我想给她一个宽慰的眼神，完全没有想到，她说出的一句话让我血液沸腾。

“不要害怕，会没事的。”

这本应是我说给她听的话。在危难中，她首先想到的是对我的抚慰。我在汹涌而来的激动中等待马蹄声临近，直到听见嘶鸣，灯光中出现了群马的身影。娜斯塔西娅悄悄打开行车记录仪，把车窗打开一条缝隙，随后听到了不远处一声呼哨。

马群很快左右分开，避开了越野车，停下了脚步。一匹黑马单独站在两束光柱的中间，一步步走过来，看得很清楚，马上是一位十三四岁的少年，身板却很粗壮。少年很勇敢，走到距离越野车两米才勒马停住，拿着马鞭的手遮挡凉篷，眯着眼睛向前面看，事实上，在如此的逆光下什么也看不到。

确认马群中没有别人，我叮嘱娜斯塔西娅留在车上，随后下车，亲切地和他打着招呼：“兄弟，赛音拜努。”

少年似乎并不在意我的态度，紧紧盯着我的装扮。

“哥哥在哪儿？镶蓝边的袍子，个头比我高。”少年伸直左手的大拇指和食指，比画了足有四寸。

“小兄弟，我迷路了，这是哪里？”我和蔼地问。

“哥哥在哪儿？”少年突然策马向我冲来，扬起的皮鞭落下。

皮鞭抽中了左臂，按理说会轻易躲过，这完全是由于娜斯塔西娅让我分神，她在少年策马扬鞭的瞬间，冲出车内举起了手枪。

对方是个孩子，娜斯塔西娅没有开枪。

第三十三章　陨石从天而降

伸右臂制止已晚，身体下意识左倾，我领略到了一阵疼痛。

少年绝望地跳下马来，把皮鞭狠狠扔在地上。

他开始号啕大哭，完全无视我和娜斯塔西娅的存在。

娜斯塔西娅意识到什么，收起枪走过去，轻轻抚摸他的头发。这个安慰动作让少年更加疯狂，哭声瞬间增加了分贝。马群围拢过来，轻轻踏着蹄，坐骑轻轻拱着他的肩膀。

我蹲在他的身边，轻声细语地和他交流。少年伸胳膊搂着坐骑的头，嘴里断断续续地哭诉。过了好长时间，我终于理顺过来，在他身上究竟发生了什么。原来他叫图兀勒布日，在蒙古语里这个名字是铁铳的意思，倒是很像他的身材和性格。图兀勒布日父母早已双亡，只有一个年龄差很多的哥哥，半年前声称到山里打猎，再也没有回来。他认为大哥已经被狼吃掉，要为大哥报仇，因为狼总在晚间活动，所以每天夜里都领着马群在草原上狂奔，希望马蹄能把可能出现的恶狼踩死，而白天他会重新走一遍群马踩踏过的地方，寻找狼的尸体或者狼群的踪影。

图兀勒布日的讲述，证明他的智力不太好。即便我相信这个故事是真实的，还是有一些疑问。普通的牧民家庭，怎么可能有如此庞大的马群？即使为别人养马，谁会把如此大的一笔财产，交给一个大脑不太灵光的少年？除非有什么有奇能。

“这些马是你家的？”我不动声色地问。

“我家没有一匹马。”图兀勒布日诚实地回答。

“马的主人会放心吗？看样子你还不到十五岁。”我尽量用和蔼的语气，以免他生气。

图兀勒布日并没有回答，脸上也没有不悦的表情，站起身打了三长两短的呼哨，那些马居然像士兵一样站成一排，一动不动。

图兀勒布日炫耀地说：“大哥教的，我的本事，都听我的话。”

娜斯塔西娅敬佩地看着图兀勒布日，轻声问：“小兄弟，这是什么地方？”

娜斯塔西娅说的是汉语，图兀勒布日自然不懂，我翻译过来，图兀勒布日奇怪地看着我。

图兀勒布日说：“傻吗？草原，放马的地方。”

我紧跟着追问：“我是说这片草原叫什么名字。”

图兀勒布日固执地说：“放马的地方。”

我知道问不出什么，换了一种方式又问：“放马的这个地方有多大？除了你，别人在哪里？离这儿远吗？”

“这里比天都大，马跑四天跑不到头。”图兀勒布日不耐烦地比画着，用马鞭戳了一下我的胸膛，不高兴地说，“真傻，就看见你们俩，不都在这儿吗？”

实在从图兀勒布日嘴里得不到什么，一时不知如何是好，抬头看看天空，没有一颗星星，应该是乌云密布的时候。我和娜斯塔西娅商议，最好沿着原来的方向一直向前，这可能会是距离时空墙最近的地方。

我和娜斯塔西娅上车，越野车快速向前行驶。

后面传来图兀勒布日的呼喊，以及沉闷的马蹄声。

娜斯塔西娅向后看去，图兀勒布日带领马群紧追不舍，这时我才想起来，对于他寻找哥哥的事，还没有做任何答复，也没有提出帮助。我心里不免有些愧疚，即使答应了也不能做什么，无法做到在茫茫草原上寻找一个人，况且连自己都不知道身处何地。

夜间不熟悉地形，越野车开得并不快，无法将图兀勒布日的马群远远甩开。好吧，这也算这次奇异之旅中的一个插曲，他和这群马成了我们的同伴。

娜斯塔西娅依然尝试和米娜联系，电台没有任何反应，就在要关闭电台进入休眠程序时，突然有了声音。那是一种从未听过的静噪，从极弱渐渐大起来，好像有着某种源源不断的动力，一直强大成刺耳的蜂鸣。

始终没有出现米娜的声音，但这足以让人兴奋。

娜斯塔西娅镇定地监听着噪声，我禁不住要回头看一眼电台，身体向右侧扭转的时候，右脚下意识踩下油门，越野车猛地向前蹿去。

我在回头匆匆一瞥中，看到了电台屏幕上的杂乱噪点，身体还没来及得回到原位，甚至没有把脚从油门挪到制动板上，越野车猛地一震，头部狠狠向方向盘撞去。

“嘭，嘭——”

四个安全气囊瞬间打开。

车里的仪器剧烈震动，我的第一反应是撞到了柔软之物。

撞到了在草原上睡觉的马或者牛？

哦呀！这个柔软的东西体积定然庞大，具有着强烈的反弹能力，因为越野车现在正以原来前进的速度倒退。我的本能让双手紧握方向盘，以免在倒退中发生翻车，但我很快察觉到，这种倒退非同寻常。如果没有判断错误，越野车大概倒退了将近两百米，而车轮并没有压在大地上，因为没有感觉到颠簸。

越野车整体在空中飘移着倒退？

还没有给出答案，越野车在失重的情况下疾速坠落。我从失重的时间，判断着下坠的距离和速度，应该是三秒钟，越野车在剧烈震动下落地。我打开车门想看看到底发生了什么，刚走出两步，图兀勒布日和马群便呼啸而来，因为没有收住惯性，和上次一模一样，从越野车两侧往前冲去。

娜斯塔西娅顾不得冲过来的马匹，跳下车后和我同时走向车头。我们都想第一时间知道越野车的伤情，非常令人意外，没有任何损伤。

这是怎么回事？越野车刚刚撞到的是什么？

我的脑海中突然闪现出一个念想，兴奋地看向娜斯塔西娅，她紧紧抓住我的胳膊，几乎同时大声喊叫出来。

“时空墙！”

可是，借着车灯的两束光柱看去，前面仍然是黑色茫茫，还有继续向前奔跑的马群，丝毫看不出“墙”的感觉。

我很担心图兀勒布日和马群，害怕会撞上时空墙，这念头刚闪现出来，又不禁哑然失笑。图兀勒布日是古代人，这是他的地盘，也许对他来说时空墙根本不存在。

我的笑容还未消失，电台蜂鸣声更加刺耳。

这还不是最令我慌乱的，我注意到了天上。

娜斯塔西娅要上车观察情况，我突然拉住她的手，示意她看向天空。隔着厚厚的乌云，能感觉到背后闪烁着红色的光芒，越来越强烈。

不会是日出，不会搞错天和地的方位。

即便是761年之前，太阳仍然会升起在东面的地平线上。

来自天上的红，渐渐淹没了车灯的光亮，图兀勒布日和马群开始掉头向我们走来，果然没有撞到时空墙。

我正暗自庆幸，伴随着电台的蜂鸣声，一团亮到惨白的火焰，准确地说应该是个巨大的火球，瞬间冲破云层，由西南向着东北方向，划着强劲的弧线，向地面袭来。

完全没有渐变过程，大地直接成为白昼，

我想借着光芒观察周围的地形，除了绵延的草原什么也看不到，而当我再次回头的时候，神情和早已呆滞的娜斯塔西娅一样，大脑停止不动。

火球疾速坠落的方向，前方一百八十米处。那里是图兀勒布日和他的马群。来不及呼喊，来不及冲过去救他。图兀勒布日张大着嘴巴，就那样呆呆地看着火球砸过来。火球直径足有五十米，如果爆炸开来，他和马群必死无疑，冲击波也会殃及到越野车。

长生天啊！

长生天啊！

万幸！

万幸！

火球在距离地面五十米的高度，从图兀勒布日和马群头上越过。爆炸声起，沉闷而遥远，就像三十公里以外听到的声响。

没有完全逃过劫难，图兀勒布日和马群被高空喷射下来的热能击中，这股热能又在落地的反弹中，把他们全部蒸腾到了空中。

腾格里啊，如果这只是一朵绽放的烟花该有多好！

现实和愿望背道而驰，图兀勒布日和马群在空中绽开，身体被巨大的热能引发燃烧，落地时变成一簇簇灰烬。

我和娜斯塔西娅不敢立刻跑过去，直到脸上烘烤的热量减少，在一簇簇灰烬中寻找图兀勒布日的尸骨。长达半个小时的寻找是徒劳的，那些灰烬已经变为细碎的骨灰，最后只找到一把匕首，刀鞘已经消失，只剩下成为烧蓝的钢刃。借着初亮的天光，依稀能辨出上面錾刻的文字：图兀勒布日。

突发的状况让我和娜斯塔西娅惊魂未定，我想安慰她，突然发现她处在逆光中，而我的脸被她的头部遮挡为阴影。

天亮了吗？为什么没有惯常的红色？还是刚才耀眼的红让我成了色盲？

娜斯塔西娅看到我脸上的阴影，很快也意识到了异常。

我们同时向光的来处看去，前面五十四米处，距离地面六米的地方，一个直径足有二十五米的空洞。

空洞内侧依然是夜晚，穿过空洞能看到那边的蓝天白云。

蓝天白云下面，来时的2021年？

第三十四章　穿越时空墙

娜斯塔西娅在冲动中说着俄语，她认为如果那边真是我们来的世界，完全有可能让电台信号穿过空洞传送给米娜。这当然是个美好的猜测，只是由于空洞距离地面太高，越野车无法通过，如果铲来沙石和草原上的土，在洞下堆起缓长的坡道，就能达到目的。

娜斯塔西娅被自己的想法激励着，撒腿向越野车跑去，随即快速驾驶着它来到我的身边。我并非无动于衷，只是一动不动注视着这个巨大的空洞，甚至还一步步向前走去。嗅到了熟悉的味道，那是从空洞里灌进来的风。

突然，远处传来痛苦的呻吟，如果不是这呻吟来自别处，很容易让人觉得，这是那个空洞发出的声音。我和娜斯塔西娅顺着声音看去，右后方向三十米处，图兀勒布日正挣扎着起身。

原来他没有死！娜斯塔西娅反应很快，从车上拿下急救箱向他跑过去。

“你是合金做的吗？”娜斯塔西娅开心地大叫。

很显然，图兀勒布日没有危险，可能坐骑为主人挡住了烈焰。娜斯塔西娅试探地捏过他的骨头，当胸给了他一拳。

哦呀，小兄弟命大，居然躲过了浩劫。

我的心情大好，还没等和娜斯塔西娅呼应，空洞发生了变化。也许是风的作用，空洞越来越大，就像被2021年的风所熔化，最后扩延到了地面。我以为接下来会更有利，仅仅过了两秒钟，扩延到地面的空洞边缘突然回收。

用不了多久，空洞就会完全封闭。

“上车——”

我大喊着跳进车里将油门踩到最大，越野车如同发怒的牛一触即发。娜斯塔西娅也看到了空洞的变化，她本应把急救箱留下，情急中却提着它跑过来跳上车。越野车轰鸣着前冲，距离不到两米，空洞刚巧完全愈合。由于上次的危险，不得不紧急刹车。我在沮丧中向空洞看去，突然发现刚刚愈合的地方，就像不规则的闪电一样，比其他地方颜色要浅要亮，也许是时空墙刚刚弥合，比其他地方要薄。

如果判断无误，值得放手一搏。

“小山鹰——”

我脱口而出的喊叫，娜斯塔西娅当然明白什么意思。我们同时下车，从后备厢里拿出各自的小山鹰，搭箭向那道不规则的闪电射去。

这么做正确还是错误？根本没有想这个问题。

奇迹发生了！

刚刚愈合的时空墙被两支箭穿过，如同刺破薄脆的玻璃，一些碎裂的片状物掉下来。连续十几支箭射出，空洞留出的间隙足够越野车通过。

我和娜斯塔西娅重新上车，向着时空墙撞去。

尽管加大了油门，两米的距离不足以给出最快的速度，越野车两侧撞在时空墙的边缘。和第一次的情形如出一辙，越野车被弹回二十多米，只是高度还好，仅仅离开地面十几厘米，随即落到地上。因祸得福，二十多米的距离足够给时空墙以巨大撞击。这是一场赌博，时空墙贪婪地弥合着伤口。好吧，我是输红了眼的赌徒，只配怒吼着驾车直撞。

接下来的几件事情，都是在电光石火之间完成的。

越野车距离时空墙五米，缺口右侧弥合速度加快，足以让右侧车轮撞上；娜斯塔西娅突然打开车窗，将小山鹰和身体同时钻出去，箭镞带着越野车的惯性射中缺口突起的部分；越野车呼啸着穿过时空墙，娜斯塔西娅和小山鹰重新回到车里。

车窗外是白昼，蓝天在上，白云在旁。

“乌拉——”

娜斯塔西娅用母语大叫，这是对翻过时空墙的欢叫。

我很想告诉她，俄语这个词的来源，其实来自蒙古语，这是成吉思汗的勇士们前进的口号。非常可惜，现实没有给我卖弄的时间，突如其来的眩晕，属于失重反应。

越野车呈坠落状态。坠落无休无止。

慌乱中对视眼神，我们心里都很清楚，最好继续延续下去，当坠落停止的时候会摔得粉碎，那便是死亡时刻。

原以为翻过了时空墙，会直接抵达艳阳天下的地面。事实上，当看到车窗边的白云，我就意识到了身在天上。没有时间设想，接下来的人生会以怎样惨烈的方式结束，我们都向对方伸出了手。当我紧紧攥住娜斯塔西娅的手，奇怪的现象出现了，改变了我习以为常的聆听方式。

巨大的清脆而又沉闷的声音从脚下开始升腾，通过躯干传达到耳朵里，接下来耳膜内陷，一切动静变得浑浊模糊起来。

车窗暗淡，越来越浓的绿色。

现在的结果是想象中最好的那种，越野车掉进了水里。没有什么可担心的了，车厢和轮胎内的空气，足以让越野车浮上水面，只是时间问题。万一发生意外，小山鹰发射的箭镞，足以让车窗碎裂，我们会像鱼一样游出去。当然，我的姿势肯定不太标准，我曾怕水，我也将战胜水。

那么，现在唯一要做的，就是等待。车窗外的绿色越来越浅，好征兆。

我和娜斯塔西娅放松下来，同时想起一直忽略了的一件事情。从坠落的那一刻起，即时监控电脑一直强烈蜂鸣，只是处在失重情况下没有回头去看，而坠入水中的时候，外面巨大的声音又完全将它掩盖。事实上，越野车上浮的过程一直伴随着蜂鸣声，等越野车浮出水面，看到了屏幕上的一串数字。

1262年6月12日，上午11点35分。

我习惯了后面快速变化的数字，读秒。

原以为会回到2021年，却来到了两年之后。

越野车完好无损，没有任何机械和电路故障。

打开天窗探出头看，原以为掉进了深湖之中，却发现身处的地方只是一个直径150米的圆坑，边上是宽阔的河流。这样的地形很滑稽，如果把河流比喻成一棵大树，圆坑就长在最粗的树杈上面，既像鸟巢，又像鼓出来的树瘤。

听到了战马的嘶鸣，还有男人们用古蒙古语发出的吼叫。扭头看去，河对岸一字排开了三百多匹战马，马上的勇士向我吼叫，夹杂着咒骂的词汇。这绝对是不同寻常的情形，不管什么毛色的战马，一律披着长长的白袍，不管什么职位的勇士，一律披着长长的白袍。

他们正在举行神圣的葬礼吗？也许我们的从天而降让他们愤怒，也许河水太深不能过来，他们整齐地张弓搭箭，凶狠地向越野车射来。

“嗟——”

“嗟——”

怪叫声很整齐，所幸距离超出有效射程，箭如蝗虫般扎进水中，偶尔有几支射到车上，软软的没有力道。

不管对岸是什么人，离开这片水域是第一要务。

娜斯塔西娅绝对是个好助手，我的一举一动她都能心领神会。就在我打开车窗，用小山鹰瞄准镜测量左前方那棵最粗的桦树时，她已经把捆着的尼龙线展开，一端结实地绑在箭上。

距离135米，风力3级。

尼龙线在射击时会发生前进的阻力。

我的大脑快速测算着最准确的公式。

瞄准。射击。

箭镞和尼龙线带着刺耳的声音射出去。

桦树上那只眼睛的瞳孔，精准地成了目标。

我把尼龙线往怀里带，越野车按着它应该漂移的方向而去。为了不发生意外，我一点点加着力道，让它的惯性越来越强劲。

一切都很顺利，娜斯塔西娅忘记了危险，突然大叫起来，兴奋地说着新发现。

她认为这个圆坑，定然是那个天外陨石坠落形成的，之所以没有看到，是它恰好砸在了河边，河水已经把它填满。不管如何，行动是成功的，从天而降也是成功的，更重要的是河水把危险阻隔在了对岸。

可是，很快发现这仅仅是我的一厢情愿。

就在越野车距离堤岸25米的时候，后边响起呼哨声，河水根本没有我想象的那么深，而是刚刚淹没马腿的膝盖部分。三百多匹战马一字排开奔涌过来，白袍猎猎作响，伙同溅起的水花排成变幻莫测的雪白的墙，随时都可能倾斜过来，把越野车压在水底。这是和时间赛跑，要么在追上之前，越野车上岸快速离开。要么在追上之后，尼龙线断在刀下，越野车浮萍般继续在水里漂浮。还有一种可能，他们围住越野车，用所有能使用的武器，把它打砸成废品。

不知道是否做了错误决定，我的手离开尼龙线，在越野车冲向堤岸的惯性中，挂上挡位加大了油门。我希望车轮的转动能像螺旋桨那样向前推进，仅仅过了3秒钟，发现了自己的愚蠢。越野车没有向近在咫尺的对岸而去，原地旋转起来，而三百匹战马早已越过越野车，他们以逸待劳，张弓搭箭等在前面，还斩断了尼龙绳。

越野车不惧怕弓箭，不会成为刺猬。

我想为自己的愚蠢道歉，用愧疚的眼神去看娜斯塔西娅，看到的却是背影。完全没有想到，她竟然忘记了生命危险，打开车门跃入水中。她看都没看岸上的人马，当她发现水深只到腰间，顺着越野车旋转的力道，将车体慢慢推向岸边。

停下的速度有些缓慢，堤岸应该有一定的坡度，并非陡峭悬崖。我加大油门试了几次，车轮旋转的速度反倒成了阻力，想象中的冲向堤岸完全失败。

我向马上的勇士们士看去，他们的神情由愤怒变为迷茫。

我想，即使他们真的把我和娜斯塔西娅当作天外来客，眼前发生的一切，短时间内，根本无法判断我们有没有恶意。

“嗨，我的兄弟，请帮帮忙吧，把勒勒车弄上去。”

我把头探出车窗，用古蒙古语向他们客气地打着招呼。他们本就疑惑，当我说出他们的语言，脸上更是惊诧。

娜斯塔西娅上岸，向为首的勇士比画着什么，那人并没理会，勒紧缰绳倒退了几步，其他人也纷纷效仿。

不远处有马蹄声，应该是单骑疾驶而来。岸上的勇士瞬间闪开空当，我险些惊叫出声。马还没有停住脚步，我认出了马上之人的相貌。他的手里提着铁枪，魁梧的身板似乎要把战袍撑裂。如果不是这种局面，我会笑出声来，因为这时候的他还没有被我撕裂战袍，还没把我当成敌人，他就是我一生的仇敌——吉达。

“为什么不守陵？”吉达恶狠狠地大声问。

为首的勇士指着娜斯塔西娅说：“砸死转世神马的人。”

吉达威严地审视着娜斯塔西娅，顺着铁枪指向她的胸膛。

我以为险情即将发生，从天窗里突然钻出去，用小山鹰对准了吉达的右臂。

“姑娘，不管你是不是天神，请你吃最好的羊肉。”

吉达没有做进一步的动作，脸上的表情突然变得和蔼起来。

娜斯塔西娅听不懂，还在分析他瞬间变化的神情，我的心放松下来，悄悄收起小山鹰。

“吉达老兄，我可不想在水里待太久，勒勒车会不高兴的。”我说。

“怎么知道我的名字？”吉达吃惊地看着我。

“帮帮忙吧。”我笑着说。

吉达疑惑片刻挥手，勇士们七手八脚把越野车弄上岸。为了防备万一，我将越野车开出几米停下。娜斯塔西娅走过来，我用俄语简洁地说了和吉达的交手经过。娜斯塔西娅冰雪聪明，知道这次见面是在交手之前，向我眨眨眼睛。

没错，我们需要顺水推舟、心照不宣。

吉达下马走过来，依然是疑惑的神情。

“尽管你的罪十恶不赦，但是我们非常需要，有多远走多远吧，别让我再看见你，但你必须记住，这件事不能向任何人透露。相信我的本事，躲在哪里，我都能找得到。”

我相信吉达的话，因为我们曾在2021年相遇。

我笑着点点头，突然发现他的前胸鼓起，右手故意拍上去。

“老兄，大汗的圣旨要保存好，省得丢了。”

我本是善意的玩笑，没想到招惹来的是一把短刀，它就顶在我喉咙最柔软的部分，如果不是有意向后躲避，刀尖必然沾上鲜血。

“哪儿都不能去，跟我走。”吉达恶狠狠地说。

“你不能限制天神的自由，不然会后悔的。”我若无其事地说，因为看到了娜斯塔西娅手里的枪。

我希望能用天神把吉达唬住，完全没有想到，他以最快的速度掐住了娜斯塔西娅的脖子，随后指着我大吼起来。

“把两个罪人拿下。”

第三十五章　万马践踏之刑

我和娜斯塔西娅被三百多白衣白袍的人马围在中间。

以我们为圆心，直径十米的圆周上是森林般的弓箭，圆周之外有我的越野车，它距离那片圆形的水面，只有五米之遥。

我不是来旅游的，要想逃走很容易，但是不能走。吉达不知道去了哪里，这给了我和娜斯塔西娅交流的机会。在此之前，我一直以为和吉达的首次见面，是在2021年的乌德巴勒死城，现在是第二次。事实上，这才是我和吉达的第一次见面，身在2021年的吉达，完全记得刚刚发生的和接下来要发生的事情，这也是他在死城苦苦追杀我的原因，也是说了很多我不明白的话的原因。前后两次见面，对吉达来讲不会相隔太远，从他怀里藏着的羊皮卷圣旨来看，今天刚刚领受到任务，被我撕下战袍的时候，任务还没有完成。

根据对吉达的分析，娜斯塔西娅乐观地认为我们会躲过此劫，如果被杀，后边的事也就不可能发生。她甚至还认为，我们通过吉达的行踪，能顺利回到2021年，如果这么说，仇人吉达倒成了福星。当然，还有一件最重要的事情，为首的那个勇士指认我们是砸死转世神马的人，这句话里有太多的玄机。

“转世神马被陨石砸死了，这些人是守陵的，可他们不像达尔扈特人，他们是战士。”我分析着说。

“首先确定陨石在这里坠落的时间。”娜斯塔西娅说。

“当然刚刚发生。”我自信地说。

“两年时间差距，具备合理条件吗？”

“存在即是合理。”

“没有蒸汽，没有沸腾，没有感到任何热量。”

“你认为这边的坠落是两年前？”

“我认为是时间压缩。”

“能不能形象一点？”

“天空……和你脚下的草叶。”

我抬头仰望，天空辽阔，低头俯视，草叶窄长。无边的天空会被压缩成一片草叶吗？天空在什么情况下，才能被压缩成一片草叶？

如果有一种办法，它就是可能的。好吧，不管娜斯塔西娅的分析是否正确，现在只能这样认为，不然的话，根本无法解释这个奇异的现象。

“吉达是阿里布哥的大将，说不定一会儿会见到他，作为蒙古人，见不到成吉思汗，见到他老人家的子孙也不错。”

我的心情大好，和娜斯塔西娅开着玩笑。

娜斯塔西娅也开心地说：“我的神虎，恭喜你，可惜遇到的不是忽必烈，历史上留不下英名。”

说到英名，自然联想到长久以来的恶名。这没什么，娜斯塔西娅一直以为我和她的相遇是爱情的宿命，那么这个恶名也将会是宿命。

勇士们突然闪开空当，从缺口能看到遮天蔽日的尘土飞扬。我想，此刻要出现的必定是大人物，也许就是阿里布哥。希望很快破灭，只是看到了阿里布哥足有万余的人马，本人却没有现身。走在队伍前面的有两个人，一个是吉达，一个是白衣白马的女巫。这倒是个意外，想不到和她的见面也和吉达一样，这是第一次，2021年是第二次。

万余之众列队面前，我和娜斯塔西娅没有恐惧，但是感到强人的气场排山倒海般袭来。我以为吉达和女巫会下最后的通牒，可他们完全无视我们的存在。

所有的人马原地不动，只有女巫缓缓策马走到水边。

女巫的双臂举向天空，万余之众下马跪倒在地。

我被这如闷雷般的响声震撼，仅仅过了几秒钟，这些人又仿佛不存在，没有蹄声，没有嘶鸣，甚至听不到这些人的呼吸。

这种寂静才让人觉得可怕。

还好，声音很快再次出现了。那是草原上的风，以及风吹起女巫白袍的声音。女巫并没下马，她在沉默中向水面挥动着双手。

宽阔的圆形水面开始波浪翻涌，最后形成巨大的漩涡，声音如同万牛怒吼。我以为波浪会以离心的方式将女巫淹没，奔涌的水袭到白马的脚边，全部掉头向相反的方向而去。

渐渐地，漩涡中心出现一块巨大的黑色石头。这应该是我曾见过的那块陨石。

在女巫的操控下，圆形水面完全干涸，陨石暴露出上面的样子。曾有一度，我以为陨石表面的六处闪光来自太阳的反射，很快发现这是个错误。尽管陨石表面高低不平，也足以让坑洼的部分贮存一些水，但太阳在后面，石头在面前，不可能产生反射。

女巫高高举起的手在吸取闪光的能量，随着她双手渐渐发亮，所有的闪光依次暗淡下来，最大的一处闪光似乎在挣扎，最后也完全熄灭。

直到这一幕结束，万余之众响起欢呼声。

女巫掉转马头来到吉达面前，她没有说话，把手放在吉达低下的头顶。片刻，吉达似乎明白了女巫的意思，跳下马来向陨石走去。

“这就是苍天之眼，长生天送给国师的法物，你们要把它们取下来，如果谁不小心伤到，格杀勿论。”

吉达站在陨石上大喊，很多人冲过去，用短刀去撬石头。

“罗盘的来历。”我突然明白过来。

“最大的归于女巫。”娜斯塔西娅说。

叮叮当当的声音不绝于耳，时间不长，一大五小的罗盘被六个勇士捧在手上，朝着女巫的方向跪下。女巫策马过来，伸出手指着娜斯塔西娅，立刻有两束光进入她的眼睛。我想让娜斯塔西娅闭眼已经来不及，她的意识已被掌握。

似乎过了很久，女巫手上的光消失。

我着急地问：“不要被迷惑，现在怎么样？”

娜斯塔西娅小声说：“她的话在两束光里，我不懂。”

我放下心来，坦然地说：“有话对我讲，不要为难她。”

女巫再次施展了伎俩，那两束光果然是她说的话，在古蒙古语里还加杂着许多突厥的词汇。这些话完全是威胁，女巫说非常喜欢娜斯塔西娅，认定她是从天而降的女神，如果承认害死了转世神马，可以戴罪立功，还能收她为弟子，以后号令三军成就霸业。如果娜斯塔西娅答应，我们两个会性命无忧，如果拒绝，将受万马践踏之刑。

我正色地告诉女巫，根本没有见过转世神马，不存在害死之事，当然就不存在戴罪立功，拜师也无从谈起。女巫没有给我考虑的时间，右手抓向我的心脏。我没有感到任何异常，在她的眼睛里有了震惊。

我想，她一定是在迷惑我，从而让我和娜斯塔西娅屈服，只是出乎她的意外，并没有成功。女巫失望地策马走开，吉达走到我的近前。

“老兄，看你一副英雄气概，怎么会做栽赃陷害的事情？不怕人耻笑吗？”我直视着吉达的眼睛，希望他懂得自己的卑鄙。

“罪人，你不敢承担后果。”吉达淡淡地说了一句，随后上马走到众人面前大声怒吼，“时辰已到，行刑。”

再也没容辩解，勇士们把越野车推到陨石上面，又把我和娜斯塔西娅绑在越野车上，随后向远处而去。蒙古人向来有密葬的传统，当尊贵的人死去，他们会将他埋到地下，不会筑土，不会立碑，用万马践踏的方式把这块地方踏平，后人无法知道真正下葬的地方。我和娜斯塔西娅并不是他们眼中的尊贵之人，我们对他们而言是有罪之身，很显然，这种方式对尊贵的人是尊重，对有罪的人是惩罚。两者最大的区别，前者在地下深埋，后者在地上成为肉泥。

当勇士们圈马掉头的时候，我们将死于铁蹄之下。现在，勇士们都已散开，战马蓄势待发，死期就在眼前。

如果我和娜斯塔西娅现在死去，还会回到2021年吗？

如果我和娜斯塔西娅现在死去，还会在2021年相爱吗？

娜斯塔西娅非常镇定，她坚信自己的判断。我心里非常明白，若想让娜斯塔西娅的判断正确下去，必须要做点什么，只是必须仔细计算一下时间，容不得一丝一毫失误。不管我以任何方式解开两个人的绳索，需要两秒。我和娜斯塔西娅上车，以及发动越野车，需要两秒。离我最近的战马相距150米，冲到近前需要五秒。足足有一秒的空余，这一秒要怎样使用？越野车足以前进四米，至少撞倒三匹战马。可惜，即使一切都如愿，我却无法解开绳索。

该死的连环索，蒙古人伟大的发明，这用于捆绑犟牛四蹄的方法，用在了我和娜斯塔西娅的身上，当我挣脱的时候，娜斯塔西娅的手指就会勒断。

要以这样的代价逃生吗？我宁肯折断自己的手指，可是娜斯塔西娅没有力量挣脱，如何是好？

五秒之后，我和娜斯塔西娅将变成肉泥。

如果五秒变成十秒，或者更长久一些，会发生什么事情？五秒过去了，勇士们并没有冲过来，迅速分列两旁，留出了足足十米的空当。长生天啊！我正要庆幸也许会逃过一劫，空当的远端至少有三百匹烈马，如同一群河里的鱼，带着强劲的曲线和惯性，瞬间涌过来。把我们践踏而死的，原来另有其人。所有的设想都不是事实，所有的庆幸变成了坐以待毙。

“我的神虎，我被自己的假设骗了。”

娜斯塔西娅愧疚地大喊，声音极为颤抖。

“如果再见，选个时间吧。”我悲哀地说。

我承认很慌乱，没有评估娜斯塔西娅的失误。在这生死关头，只想在某一个她愿意或者方便的时间里，不管活着还是死去，都要再见上一面，因为相爱才刚刚开始。背靠着背，我无法看到娜斯塔西娅的神情，也许她眼睛里涌出泪水，这肯定不是恐惧，也不是对761年前这个世界的留恋，而是在失去生命那一刻，无法和她的神虎面对面相拥在一起。

闭上眼睛吧，不要看眼前的一切。

只有这样，娜斯塔西娅的笑容才会留在心里。

我闭上眼睛，下意识测算着马群到来的时间。没有想到的是，我能看清五千米之外的、任何一棵树上的某一片树叶，却没有注意头马之上的人是谁。我想，记住刽子手的模样，也许是一件没有意义的事情。

我给我们的生命时间是九秒钟，但是当读秒停留在七的时候，时间就像一匹瘸腿的马，无论如何鞭打，再也不肯往前踏出一步。

一声尖利的呼哨，烈马的嘶鸣随即响起。

我不能确定此时睁着还是闭着眼睛，但分明看到了一张或许熟悉的脸，他也正惊愕地看着我和娜斯塔西娅。

“图兀勒布日——”

这是来自娜斯塔西娅的喊叫。

我的眼睛瞬间睁大，马上之人的确是图兀勒布日，只不过在一天之内，他度过了两年时间，从一个傻乎乎的少年，变成了魁梧的莽汉。我以为图兀勒布日会在拯救与执行命令之间迟疑，完全出乎意料，他翻身下马的速度比我的转念还要快。

图兀勒布日用短刀砍断绳索，大声说："快回到天上去。"

我和娜斯塔西娅的第一个念头，不是要回到图兀勒布日所说的天上，而是要将越野车用极限速度离开。即使在如此急迫的情况下，我相信没有操作失误，可是越野车只开出两米便停了下来。

车外的图兀勒布日非常着急，他把越野车当成了牛或者马，举起皮鞭狠狠地抽打着顶棚。我在慌乱中从车窗看去，吉达的人马可能看出异样，高声吆喝着冲过来。

长生天啊！仪表盘显示油量为零。

娜斯塔西娅和我同时伸向动力转换开关，从汽油模式转换为太阳能，越野车在缓慢起速五米之后，完全没有轰鸣声，以六十迈的速度冲出去。由于没有发动机的轰鸣，越野车无论怎样狂奔，都觉得速度很慢，事实上，仪表盘的指针已经指向每小时95公里。

"天黑之后还可以行驶十小时。"娜斯塔西娅大声喊。

也许娜斯塔西娅看到了我紧紧攥着方向盘的手，这句话的确让我放松下来，从而有时间去看后视镜。图兀勒布日的马群在后面追赶，勇士们无法直接穿插而过，分列两侧兜着圈子猛追。

一个小时过去，图兀勒布日还在后面紧紧追赶，确切地说是保护。在我的想象当中，吉达的人马跑累了肯定会放弃，那时候才是停下来的时候，向图兀勒布日说句感激的话。

就在决定停车的时候，我发现右脚踩下制动不是为了等图兀勒布日，而是看到了前面视线的极限处有一批人马，他们在遥远的地平线上跳动，看阵势和排场，应该是重要人物。

难道是我想见到的阿里布哥？

这批人马以极快的速度狂奔而来，遭受了刚才的生死磨炼，我不会再让娜斯塔西娅重新经历一次，不管她的假设是否正确，不管狂奔而来的人是何意图，我必须保证她的安全。

我以最快的速度下车，从后备厢取出全自动步枪。

保持镇定，我在心里警告自己。

打开瞄准镜盖，看看中间的人是谁。

哦呀，当我看清那个人的相貌，不禁惊叫出声。

第三十六章　女巫的苍天之眼

哦呀！从未如此困惑！

无论目测还是通过瞄准镜观察远处的人马，始终得不到准确距离，即使误差一公里，也无法在大脑中浮现精准的数字。娜斯塔西娅察觉出我的错愕，眯着眼睛向远处望去，神情同样疑惑不解。那批人马的身影非常虚幻，我最初以为是强烈紫外线下产生的反应，也是草原上升腾的热浪所致，后来察觉绝非如此。

无论如何，等他们冲过来，将有一场热烈的拥抱。因为中间的五个人，竟然是我的安答。在我专注的等待中，忽略了身后发生的事情。

图兀勒布日的马群追上来，吉达的勇士们根本没有放弃。在这片草原上，很快将形成两个大小各异的同心圆，而圆心自然是我和娜斯塔西娅。我希望五位安答尽快狂奔而至，以便形成里应外合的突围之势。五位安答永远在狂奔，永远不能和我缩短距离。他们五个人的身影，只是在瞄准镜里上下跳跃。

“哥，哥——”

图兀勒布日突然狂喜地大喊。

我心头不禁一震，瞬间明白了图兀勒布日和我的关系，只不过无法判断他究竟是哪位安答的胞弟。我开心地看着图兀勒布日，他的眼神猛地冷下来，我瞬间明白了一件事情。图兀勒布日看到了哥哥，虽然不知我手中的全自动步枪为何物，但明确地感觉到，这个黑色的铁家伙会威胁哥哥的生命。

“你敢？”

图兀勒布日大叫着冲到前面，用胸膛挡住了枪口。

就在图兀勒布日大叫之后，我错开视线向前看去，五位安答右侧出现了连绵的深蓝色山脉，还没有看到他们拨转马头，一队人马竟然渐渐消失在深蓝色中。

我怀疑视线出了问题，直到娜斯塔西娅大叫才恍然大悟。

“海市蜃楼——”

哦呀，我以为危情会出现转机，终于等到了该来的人，想不到竟是一场幻影。

这场等待或许只是推迟了我和娜斯塔西娅的死亡进度，但给了对手们充足的包围时间。

由于哥哥消失，图兀勒布日气急败坏地捶足顿胸，他或许以为枪是让哥哥消失的罪魁祸首，扑过来拼命想从我手中夺走。图兀勒布日的力量出乎想象，我们两个像打架一样，居然不分伯仲。

失去命令的马群很快被吉达的人马冲散，我还没有做出任何反应，越野车被绳索包成粽子，想要开车逃离已经不可能。娜斯塔西娅冲到车后，很显然，她要拿另一把全自动步枪，再也无法将后备厢打开。

吉达恶狠狠地挥手，身边两个勇士挥舞铁枪策马冲过来，看样子根本不需要再次将我俩活捉，而是将胸膛戳成窟窿。我不得不放弃和图兀勒布日的争夺。我必须冲到娜斯塔西娅前面，必须保证她的安全。

冲过去挡在娜斯塔西娅身前的时候，两杆铁枪距离不足十米，我的身体左侧突然感到一股强劲的力量，娜斯塔西娅紧紧拉住了我的胳膊。这股力量猛地让我逆时针旋转，竟然滑到了越野车的后面。

我想，此时的娜斯塔西娅应该是稳如泰山的，所以才做出这样的举动，可是她的脚步并未停止，她借了我左旋的力道，甚至从我身边弹开，跳到了图兀勒布日的身前，劈手夺过了枪。

“啪——”

“啪——”

震耳欲聋的枪声响起，两个勇士的右肩先后中弹，铁枪和身体掉落地上，战马从车边掠过落荒而去。

图兀勒布日被枪声吓到，捂上了耳朵。

图兀勒布日很不幸，没有听到万马嘶鸣的动静。

好吧，既然杀戮已经开始，就别让它轻易停下。

枪声和马的嘶鸣还在空旷的草原上回响，当余音停止，我已用短刀斩断绳索，从后备厢里拿出了另一把全自动步枪。好吧，即便这是一场不公平的战斗，我的手中有现代武器，而他们人多势众，没有哪一方更不遵守游戏规则。

枪声没有让吉达胆怯，反而将他激怒，再次举手时多了一杆铁枪。不能让他的枪再往下落，因为下落的时候即是命令，不知道又有多少匹战马狂奔而至。

吉达的手从上举到下落，至少会在最高点停留一秒钟。我将在这个时间之内瞄准开枪，那截缠绕着白马尾的黑枪头，将在枪响之后和铁枪分离，飞到他的脑后。

一切都如期进行。没有丝毫拖泥带水。

吉达举枪下落。我举枪瞄准射击。

在蓝色烟雾中，我看到白马尾的黑枪头飞出去。这足以震慑吉达接下来的举止，可惜产生了误判。吉达的手在感受到强震之后，虎口的麻胀让手腕短暂失去力量，铁枪的重量又让手臂垂落下来，看起来同样是命令的动作。

吉达的人马目不转睛地注视着他的举止。

绝不能让吉达把这个动作错误地完成。

“啪——”

“啪——”

“啪——”

“啪——”

吉达的身体分四段次接近地面，最后坐在瘫倒的马上。

共计打出五枪，每一枪都希望把仇人干掉，只是现在不是时候。这是目的清晰的五枪，一枪打断枪头，四枪分别击中马的四条腿，吉达的命令假相被终止。如果有必要，我会打出第六枪，目标将是吉达的手臂，全自动步枪的子弹会让骨头断裂，兵器彻底和他无缘。

电光石火之间，足以让人目瞪口呆。

图兀勒布日捂着耳朵惊恐地看着我，我向他微笑。

吉达被手下搀起来，他没有用复仇的目光看我，眼中饱含泪水，向着战马跪下去放声痛哭。这是截至目前对于吉达的唯一的好印象。吉达无愧于蒙古人，对战马有着深厚的感情。

做出这样的无奈之举，我本应该痛心疾首，但是因为难过耽误逃生则是非常愚蠢的。我快速斩断捆绑越野车的所有绳索，示意娜斯塔西娅准备开车，快速向图兀勒布日走去。

“兄弟，不能留在这里，去找忽必烈大汗。”

我大声对图兀勒布日说，他没有任何反应。

“你的哥哥现在很好，五虎上将之一。”

我又提高了声音，图兀勒布日还是没有反应。

不知道五位安答中的哪一位是图兀勒布日的胞兄，但这两句话足以告诉他，哥哥并没有被狼吃掉，而让他去的地方，将会有兄弟重逢。

图兀勒布日听不懂，时间却不容许再次解释，我转身跑向越野车，当身体跃入车内的瞬间，突然意识到自己非常愚蠢。哦呀，图兀勒布日的确没有明白我的话，因为他的双手还在紧紧捂着耳朵。好在图兀勒布日并不是完全呆傻，能够分析眼前的局势，当我从后视镜里看过去，他已翻身上马吆喝着马群快速离去。

我有充足的理由相信，刚才的五枪已彻底把吉达的人马打蒙，同时也坚信娜斯塔西娅会驾驶越野车离开这片危险的草原。可是，无论娜斯塔西娅怎样努力，越野车纹丝不动。

快速向后视镜看去，白色身影再次出现。女巫手里有东西在发光，就是吉达口中的苍天之眼。完全没有想到，苍天之眼竟然能让越野车失灵。

“该来的总会来，没什么大不了。”我安慰着娜斯塔西娅。

娜斯塔西娅现出微笑，凑过来亲吻着我的脸颊，柔声说：“我的神虎，我会和你并肩战斗到最后一秒，等等我，去拿枪。”

我和娜斯塔西娅分别站在越野车两侧，隔着打开的车门，互相对视着微笑。此时，我们都已放弃之前的想法，对这些恶人没必要遵守什么规则，无论需要多少子弹，伸手就可以在后座上拿到。

现在，生命可以暂时安全，甚至还有不错的状况。两侧车门打开，玻璃摇下，车窗是最好的射击口，高度也相当合适，而厚厚的车门是两块盾牌，遮挡着身体的绝大部分。

好吧，该来的请快些，等得不耐烦了。

前面并未发生异常，吉达和女巫交流着什么。

已经见识过女巫的本领，她的交流是用眼睛看着对方，眼神是她要说的话。吉达本来一直跪在地上，很舍不得断了四条腿的坐骑，女巫示意勇士们将它抬走，吉达呆呆地看了半晌，良久向我和娜斯塔西娅走过来。

吉达也算是个人物，此刻要和我们谈判吗？

“伤害你的马，并不是我的本意，也不愿意这么做。”

我充满歉意地说着，绕过车门走到吉达近前，手里的枪并没有对准他的胸膛，因为娜斯塔西娅这样做着。

“国师把这匹神马给我了。”吉达说着指了指越野车。

如果此时哑然失笑，显得不合时宜。我让目光变得咄咄逼人，不是为了给吉达下马威，只为证明自己的无辜。我沉声说：“如果它听你的话，我不介意，只是想知道你们为什么苦苦追杀，我没有做错任何事，在你们眼里却是罪人，罪从何来？”

吉达毫不示弱，正面迎击着我的视线，大声说：“当然有罪，罪不可赦。两年以来，国师苦苦寻找温都根查干，它在草原上自由而神圣，不管在哪里，所有出现的地方，都会有人们的欢呼和跪拜。就在今天早晨，国师终于查到它的踪影，派人追到这里，它正在河边喝水，还没来得及跪拜，你们和天上那块石头就落在它的身上，神圣的温都根查干被砸死了。从没有人敢这么做，你们不但是这片草原上的敌人，所有的蒙古人都会为它报仇。”

温都根查干是所有转世神马的名字。温都根查干的神圣没有人敢亵渎。如今，我和娜斯塔西娅被罩上了最恶毒的罪名。

通过吉达的讲述，我和娜斯塔西娅终于明白了事情的经过。这只是一个巧合，时间被压缩后的巧合。天上坠落的陨石砸死了正在喝水的转世神马，越野车通过破裂的时空墙来到了这里。我不想对吉达讲述这个巧合，他也不会相信，我有更重要的问题让他回答，这也许会对我们安全离开有所帮助。

“作恶的是你和国师，还有阿里布哥。”我平静地说。

“住口！”吉达怒吼起来。

“既然温都根查干在草原上是自由的，想去哪里都可以，为什么要抓它？如果你们没有穷追不舍，它就不会奔跑到口渴，也不会在河边喝水，更不会发生意外。别再装作什么都不知道，别装作一副正义的样子，让我戳穿你吗？你们才是害死转世神马的罪魁祸首，你们本想把它控制在手里，以此推翻忽必烈。”

我的一番义正词严，吉达显得有些诧异。

“现在，你们不但没有为转世神马的死去承担责任，又想出了更恶毒的方法，你胸前藏着的羊皮圣旨就是证据，阿里布哥想重新找到一匹转世神马，承载成吉思汗的血统和荣誉，以便让他建立的汗国名正言顺，吉达，还让我继续说下去吗？”

“你……你还知道什么？”吉达脸上出现了慌乱。

“她看中了我们手中的武器，想说服我们帮她做事，准确地说，是去杀一个人，这个人叫孛儿只斤·忽必烈。”娜斯塔西娅不屑地说着，一步步逼近，枪口从吉达的胸膛上移到眉心。

“你也不错，想出一个好办法，监督我去执行任务，让我的女人留下来做人质。”我翻译了娜斯塔西娅的话，接着话题说下去，一直看到吉达崩溃的神情。

吉达对我们的来历一无所知，这会激发他的猜测。吉达的猜测定然和天空有关，和天空有关的大多是天神。吉达并不知道我能读懂女巫的眼神，他认为我无所不知。

此刻，吉达不需要再伪装，厚颜无耻地笑了笑，极力装作坦率的样子，低声说：“国师就是这样交代的，如果你们不同意，她会用法力让你们死在这里。”

吉达拿出一块小罗盘，中间是闪光的宝石。这是从陨石上取下来的其中一块，如今成了法物。

“我的神虎，你不会屈服。”娜斯塔西娅正色地说。

“不，亲爱的，愿意走一趟。”我不慌不忙地说，“不过有个条件，是三个人一起，我要带上我的女人，不会让她离开我半步。”

吉达将信将疑，娜斯塔西娅也困惑地看着我。

我用汉语轻声说：“亲爱的，在这个时刻转变是必须的。暂时找不到离开的方法，找到忽必烈大汗也是不错的选择，毕竟他身边有我的五位安答。

娜斯塔西娅明白了我的意图，认真地点了点头。

我不动声色地说：“吉达，你没有选择。”

吉达开始迟疑，下意识地扭头看向女巫。女巫还没有做出反应，一匹快马向这边狂奔而来。我看到马上之人不禁笑了，曾经见过这个人，在奎阿高速的克拉苏河大桥上，他就是害我们来到1260年的那条黑狗，他是哈日瑙海。

哈日瑙海跳下马来，开心地对吉达说：“老兄，听说你抓了一匹天上的神马，大汗想要看看，神马在哪里？”

吉达似乎非常尊重哈日瑙海，恭敬地说：“老兄，肯定是草原上的风把这个消息告诉你的，我也听说了一件事，你抓的黑熊在哪里？我可是想吃熊肉了。”

哈日瑙海得意地说：“熊肉不如羊肉好吃，都给你。只是有一样，我要留下整张皮做袍子，多余的缝个酒囊，哈哈，酒囊肯定很大，想喝多少有多少。”

第一次见到哈日瑙海的时候，他曾把酒囊给了我。

为了和他拉拢关系，要不要把酒囊再还回去呢？

我还没有做出决定，哈日瑙海突然看向女巫。

哈日瑙海大声喊道：“做事太不利索，大汗要是知道肯定会生气的，出来这么久，你也应该回去复命了，跟我走吧。”

女巫策马过来，脸上现出怒意，直勾勾地看着哈日瑙海。

哈日瑙海毫不在意，高声说：“这匹神马我要带走，这是大汗的命令。好意提醒你，答应做到的如果没有做到，国师就该换人了，之前的契约一笔勾销。”

吉达恭敬地说：“老兄，国师已有办法，正在商谈。”

哈日瑙海不悦地说：“那是她的事，大汗这次让我来，就是要带走温都根查干，它在哪里？不是查到下落了吗？”

吉达怯生生地说：“出了意外，温都根查干死了。”

哈日瑙海用不可思议的眼神看着吉达，吉达低下头。哈日瑙海快速从背后拿过弓箭，吉达本能地躲避，箭头却对准了女巫。弓箭快速拉到满月，这是要即将发射的样子。也许阿里布哥给了哈日瑙海特殊的权力，任何时候都能决定女巫的生死，女巫的眼神瞬间变为愤怒。

箭带着撕裂之声射出去，射中的不是女巫的胸膛。

女巫并没有等死，快速拿出的苍天之眼做了盾牌。

“嗵——”

当一种剧烈的声音响起时，耳膜受到的刺激，足以让人误认为寂静无声，因为耳膜会因此穿孔。当一种光芒以无法形容的强烈闪现时，眼前会黑暗下来，也许瞳孔从此不能伸缩自如。

就像现在，当声音和光芒同时出现，唯一要做的就是保护好娜斯塔西娅。我猛地把吉达撞翻在地，以离弦之箭的速度扑向娜斯塔西娅。

哦呀！娜斯塔西娅！

你这个疯狂的女子，当我扑向你的时候，你的身体早已腾空，正以鱼跃的姿势向我撞来。我们几乎同时扑向了对方，只不过我的力道小了许多，你知道我的体重要求你的速度必须更快，所以在相撞的瞬间，我才被你推着倒退。你抓住的不是我的衣服，而是我的骨肉。我被娜斯塔西娅撞进越野车内，感觉有只手托着我的后脑。从未有过的感受，不知白天和黑夜，丧失色彩和声音，甚至时间都不再流逝。当我在眩晕中清醒过来，娜斯塔西娅紧紧被我抱在怀中，她的头紧紧贴着我的胸膛一动不动，还在昏迷中。

扭头向车窗看去，外面漆黑一片，眩晕了很久吗？

我担心娜斯塔西娅的身体出现某种状况，仔细用胸膛感受着她的心跳，放弃了发动越野车，放弃了打开车灯的念头。

极其寂静的车厢里，除了我和娜斯塔西娅的心跳，似乎还有一种声音，类似车辆快速行驶的动静，抑或还有两声鸣笛。

我忘情地亲吻着娜斯塔西娅的额头。

娜斯塔西娅，你可能又回到了2021。

第三十七章　把你的嘴唇给我

长时间的拥抱，娜斯塔西娅出现了异常。

她身体滚烫衣服湿透，呼出的热气炙烤着我的脸颊。

我以为她在发烧，经历了这样的生死浩劫，由于庆幸活着，庆幸回到现时空，类似后怕的心理更改着她的体温，从而导致了虚脱。

幸好这是个误判，我的双手紧紧搂着她的后背，后背的衣服是干燥的。我在疑惑的一瞬之间，发觉问题出在自己身上。哦呀，后怕来自我的内心，我感觉额头上的汗珠滴下来糊住了眼睛，当然这又是另一个误判，根本不是汗，是温热的泪水。

必须承认现在非常后怕，不是为自己的性命担忧，尽管我的生命也非常宝贵，而是对娜斯塔西娅的强烈关怀和疼惜，对她的一种霸道的保护。

真是很好的样子！这让我突然明白了一件事情。我对自己说，如此柔软而美妙的身体被你静静抱在怀里，这就是与生俱来的缘分，你对她的关爱和疼惜，完全源自发乎肺腑的责任。这个责任是什么？现在已经很明确了。可惜，在责任的真正含义当中，我是受益者。

观察了车内的情形，哪里是对娜斯塔西娅的保护，从一开始我就成了被保护者。我的后脑上曾感觉有只手，那是她在如此危急的时刻，担心我的头部会受到设备的撞击，用张开的左手做了护垫，被划破的伤口就是佐证。

这个拥抱的姿势，我一直认为是男人对女人的庇佑。事实上，她最大限度地铺陈开身体，我蜷缩在她的怀里。

娜斯塔西娅！

娜斯塔西娅！

当我感到羞惭的时候，当我被思维折磨到胸腔里空空如也的瞬间，突然像溺水的人终于探出头来，触到了能够活下来的氧气，全身的毛孔肆意张开。

你……吉美洛追，义无反顾地爱上了她。

住在十万里高空的腾格里啊，我要向你指控，吉美洛追是个没有廉耻的无赖，之前的一切都不算数，之前的好感也不算数，包括回溯到761年前那个黑夜里的拥抱，统统不算数。当然，之前的所有并不是完全的逢场作戏，也是缘心而生，也是出于礼貌，可它们是轻飘的，属于一棵大树上的叶片，风大了会被吹走，而现在找到的是根，这不是源头，而是注定的结局。

长生天啊，我让你相信我的话！

当意识到这种摄魄惊魂的情愫莅临，我在极其短暂的时间内，立刻成了一个性格分裂的人。我开始回忆之前的拥抱，和现在的拥抱有什么不同，甚至后悔浪费了之前的几次机会。是的，异常懊恼，懊恼到蹂躏自己的心。

高中开始的那场初恋，主题永远是自卑和小心翼翼，当有爱情再次出现，自卑照例主宰了一切。时光流逝了，我还在原地未动。

何时才能抛弃莫须有的血脉带来的自卑？

何时才能拥有干干净净的爱情？

何时才能把自己放空，成为一个不顾一切去爱的人？

娜斯塔西娅醒来，她仰起头看我，车里突然亮了。

嘿，原来有月亮，在她没看我的时候，一直躲在云层里。

“我的神虎，你怎么了？”娜斯塔西娅虚弱地问。

我明白她的意思，刚才的性格分裂，让她感觉到异常。

“还好吗？”娜斯塔西娅紧张地问。

我没有回答，只是愣愣地看着她的眼睛。

娜斯塔西娅摆脱拥抱，用受伤的手抚摸着我的肩膀和胳膊，她要确认我有没有受伤。

“把你的嘴唇给我。”我的声音很小，却很固执。

娜斯塔西娅开始懵懂，她肯定认为我的听觉出了问题，凑过来把嘴唇贴近我的耳朵。哦呀！她的嘴唇刚刚开启，我的脑袋向右侧转动，准确无误地吻住了它。

也许这个举动来得太过突然，这对娜斯塔西娅来说完全是个打击，瞬间引发了抵抗。可是，抵抗不是她的本意，只是下意识的反应，接下来的情形出乎我的意料，她没有在抵抗之后清醒，没有给予热烈的回应，而是离开一段距离审视着我的眼睛。

娜斯塔西娅，我让你看我的心。

娜斯塔西娅，我让你记住这个时刻。

根本没有冲动，一切都很冷静。

我捧住她的脸亲吻着她的嘴唇，然后在她耳边轻声说：“听着，娜斯塔西娅，告诉你一件事，我要对你说，我……爱上你了。”

娜斯塔西娅并没有吃惊，只是幸福地眯起眼睛。

“哦呀！看看，看看，年轻人，为什么不感到吃惊？祝贺一下也好，哪怕为了礼貌，你的妈妈说过，中国男人很爱面子。”我委屈地大叫。

“我知道，这是宿命。”娜斯塔西娅迷乱地说。

“童话里都是骗人的，这是一首老歌的歌词。”我认真地说。

“终于回到家了，不想再过其他的生活，这是《俄罗斯海岸》里唱的。”娜斯塔西娅陶醉地回应。

接下来的拥抱和亲吻是猛烈的，我和娜斯塔西娅无私地交换着唾液和呼吸，直到感觉口干舌燥。

“来吧，看看回到了什么时候，也许是未来。”

我放开娜斯塔西娅，扭头向后面的电脑看去，还没看到那串数字，娜斯塔西娅便是一声欢呼。电脑上显示的时间是2021年7月31日23点12分。

两天横跨了1260年和1262年。

现时空过了三十七天。

我让娜斯塔西娅马上和米娜联系，随即下车四处瞭望，发现越野车停在一片桦树沟的边缘，左侧二十米处还有一条不知名的溪流。并未发现周围有同时而来的古人，为了安全起见，我还是拿出全自动步枪，用瞄准镜向左后方观察，果然，远处两公里的地方有一条高速公路，车并不多，速度极快。

良久，娜斯塔西娅没有动静，可能联系还没有结果。

此时正是午夜，人们都睡了吧，离开三十七天，米娜和洪森或许以为我们不在人世了。我走回车边，娜斯塔西娅没有扭头看我，一直盯着电台，屏幕上很安静，除了日期什么都没有。我意识到发生了什么，上车启动太阳能装置，完全没有反应，除了电脑设置日期的单独电池，所有设备失去能量。

“等明天日出吧，如果幸运的话。”

我说完话，索性叫娜斯塔西娅下车，感受一下树林里的新鲜空气。娜斯塔西娅只好下车，舒展着胳膊，长长地做着深呼吸。

外面有风，我探手到车厢后面去拿她的衣服，有个闪亮的东西滚落下来。

我眼前不禁一花，明白了怎么回事。

吉达的宝石。

宝石本在一小块陨石上面，如今它在撞击时脱离了母体。

哦呀，一定是我撞翻吉达的时候，小罗盘恰好飞进了车里，当时完全没有注意。我找到那块陨石，随手扔到外面，拿着宝石准备向娜斯塔西娅炫耀，电脑屏幕突然有了动静，显示出三十一行字，都是同样的内容，时间从7月1日到31日。毫无疑问，米娜从7月1号开始预感到不妙的，所以每天都写下两行祝福的话。

“吉美洛追，欢迎回来。米娜。”

“娜斯塔西娅，欢迎回来。米娜。”

娜斯塔西娅走过来，我让她看着屏幕。时间正好零点，屏幕上又出现两行字。

“兄弟，不管你在哪里，建军节快乐！洪森。”

“妹妹，不管你在哪里，请祝我新婚快乐！米娜。”

长生天啊！怎么可以忘了，他们今天要结婚的。

娜斯塔西娅惊呼着冲进车里就要回复，我急忙将她拦住。

“他们需要惊喜。”我坚定地说。

“怎么走？”娜斯塔西娅难过地问。

“它在车里，设备失去电能。”我让娜斯塔西娅看着宝石。

“完全没有想到。”娜斯塔西娅惊诧地说。

“马上出发。”不等娜斯塔西娅回应，我直接向她伸出手。

娜斯塔西娅非常聪明，立即找出装着熊睛的黑色铁盒，如果把宝石放进去，就能够屏蔽它对设备的干扰。可是，我伸手要的不是铁盒，而是另外一件东西。

“亲爱的，我想要你的发卡。”

我从娜斯塔西娅头上摘下发卡，它是银质的。

“明白，请等一等。”

娜斯塔西娅说着话，从包里拿出一块手帕，轻轻地铺在我的右手掌上。我小心翼翼把宝石放在手帕上，准备用发卡夹住它的两端。

“小心。”娜斯塔西娅轻声嘱咐。

“它吃得够饱了，为了哥们的婚礼，得乖乖吐出来。”

“等一等，会不会……”

娜斯塔西娅没有把话说完，她肯定担心会不会发生爆炸，或者会不会再回溯到古代。无论如何，她说晚了，我已经把银质发卡夹在了宝石的两端。

没有发生爆炸。没有出现时光倒流。

宝石静静地发着光，在发卡内侧两端的空隙上，还有一架小巧而美妙的霓虹。这道霓虹柔和地闪烁着，我试着把它探进车厢，所有的设备都亮起了指示灯，太阳能储蓄指示的仪表，三秒之内从百分之零增长到百分之六十五。

“这是唯一的一次魔术表演。”

我把手帕慢慢转移到娜斯塔西娅的手掌上，轻轻一跃钻进车内，娜斯塔西娅也欢叫着绕过车头进来。打开GPS调出此地和乌德巴勒的距离，比我的想象近很多，现在身处吐鲁番的腹地，天亮之前，完全能赶上婚礼。

“亲爱的，想明白一件事，第一次在死城见到吉达，开口就管我叫罪人，现在知道罪从何来了，他认为我砸死了转世神马，还向我索要一件叫窝达鲁的东西。现在揭晓了，他说的不是窝达鲁，而是俄日敦朝鲁，宝石。”我开心地大喊大叫。

“哦呀，原来如此。”娜斯塔西娅也很兴奋。

越野车在极度颠簸中前进，还有五十三公里，就能到达最近的高速公路入口。我想象着洪森和米娜幸福的婚礼，想象着他们看到我和娜斯塔西娅后的惊诧，不禁哈哈大笑起来。

“亲爱的娜斯塔西娅，你说他们会不会吓晕过去？婚礼无法进行，入洞房也成泡影，洪森会恨死我的。”我开心地大叫。

娜斯塔西娅手捧着宝石，脸上闪着七彩的光，突然沉默起来，看不出丝毫高兴的样子，反倒哀怨地看着我。

“触景生情？请放心，我会让我娶你的。”说到开心处，我拍了拍娜斯塔西娅的腿。

娜斯塔西娅没有开心起来，足足过了五秒钟，难过地说："我的神虎，即便赶到婚礼现场，也是不礼貌的，因为我们没有准备结婚礼物。"

"不，不，不，它有两个鸽子蛋大小，在你手上。"

娜斯塔西娅明白过来，把宝石凑到眼前去看，随即眯上了眼睛。

世上的女人千差万别，科孜朵勒达克和娜斯塔西娅在面临幸福的时候，表现出的神情完全不同。科孜朵勒达克会瞬间睁大眼睛，表现出幸福来得如此迅猛，难以相信的样子，而娜斯塔西娅会甜蜜地眯上眼睛，表示这份幸福她能完整地接受。我曾经在心里悄悄比较过这两个女孩，如果从植物学分析，科孜朵勒达克的确像郁金香，美艳而浓烈，是那种让人瞬间就能喜欢上的女孩子。她的美艳让人容易想到高傲，这也是我迟迟不敢写情书的原因。

娜斯塔西娅更像她的国花向日葵，你可以闻不到香味，但它在阳光下的健康和明丽，会让你忽略掉这个缺陷。平心而论，向日葵是有味道的，虽然发出的不是花香，却是植物最本真的青涩。

如果从动物学分析，科孜朵勒达克是一只屋脊上的狸猫，你只能远远地去欣赏，当你企图接近，它会以最快的速度消失。娜斯塔西娅像什么动物？是一只珍稀的雪豹，一只懂得依赖和关怀主人的雪豹。温柔的时候，她会依偎在你的臂弯里，当你遇到危险，她会第一时间挡在你的前面亮出獠牙，这獠牙不是她手中的小山鹰和全自动步枪，而是她的身体和生命。她完全不会顾忌用现代化武器对付古人是否公平，她要的是安全。安全这两个字，是她感情之外的全部。

越野车从暗夜开到日上三竿，距离乌德巴勒还有二十五公里，还好，伴郎伴娘能及时出现，婚礼能顺利进行。

二十五公里的距离，感觉从未有过的漫长。

这个数字冥冥中暗示着什么，每走一公里，感觉从出生长大了一岁，就这样走下去，到达终点的时候，是否意味着我们的青春就此终结？反正洪森完了，我还是光棍，前面的距离也可能是三十公里，也可能更加漫长。不管怎么样，现在有娜斯塔西娅陪伴，无论是否到达终点，之前的行程都会是幸福的，尽管充斥着危险。

将要接近终点，还有一公里，我把越野车停在路边。前面出现的状况和走之前完全不同，原来无边无沿的帐篷区已经消失，只有七八座帐篷还存在，想这应该是各种机构留下来工作的地方。

帐篷区消失，意味着什么？原来那些人的心愿，如今去了哪里？他们的心愿已了还是未了？

从这些空旷的地方抬高视线，乌德巴勒死城还远远地伫立在那里，爷爷怎么样了？三十八天已经过去，老人家是否安然无恙？

我和娜斯塔西娅下车，她手里还捧着那块宝石，我提醒她摘下发卡，把宝石收起来，到时候给洪森和米娜惊喜。我尽量快活地说话，依然难掩心里的疑惑和哀伤。

“我的神虎，现在是好日子，把所有的不开心都藏起来吧！你看，那些帐篷不见了，说明一个阶段的结束，他们的心愿有了着落。还有，你看乌德巴勒，虽然仍是一座死城，但是阳光现在照耀着它，不是原来的蓝色，一切都会好起来的。”

我早已看到乌德巴勒发生的颜色变化，没有了以前的死亡之蓝，它倾向于乳白色，在阳光下显出了些许温润。

娜斯塔西娅安慰着我，必须给她同样意味的微笑。

娜斯塔西娅开心起来，让我顺着她手指的方向去看，帐篷区里有很多人走动，婚礼应该要开始了。我从车上拿出望远镜，寻找着洪森和米娜的身影，他们两个身穿着结婚礼服，脸上并没有幸福的样子，他们向四周观望，很明显，盼望着我们出现。

“亲爱的，我们去捣乱吧！”

我示意娜斯塔西娅上车，前进五百米，停在几棵桦树下，然后和她悄悄从侧面向帐篷走去。

帐篷区外仍然有士兵和特警担任警戒，他们看到我和娜斯塔西娅，兴奋地跑过来，要马上和洪森联系，我笑着制止，告诉他们要给新郎新娘一个惊喜。

我和娜斯塔西娅低着头随众人进入帐篷。

帐篷里灯火辉煌，布置得简单却很喜庆。

龙局长不停地看表，最后走到若尔巴吕斯市长面前，无奈地说：“市长，吉时到了，开始吧。”

市长走到洪森近前，轻声说：“三十八天了，还要等吗？”

洪森真诚地说：“市长，按原计划推迟一个小时吧，这是我和米娜共同商量的，不想留下遗憾。”

若尔巴吕斯市长没有说话，只是点了点头。

洪森，你这个薄情寡义的东西，我和你十八年的交情，怎么才推迟一个小时？如果一年算一个小时，应该推迟十八个小时才对。我心里对洪森恨得咬牙切齿，两腿却不听使地凑过去，嘴里发出了极其下贱的声音。

“嗨，这里需要伴郎吗？”

第三十八章　雪豹阿黛尔

无论如何也没有想到，哭花了妆的新娘才是最美的。

四个人忘情拥抱，当我和娜斯塔西娅交换了对象，身材娇小的米娜在我怀里柔弱无物。哦呀，米娜右眼的假睫毛掉下一半，眼线被泪水冲下来两条乌痕。若在平时，她一定是丑陋的，可是现在她胸膛里鼓荡着感动，眼神里的悲壮与幸福并存，她是美的，美得异乎寻常。

龙局长和若尔巴吕斯市长急切地想知道三十八天究竟发生了什么，我和娜斯塔西娅都不是现在的主角，我示意她陪米娜重新化妆，客气地表示婚礼之后会解释清楚，随即向洪森要伴郎的礼服。洪森一直被突如其来的幸福搞晕，明明拿在手里，还大声问别人礼服在什么地方。

截止到现在，我的心里依然冲动，这是能够站在洪森面前的极度兴奋。洪森是感动的，因为他等待了三十八天，从这个方面说，感动要比冲动深沉得多。

米娜重新站在众人面前，娜斯塔西娅的伴娘礼服也已经穿好，这一高一矮两个女孩子，说不好谁比谁更美，我只能这样评判，她们一个比一个更幸福。

若尔巴吕斯市长和龙局长的讲话简单明了，我更喜欢市长的一句话，他说按照汉族的习俗，过去有冲喜之说，乌德巴勒五十万百姓虽然离开人间，但是不久的将来，会在重建的城市中心竖起一座纪念碑，今天的新婚之喜，就是新乌德巴勒未来的开始，他希望两位新人幸福，希望新乌德巴勒的新移民永远幸福。

简朴而喜庆的婚礼，没有双方父母，只有他们写来的贺信和贺卡。在这个时刻，人们忘却了灾难和烦恼，这会让他们更加珍惜眼前的日子，当今天过去，他们将会继续战斗，直到最后赢取新乌德巴勒的未来。

作为洪森的兄弟，我非常想讲几句话，特警们已经等不及，打开了红酒和香槟。这时候，刘参谋长阴阳怪气地走过来，如此好的气氛，不得不向他点头微笑。

“吉美洛追，虽然你是伴郎，礼数不能缺，酒是我和敬花将军用工资买的，你的礼物在哪里？”

我以为这是刘参谋长尖刻的挖苦，实际上在开玩笑，语气包含着从来没有过的善意。这句话是个提醒，我捞住他的手用力摇晃了几下。

“提醒得好，若不谢你简直天理难容。”

龙局长看到我和刘参谋长说笑，端着酒杯走过来，开心地说：“吉美洛追，你和刘参谋长一向不太融洽，今天怎么了？”

我故作神秘地说：“还记得345公斤行李的故事吗？”

龙局长笑着说：“谁都会马失前蹄。”

我一本正经地说：“这次……有可能直接卧倒。”

帐篷里早已响起酒杯碰撞的声音，我拉着娜斯塔西娅向洪森和米娜走过去。两个人正被特警们纠缠着喝酒，我在后面猛拍了洪森的臂膀，他刚喝进去的酒还没有咽下，直接喷到张茗的脸上，张茗非但没有尴尬，反倒和同事们哄堂大笑。

“为什么不是你站在前面？”洪森作势又要喷酒。

“除非不想要结婚礼物。”我装模作样地威胁。

“有吗？”洪森故意把脸扭曲成苦瓜的样子。

“这么说是不想要了。”我故意卖着关子。

“我要——”

洪森突然提高声音，甚至还翻起了白眼。

我一把搂过米娜，佯装愤怒地说：“酒也是水，怎么可以如此饥渴？”

除了娜斯塔西娅，在场的人都开怀大笑。

娜斯塔西娅并不明白这句话的含意，刚要开口询问，我用眼神制止。足足三秒钟，娜斯塔西娅的脸上都是疑惑，我就在这三秒钟内，从她口袋里拿出了那块宝石，宝石用银发卡夹着，上端拴了细细的绳子。

宝石在米娜和洪森的眼前晃动，在场的人看直了眼睛。

“嫂子，希望喜欢我俩送给你的结婚礼物。”

我嬉皮笑脸地说完，以为米娜会如获至宝，因为这块宝石无论从纯净程度和大小，世间都极其罕有。

米娜并没有高兴，责怪地看着我，生气地说：“你的三千万恐怕不够吧？是不是这辈子吃定我们了？我可不爱做饭。”

“如果拍卖，成交价不会低于两个亿人民币。”我说。

“你究竟什么时候回来的？发票呢？”米娜严肃地问。

“胡闹，赶紧退掉。”洪森说着伸手要夺宝石。

“歹毒，逼我再回1262吗？”我急忙闪身躲开。

龙局长走过来，正色地说：“吉美洛追，这块钻石好像有来历，不妨说出来，大家也会清楚。”

“我的新闻官会陈述清楚的。”我装模作样地说。

“对现时空来说，截至昨天夜里，我们离开了三十七天，而在那个时空里，只经历了两天两夜，分别去往了两个年份，一个是1260年，一个是1262年。这块宝石原本镶在一块巨大的陨石上面，它穿破了两个年份的时空墙，我们原以为会回到现在，愿望落空了。陨石上共计六块宝石，最大的一块在女巫手里，这是小的。”娜斯塔西娅认真地说。

“神奇宇宙赐予的礼物，我们只不过是个送货的。”

我谦逊地说着，娜斯塔西娅拿过宝石挂在米娜脖子上。人们都为不可思议的旅程咋舌，洪森一直保持着傻笑。

“哥，嫂子刚才的话是对的，我没出息，且迟早会倾家荡产，你媳妇现在是亿万富婆，如果到你家要饭，不能赶我。”我认真地说。

洪森开心地大叫：“每天让你吃一头羊。”

米娜把洪森拉到一旁，嗔怪地说：“羊什么羊，谁会养他？一脚踹到俄罗斯，不对，应该踹到圣彼得堡，吃你的列巴和土豆去。别以为不知道，妹妹早告诉我了，你在车里厚颜无耻地抱着人家不撒手，还无耻地说把你的嘴唇给我，有没有尊严，有没有脸面，在1260待着得了，回来干吗？”

刚刚结婚还没有过日子，米娜成了唠叨婆。

“对呀，捡了块破钻石有什么沾沾自喜的？你哥的礼物呢？好事成双知不知道？没有礼物还好意思进这个门，要不要脸？”洪森好像受到鼓舞，大声叫嚷起来。

“你想要什么？”娜斯塔西娅认真起来。

“最代表诚意的。”洪森又开始大叫。

“可是……我们……”娜斯塔西娅尴尬至极。

人们都看着我和娜斯塔西娅，这的确是个问题。

我早已经被洪森折腾得心花怒放，突然弯下腰抱住米娜，结结实实亲了她的嘴唇，开心地说：“新娘子，请趁热把礼物转发给你的老公。”

米娜猝不及防，我快速把她往洪森怀里推去。

“我可不管你是不是我的嫂子，洪森他们汉人有个规矩，结婚三天不论大小辈，被你们数落得口干舌燥了，一杯喜酒还没有喝，酒呢？拿酒来，拿酒来。”

我在帐篷里兴奋地乱窜，表面去找酒，实际是怕米娜追过来打。果然，米娜使劲擦着嘴唇，又气又笑地准备扑过来向我发难，娜斯塔西娅拦住了她。米娜无处撒气，娜斯塔西娅白白地替我挨了几记老拳，她幸福地承受着捶打，向我调皮地皱着鼻子。

我从桌上刚打开一瓶香槟，两名特警飞跑进帐篷。

“又来了，足有三千。”瘦高的特警大声喊道。

娜斯塔西娅向外面只看了一眼，回头冲我大叫：“吉达。”

特警们都义愤填膺、摩拳擦掌。

我是最坦然的一个，洪森也很坦然，只是皱了眉头。

“什么性质？”我问洪森。

“找你。”洪森无奈地说。

若尔巴吕斯市长双手下按，示意大家控制情绪，严肃地说：“冷静，不管今人还是古人，不管是好是坏，都是血肉之躯，只要不闯进警戒线，不对我们实施威胁，不许贸然行动。”

我拿着香槟走向门口，情况似乎和市长说的不同。

当娜斯塔西娅脱口说出吉达的名字，我脑海中立刻闪现出两个问题，这是什么时候的吉达？在死城里盘踞的吉达，还是昨夜和我同时来到现代社会的吉达？其实，就算有两个吉达，根本没有什么不同，都是一个人。

看样子，吉达和他的人马有些差异，他的装束没有经历过长途跋涉，跟我刚刚见到的一模一样，他的手下还是我在死城里见过的样子，应该是吉达和他们会合到了一处。

这些人马根本没把警戒线放在眼里，远远地横冲直撞过来。

洪森紧张地说：“看样子要直冲过来了。”

在洪森说话之间，人马已经踏过警戒线，离帐篷仅仅有十七米，吉达挥着铁枪大声怪叫。

“把罪人交出来，不然杀个片甲不留。”

市长看着我，焦急地说：“他说什么？”

我坦然地说：“把我交出来，不然杀个片甲不留。”

刘参谋长坚决地说：“吉美洛追，你不能出去。”

这个非常讨厌的人，生死关头居然说了温暖的话，这句话不足十个字，却让我听得荡气回肠。

我把香槟塞到洪森手里，高声叫道：“新郎官，喜酒替兄弟收着，某家今日要学关羽关云长，温酒斩……华雄。”

拨开人群向前走，娜斯塔西娅顺势跟出，她从一位特警手中拿了小山鹰，镇定地陪我走到空地中央。

“马来，马来——”

我肆意地张开双臂，冲着天空大叫。

娜斯塔西娅跑向旁边的帐篷，片刻之间，一白一红两匹骏马嘶鸣着跑出来。这是娜斯塔西娅最喜欢的俄罗斯纯种热血马，白马名叫雪豹，雪白的毛上有浅黑灰的圆圈，红马的名字很可爱，名叫阿黛尔。

就在距离帐篷五百米的时候，曾经发生过一件事情。

这五百米是我和娜斯塔西娅参加婚礼搞恶作剧的路程。

当时，我们蹑足潜踪走向帐篷，娜斯塔西娅听到了马的嘶鸣，她开心地低声惊呼：“听啊，我的神虎，那是我的阿黛尔，它闻到了我身上的味道，它在叫我。”

说到马，我曾要求警方动用直升机，直接把云朵和晚霞从鄂尔多斯运到乌德巴勒，虽然要求过分，当时正处在极度兴奋中，完全没有必要后悔，想不到米娜真的满足了我的要求。

“我的神虎，有件事情瞒着你，请不要怪我。”

娜斯塔西娅真诚地看着我，简短讲述了事情经过。原来，当我向米娜提出要求的时候，她很快给娜斯塔西娅发来两匹蒙古马的图片。娜斯塔西娅认为，我们的身高不适合骑矮小的蒙古马，虽然它的耐力很好，但它属于温血马，未知的战斗中没有太多优势。

娜斯塔西娅有一位表哥，常年在伊犁从事俄罗斯和阿拉伯纯种马的繁殖培育，她每年夏天都会去那里练习马术，并且和一匹叫作阿黛尔的五岁红色骟马有了很深的感情，她让米娜直接联系表哥，接两匹马到乌德巴勒。

娜斯塔西娅说阿黛尔做过手术，变得更加沉稳和听话。当时，我卖弄地告诉她，我们伟大的蒙古民族，在几千年的游牧生活中，形成了一套独特的养马方法。马驹生下来后的两年，牧人会在草原上对它进行精心骑乘训练，让它膘满体壮。长出四齿后会去势，也就是娜斯塔西娅说的手术，蒙古语管这种去势之马叫作“阿塔思”。

作为一个蒙古族青年，必须对马非常了解。世界上所有的马，严格来说应该分三个特质：热血马、温血马和冷血马。娜斯塔西娅挑选的属于热血马，不但体形高大，速度奇快，而且和主人非常亲近。娜斯塔西娅为我选的白马名叫雪豹，是个极其勇敢的小伙子，因为第一时间见不到它，娜斯塔西娅让米娜找到我的一件外套披在它的身上，等它见到我的时候，已经对我的味道很熟悉了。娜斯塔西娅和米娜交代了这件事情之后，本想告诉我，突然遇到哈日瑙海，后来又发生了很多危险，就把这件事情忽略了。

现在，雪豹正向我走来，身材必须用完美来形容。看到娜斯塔西娅骑在阿黛尔身上，雪豹焦急地喷着响鼻。我向它走过去，拍了拍它的头，让它闻我身上的味道。雪豹安静下来，轻轻用头顶我的胸膛。

“帅小伙。”我拿下马鞍上披着的外套，顶着雪豹的头。

洪森关切地大叫：“不可盲动，安全为重。”

我没有回话，只是飞身上马，这时候才发现根本做不了关云长，因为手中空无一物，没有兵刃怎么杀敌？

吉达看到我和娜斯塔西娅之后，早已恨得红了眼睛。

“该死的罪人，把东西交出来，快快领死。”

我没有领会吉达的咒骂，圈马走到娜斯塔西娅身边。

“亲爱的，有好主意吗？”

“活捉，去换爷爷。”

第三十九章　从未被信任

火辣的阳光之下，到处是植物烘烤的气息。

三千多匹马践踏过的地方，不知折断了多少草叶。小时候，我非常喜欢跟在割草机后面，斩断的青草发出的香味让人迷醉。在北京的那些时日，也曾特意去房山一带看收割小麦，闭上眼睛，想象还在草原上整个人都被植物的香味滋养。我会沉静下来，计算着距离二十五岁生日还有多少天，还有多长时间能和爷爷见面。

此刻，我和娜斯塔西娅都意识到一个问题，如果出手必须凶狠，甚至一招制敌，不给吉达再次把爷爷带到阵前的机会，那样会束缚我的手脚。

完全和1262年如出一辙，吉达的右手再次举起来。

这是准备发动进攻的命令。

没有预判后果，就在吉达的右手将要落下之时，我抢先拍马冲了过去。距离五米，踹镫勒缰，雪豹前蹄腾空直立，爆发出一串霸道的嘶鸣。

对吉达的人马来讲，此举完全出乎意料。

当雪豹踏着四蹄站立，他们都仰望着我，感受到了压力。

直到现在，吉达仍然疑惑我的真实身份，从驾驶的越野车，到此刻胯下的战马，从来没有见过。

陌生，往往会产生震慑，我已经占了先机。

尽管手中没有青龙偃月刀，丝毫不会影响温酒斩华雄，因为就在此刻，我已身处两军对垒的中间。身后是期待的目光，前面是凶残的眼神，必须打一场漂亮仗，敌人才会退到乌德巴勒死城，一时不敢出来骚扰。

我和吉达久久对视，战斗一触即发。完全没有想到，吉达右侧出了状况。在雪豹的嘶鸣中，一个勇士的坐骑受到惊吓竟然撒了尿。这对勇士而言自然是奇耻大辱，也会让他恼羞成怒，在没有得到命令的时候，他用枪托狠狠砸向战马的屁股，战马突然向前蹿来，勇士顺势举枪扎向我的胸膛。

事情来得突然，我准备拨马侧身夺枪。

“嗖——”

箭中咽喉，战马落荒而逃。他应该是来送枪的，可惜丧命后铁枪仍然紧紧抓在手里。这支箭当然来自娜斯塔西娅手上的小山鹰，我分明受到鼓舞，挑衅地用手指着吉达左侧的勇士。这个勇士很听话，举枪拍马冲来，结局和我的想象一样，咽喉中箭，战马嘶鸣着跑向远处。

两个勇士好像故意和我过不去，谁都没有扔下枪。

圈马让雪豹原地打转，我学着猛张飞的样子，高声叫道：“身是吉美洛追也，可来共决死！”

蒙古人向来剽悍勇敢，从不怕死。吉达身后两个勇士同时冲出来，我并不担心，娜斯塔西娅的小山鹰会双箭齐发。我等待这一幕出现，然后听到了娜斯塔西娅在身后用俄语大叫。

“拿枪——”

两个勇士冲到距离两米，右侧的勇士咽喉已经中箭，左侧的勇士举枪扎来，就在我的手能抓住枪尖的时候，一只箭射中他的右肩。我顺着惯性抓去，铁枪握在手里，抡枪将他扫落马下。

“胆小鬼，还要看手下送死吗？”

我立马横枪对吉达大喝，娜斯塔西娅也催马过来，小山鹰对准他的胸膛。吉达一定记得，我如何用步枪打断了他坐骑的四条腿，他曾抱着它号啕大哭，可见对坐骑的喜爱程度。此刻，他并没有看我和娜斯塔西娅，紧紧盯着我胯下的雪豹，他没有见过这种纯粹的热血马，莫非想据为已有？

当然，如果得逞，这是以雪前耻的机会。

果然不出所料，吉达的视线从雪豹转移到我的脸上，眼神中的仇恨难以形容，怒喝一声，迎面向我冲来。

雪豹没有接到命令，不会移动半步。雪豹是有极度尊严的灵物，它不能前进，却不能不进行反击，这是本能。雪豹开始反击，在不违背命令的前提下，身体骤然直立，威严的嘶鸣中，两只前蹄朝着冲过来的马头踩踏下去。

吉达的坐骑慌忙躲避，一闪即逝的空当里，我抬枪将他的铁枪磕飞，枪尖顺势下探胸膛，同时狠踹了马镫。雪豹终于等到了命令，四蹄腾空向前蹿去，只是由于爆发力过于强大，我没能如愿地刺透吉达胸膛的铠甲，锐利的枪尖穿过左肩。

少林疯魔棍法中，有一招叫作“秦王摩旗”。

我不确定365个文件中是否有这套棍法，也不确定刚才是不是使用此招，只是前手挑如拔树，后手压如撬石，枪杆横担马鞍，吉达像一杆秤的秤砣，吊在了半空。

枪在抖，吉达剧痛的反应。好汉！宁肯咬碎钢牙，不在手下面前丢脸。

“听着，回去告诉女巫，天黑之前我要见到爷爷，如果她在乎吉达，公平交换。”我愤然朗声大叫。

三千人马被瞬间发生的变化吓呆，他们当然能听懂我的话，只是还没有接到命令。我简直怒火中烧，枪挑着吉达策马在他们面前兜圈子，这是纯粹的炫耀，也是无形的压力。无论吉达多么爱面子，伤处在颠簸中剧痛，终于惨叫出声。

“快，快回去告诉国师。”

三千人马交头接耳，动静如同草地上飞出无数蚱蜢。

“呔，还不快快滚去！”

吉达的惨叫没有作用，我的断喝才是命令。

三千人马拨转马头，闷雷般的蹄声中，直奔死城而去。

哦呀！两军阵前没能学成关公温酒斩华雄。

好在没有丢脸，做了张飞当阳桥前一声吼。

若尔巴吕斯市长吩咐立即为吉达疗伤，洪森手里还拿着那瓶香槟，我下马冲过去一饮而尽，一个深沉悠长的气嗝涌上来，吓了大家一跳。

“姐姐，请帮个忙。”娜斯塔西娅突然对米娜说。

“算我一个。”洪森处在兴奋中，推着米娜向外走。

三个人走出帐篷，龙局长紧皱着眉头坐下来，我刚要追娜斯塔西娅，忽然改变了主意，坐在他的对面。猜得出来，龙局长正苦于无法审讯吉达，我很不客气地毛遂自荐，因为别人不懂古蒙古语。现在有了充足的时间，我将这次奇妙而危险的行程详细讲述一遍，当讲到陨石无意间砸死了转世神马，龙局长明白了忽必烈和阿里布哥都在寻找转世神马的原因。

一向对龙局长不感兴趣，这次主动说这么多话，完全出乎意料。我告诉他，按照意愿，自然希望帮助五位安答找到转世神马，无论在古代还是现在。当然，如果在古代找到转世神马，事情就会容易些，因为能找到回来的途径。如果在现时空，暂时还不知道用什么方法把神马和五位安答送回古代，况且都不知道他们身在何处。

“天方夜谭。”龙局长说。

“或许就是。”我说。

“世界要改变格局吗？”龙局长冷笑。

“聪明人选择接受。”我说。

“请原谅，想象力有限。”龙局长不动声色。

“我曾在1262年看到过五位安答的身影，那是海市蜃楼。现在有个大胆的想法，既然送给大哥的手表失去了卫星定位显示，或许只有一种可能，被女巫俘虏到了乌德巴勒死城。”我认真地说。

“我是局外人。”龙局长的语气极其平静。

“女巫手中有颗最大的苍天之眼。”我说。

“月亮还是星星？”龙局长笑着问。

“比送给米娜的宝石大若十倍，会吸取任何设备的能量，越野车曾被它所困，险些不能回来。”我愤然地说。

“若想验证判断，现在只能从吉达口中得知，可他认为还有两件东西在你手上，会轻易坦白交代实情吗？这需要一个前提，你和我看到的吉达，必须是同一个概念下的人，现在，说服我。”

龙局长直视着我，语气非常礼貌，眼神却极其不屑。

好吧，我的话在他看来，全部都是谎言。

“你有权利否定。”我坦然地说。

“对一个老警察来说，发生的都会有痕迹，不管是否看到。你去过死城，划痕还在吗？”龙局长虽然提问，神情却不想得到回答。

“或许。迟早会消失。”我说。

“诗意，请具体论述。”龙局长在挑衅。

“鸟儿飞过，划破天空。”我说。

“然后？”龙局长挑了一下眉毛。

“雨是它的血。”我说。

我知道龙局长至今对发生的一切还不肯相信，尽管看到了不可思议的事情，仍然无法说服自己这是真实存在。而他顺着我的思路进行分析，只是按照事件的各种因素，在理论和规律上实施推断。

如同语气和眼神的不协调，我在他心目中是扭曲的。

“关于这一点，非常可怕。”我真诚地说。

“我可以不相信，但不会妥协，任何事。”龙局长坚定地说。

“在你不相信到相信的过程中，不要因为愚蠢而迟疑，误了大事。”我的语气缓和下来。

“与其让我相信这些事，莫如让我相信你。”龙局长淡淡地说。

“选择相信，并不是对我人格的赞美，尊重事实。目前，我还有一个困惑，这次到古代完全是被动和意外的，无从选择年代，只能误打误撞。如果能有目的地回溯到某一个年代，不但能顺利完成任务，也不会受无谓之苦。可惜，这个愿望完全不能自主，也无法掌握究竟哪一个地域属于哪个年代。因为回溯到古代的时候，越野车里的联络设备失灵，GPS无法和卫星联通。”

面对我的滔滔不绝，龙局长似乎并不在意。

“忽略了什么吗？”我坦诚地问。

龙局长站起身，似乎在权衡着什么，良久，突然双手扶在桌边，死死地盯着我的眼睛，低声说：“忽略了最重要的，你。”

终于透析了他之前的种种反应，我不甘示弱地站起身，隔着桌子做了和他同样的动作，连眼神都一模一样。

“姓龙的，可以不相信。”

“本人可以相信所有发生和未发生的一切，只是不相信你。”

“我对面的人非常可笑，甚至猥琐。”

“不，是可憎，你不了解他。”

“不感兴趣。”

“你超乎常人的本领让我只能相信你，因为别人爱莫能助，但是……你一个人和整整一个朝代作战，我有权保持怀疑，担心……是这种怀疑的部分意义。”

“弦外之音，你并不担心我怀有正义的行为，甚至有多少建树，而是惧怕江洋大盗的血脉会变颜色，到时候无法收拾。”

“啪——”

龙局长没有说话，恶狠狠地拍了桌子。

很显然，我戳中了他内心最阴暗的地方。

“赌吧，如果被你猜中，我会一直留着你，最后一个收拾。”我的语气非常阴森，把自己都吓了一跳。

“本人不能操控或者改变一切，有一样可以，只要在我的射程之内，你的血液改变颜色之时，就已经死了。”龙局长说得很平静。

“知道我心里始终装着一个人吗？”我笑着问。

龙局长也开始笑，眼神里的光神秘莫测。

“对不起，你不是他。”我的语气冷如冰霜。

“做这些事的动力何在？”龙局长挑了一下眉毛。

“救一个老家伙。”我仰起头。

“唯一？”龙局长盯着我的眼睛。

“其二，和乌德巴勒做个了断。”

“之外呢？”龙局长显得饶有兴趣起来。

“除了老子，包括你，都是废物。”我狂妄地说。

我和龙局长正在对峙，米娜、洪森和娜斯塔西娅兴奋地走进来。米娜手中拿着一卷地图，洪森的手中则拿着一个黑匣子，看得出来，那是越野车上的行车记录仪。

我恍然大悟，由衷地向米娜竖起大拇指。

龙局长完全不知道发生了什么事，疑惑地看着米娜。

“超额完成任务，双份工资。”米娜把地图放在桌上。

“没有这个权利。”龙局长淡淡地说。

“当然要给，姐姐正在休婚假。”娜斯塔西娅说。

我急切地想知道米娜的工作结果，不管龙局长高不高兴，拿过地图展开来看着。这是一张自治区全图，米娜用四种颜色分别标注了不同的朝代和地域，最让我意料不到的，米娜用粗重线条勾勒了越野车的行车线路，这是在GPS无法与卫星联通的情况下，仅凭行车记录仪测绘出的越野车的行车轨迹。凭着这些轨迹，清楚地看到越野车在行进过程当中，经过哪里的时候横跨了两个年代。

“巩乃斯河？”我惊诧地大叫。

“是的。”娜斯塔西娅肯定地说。

“尽管你是亲历者，完全不懂新疆地形。请回忆，从克拉苏和大桥遇到哈日瑙海，到绕下G217，充其量不过半个小时，现实中如果从那儿到巩乃斯河，至少开车8小时。”我的声调越来越高。

“我相信仪器，相信姐姐的判断。”娜斯塔西娅说。

“回答正确。”米娜趾高气扬地说。

“巩乃斯河在哪儿？”我生气地大叫。

“那拉提草原，最美丽的地方。”米娜不甘示弱。

“好吧，现在说服我，怎么证明那儿是那拉提，没有看到婆婆纳，没有看到金莲花，没有看到假水苏和龙胆，没有见到塔吾萨尼和终年白雪的喀班巴依峰，怎么证明？”我大吼起来。

“会看到的，下次。”米娜认真地说。

“因为你当时没有意识到那儿是那拉提，这是米娜的结论。”洪森还是老习惯，妄图说服我的时候，会拍我的肩膀。

所有人的目光都对准我，我强忍着疑惑和怒火。

好吧，就以为我是错的，只有我一个人糊涂。

“立刻审讯吉达，说明我的身份，告知他复活并来到的这个时代，而且用行车记录仪图像做证，我和那块砸死转世神马的陨石不是一回事，除了杀死了科孜朵勒达克的心愿，我和他之间没有别的仇恨。”说完，我拂袖离开了帐篷。

对于吉达的审讯，完全超出了想象。吉达一言不发，甚至没有看我一眼，根本无法交流。

这不得不让我成为一个解说员，在播放行车记录画面的电视前，一字一句解释着事情的经过。吉达始终没有睁开眼睛，好吧，反正耳朵能听到。我在完全解释清楚之后离开，故意留给他时间，因为这些画面会反复播放，直到他观看为止。

另一个帐篷里，我和米娜等人守着监控，观察着吉达的一举一动。吉达睁开了眼睛，看到了陨石坠落的情节，惊愕地张大了嘴巴。他并不知道那道时空墙后面是他生活的时代，直到一段急速上升的画面结束之后，他才看到了熟悉的环境，他下意识站起身，凑到电视屏幕近前，还犹豫不决地抚摸着屏幕。

一切都在有条不紊中进行，我想，当他看完米娜剪辑的画面之后，他会对自己有重新的认识。意想不到的事情发生了，画面中是我和他对峙的情景，当然，画面中没有我举枪瞄准的镜头，只有四枪连射，他的坐骑一条条腿被击中跪地，最后瘫倒地上。

吉达当然记得那曾经的一幕，当它再次重现，这个蒙古汉子泪流满面，哀号着伸开双臂。我以为他要拥抱画面中的坐骑，没想到他把电视高高抱起来，狠狠地向地上摔去。

洪森要冲过去制止，我伸手把他拦住。

“让他继续崩溃。”我冷静地说。

“不破不立，拭目以待。”龙局长沉声说。

经过米娜剪辑的画面有四个半小时，这就意味着吉达再要观看一个多小时才能结束。重新连接一台电视并不困难，关键是吉达还有没有勇气看下去。事实上，不是有没有勇气的问题，是有没有耐性。暴怒的吉达把帐篷里所有能砸的东西全部砸毁，在监控当中，我看到他肩伤处雪白的纱布被鲜血染红，但愿不会有自残的念头。

时间又过去半个小时，吉达坐在地上喘息、发愣。是时候出击了，我再次走进帐篷，和吉达保持两米的距离，只是用安静的眼神看着他，回应着他给我的愤怒和憎恨。其实，我并没有那么多的坦然，如果吉达开始交代，短时间不可能说清楚，而西边的太阳不会等我，因为它已经落到桦树梢上了，接下来还有更重要的事情，用他去换爷爷。

时间长和时间短，都是我心里的矛盾。即便女巫能把爷爷带来，这种走马换将的方式看起来成功，其实等同于失败，因为从吉达的口中没有得到任何有价值的信息。不能让吉达看出我的焦躁不安，不得不错开眼神。也许吉达习惯了和我长时间对视，这样他可以用眼睛源源不断地发射仇恨。当我扭头别处，他以为这是不屑的表现，他从角落里捡起摔坏的半张椅子，直接走到我的近前递过来。

“杀了我，杀了我。”

“不到时候。”

“罪人，不配杀我。”

“你做的事愧对所有蒙古人，愧对成吉思汗。”

吉达不再说话，抡起椅子向自己的头上砸去。我没有阻拦，这是他内心愧疚的表示。眼睁睁看着吉达自虐，直到把自己砸晕在地，愣怔地看着我。

“你丫真他妈孙子。”我忍住笑用京腔说。

第四十章　那个黑衣女子

清晨，市长秘书通知我参加一个重要会议，商讨乌德巴勒死城重建的事宜。在此之前，我和吉达有过至少八小时的无声对峙，这是通宵的概念。

席地对面而坐，无论谁出拳，都能打到对方脸上。吉达的肩伤重新处理过，头上的五道裂口被纱布紧紧包裹，看起来一点都不像蒙古人，倒像是穆斯林。

没有语言，只是凝视。吉达选择这种较量方式，能得到什么？其实两人都很失落，我没有见到爷爷，他没有见到女巫。我做了最坏打算，也许爷爷已经不在人世，但必须从吉达口中得到验证。吉达用不着这些心理活动，他相信手下会告诉女巫，女巫没有安排走马换将，说明对他的生命毫不在乎。

关于这一点，吉达或许不能接受。透过帐篷缝隙，一束窄长的阳光伸过来，贴在吉达脸上。长久对峙没有分出胜负，我眼中的宽容和他眼中的憎恨恰好相抵。我意识到之前的举动也许是个错误，正要选择另外的方式，吉达的左臂伸直，指向太阳的方向。

“布赫巴依勒德呼。”吉达恶狠狠地说。

“然后呢？”我淡淡地问。

看来吉达没了耐性，想用摔跤决出输赢。

“你输，我走。”吉达大叫。

“怎么知道会赢？”

“没人摔得过我。”

“不会，虽然我也是蒙古人。”

“可笑的罪人，没打过架吗？”

吉达急躁地怒吼，我并不理会他的态度，笑着点了点头。

这是最想听到的话，我的确不会蒙古式摔跤，但是凭借特种兵的素质和本领，绝对会在一分钟之内将他打倒。当然，为了让他心服口服或者快速崩溃，我会选择另一种方式，只不过没有十足把握，因为从未试过。

“地方太小，走吧。”

我说着话，抢先走出帐篷，吉达也随后跟出来。

我和吉达的一举一动，都在米娜、洪森和娜斯塔西娅的监控之内。此时，他们也出来观看。我示意他们只做观众，不能参与任何事，即使我被吉他摁在地上狂揍。

双方站定，远处有马蹄声，两匹马朝这里狂奔。吉达的豹眼环睁，他知道一定是自己人，但他不能欢喜，要保持愤怒，这样才能将我摔惨。两匹马瞬间来到近前，老熟人，最早在死城遇到的两个勇士，一胖一瘦。胖的名叫阿嘎如，曾在越野车顶上逞威风，后来生死不明。瘦的不知道姓甚名谁，认出我之后狠狠在地上啐了口唾沫。

“阿嘎如将军，我一直惦记你。”我打趣地大声说。

阿嘎如的右脸贴着一块异物，想必是越野车冲进小窝棚时伤到的。他下意识捂着右脸，咬牙切齿地骂着什么。

“羊肚还是膀胱？”我摸着右脸笑着问。

阿嘎如恼羞成怒，挺枪要策马过来，吉达瞪眼大声制止。

吉达真是个人物，看出二人的出现和女巫无关，没有让失望打搅情绪，反而更加剧了内心的仇恨，而我就是出气口。

“吉达，可有心愿未了？”我突然想起心愿和复活的话题。

“你还活着。”吉达咬牙切齿地说。

我很想笑，但是在这种场合，并不太合适。

“呼喳——”

吉达的双臂鹰翅一样展开，双脚开始围着我跳步。这是蒙古式摔跤前的标准姿势，如果此时是那达慕，吉达肯定会身穿铜钉牛皮的昭达格，头缠红、黄、蓝三色头巾，脖子上挂满了五彩飘带。吉达的身材比我高且强壮，如何在瞬间将他放倒呢？吉达围着我跳来跳去，必须出其不意才有胜算。当我心存忌惮，速度是唯一的解药。我瞅准吉达左脚刚要离开地面之机，猛一记后扬鞭杆，右腿横扫在他的左脚踝上，吉达嘴啃地摔倒。

娜斯塔西娅和米娜刚要喝彩，被我出手阻止。吉达不知深浅，重整旗鼓围着我依然雄鹰翱翔。故伎重施，这次扫右脚，效果是侧面朝天。

接下来原地不动，静静看着吉达接下来的举止。吉达虽然鲁莽，绝不是脑残之人，他站起身探掌弯腰，随时准备向我扑过来。

好吧，我必须向他漏出空当。我学着他的样子把双臂展开，双脚围着他跳步。吉达判断得很准确，我学他的样子，故意踉跄着装作摔倒，就是让他感到极大的侮辱。果然，他怪叫着向我的双肩抓来。现在，肩膀感觉到了手指铁钩般的力量，我身体猛地外旋，致使他的双手错位，随即抓住了他的左臂，用力往下扽去。

米娜，谢谢你，给了我世界上最凶残的搏击本领。我猛然抬高左臂，泰山压顶一般夹住吉达的脖颈，身体向后面倒去的时候，双腿将他剪倒在地。

蒙古式摔跤向来崇尚力量，更注重以巧取胜，一跤定胜负，只要身体有一处着地就算输。毫不客气地说，它也有着致命的缺点，不能抱腿，不准反关节动作，不准扯下身。

之所以答应吉达，因为他说可以用任何方式。打架，什么招数都可以，难道不是吗？现在，吉达的脖子在我的两腿之间，用力将他的右臂反关节扭转，受伤的左肩根本使不出力量自救。

来了！身体陡然紧绷，吉达的颈动脉开始麻痹。五秒，必须五秒。五秒钟，吉达从眩晕到清醒的最快时间。

吉达软弱无力地倒在地上，我翻身站起，等着他苏醒。吉达晃了晃脑袋，好像完全不记得刚才发生了什么事。他愣怔地看着我，我向他伸出手，他竟然稀里糊涂地抓住我的手，在我的帮助下站起身。

“我没输，你没赢。”我笑着说。

“巫术。”吉达愤懑地说。

“是柔术。”

“柔术？”

“有一个国家叫巴西，那招叫作十字锁。”

“你赢，要杀要剐随便。”

“刚才说如果你赢了会怎么样？”

“我走。”

“阿嘎如，你的吉达将军赢了。”我大声对阿嘎如喊道。

娜斯塔西娅当然明白我的意思，放出了吉达的坐骑。就在它和我擦身而过的时候，我亲切地拍了拍它的屁股，转身向帐篷走去，同时示意所有人离开。

“如果是我，他不会赢。”

听得出来，这是阿嘎如愤怒的声音。

吉达愤然上马，刚要踹镫突然勒住马缰，坐骑原地兜着圈子。我想，吉达此刻是走是留都觉得颜面扫地，足足过了三分钟，吉达大骂着灰溜溜策马离开。

“罪人，你的十字锁，会被我砸碎的。”

又是阿嘎如的声音，但很快被马蹄声掩盖。

现在要去参加会议，娜斯塔西娅愿意和我同行。米娜、洪森和龙局长也被邀请列席，可见事态非常紧张。听洪森说过，若尔巴吕斯市长刚从自治区开会回来，上级同意建造灾难纪念碑，同时划出地方为五十万百姓做集体公墓。两项工作完成之后，自治区将重新启动建设新乌德巴勒的计划，目前正在认证阶段。只是现在有两种不同的声音，在乌德巴勒旧址重新建设，还是另辟新址，把旧乌德巴勒死城变作灾难公园永久保留。

这两种说法，我都没有意见，只是对乌德巴勒死城存有异议，没有去过的人不会知道，它的所有建筑质地不再坚硬，随时可能坍塌。不知道市长做什么样的决定，相信他有哈萨克族特有的智慧，对他来说并不困难。米娜总有高见，她认为重建乌德巴勒，不仅仅是市长和市政府的任务，也是全社会的工作，今天参加会议的就涉及方方面面，其中还包括原来的十几位开发商，也有几个矿务公司的老总。

说到矿务公司，想起了过去的事情。从上一年级开始，直到参军离开，每天每夜都有卡车运输矿石，这些矿石不知道从哪里开采出来，也不知道运往哪里有什么用处。我没有问过洪森，相信他也有同样的疑惑。当我们走向召开会议的大帐篷，又看到了那个女子熟悉的身影。她还是一袭黑衣，和一位五十多岁的秃顶矮胖子并肩而行。我看到的是背影，尽管距离三米，她身上散发出的香水味道，还是让我皱了皱鼻子。

不知道秃顶的矮胖子是何身份，当他走进来，所有人都走过来和他握手，直到他整个身体缩在椅子上，黑衣女子才挨着他坐下，人们才敢回到原来的位置。

我被邀请到主席台上，第一件事便是看向黑衣女子，结果很失望，她戴着很厚的黑色面纱，根本看不到长什么样子。好吧，我认为之前属于多虑，在乌德巴勒和新疆的其他地方，信奉伊斯兰教的人很多，戴面纱根本不足为奇。

会议开始之后，市长把我和娜斯塔西娅以及警方最近所做的事情做了表述。为了活跃现场气氛，市长介绍我的时候始终没提名字，而是把我叫作小兄弟，这是哈萨克人的豪爽和风趣。

人们听了介绍都议论纷纷，惊诧溢于言表，就连秃顶的矮胖子也不可思议地看着我。只有黑衣女子一直低着头，她戴着黑色手套，飞快地笔记本上记录着什么。她坐在第一排，我能看清她的字迹，非常娟秀的英文。

谈到重建问题，市长的语气沉重下来。市长毫不掩饰地说了个人意见，他认为全世界范围内，真正成功的灾后重建是以居民为基础的，唯独乌德巴勒是个例外，五十万百姓已经全部不在人世，所以必须找到重建的意义。他认为按照惯例，灾后重建通常选择在原址上进行，重建后的城市面貌与之前的城市要类似，还要达到或者超越之前规划的水平，比之前的城市更具抗灾能力。

说到我对于乌德巴勒死城的重要性，市长希望我能当众表明态度。尽管不愿意在人前表白，为了这份情意，我必须展示重建乌德巴勒的决心。

“今天能和大家聚在一起，本人觉得非常荣幸，有感于市长先生对我的情意，就说几句心里话。市长一直管我叫小兄弟，这让我受宠若惊，我是吉美洛追，虽然听起来像藏名，却是地道的蒙古族。乌德巴勒有我十二年的读书时光，这里有我的同学、朋友、老师以及最私密和纯真的感情，虽然不知道故乡在哪里，但乌德巴勒是陪我长大的城市，它就如同我的故乡一样，如果我能为它做出一点贡献，包括我的生命，在所不惜。我进入过死城，比大家了解里面的情况，只有三点建议：一、查到灾难真正原因；二、把盘踞在里面的古人送回他们的时代；三、死城里的建筑，甚至地质情况，并不适合做灾难公园，随时会坍塌，我的意见是当时机成熟，炸掉地面上的所有附着物，开始真正意义上的重建。”

我的话诚恳而激昂，肯定会招来热烈掌声。或许人们是要鼓掌的，秃顶的矮胖子突然说了一句话，人们不敢贸然拍手。

“原来是你小子。”

这句话并没引起我的多疑，我客气地说：“是的，老先生。”

“闭嘴，我永远十八岁。”

包括我在内，所有的人都报以微笑。

当然，黑衣女子不知做何表情，隔着黑纱无法看到。

若尔巴吕斯市长收起笑容，真诚地说：“根据城市规划的初步预算，需要两千亿左右，不管以后新的乌德巴勒市长是谁，我今天是要向大家讨饭的，不能让我饿着走出去，这不符合我们哈萨克人的传统。”

说到给钱，人们的表情严肃下来，谁也不肯表态。

“诸位，大家都曾受到乌德巴勒的恩惠，现在正是回报它的时候，即使您只拿出一块钱，也会铭记在人们的记忆中。”市长尴尬地说。

会场里还是沉默，没有人第一个站出来表态。

令我没有想到的是，一直安静坐着的黑衣女子突然站起身来。

“若尔巴吕斯先生，请重复重建乌德巴勒的财政预算。”

“两千亿。”

“国家和自治区出多少？”

“目前来看，可能一半左右。”

“剩下的一千亿，我和我的公司倾囊相助。前提条件两个，原开采合同今年十月到期后自动顺延五年，乌德巴勒死城原封不动，另选新址，二者做捆绑协议，缺一不可。”

会议室炸了锅，若尔巴吕斯市长的脸上却笑开了花。秃顶的矮胖子显得很震惊，扭头对黑衣女子怒目而视。

“我是公司总裁。”黑衣女人做着强调。

“也要经过董事会同意。”秃顶的矮胖子生气地说着，又扭头对市长笑着说，“市长先生，商议之后答复你，钱肯定是要出的，而且数目不会少，至于一千亿，我们没有这个实力，连十分之一都达不到，刚才她在开玩笑。”

矿务公司的领导也纷纷附和，好端端的一个会议，竟然被一千亿的话题搞砸，不得不择日再议。

走出会议室的时候，米娜突然拉住我和娜斯塔西娅。

“Jo Malone的牡丹花和苔藓恋爱是什么后果？”

“马和驴恋爱的后果是骡子。”我酸溜溜地说。

“如果不懂香水，可以让妹妹慢慢教你。”米娜得意地说。

心里绝对大惊，我承认米娜聪慧无比，但不会到类似读心的地步，难道向我灌输365个文件的时候，特意做了手脚，能洞察我的心理活动？

我用警觉的眼神看着米娜，米娜当然知道我的意思，她向娜斯塔西娅示意，娜斯塔西娅小声对我说：“走在那个女人后面，姐姐观察到你两个动作，皱眉和皱鼻子。”

“皱鼻子在前，皱眉在后。”我认真地说。

米娜笑着小声说：“有反常吗？”

“当我说出名字，她的钢笔掉了。”

“然后呢？”米娜又问。

“捡起钢笔，左手。”我说。

“什么样的钢笔？”米娜穷追不舍。

“请你杀了我。”我说。

“ゴッホの夜景，日本手作的一种名贵钢笔。”米娜说了日语，口吻却不是炫耀。

“正确。”我不懂装懂。

第四十一章　死城博物馆

这是乌德巴勒死城的第一个雨夜。

站在警戒线的边缘，我有些无所适从。

谁能解释这种现象，乌德巴勒和外面的世界竟然不在一个天空之下。外面月朗星稀，它的上空乌云翻滚、电闪雷鸣。

借着远处探照灯的光亮，突然有种感觉，自己是一位研究异象的科学家，整个新疆是我的工作室，而乌德巴勒死城被安放在试管里，我站在它的外围，监视着里面的奇异变化。

一匹马刚走，又有一匹从后面奔来，希望是娜斯塔西娅。

果然，阿黛尔狂奔而至，站定之后开始和雪豹耳鬓厮磨。

“一次邂逅？”娜斯塔西娅问。

“不排除欲盖弥彰。”我淡定地说。

“牡丹花和苔藓，这是她的味道。”娜斯塔西娅的话并非出于醋意，而是出于我的安全。

“听说过科孜朶勒达克吗？”我平静地问。

“我的神虎，爱你，却不能代你痛。”娜斯塔西娅伤感地说。

“米娜实在可憎，现在没有秘密了。”

“她已经死了，怎么可能？”

“救出爷爷之后，告诉你。”

雪豹和阿黛尔再往前走两步，就会踩到雨水之中。骑马站在两个世界的边界，由于身上披着宽大的防雨衣，我和娜斯塔西娅的身影显得很孤独。那又怎么样？完全不需要语言，我们只是对视了一下眼神，雪豹和阿黛尔同时冲进瓢泼大雨中。

糟糕的天气，激发着两匹骏马的表现欲望，从第一步开始便蛟龙入水般兴奋。跑出一百米，雪豹和阿黛尔同时嘶鸣，我和娜斯塔西娅发现了一个状况，暗色的雨水渐渐在地上由黑变白，准确地说应该是乳白色。

白浆随着西高东低的街道流下来，我们逆流而上，如注的大雨中完全判断不出方向，只是随着两匹骏马狂奔。雷雨声太大，无法听辨死城里的动静。当然，这也有好处，马蹄踏雨的声音同样被掩盖。

右侧横向的街道出现很大的蓝色光球，这是十个介子交换器中的一个，我快速回忆，终于通晓了方位。勒马停在光球五米以外，这个距离曾被我认为是安全的。和以前月光下的情景不同，它不是星星点点地闪光，也不是因为某种原因连成弧电，而是整体散发着柔和的光芒，像镀了闪光的壳。扭头向四周观察，非常奇怪，没有发现另外的介子交换器，只是忽然明白一个问题，地上积了足足三十厘米的白浆，是建筑物被雨水冲刷下来的粉末形成的。

我示意娜斯塔西娅跟在后面，始终保持在街道中间走，这些本就质地松散的建筑，随时都会坍塌下来。

始终没有发现另外九个介子交换器，莫非已被破坏？

若想毁掉特殊材料制成的介子交换器，靠蛮力和铁枪不够，罪魁祸首应该是女巫。也许是她的某种特异功能，也许是她手中的苍天之眼。

按着计划，若想找到爷爷和酸樱桃，米娜提议用熊睛进行探测，如果它和酸樱桃真有着某种联系，应该能够互相感应得到。

“亲爱的，让熊睛给我们答案。”

我圈马走到娜斯塔西娅身边，她早已拿着熊睛在观察。熊睛平素并不发光，只有异能出现的时候才有反应。这样的天气，应该能让它从睡梦中醒来吧！

哦呀，熊睛果然醒了，开始泛起光芒。熊睛暴露在雨中，承受着闪电的强光，本身的闪烁显得很微弱，而闪电过后，短暂的视觉黑暗，又不能准确判断它的信息。现在只有一个办法，等待闪电有三十秒以上的间歇。

雨势未减，又添大风，闪电更加密集。

根本没有商量，娜斯塔西娅策马向右侧的一处高楼而去。这里是乌德巴勒林业局的办公大楼，它能挡住从右侧刮来的强风，若想遮住天上的闪电，就要走到大门口的长檐之下。这太危险，我刚要大喊，娜斯塔西娅已经到了她想去的位置。

此时，我很难过，不能和她并肩站在一起，因为必须在这里观察大楼是否危险。抬头仰望，大楼在电闪雷鸣中摇摇欲坠，狂风暴雨从没有玻璃的窗户里涌出来，像整齐排列着的一个个瀑布。造成这个景象的原因只有一个，它的每一层楼顶都已塌陷，只剩下四周的墙壁。

熊睛开始闪亮，墙壁下部一道弯曲的横线呈现出黑色，这在到处都是灰白的世界里很是显眼。娜斯塔西娅向四周看去，几处建筑下面似乎都有这样的黑色横线，不禁警觉地看着我。

“我的神虎，看到了什么？”娜斯塔西娅喊道。

“钉子留下的少年时光。”我大声回应。

由于之前进入死城总是遇到突发状况，我根本没有留意或者想起这些划痕，更想不到它们在雨中变了颜色。娜斯塔西娅显然不明白我的意思，刚要开口再问，熊睛在她手里闪烁的光芒越来越亮，片刻之间，竟然和天上的闪电交相辉映。

“够朋友！”我情不自禁大叫。

“不会输给闪电。”娜斯塔西娅也大叫起来。

事实上，熊睛的光芒并不比闪电强烈，只是它被捧在娜斯塔西娅的手中，从而成了一个无所畏惧的精灵，就像女主人那样临危不惧，内心充满着倔强的力量。某一个瞬间，我担心这强烈的光芒会把娜斯塔西娅的手和脸熔化。这种担心不是没有道理，闪电越来越低，如同若干条弹性极强的橡皮筋，在大楼上空快速而频繁地伸缩，试探着它的底线。

终于，最粗的那根橡皮筋抻到最下端，弹中了大楼。

即使娜斯塔西娅没有低头看手中的熊睛，因为有长檐的遮挡，也无法看到闪电击中大楼的那一刻。她被雷声和强光惊到，随后扭头看我，想知道发生了什么。

我本应大喊让她离开，雷电的声音会将我的声音淹没。

我本应给她一个手势，但我抬起的手重重拍在雪豹的屁股上。雪豹向阿黛尔冲去，我向娜斯塔西娅伸出胳膊，就在大楼坍塌的一瞬，抱着娜斯塔西娅冲到空地上。

阿黛尔在哪里？阿黛尔会不会命丧在这白色的废墟里？

“阿黛尔——”

“咔嚓——”

随着娜斯塔西娅的一声惊叫，一道闪电同时亮起。我和娜斯塔西娅看到了不可思议的一幕。大楼一段段坍塌，白色的建筑粉末要向上腾飞，立刻被雨幕拍下来，将要落地的时候，粉末和雨水各自以强大的势头纠结与对抗，如同天上一朵朵翻滚的云。这个时候，阿黛尔出现了，它是愤怒的，从某朵翻滚的云中一跃而出，把高昂的嘶鸣留在了身后。阿黛尔的身上粘满白浆，像极了雪豹，仅仅几秒钟，雨水又将它的身体冲刷干净，恢复了原来的英姿。

我放下娜斯塔西娅，她翻身上马，向前俯身抱着马头。我以为娜斯塔西娅正在享受失而复得的狂喜，她要给阿黛尔赞美和奖励，没想到她就保持着这个姿势，用俄语向我发布了命令。

“跟我来。”

雪豹的反应比我快，两秒之内和阿黛尔并驾齐驱。左突右拐的风驰电掣般狂奔之后，娜斯塔西娅勒马站在一座巨大的六层建筑的广场中央。我勒马向前看去，正是乌德巴勒博物馆。它和这个雨夜中的任何一座建筑不同，里面有蓝色的荧光，从窗户看进去，还有人影晃动。

“我的神虎，这是熊睛的指引。”

娜斯塔西娅的语气非常坚定，手里的熊睛在闪烁。从娜斯塔西娅的语气分析，爷爷和酸樱桃肯定会在这里。然而，从我的判断来看，完全感觉不到爷爷的存在，至于那个酸樱桃，也可能离我很远。熊睛应该接收到博物馆里面的强大能量，给出了这样的信息。

不管怎么样，找到了乌德巴勒死城里的古人。我和娜斯塔西娅下马，在偏僻地方把雪豹和阿黛尔藏好。刚走出广场，迎面看到两个出来小解的勇士，这真是个好机会，根本没有费力便将他们放倒，换上了他们的战袍。

博物馆大门虚掩，玻璃早已碎裂。我和娜斯塔西娅走到近前向里面观察，明白了看不到九个介子交换器的原因，原来它们整齐地摆放在大厅中央。

大厅里站满了古代勇士，女巫居中而坐，手掌上捧着大罗盘，罗盘中间的苍天之眼散发着九道耀眼的光芒，光芒的另一端分别是九个介子交换器。苍天之眼向交换器发射异能，还是吸收交换器的能量？九道光芒平稳而顺滑，无法判断哪端是源头。

我和娜斯塔西娅低头走进来，正要找不显眼的位置站定，有人突然挥了挥手，前面的人瞬间挪开一条甬道。很明显，他让我们过去，只是不知道两个战袍的主人是何身份，她让过去是何用意。

为了不暴露身份，我和娜斯塔西娅走到女巫身边。

我一直沉浸在疑惑里，第一次见到介子交换器的时候，距离五米便感觉到了它的危险和吸力。这些人怎么把它们搬到大厅里来的？现在最近的介子交换器和我只有三米，为什么吸力消失？

女巫并没像之前那样用眼神和我交流，她只是盯着苍天之眼，我已感觉在对我说话。

“吉达恨你还是恨我？”女巫笑着问。

这是个难题，我一时无法回答。女巫没有看我，已经知道了我是谁。

真的不知道吉达最恨的人是谁，也许他恨女巫没有安排走马换将，也许根本不敢恨，完全屈服于她的巫术。吉达肯定会恨我，但我希望最后在他心里的是一种叫作感激的东西，毕竟没有死，又回到了同伴当中。

女巫语气当中的笑意，让我放松了之前的警惕。我竟然开始提醒自己，这不是和敌人对峙，而是和老朋友叙旧。我向女巫投去友好的眼神，因为居高临下，她白袍上的帽子遮挡着眼睛，这让我有了一种极其特别的欲望，必须要看看她的瞳孔。我想，她的两个瞳孔一定和介子交换器一样有着巨大的吸引力。

我刚弯下腰，听到了娜斯塔西娅的大叫。

“她在蛊惑你，故意拖延时间。”

我猛地被娜斯塔西娅唤醒，眼神错开之时匆匆掠过九道光束，正是这匆匆一瞥，看出了九道光芒的终端和源头。

苍天之眼在吸收九个介子交换器的能量。

我明白了女巫的意图，她故意把我稳住，以便大功告成。

既然这样，首先要做的就是破坏。

我和娜斯塔西娅同时把小山鹰擎在手中，两支钢箭分别射中最远端的两个介子交换器。钢箭在脆响中没能穿过外壳，偏头射中两个勇士。长久的沉默中终于有了声音，惨叫在空旷的大厅里回响，人们本能地向后退去。

见识过苍天之眼的硬度，现在又见识了介子交换器的坚固。

还有什么可以破坏的？除了大厅里的这些古人。

我和娜斯塔西娅根本没有交流，同时瞄准了九道光芒。娜斯塔西娅果然非同凡响，莫斯科罗蒙诺索夫大学俱乐部里训练出来的技艺，绝对出类拔萃，我的第四支箭刚射出，她的五支箭已经全部射完。

钢箭射到光线上，没有任何声响。这也许意味着没有任何效果，当然，只是我的猜测，有时无声和静默常常让人判断失误。还有，对于某些事情而言，沉默才是最令人惧怕的。

九道光芒被钢箭截断，只是沉寂了一瞬，女巫手中的苍天之眼发出剧烈颤抖，近乎难以把持。九个介子交换器也像裂开绑绳的巨大气球，沿着气流的反方向突然失去控制。它们在大厅内裹挟着沉重的惯性飞窜，躲闪不及的人们被撞飞，整个大厅被惨叫声充斥。

起初，女巫还镇定自若，很快就失去风度，在地上爬着向远处逃去。危险发生的最初时刻，我想拉着娜斯塔西娅的手一起逃生，娜斯塔西娅好像明白我的用意，故意把手缩在后面。这是她第一次违背我的意图，然而她是正确的，如果我们连在一起，被撞的可能性会更大。

我和娜斯塔西娅分开行动，目标只有一个，离我们最近的一扇窗户。大门是最危险的，所有的人都向那里奔逃，拥挤踩踏和相互推搡以及被撞死伤的人，已经把大门完全堵住。

距离最近的那扇窗户只有七米。七米的距离中，任何一厘米都可能死亡。

我和娜斯塔西娅闪转腾挪，甚至在地上翻滚，当一前一后从窗户跃出，一个介子交换器随后从窗户里撞出来。落地的时候，我感到了身体上面掠过去的劲风。九个介子交换器的疯狂飞旋和撞击，这座建筑难以承受，昔日雄伟的身姿坍塌下来。

“完了，我毁掉了对一个人的承诺。”我难过地说。

“牡丹花和苔藓？”娜斯塔西娅问。

我说过救出爷爷之后，会告诉她那个神秘的女子是谁，正想如何搪塞，猛地看到五位安答拽着巴雅尔教授从另一扇窗户里跳出来。

哦呀！怎么没有爷爷？

我冲过去一把揪住巴雅尔教授，大声问：“爷爷在哪儿？”

巴雅尔教授拼命挣脱着："放开，放开，我要回去。"

"滚，越远越好。"大哥惊喜地扑过来，一把将巴雅尔教授从我手里拉开，紧紧抱住我，开心地大叫，"兄弟，我就知道你会再来救我们的。"

巴雅尔教授借着大哥的力道逃开，笨拙地攀上窗户跳进去，片刻，传来一声惨叫。

"大哥，和这个人在一起的老者呢，在哪里？他是我的爷爷。"我紧盯着大哥的眼睛，极力做着充满危机的表情，希望他能引起重视。

大哥不可思议地看看我，始终没说话。

"刚下雨的时候，不是你救走了吗？"二哥生气地说。

下雨之前，我救走了爷爷？

这怎么可能？

第四十二章　初恋衣冠冢

天亮以前，必须去科孜朵勒达克的衣冠冢。

早在凌晨两点之时，当我骑马站在暴风骤雨的乌德巴勒死城前面，娜斯塔西娅说得没错，牡丹花和苔藓的确曾出现在我面前，这是她和我的约定。

这件事来得非常奇怪，似乎又在意料之中。因为从第一次看到她，总觉得迟早会有些事情发生。参加会议时，由于没有最后定论，相关人员还在继续商讨，我和米娜、洪森、娜斯塔西娅先行告退。路上，我信手抄着口袋，十指和中指之间夹上了一个纸条。

口袋里不曾有任何东西，纸条从何而来？猛地想起我曾经从黑衣女子身边走过，神不知鬼不觉地做了手脚？我蹲下装作系鞋带，拿出纸条看了上面的英文：天黑之后警戒线外见，一个人。

确认黑衣女子所写。这是钢笔的字迹，别人用的都是签字笔。这个年头，用钢笔的人越来越少。如此神秘并奇葩的女子是什么来路？她约我的用意是什么？我不得不分析她带给我的神秘感，因为面纱？新疆到处都是信奉伊斯兰教的人，而穆斯林的服饰特征重点就在头部。过去，穆斯林把妇女的头发视为羞体，必须遮盖起来。《古兰经》中说，每逢礼拜，必须穿着服饰遮盖住羞体，以示严肃端整。圣训还把具体部位做了解释，妇女在礼拜时必须戴盖头，要穿上遮住脚面的长衫。男人的羞体是肚脐以下至膝盖以上的部位，妇女除了手和面孔以外都叫作羞体。

当然，这是旧时规矩，现代社会有了新的变化，女人可以戴面纱，也可以不戴。如果为了美丽，为了防止风沙和强烈的紫外线，戴面纱和手套纯属个人喜好。

既然一切都正常，为什么还觉得她神秘呢？为赴约会，天黑之后，我故意找了借口提前来到警戒线外。四周空空荡荡，根本没有人，正怀疑是否被耍，一匹快马从后面疾驰而来，黑衣黑马，如同夜色一样真实，又充满了虚幻色彩。

“嗨，我们认识吗？”

这句话本应我来问，开口的却是她，口气很生硬。

“本人从不拒绝挑衅。”我礼貌地说。

“取消行动，做自由人，不必为乌德巴勒牺牲。”

“我的爷爷在死城。”

“可以救人，不能破坏一草一木。”

“给我理由。”

这是我没有想象过的对话，也是没有想到的气氛。说到理由，黑衣女子沉默，良久，非常不礼貌地指着我的脸，手在上下晃动。这是她在深呼吸，只有深呼吸的时候，手才会有这种幅度。

“你，吉美洛追，我现在说的每句话每个字，都要仔细听着，必须信以为真。以后，我可以告诉你想知道的任何事，但是现在只能告诉你，出现古人完全是个意外，和你已有的认知不同。如果愿意放弃行动，我会说出灾难的真正原因，条件只有一个，离开娜斯塔西娅，或者让她离开你。”

多么霸道的言辞，怎么可以接受？

但是，她的话似乎要颠覆我之前对于死城的所有印象和判断，难道还有什么秘密？我猛地想起娜斯塔西娅曾经说过的话，强烈的质子指向了某个地方。

“喀纳斯湖底？”我脱口而出。

“你敢去吗？”黑衣女子不屑地问。

“为什么要去？”我不能承认自己胆怯，索性反问。

“那就听我吩咐。”黑衣女子果断地说。

“女士，你是穆斯林而非真主，我也不是顺从真主的人。”

“你必须阻止市长在原址重建新城，需要理由吗？除你和娜斯塔西娅之外，没人能出入死城，你不能把古人赶走，他们盘踞在那里，这座死城就不会毁掉。”

“怎么知道我会听从你的命令？”我微笑着问。

“不许破坏死城一草一木，能做到吗？”她答非所问。

“可以，我保证。”

“如果能做到，不必再见我，如果违背承诺，天亮的时候，你去科孜朵勒达克墓前，我等。”

“你到底是谁？”

“想不想娜斯塔西娅活着？”

哦呀，这是最恶毒的方式！我想质问她的无理和野蛮从何而来，她走了。我想听到合理解释，她拨转马头大声吆喝着离开。这是个什么样的女子？最好别和她存在任何关系。当然，这完全成了空想，我违背了承诺，没有做到不破坏死城的一草一木，我导致了乌德巴勒林业大楼的倒塌，九个介子交换器捣毁了博物馆。

按照当初的约定，必须再去见她。

天亮时分，我把五位安答安顿好，叮嘱他们必须待在帐篷里，哪里都不要去，随后和洪森、米娜、娜斯塔西娅去往科孜朵勒达克的墓地。

黑衣女子早就站在桦树下，或许娜斯塔西娅早就想到了我此行目的，对于米娜和洪森来讲，还是一个意外。

“什么样的故事？”

米娜第一眼看到黑衣女子，小声问娜斯塔西娅。

“昨夜的继续。”娜斯塔西娅淡淡一笑。

米娜疑惑地看着我，我却直接向黑衣女子走去。

黑衣女子背对着我，把手里的郁金香放在墓前，又用一块石头压住。

她肯定听到了我们的脚步声，只是没有回头。

“你没约定必须一个人来。”我淡淡地说。

“到这儿，意味着违背了承诺。”黑衣女子冷冷地说。

“林业大楼和博物馆倒塌了。”

“他们来为你说情的吗？”

“除了长生天，没人敢惩罚我。”

“愚昧的人都这么认为。”

米娜、洪森和娜斯塔西娅一直听着我和黑衣女子的对话，这些语言针锋相对，更让他们如入雾中。米娜的脸色最先冷下来，跨前一步刚要问话，洪森急忙拦住，米娜只好做罢。

黑衣女子淡淡地说：“你很懂得怎么做太太，没有让他丢面子，我知道你想问什么，我可以说出来，但不是说给你听，你的眼神太尖利，不是所有人都喜欢。”

黑衣女子可以攻击我，但不能攻击我的大嫂。

我不能容忍她的冒犯，极力克制着好奇心，讥讽地说：“说不说是你的权利，听不听要看我有没有兴趣，不管你是谁，本人现在内急。”

我张开双臂拥着洪森、米娜和娜斯塔西娅往回走，刚走出两步，黑衣女子猛然在后面大声说话。洪森停住了脚步，扭头看着黑衣女子，因为她的声音变了，非常亲切。

“洪森，写给你的五封信，还留着吗？”

森林里的风涌过来，吹皱了洪森的眉头。

我和米娜、娜斯塔西娅紧紧盯着洪森的眉间，当它舒展开来的时候，或许就是答案。洪森的眉头皱了很久，甚至在紧皱和舒展之间有过交替和徘徊，最后终于形成定势，恍然大悟地张大了嘴巴。

“是你？”洪森大叫起来。

“当然。”黑衣女子笑着说。

“库尔佩娜依。”洪森再次大叫。

“草莓？”我惊诧地问。

“草莓。”洪森重重地拍着我的肩膀。

“哦呀，看看，看看，年轻人，怎么成了这个样子？怎么成了这个样子？”我也开心地大叫起来。

真是太意外了。

想不到这个神秘的女子，竟然是库尔佩娜依。不管她是否愿意，也不管之前的交锋是不是不愉快，我张开双臂走过去拥抱了她。我的拥抱在极度兴奋和礼貌范围之内，她的回应却远远超出了这个区间，双臂不仅仅抱着我，而且还用了很大的力量和很长的时间。

当然，这没有引起我的多疑。很多年不见又意外相遇，当然重礼相待。我好不容易挣脱她的拥抱，这要感谢洪森走过来的接替。

库尔佩娜依和洪森的拥抱倒是礼节性的，只是多了一项贴面礼。从她的动作来看，我认为肯定有着国外的文化背景，因为在哈萨克人当中，不使用这个礼节。

“你们两个男人，谁负责向两位女士介绍一下我是谁？”

库尔佩娜依的语气轻松而愉快，反倒引起了我和洪森的相互推卸，最后还是由洪森来介绍，我的理由很简单，我和她并没有通过信。

“库尔佩娜依，今年25岁，非常漂亮的哈萨克姑娘，科孜朵勒达克的表妹。在这之前我们只见过一次，初三那年的暑假。她在乌鲁木齐长大，从小的志愿是当科学家，高中时候我们曾有过五次书信往来，当兵之后没再联系。”

“我怎么不知道这些肮脏行径？”我笑嘻嘻地看着洪森。

“别逼我，人之常情，谁还没个初恋什么的，话说回来，还不是为了满足你的愿望？你当时跟我说，她们是姐妹，我们是兄弟，好事应该成双。”

“我说过吗？”我用夸张的表情予以否认。

必须承认，我和洪森此刻的玩笑是故意的，在这一点上，两个人心有灵犀，因为接下来的事情将会很尴尬。由于之前的不愉快，库尔佩娜依和米娜以及娜斯塔西娅的关系将会难以相处，毕竟都是女人。

令我没想到的是，米娜和娜斯塔西娅非常大度，几乎同时向库尔佩娜依伸出了手，两只手不能同时和四只手相握，最后变成了三个人之间的亲切拥抱。

看着貌似和谐的场面，我的心始终没有真正放松下来。“想不想让娜斯塔西娅活着？”这是库尔佩娜依曾经说过的话，之所以敢这样直白，证明她有这个想法，或者存在这种能力。这句话只是表面上的威胁，还是另有深意？

“吉美洛追，曾经对我说过的话还记得吗？”

库尔佩娜依的话打断了我的思索，我装作傻乎乎地看着她。

“七岁开始说话之后，每天都在胡说，哪一句？”

“明显在耍赖，好吧，不会让你难堪的，等你女朋友不在的时候，单独告诉你。”

“NO，请你不要这个样子，我会觉得对不起她的。”

我伸手揽住娜斯塔西娅的肩膀，得到了她甜蜜的微笑。

“我在开玩笑，吉美洛追，现在知道了我是谁，之前曾经说过的那些不太礼貌的话，希望你当真，也希望是玩笑，好了，该走了。”

库尔佩娜依说完要走，米娜轻轻拉住她的胳膊。

“住哪里？以后去看你。”米娜说。

“不，太阳落山的时候放走客人，是一件奇耻大辱的事情，你们民族的谚语。”我信口说着。

“平时都住实验室，离这里很远，等有机会再来，我和先生一起来看望你们。”库尔佩娜依开心地说。

“结婚了？”洪森问道。

“你们见过他，开会的时候。”库尔佩娜依说。

“哦，那好。”洪森有些失落。

“会再见的。”库尔佩娜依点头示意。

我们礼貌地让路，库尔佩娜依向米娜和娜斯塔西娅挥手告别，她回头看了一眼地上的郁金香，随后走下了山坡。

等库尔佩娜依走远，我一拳打在洪森的肩膀上。洪森还保持着送别的微笑，随即举拳疯狂反扑，我知道有件事他难以接受，在帮助他发泄。

“什么情况？”娜斯塔西娅疑惑地看着我和洪森。

我装作咬牙切齿的样子，低声吼道：“他妈的，简直没有天理，她居然嫁给了那个秃顶的矮胖子。”

“不管嫁给谁，那是她的自由。”米娜倒是看得很平淡。

“有事，有故事。”我撇着嘴说。

“和你有关系吗？我是替妹妹问的。”

米娜把我推个趔趄，随后挽住了娜斯塔西娅的胳膊。

洪森看着娜斯塔西娅，疑惑地问：“除了那个拥抱，你一直沉默。”

“她很危险，直觉。”娜斯塔西娅坚决地说。

“好吧，我们现在用十分钟时间，各自想一下，她的危险在哪里。”我笑嘻嘻地说，很明显，这是个玩笑。

“也是我的直觉。”米娜认真地强调。

洪森抬手看了看表，大声说：“时间到，我们走吧，你的五位安答说不定等不及了。”

还没有往山坡下走，洪森的手机响了。洪森接听电话，没有使用免提，里面的声音很大。

“洪队，赶紧回来，五个家伙闹事了。”

洪森扭头看我，没错，五个家伙就是我的安答，即使洪森在场也未必有用，如果出什么乱子，能够解决问题的只有我。

我甩开三个人向山坡下跑去。

其实，他们根本没有被我甩开，紧紧跟在身后。

第四十三章　谁救了老家伙

闹事原因很简单，特警们好奇造成的。

五位安答原来被女巫囚禁的地方，本是博物馆地下室，由于它的特殊功能，每个房间都隔着瞭望窗。看守人时常出现在瞭望窗对面，五位安答难以接受那些冰冷的眼神，多次尝试要冲出去，可惜瞭望窗距离地面太高，根本无法飞越。本来按照我的安排，五位安答在一顶帐篷里休息，起初严格遵守着我的叮嘱，没有踏出帐篷半步。突然住进来五个古人，有些特警感到很好奇，情不自禁隔着窗户向里面望去。

长期的羁押，五位安答的心理处在崩溃边缘，时常出现的窥探让他们又感到了危险，实在控制不住怒火，冲出来和特警们打作一团。如果一方败下阵来，闹剧可能会很快结束，偏偏双方势均力敌，看热闹的特警不便帮手，导致打斗持续了很长时间。

我很快制止了打斗，有个问题不得不引起重视。五位安答来到现时空，和我回到古代有着本质不同，我可以适应过去，他们对现代一无所知。好吧，该是向他们交代实情的时候了，我和洪森商量之后，决定带五位安答去稍远的地方，把一切解释清楚。

太阳刚好升出地面，六匹骏马向乌德巴勒南面而去。乌德巴勒以南五公里，有一片东西走向的桦树林，边上一条小河，河床和堤岸都是鹅卵石组成的，地面宽阔而平缓，是个谈话的好地方。

六个人席地而坐，六匹马悠闲地在坡上吃草。从哪里说起呢？就拿一把匕首做开场白吧。

“五位哥哥当中，谁认识一个叫图兀勒布日的少年？”我认真地看着五位安答，轻声问。

话刚一出口，四位安答都看着大哥。大哥没有说话，深深地低下头，几滴泪水砸在鹅卵石上。

“你怎么会知道他？”二哥诧异地问。

“十三岁的时候死了，大哥一直过意不去。”五哥说。

“如果不是一句话，也不会……害死他。”三哥迟疑地说。

“大哥，说来听听。”我控制着兴奋，急切地说。

“虽然是他大哥，待他就像儿子一样。父母死得早，他又有点傻，所有的事情都由我安排，后来熬不下去了，想去找忽必烈汗的大军。我撒了谎，说去给别人放马，后来在路上认识了四位兄弟，都说我做得过分，我带他们一起回家找过，人们说他一直在找我，后来再也没有露过面，应该是被狼吃了。”

大哥简单叙述着事情经过，看不到他的表情，只是感觉到声音在颤抖。我拿出那把烧黑了的匕首递过去，大哥没有反应，翻转匕首露出上面的字迹，大哥颤抖着手接过来放声哭了。

“这是我给他打的，上面是他的名字。”

“大哥，图兀勒布日死的时候有多大？”我轻声问。

“没有过十三岁生日。”大哥哀号。

我心中暗喜，开心地拍着大哥的肩膀，大声说：“大哥，难过得好没道理，现在让兄弟告诉你，我见过他两次，还活着。”

五位安答惊诧地看着我，我向他们认真地点着头。

“第一次见他的时候，我不知道是不是过了十三岁生日，他在给别人放马，每天夜里都带着马在草原上奔驰，知道为什么吗？他也以为你被狼吃了，所以每个夜晚都希望马群把出没的恶狼踩死，就当是为你报仇。第二次见他，是在两年之后，他已经成了非常强壮的小伙子，他从女巫手中救了我和娜斯塔西娅，临走的时候我告诉他，立刻去忽必烈的大营里，那样会轻易找到你，因为你是忽必烈汗的五虎上将。之所以这么做，因为他在为阿里布哥的大军养马。”

我以为五位安答会开心起来，但他们根本不相信我的话。

“六弟，不用安慰我。”大哥坚强地说。

“死了的人怎么可能再活过来呢？要想让我们相信，除非把他带到这里，亲眼看见。”二哥大声说。

我知道要解释清楚会非常艰难，包括二哥刚才说的话，可他不知道，自己就是死了几百年之后又复活的。用什么方法让他们相信我的话呢？我茫然地看着天空，天际的西南方向，有一架飞机正在飞行，我指给他们看，他们丝毫没有吃惊。

“见过？”我问。

“流星。”二哥说。

“见过白天的流星吗？”我不服气地问。

“比它还大。”二哥坦诚地说。

还有什么办法，让他们清楚自己正身处未来呢？我想到了送给大哥的信物，我拉过他的手想摘下手表，两只手腕上都空空荡荡。

“大哥，送你的东西呢？”我着急地问。

“押在大牢里闷得要死，我就听马头琴，后来被那些该死的抢去了。”

没想到的事情发生在眼前，让我突然失去了耐性，大声告诉他们，其实你们是在新疆这块土地上死去又复活的古人，距今几百年的光阴，事实上，就连忽必烈汗都死去了727年，在这七百多年里中国换了若干个朝代，现在是2021年。

五位安答“哈哈”大笑，笑过之后全都冷下脸来。

没错，他们不应该相信我的话，看远处的山，还是原来模样，看脚边的水，从古代流到今天，怎么能让他们信以为真呢？我知道，他们冷下脸来的原因只有一个，男人之间短暂的友谊就要过去，而我即将成为陌生人，甚至是仇人，因为我拿出了图兀勒布日的匕首，说不定还会以为我是杀人凶手。如果这样，解释将会更加困难。很显然，多虑是正确的，他们心里装着问题，关于博物馆地下室，他们眼里的地牢。

“你救爷爷，也能救我们。”二哥咄咄逼人地说。

“累吗？”三哥愤怒地问。

“不是我。”我坦率地说。

“雄鹰？”三哥又问。

“你觉得是谁？”我的语气坚决而干脆，眼睛盯向大哥。

大哥没有说话，把一件东西抛给我。这个东西在空中飞行的时候，我已经看清楚是一个黑色纽扣，它很特殊，来自我的限量版外套。这个外套曾被米娜披在雪豹身上，让它早日熟悉我的味道。

难道救出爷爷的是洪森？不可能，洪森根本无法出入死城。

“是我外套上的，我们第一次见面的时候就穿着它。你们认出来了，但并不能证明穿它的是我，也许是别人。还有，我必须知道，在那个人救爷爷的时候，究竟发生了什么？”

当时的情况究竟是什么样的？五位安答没有开口，突然把我团团围住，同时出拳打来。突发的状况躲无可躲，只好硬着头皮应战。尽管不知道为什么这样，不能把他们打伤，就意味着有可能受伤的是自己。五位安答毫不留情，我在忙于应付中听到了越野车的声音，片刻之间停在不远处，娜斯塔西娅手持小山鹰跑过来，对准了大哥的胸膛。

“退后——”

娜斯塔西娅在紧急情况下，永远说的都是俄语。

五位安答没有停手，我在情急中不得不把四哥、五哥放倒。

不想再打下去，我向后退着，娜斯塔西娅走过来挡在我的前面，小山鹰的目标未变。

“谁先说割袍断义？”我冷冷地问。

大哥脸上一片沉静，看着刚刚起身的四哥、五哥，二人向他摇着头。大哥似乎明白了什么，目光越过娜斯塔西娅的时候，已经变回之前的亲热。

“六弟，刚才试过了，那个人不是你。”大哥愧疚地说。

直到现在，我才明白五位安答突然出手的原因，想必在地牢里出现过打斗，他们要从我身上得到验证，因为突发情况下，保命的招式出于本能。在大哥的讲述中，那个人在黑暗中来救爷爷，五位安答当即请求帮忙，可能他根本不想多事，不但拒绝了请求，还突然出拳将大哥打倒在地。据五位安答分析，当时处在黑暗中，并没有意识到那个人是我，也没有看清脸面，只是二哥在打斗中揪下了他的一粒扣子。

对于这粒扣子，五位安答特别留意。第一次见面的时候，我的外套就让他们感觉很奇特，扣子更是过目不忘。黑色扣子只有三个扣眼，设计师在创意的时候，利用这三个孔，做成了骷髅头的样子。正是由于这粒扣子，五位安答不断回忆着打斗时的情景，即使没有看到我的面目，至少这个人在身高上和我相仿。

根据我和娜斯塔西娅的判断，也许有人穿上了我的外套。如此重要的事，洪森和米娜不可能不告诉我，那么这个冒充我的人是谁呢？五位安答相信了这些判断，又和我热烈拥抱，还夸赞我的话说得极其利索，他们听起来没有任何障碍。

真是有惊无险，先苦后甜，因为无法说出古蒙古语中女朋友的意思，我干脆把娜斯塔西娅说成老婆。五位安答非常高兴，二哥悄悄在我耳边开起玩笑，他说，你的老婆非常厉害，如果以后再得罪你，说不定就会被她干掉。我也开玩笑说，回去的第一件事情，就是让我老婆查清楚，究竟谁盗走了那件外套，这种小事不用我亲自去办。

误会解除，并不意味着我之前的话他们会相信。娜斯塔西娅的出现是个大惊喜，她非常聪明，料到谈话会出现困难，所以把越野车开来，车上有行车记录仪，里面有图兀勒布日的图像。

六条大汉钻进车里，根本没有娜斯塔西娅的位置，她索性站在外面。从坐进车里开始，五位安答惊奇地东看西摸，这是件很好的事情，越感到惊奇，对我的解释更加有利。

播放行车记录仪的录像，我认真解说着画面。五位安答的表情一片茫然，这让我无法判断他们是否相信这是真实的。直到出现了夜里遇到图兀勒布日的情景，大哥突然发出一声惊叫，双手向电脑屏幕抓去。我急忙制止了他的鲁莽，让他判断画面中的弟弟，究竟是在生日之前还是生日之后。

大哥还没说话，二哥热泪盈眶地叫嚷起来。

“当然是生日之后，证明他还活着，因为大哥在家里的时候，根本不会让弟弟出去放马。”

“活着，活着……”

大哥很奇怪，抓疼了我的胳膊，声音却弱如蚊飞。大哥的答复绝对是个鼓励，我不禁眉飞色舞地讲述了回溯到古代时的种种危险。当看到陨石飞来的时候，图兀勒布日的身体飞出画面，大哥又在痛苦地大喊大叫，我明白他在想什么，他认为看不到弟弟了，就是弟弟又死去了。

为了让大哥再次尽快看到弟弟，我按下快播键，画面上的景物和人马快速变换着，五位安答吓得惊叫出声，甚至捂上眼睛不敢再看下去。图兀勒布日再次出现在画面上，已经是魁梧的小伙子，大哥当然能认出他，也能感觉到他已经长大。事到如今，五位安答不得不相信我的话，图兀勒布日还活着，只是他们难以理解我的回溯和他们的复活。

我突然想到一个办法，播放电脑中贮存的视频资料，这些资料五花八门，当他们看到世界各地的城市景观，以及街道的车水马龙，五位安答用陌生的眼神看着我，甚至又有了几分警觉。

“不管你们相不相信，不管隔着多少年，你们是我的兄长，我是兄弟，我们是天底下最好的安答。”

我试图用热情的话语鼓舞他们，以此弥补七百多年的时空距离，甚至还告诉他们，如果回不到自己生活的年代，我会想尽一切办法，送他们回去，回到那片草原，回到忽必烈汗身边。

五位安答沉默，他们已经相信了我的话，所以心情沉重。

我打开车门下车，发现经过几个小时的攀谈，太阳已经开始偏西，不见了娜斯塔西娅的身影。

“五位安答，下车透透气，我去找老婆。”

五位安答下车，龇牙咧嘴地活动筋骨，我在四周寻找娜斯塔西娅的身影，发现她从桦树林深处走出来，脸上的神情极其肃穆。

“娜斯塔西娅，发生什么事了？”我跑过去大声问。

“完全出乎意料，不用查看监控录像，姐姐说你的那件外套还在，一粒扣子都没有少。”娜斯塔西娅肯定地说。

“确定？”我一时有些慌乱。

“亲自问姐姐。”娜斯塔西娅递过手机。

我的脑海中闪现着各种可能，最大的可能就是……救走爷爷的那个人，穿着和我一样的限量版外套，引发了五位安答的误会。

这个人会是谁呢？

难道是我？

我在两个时空间挪闪的时候，在某个瞬间，在某个机缘巧合的时候，把自己留在了某个地方？

第四十四章　坠入灰空间

人不能同时出现在两条河流。世上找不到两片相同的叶子。

高中学到的知识，现今恐怕要被颠覆，至少古人在某种情况下可以复活。在之前的文化积累中，从没有遇到过此类状况，假设某个时间里，当我看到对面的另一个自己，如何解释呢？

黄昏时分，我们回到洪森的帐篷。

我不得不把疑惑说出来，洪森当然不相信，一向聪慧的米娜开始沉默。就我对米娜的了解，这种沉默意味着事情很有可能会发生。如果还有另外一个我，是不是还有另外一个娜斯塔西娅呢？甚至还会有另外一辆越野车？

长时间纠结于这个问题，娜斯塔西娅突然想到忽略了重要的事情。由于播放录像采用了快进的方式，五位安答出现在海市蜃楼时的情景，他们并没有看到，现在要补上这一课。哦呀，我洞悉了娜斯塔西娅一个特点，当问题摆在面前，她很少参与讨论，更善于把别人的意见总结出来，而当表态的时候，就是我们需要的答案。

娜斯塔西娅播放海市蜃楼的情节，五位安答看到自己飘忽的身影，先是吓了一跳，而后欢呼起来。他们在草原和沙漠地带无数次见到海市蜃楼，这并不稀奇，惊诧的是看到了自己。当他们看到身后的蓝色山脉，认出了所处的地方——葡萄山。

蒙古国阿尔泰山脉的葡萄山？

我突然想到了乌珠穆沁。

绝不可能！

也许有可能！

根据记载，早在13世纪，乌珠穆沁部落就生活在中国新疆北部与蒙古国边界阿尔泰山脉的葡萄山一带，17世纪中叶迁到了现在的乌珠穆沁。乌珠穆沁的意思是摘葡萄的人。史料上说，部落首领道尔吉恢复乌珠穆沁的名称是1641年的事，那么最早这个名字来源于何时呢？

我当然不会愚蠢套用现代中国版图的概念，断然否定海市蜃楼从内蒙古的乌珠穆沁到新疆的那拉提，海市蜃楼和两地距离没有关系，而是时空出了问题。大哥说这是刚离开忽必烈大汗时的情景，他们寻找转世神马，首先想到了葡萄山。

蒙古马是蒙古人的图腾，内蒙古有四大名马，克什克腾旗百岔川的铁蹄马，乌珠穆沁白马，阿巴嘎黑马，鄂尔多斯乌审马。其中乌珠穆沁白马最为尊贵，据说圣主成吉思汗的八十一匹白色战马都来自乌珠穆沁。

大哥的话没有半点问题，在乌珠穆沁白马中寻找转世神马会事半功倍。问题是我在1262年看到了海市蜃楼，以为会和五位安答的时间同步，事实上，从大哥的讲述中可以判断，他们去葡萄山的时间要早，至少是1259年的下半年。

有一点可以证明几件事情的时间是错位的，其中就有图兀勒布日的年龄。如果这样说来，我和娜斯塔西娅以及十五岁的图兀勒布日，看到了三年半以前的五位安答，也就是说，海市蜃楼中的大哥，正认为不到十三岁生日的弟弟刚刚丧身狼腹。

瞬间凌乱。海市蜃楼不但能隔着距离，还能隔着时空？

我等待娜斯塔西娅解除困惑，可是她用眼神表明了另外一个可能。从她想到播放海市蜃楼开始，判断出了我的心思。在我内心深处，完全否定了另外一个我的可能，换句话说，即便某个时空里，真的有我和她两个人存在，也不是什么大不了的事情，毕竟现在的她和我在一起，这些已经足够。

我正苦苦纠结，龙局长给洪森打来电话，市长让我们立刻到办公室。在这种苦恼心情中接受命令，本能地感觉凶多吉少，我让娜斯塔西娅和米娜照看好五位安答，不要再出乱子，匆匆出了帐篷。

凭市长的身体语言，应该十分焦急，见到我和洪森之后，没有多余客套，直接说了想法。

“小兄弟，现在时间紧迫，直话直说，希望让你的五位安答尽快找到部下，我们合力把死城里的人赶走。”

“紧迫到什么境界？”我也毫不客气地问。

市长递过来一摞文件，都是关于乌德巴勒重建的会议决定，其中一份是军区下达的命令，两个字刺痛了我的眼睛。

“剿灭！”

军方在即将付诸行动的时候，用了“剿灭”二字。

“他们根本进不去，如何剿灭？”洪森疑惑地问。

“并不代表没有能力把这些人消灭，我这样理解，军方的这两个字，指的是炸毁死城。”市长皱着眉头说。

“没有人道。他们是古人没错，但现在活于现时空里，有血有肉有情感，和我们一样，既然生活在现代，不管如何出现在这里，就和我们一样，都是现代人。”我对军方的行动非常不满，索性把情绪发泄出来。

“不，完全不同。”市长脸上出现了从未有过的冷峻，直视着我的眼睛，严肃地说，“你只知道那些复活的古人已经渗透到新疆各个角落，没有认真去想他们带来的危害。有准确数字表明，全疆非正常死亡人数每天都在递增，绝大部分死于冷兵器。不管是不是古人，他们完全丧失了最基本的人性，克拉玛依两个小型油井险些发生爆炸，二十三名工人为保护油井牺牲，非常惨烈。所以必须尽快想出有效办法，阻止这种势头延续，否则后果不堪设想。”

看着市长的神情，我坦诚地说：“需要怎么做尽管说。”

“你纵有再大本事，终究一个人，管不了全疆的险情。不过，好好考虑一下市长的建议，先从乌德巴勒死城开始，说服你的安答们尽快联络部下，毕竟这里古人比较集中。”洪森急切地说。

“完全赞同。”我说。

“思想工作可能会困难，但必须尽快落实，因为军方的剿灭行动，已经从今天中午正式开始了，这就意味着在无法辨别好坏的情况下，你的安答和部下有可能被消灭。”市长显得很无奈。

“目前不知道部下在哪里。”我慌乱地说。

“我向军方交涉过，表明请他们帮忙的事情，但士兵并不认识他们，也无法分辨好坏。你可以想象，如果战斗发生，会很快平静下来，实力不均等。”

市长说完，眼神中的悲哀一掠而过。

我想，他脑海中一定浮现了漫山遍野的尸体。

军方的行动打乱了我的计划，按照我和娜斯塔西娅的商议，在确定了爷爷的下落之后，会协同五位安答去寻找莫日根的队伍，然后将乌德巴勒死城里的人一举歼灭。现在，爷爷的去向一时无法定论，五位安答的部下又面临着生命危险，偏偏军方没有给我时间去处理，乌德巴勒死城也随时会被炸毁。我隐隐地还有一个担心，如果爷爷还在那里，岂不是白白做了死城和古人的殉葬品？

绝对不行。必须阻止，不管用什么办法。必须让爷爷活着，必须再见到他。

我和洪森心情沉重地往回走，老远听到雪豹的嘶鸣，还有马蹄刨地的声音。嘶鸣的声音焦躁不安，莫非出了什么事情？

我和洪森狂奔，帐篷前面除了雪豹，阿黛尔和安答们的五匹战马全都不见。帐篷前面本来就有杂乱的马蹄印，此时又是天光将黑时分，无法判断六匹马的去向。

我和洪森冲进帐篷，同时吓了一跳，米娜竟然被绑在椅子上，嘴里还塞了警帽。洪森拿下警帽，还没解绳索，米娜焦急地大叫起来。

“他们要去白马最多的地方。”

“不是去过了吗？葡萄山。”洪森愣怔地自言自语。

“娜斯塔西娅在哪儿？”我慌乱地问。

“根本拦不住，截他们去了。”米娜着急地跺着脚。

“为什么还要去乌珠穆沁？”洪森还在嘀咕。

“快给我解开。”米娜着急地大叫。

“此时非彼时，从这里出发，根本不知道乌珠穆沁在哪儿，如果乱冲乱撞，军方发现会被击毙的。”洪森解着绳索懊恼地说。

大脑快速排除着任何可能，忽然想到一件事，我迈步冲出帐篷，走到雪豹近前翻身上去，对冲出来的洪森和米娜说：“安答们知道我的计划，去葡萄山只有一个理由，找莫日根，找他们的部下，回来和死城里的人决一死战。”

如果说军方的剿灭命令打乱了计划，此刻五位安答的突然出走，更让我始料不及，关键是娜斯塔西娅也会有危险。

洪森和米娜的目光充满了询问，我没有给他们回应，只向米娜伸手左手。米娜永远让我敬佩，我冲出来的时候，她已经知道要做什么，早从帐篷里拿出了挂在墙上的小山鹰和箭袋。

伸手接住抛过来的武器，头也不回。

其实，跨上雪豹的时候，心里还想着赌一把，因为出乌德巴勒有两条路，只能选择一条，成功概率只有百分之五十。令我没有想到的是，雪豹曾看见阿黛尔离去的身影，这就是说现在这条路，属于娜斯塔西娅离开的方向。

雪豹狂奔出三百多米，眼前的景物从左到右掠过一道光。仓促间回头，看到一辆越野车疾速向北面行驶，我知道洪森要去军方的指挥部，他要说服军方，不至于让我死在枪下。

心里滚过一阵感动，不愧是我的兄长。

越野车远去，胸腔里突然袭来一阵悲壮。

哦呀！这种感觉把丹田胀得如垒横生，陷在黑暗中，除了自己，任何人不知道一人一马的存在，而死亡就静默着潜伏在黑暗里。什么是静默？对世界来讲，某一人的死亡都是在轻飘中发生的，而对于死亡者，即使没有轰轰烈烈，至少也要刁天决地，这才快活。

想到这里，我不禁对着茫茫黑夜一声大吼。

“呔，巡逻的士兵听着，吉美洛追从此路过，尔等不得造次！”

策马狂奔四十分钟，漆黑天色之下看不到前面的情况，勒马停住，侧耳听辨远处的动静，除了偶尔的草虫鸣叫，万籁俱静。

开始后悔。出来之前，应该问询安答们离开的时间。

这样便于计算我与他们之间的距离会有多远。

隐约感到前面出现岔道，平时的选项里，具体是在左右的选项中，我一直选择右。好吧，拨转马头向右，雪豹刚跑出十米，突然停住脚步，任凭怎样催促，始终不肯迈动脚步。

突然明白过来，这次的选择是个错误，雪豹没有闻到阿黛尔留下的味道，它在提醒我，如果一意孤行，将会谬之千里。我只好脚踹马镫，同时松开缰绳，让雪豹按着自己的意愿奔驰。

主人的态度让雪豹感到了愉快，这种信马由缰的方式，让它的奔跑更加轻快。我心里突然有一种窃喜，尽管蒙古马耐力十足，奔跑速度却比不上雪豹和阿黛尔，它们两个还有更大的优势，这种热血马可以长途奔袭，只喝一次水就已足矣，蒙古马则需要经常补水。

照这样跑下去，很快就能追上。

想到水，突然闻到了味道，确切地说是感受到了水的存在，这种感觉扑面而来，雪豹也停住了脚步。

眼前隐约出现一条宽阔的河流。虽然看不清楚，空气中到处是它的体味。从狂奔的时间计算，应该是额尔齐斯河。乌德巴勒周边的草原上，除了额尔齐斯河，任何一条河都没有它宽阔，它是中国唯一流入北冰洋的河流。它出自阿尔泰山西南坡，由喀依尔特河和库依尔特河汇合而成，从东南向西北奔流出中国，涌入哈萨克斯坦境内的斋桑湖，再向北方途经俄罗斯的鄂毕河，注入宽阔的北冰洋。

骑马立于堤岸，河水宛若玄色绸缎。静静望着西北而去的河水，不禁产生了异样。我清楚地意识到，这种怪诞来自眼睛。漆黑的夜幕之下，河水似乎开始发光，游动的鱼和躬腰的水草，河水细密的颗粒，如同流沙。

绝无可能，理智提醒这是错觉。如此暗淡的环境下，即使水深没不过膝盖，也不能看清河里的情况，问题出在哪里？

河水越来越亮，甚至能看清河底铺满的鹅卵石。这些石头深深浅浅地变换着颜色，它们越来越大，最后变为绯云的模样。不知道是因为河水流动形成的波纹，让这些石头更虚幻，还是天上真的有绯云在飘动，试着目测和它们的距离，内心不由得大惊，得不到任何答案。

据说拥有视力特异功能的狙击手，目测极限也不会超过五千米，但在五千米的时候，依然能清晰分辨一棵树上的每一片叶子。

我没有视力特异功能，远远超过了极限。三千米，我的狙击视力极限。

河水的深度能超过三千米吗？答案是否定的。我疑惑地抬高视线，惊愕得目瞪口呆。哦呀，简直就是一场穹幕电影！

对面长长的堤岸上，恰好等同于视线宽度，从下到上矗立着一面透明而且闪光的镜子，蓝天深邃，绯云悠远，且有雄鹰翱翔。终于明白过来，刚才看到的那些，其实是这面镜子在河面上的倒影。

一面偌大的镜子，白天反映着黑夜？

这是什么样的情景？现实还是臆想？

如同色彩中的荧光系，白天反映出的黑夜充满了灰调子，泛着金属的光泽，既薄如蝉翼，又厚如铠甲。

灰空间？

不知道为什么，竟然想到这个概念。

灰空间的概念，业内一直认定最早由日本建筑师黑川纪章提出来，它可以单独形容色彩，也意为介乎于室内外的过渡空间。其实在黑川纪章之前，中国的民居早有诸多应用，江南水乡的廊棚就是典型的灰空间做法，连接着室内外，充分与自然沟通，而它的初衷非常美好和简单，商家和过往的行人免受日晒雨淋之苦。

我所看到的也许是另外一种灰空间，也就是时空墙。

娜斯塔西娅和五位安答也许就是从这里消失的。

我在思索如何策马游到对岸，再用小山鹰刺破时空墙，心里刚涌上这个念头，猛地感觉天空和大地旋转颠倒，耳边出现了沉闷的雷声。我惊慌地抱住雪豹的脖子，低头的瞬间明白了两件事情已经发生。

此刻，雪豹和我处在河水之中。雪豹腾身跃入河中的理由只有一个，它在河面上看到了阿黛尔的身影，而我听到的闷雷，则是耳朵疾速坠入水中的声音。

这是从黑暗到光明的过程，充其量不过五秒钟，眼睛便被炫目的日光刺痛。一片从未见过的草原，干净得不忍策马经过，开放着的千百种鲜花，每一片花瓣都镶着晶莹的水珠，它们不像无数个太阳，它们只是星辰，回馈着太阳的光芒。

哦呀！应该是活在六月某一个清晨的草原。

在我的左侧，盛开着一眼望不到边的金莲花。

太阳刚刚升起不久，草尖上的露水化为蒸汽，往远处看，金莲花全部躲匿在马奶般纯净的氤氲里。花海的尽头，确切地说根本不是尽头，而是百余丈高的一座宽阔缓坡，因为雾水随势倾斜下来的缘故，无法看到后面而已。

缓坡之上，至少有三千匹战马列阵排开，疾速逆势而上。

哦呀，好一幅美轮美奂的景致！

氤氲高度正好齐至马的肩部，前五排几百匹战马和勇士们只露出头颈，搅动的雾气翻转开来，将后面的战马全部淹没。这情景很像百舸争流，又宛若无数只黑腹沙鸡在云间翱翔。

“回答，你们的五虎上将在哪儿？”

长生天啊，娜斯塔西娅的声音。

距离太远，马嘶蹄响，传过来已经很微弱。

她说着俄语，声音顺风传过来，凛然不可侵犯。

每当危急的时候，娜斯塔西娅说的总是俄语。我瞬间有了疑惑，难道她和五位安答没有同时利用时空墙回溯过来吗？

究竟发生了什么？

有一个瞬间，翻转的雾气掀开一角。我看到最后一匹马，隔着十米的距离紧紧追赶。

马是阿黛尔。马上是我的娜斯塔西娅。

很显然，不是三千人马追赶娜斯塔西娅，情况相反。

娜斯塔西娅的声音刚落，铺天盖地翻腾的雾气冲天而起。凭借经验，这是他们在前面勒住了战马，接下来要发生什么？

娜斯塔西娅和阿黛尔是孤独的，一人一马清晰地暴露在草地上，面对着淖尔般变幻莫测的雾海。

看不到雾气里的人马，只听到陡响的声音。

动静如同炸雷。

干柴烈火般燃烧的拉弓的声音。

随后是阿黛尔恼怒的嘶鸣。

嘶鸣好不威严，从炸雷中脱颖而出。

第四十五章　我的冷面美人

雪豹蹿出去，硕大的马蹄踏烂无数朵金莲花。

我的女人危在旦夕，谁还顾得上怜香惜玉？

雪豹肯定也是同样的想法，它甚至将踏碎这些鲜艳的金莲花，当成了一种肆虐的快意。

"住手——"

我猛然发出怒吼，这声音足够引起他们的注意。

雾气缓缓散开，勇士们循声而望时，我已策马扑到正前方，用身体挡住了娜斯塔西娅。阿黛尔和雪豹早就感觉到了对方的存在，当我和娜斯塔西娅距离五米的时候，两匹骏马同时前蹄腾空，发出喜悦的嘶鸣。

"对不起，来晚了。"我勒马向娜斯塔西娅走去。

"是我，没有看好你的安答。"

"什么人，为何穷追不舍？"

娜斯塔西娅没有说话，无奈地摇了摇头。

勇士们圈马把我和娜斯塔西娅团团围住，我以为冲突是因为语言不通的缘故，至于如何跟丢了五位安答，现在并不重要，当务之急先弄清这些人的来路。

“叫你们的将军出来说话。”我威严地大喝。

“被这个女人射伤了。”一位短眉的勇士说。

“你们的将军是谁？这是什么地方？”

我策马走到短眉勇士近前，面沉似水指着他的弓箭。

满以为在我的威风之下，他会乖乖放下弓箭，没想到竟然又把弦拉长了一寸。双方都不知底细，这种情况下谁也不会贸然射箭，偏偏出了意外。

雪豹当然明白这个人的动作意味着什么，自己的主人手里并没有擎着小山鹰，危机感猛然而生，双耳同时竖直，接着向后面背去。

雪豹做出发动攻击的信号。

我巍然不动，雪豹没有违抗命令，只爆出虎吟般的嘶鸣。

短眉勇士的坐骑翻了白眼，前蹄软软地蹬地。

这是恐惧的表现，然而就是这轻轻的小跳，落地时震到了主人的手，根本没有给我反应的时间，离弦之箭近距离射来。

若在平时，娜斯塔西娅肯定以极快的速度将其毙命，可是现在，我的身影恰好挡住了她的视线。

好吧，就让这支箭射中我的胸膛。

低头观看，这支箭射中了第三粒纽扣下面两厘米的地方。

一阵奇痛。

断箭颓然掉落地上。

勇士们大惊失色，我也暗自惊出一身冷汗。他们肯定以为遇到了金刚之躯，事实上，胸前挂着的熊睛让我免于一死。

“放下。”我勃然大怒。

三千勇士训练有素，不但没有胆怯，反而同时亮出短刀。

真正的刀林，一片片寒冰在眼前闪耀。

空气被玄冰凝结，寒意当头罩下。

娜斯塔西娅催动阿黛尔和我并肩，慷慨就义的样子。

“亲爱的，请接受他们的跪拜。”我开心地说。

娜斯塔西娅不动声色地问：“何以见得？”

“战斗和致敬，亮刀只是相似而已。”我拿出大哥的牙牌，举在勇士们面前。

勇士们慌忙下马跪地，山呼海啸般地大喊起来。

"额日敦巴日——"

"额日敦巴日——"

这样的场景曾经出现过，娜斯塔西娅也领教过我的厉害。我收回牙牌示意他们起身，短眉勇士走到马前，向我深鞠一躬。

"额日敦巴日将军，一场误会，我叫巴图，奉大汗的命令来找你，现在这片草原上都是找你的人，请跟我们走。"

"大汗怎么知道我会来？"我随口问道。

巴图略有迟疑，娜斯塔西娅抢先做了回答。

"那是忘了你还有安答。"娜斯塔西娅笑着说。

"不会放过他们，险些把咱俩拆开。"我得意地说。

娜斯塔西娅和我相视一笑，这是我和科孜朵勒达克在一起的时候，从未有过的默契和温馨。

巴图和勇士们收刀提缰，正在等待命令。

"忽必烈汗在哪里？"我沉声问。

"金顶大帐，五位将军也在。"巴图恭敬地说。

我惊诧地看着娜斯塔西娅，想不到貌似装腔作势的问话，竟然得到千万倍的惊喜。居然能见到忽必烈大汗，说出去谁会相信呢？

我和娜斯塔西娅在前呼后拥中奔驰，为了表示开心，勇士们大声吆喝着。他们很懂礼貌，始终策马和我们保持一定的距离，大约三十分钟，看到了矗立在平川上的金顶大帐。

"额日敦巴日将军，请下马。"巴图大声说。

我和娜斯塔西娅勒缰下马，向金顶大帐走去。

金顶大帐非常气派，五座白色帐篷将其围在中间。金顶大帐前面，矗立着象征成吉思汗权威的额日苏鲁锭，通往金顶大帐的台阶上，排列着精神抖擞的持枪卫士。拾级而上，大帐里飘出西域的奇香，进入大帐，即使是白天，无数盏酥油灯也亮着，映照得金碧辉煌。

大帐两旁坐满文武官员，长桌上摆放着酒和食物，只是在奇香的掩盖下，它们味道相对薄弱。八个少女在跳舞，乐师们鼓弄着各种乐器，平心而论，乐师们的表现要比跳舞的少女更加投入。

上位虎皮大椅上，坐着一位四十多岁的浓髯大汉。大汉通身华服，目光炯炯地看着我。这位就是鼎鼎大名的忽必烈薛禅汗吧！

为了表示崇敬，我坦然地回应着他的目光，不好意思寻找五位安答。娜斯塔西娅小声说，根本没有发现他们的身影，我想也许他们正在通往大帐的途中。

“吉美洛追拜见大汗。”我双膝跪倒恭敬地说。

“不懂礼数的东西，为何不跪下？”大汗还没说话，一位胖将军生气地大喝。

他在说娜斯塔西娅，她一直站在我的身侧未动。

“大汗，娜斯塔西娅乃异邦女子，不便受蒙古礼数之约。”我嘴上急忙解释，其实也不明白，为什么娜斯塔西娅没有行跪拜大礼。

大汗挥了挥手，意在制止胖将军的追责。

我的心里一阵感激，这也等于给足了我面子。

“为何不见你那匹冒烟的神马？”大汗高声问。

“大汗，您说的是越野车，此行仓促没有带来。不过，我和娜斯塔西娅的坐骑也是难得的良驹，比蒙古马要好很多。”我真诚地回答。

“蒙古马才是最好的马。”

大汗说得软而威严，我不便反驳，正要问五位安答现在何处，外面突然传来雪豹和阿黛尔的嘶鸣。听得出来，只有遇到危险才会这样叫。

我心里暗自一惊，急忙说：“大汗，我可否去看看坐骑，它们不熟悉这里，必须安慰一下。”

大汗还没有回话，十几位勇士强行拖着雪豹和阿黛尔进入大帐，娜斯塔西娅转身要去阻拦，我悄悄拉住了她的手。

“他们并没恶意，也许只想看看。”

“直觉告诉我，恶意很明显，这也是没有跪拜的原因。”娜斯塔西娅并没听我的话，说完直接向雪豹和阿黛尔走去。

两匹骏马看到主人，情绪安稳下来。

娜斯塔西娅牵着它们走到大帐中央，大汗本来炯炯的目光中骤然充满了贪婪。这并不奇怪，蒙古人从小在马背上长大，大汗更是在马背上平定天下，见到良驹之后有些失态完全正常。

“额日敦巴日，谢谢你的礼物，我很喜欢。只是不知道儿子会看中哪一匹，猜猜看，也许喜欢这匹红马，它叫什么？”大汗站起身，走到阿黛尔身边，欢喜地抚摸着马头，用戏谑的口吻说。

状况出现得太突然，着实让人犯难。

我一时不知如何回答，娜斯塔西娅虽然听不懂，但直觉告诉她情况很不妙，她的双手自然展开在身体两侧。

哦呀，这是拿小山鹰和钢箭的准备动作。

我用眼神安慰着娜斯塔西娅，让她少安毋躁，随后不卑不亢地说："这两匹马还没调教好，现在只认主人，以后……"

"嘲笑大蒙古没有驯马手吗？"大汗显然有些生气，随后对众人说，"把你们的王子叫来，不要整天喝酒，该是一展身手的时候了。"

"大汗，你的意思是……"我警觉地看着大汗。

"王子亲自降伏它，才会为他卖命，不是很好吗？"

大汗开心一笑，随后走出了金顶大帐。人们鱼贯跟出，我和娜斯塔西娅被迫与两匹马隔开，最后才走出去。

"王子到——"

刚走到大帐外的开阔地上，大帐后面传来一声大喊。除了我和娜斯塔西娅以及大汗，所有的人都跪倒在地。本来也是要跪的，只是看到一个人快步跑过来，刺痛了我的眼睛，大脑豁然透亮起来。

我们来到的绝不是忽必烈汗的地盘。这位大汗应该是阿里布哥，忽必烈的胞弟。因为刚刚跑过来的人，我曾经见过两次。这个人是哈日瑙海，腰里并没有酒囊。

我用俄语快速向娜斯塔西娅通报了险情，她没有任何回应，五支钢箭已经安小山鹰上。此时，我也不必再等待什么，按着娜斯塔西娅的动作，把小山鹰抓在手里，随时准备射击。

一位身披豹皮的年轻人从哈日瑙海身后走过来，步履有些踉跄，当看到雪豹和阿黛尔，想快跑几步却摔倒在地上。没有人敢过去搀扶，默默看着他挣扎起身。年轻人摇晃着身体伸出右手，哈日瑙海慌忙在自己身上寻找什么。

哈日瑙海什么都没有找到，意识出现真空，呆呆地望着天空。良久，他打个冷战，仿佛想起什么，慌乱地跑到众人近前，逐个在腰里摸索，甚至还肆无忌惮地在大汗身上乱摸。

这情景将我吓了一跳，不禁担心他的性命。

完全出乎意料，大汗高高举起双手，任凭哈日瑙海搜身，神情不悦又无可奈何。同样一无所获，哈日瑙海大失所望，顿足捶胸地叫喊起来，样子既像气急败坏，又像是在撒娇。

“马鞭呢？马鞭呢？”

众人下意识在腰间摸索，本已被哈日瑙海搜过，现在看起来完全是一种礼貌，或者叫作走过场。

“啪嗒——”

一条马鞭落到哈日瑙海脚边。娜斯塔西娅的嘴角泛着笑意。我知道，她扔马鞭的意图在于挑衅。

哈日瑙海捡起马鞭放到王子手上，想搀扶他走过去，结果被远远甩到地上。王子站在雪豹和阿黛尔面前，果然，选中了阿黛尔。

反应最大的是雪豹，就在王子抓住阿黛尔的缰绳时，雪豹开始喷着响鼻，它要保护阿黛尔，不让它受到恶意侵犯。

即使在酒醉中，王子的身手还是非常矫捷，左脚没有去踏马镫，身体腾空起来，想趁阿黛尔不注意，抢先蹿到马背上。阿黛尔不堪受辱，身体向右面躲去，王子像蛤蟆一样，从高处四肢着地摔落下来。

众人不敢笑，娜斯塔西娅的神情更是严肃。在娜斯塔西娅的设想中，肯定认为王子起身的时候会疯狂报复阿黛尔，她的反映过于迅速，一支箭射中了豹皮。

众人惊叫出声，王子没有反应。

王子没有看到这支箭，摔得暂时眩晕，无法起身。

“这个女子，成亲了没有？”

绝想不到，如此紧张的局面中，哈日瑙海竟然说出这样甜腻的话。但这仅是一句话而已，随后挥舞双手指向娜斯塔西娅，众人急忙闪开，骑马的勇士涌上来，将娜斯塔西娅和我团团围住。

“把王子搀起来。”一直沉默的大汗突然大喝。

“打死它。”王子从地上爬起来，气急败坏地嚷叫。

几个人冲过来，阿黛尔和雪豹腾起后蹄，他们飞离地面。惨叫声划着弧线落地，一颗颗炸弹般引爆了开阔地。从未见过如此纷乱的情景，雪豹和阿黛尔在人群中左突右撞，它们在等主人的命令，因为失去了行为的方向。

此刻，我在雪豹和王子之间犹豫不决。如果先去找雪豹，结果必是和阿黛尔一起胜利突出重围，但也难免人马受伤。如果先去制伏王子，必须从多个勇士身上一跃而过，他们骑在马上，我无法腾跃这样的高度。

就在为难之际，娜斯塔西娅突然冷下脸来，小山鹰对准了额日苏鲁锭。她知道额日苏鲁锭为精铁打造，所以四箭连发，四声震耳欲聋的脆响之后，额日苏鲁锭的枪头生生断裂，掉在地上的声音也很响，弹击着人们的耳膜。

额日苏鲁锭断裂意味着什么？或许人们曾经想象过，当亲眼看到，剩下的只有惊呆。好吧，我和娜斯塔西娅绝好的机会到了，放弃制伏王子，放弃和勇士们的生死搏斗，尽快离开。在人们的惊呆中，我和娜斯塔西娅翻身上马，雪豹和阿黛尔嘶鸣着向来时的路狂奔。

马蹄又踏在那片无边无际的金莲花上，不用回头也知道，勇士们已经从惊呆中清醒过来，且以扇形之势穷追。我估算着时间，等冲出这片金莲花海，应该把他们甩在两公里以外，这对雪豹和阿黛尔来讲完全没有问题。可是，阿里布哥的地盘究竟有多大？如何保证我们的方向是正确的？也许前面还有更危险的局面潜伏着。

一路狂奔，即使没有目的地。

“咔嚓——”

忽然一道闪电，草原上特有的气象。

骑在马上抬头仰望，远处蓝天白云，只有四朵乌云罩在头顶，它们像肮脏的毛巾一般往下拧水，我和娜斯塔西娅无法躲避，只好在水中前行。

我们一直很默契，谁也没有回头看后面的人马，完全出于对雪豹和阿黛尔的信任。接近两个小时的奔袭，忽然发现娜斯塔西娅脸上浮现着醉人的神采。那是一抹五彩的光芒，她骤然变得虚幻起来，不再是血肉之躯，而是天使或是精灵。

“亲爱的，请回头。”

我大声喊叫，勒马等着雪豹和阿黛尔停住脚步。两匹骏马知道脱离了险情，快乐地嘶鸣着，在我和娜斯塔西娅的指挥下，以近乎奇幻的姿势回身。娜斯塔西娅让阿黛尔向左侧旋转着转身，我让雪豹向右侧旋转着转身，当两匹马以相同的姿势看往来时的方向，娜斯塔西娅兴奋地大叫起来。

“年轻人，看看，这是我见过的最美丽的彩虹。”

惊奇地看着大自然给予的美景，这道彩虹并非单架横跨着西边的地平线，而是出现了极为少见的副虹，乖巧地依偎在主虹的怀抱里。

如此温馨的场面，彩虹突然有了灵性。

它们也会像我和娜斯塔西娅这样，是一对情侣吗？

幸福的场景来之不易，我和娜斯塔西娅欣赏着彩虹，在副虹之下的地平线上，几排黑色的影子在跳动。

好吧，那些人依然穷追不舍。

第四十六章　冲出金莲花海

能够见到阿里布哥，也算是件好事情。

想起了和他有关的历史资料，不得不认真考量。

蒙古的历史久远且复杂，汗位更迭频繁，加之人名、地名非常拗口，高中时期借阅的有关书籍，常常读不下去。然而，阿里布哥作为蒙古历史上的重要人物，对他还是有所了解。

并非刻意探究阿里布哥的生平和作为。只是想知道现在所处的地方是哪里。我和娜斯塔西娅策马来到山坡之上，望着远远追来的骑兵，如果没有猜错，雪豹和阿黛尔铁蹄踏着的地方，应该是如今的蒙古国苏赫巴托省南部，中国的内蒙古东乌珠穆沁旗西北一带。当然，这个判断无法说服娜斯塔西娅。

“我的神虎，你进入了误区。”

“没有别的解释。”

“战马的行程不可能走出新疆地域。”

“昔木土脑儿，陌生的地方和名字，如果现在是1261年，判断将正确，因为刚刚见到的阿里布哥，完全是作战状态。”

“昔木土脑儿决战？”

“亲爱的，你居然熟悉蒙古历史。”

“蒙古和俄罗斯的关系千丝万缕，恰巧知道而已。”

“愿意洗耳恭听。”

“1260年3月，忽必烈在蒙哥死后登上蒙古汗位，建元‘中统’。镇守漠北的阿里布哥得知以后，对忽必烈亲汉政策极端不满，更不承认汗位合法性，在哈剌和林城宣布即蒙古大汗位，与亲哥哥分庭抗礼，南北对峙。忽必烈亲自率军北征，下令禁止汉地对漠北的所有物资供应，这一次忽必烈大胜，阿里布哥只好退守吉里吉思。第二年阿里布哥卷土重来，与忽必烈的蒙、汉大军大战与昔木土脑儿。如果你说得正确，应该就是现在吧！”

“结局如何？”

“一场鏖战，双方损失相当，各自退兵。”

“真是可惜。”

我以为忽必烈大汗依然会获胜，当娜斯塔西娅说出中性结果，突然意识到了一件事情。娜斯塔西娅的否定并非没有道理，然而利用时空墙进入古代地界，未必就是真实的那个地方，也许它是虚拟的，跟现在版图上的位置没有关系。既然时间可以变更，地域和空间为什么不能交错呢？

副虹之下、地平线之上的那些人马，身影上下跳动得频率变快，越来越近，距离两公里的时候，娜斯塔西娅非常淡定，我才意识到了危机。当然不是对于生命的忧虑，而是担心她误认为我已经做出了某种决定。无休止的逃离绝不是好办法，因为即使知道了这里是昔木土脑儿，并不清楚五位安答在哪里。

如果放弃逃离，是不是要迎难而上呢？

娜斯塔西娅肯定认为我有了这种想法，目测着最好的出击时机。距离一公里，她突然拍马前冲，我受到巨大鼓舞，脑海中闪出一种奇幻的快意，好吧，那就让雪豹和阿黛尔从他们头上飞过去。

“人死马活——”

“人死马活——”

迎面而来的声音排山倒海。迎面而来的铁箭密如雨丝。

娜斯塔西娅的确误解了我的本意，当我们并驾齐驱，又开始恢复到了默契的程序。无数支铁箭带着奔马的惯性嘶叫而来，可惜距离有些远，经过我和娜斯塔西娅的时候，劲道已不足形成伤害。然而，两只小山鹰射出的十支钢箭，全部射中并排冲来的十匹战马，它们前冲着倒地翻滚，后面的战马被绊倒。

很好，大道通天。

正前方，腾出一道十五米的宽阔之路。就在勇士们再次搭弓射箭的瞬间，雪豹和阿黛尔从倒地的人马身上腾空而越。完全没有想到的结果。这是娜斯塔西娅在误解我之后，创造出来的机会。

机会只有一次，毕竟三千人马会随时把我们踏成肉泥。现在，他们快速拨马回冲，又成了之前的对峙之势，而两支小山鹰再次对准中间的十匹战马。如果他们还记得前面的死亡，应该会改变战术吧？我和娜斯塔西娅镇定地等待，挑选着最适合的攻击对象。突然，远处滚过闷雷般的马蹄声，由于三千人马的遮挡，看不到远处发生了什么事情，如果不是足够冷静，肯定会出现幻觉，以为这闷雷是三千匹马原地踏步的动静。

喊杀声由远及近，三千人马很快被冲散成五个阵营。

不用猜，定是五位安答带来的人马。正分析如何加入这庞大的战局，一匹黄骠马杀出重围直扑而来，马上之人挥舞着长长的套马杆，他不去套战马，而是用套马杆直接将敌人扫落马下。哦呀，从没见过他有如此的本领，居然在战斗中不用刀枪，这个人便是五哥黄虎希日巴日。

五哥大叫着冲过来，我咧着嘴朝他大笑。

“五哥，你来早了。”

“六弟，随我来。”

五哥没有勒马，从我身边掠过。我和娜斯塔西娅大声吆喝着拍马追去，三个人在战局外围停住。五哥打了一声呼哨，一位身材魁梧的牙棒将军带着二十多个勇士圈马跑过来。

“我在——”牙棒将军大叫。

“牙棒，保护好六将军，半点差错你死。”五哥发布完命令，根本没有再看我一眼，挥舞着套马杆又向纷乱的阵营冲去。

待遇当然不错，可是不能眼睁睁看着安答们为我流血。

我和娜斯塔西娅对视一眼，准备冲出保护圈。牙棒看出意图，不知道喊了一声句什么，勇士们齐刷刷解开长长的腰带，同时向两侧抛去。

哦呀，好像男人在学天女散花。

好吧，一条条腰带被彼此接住，手连手紧绷起来。

我和娜斯塔西娅瞬间被蓝白相间的腰带阵围在中间。

雪豹和阿黛尔显然不喜欢这种保护。

两匹马身体旋转着嘶鸣，二十几匹战马随着它们的旋转也快速移动，始终无法脱身。

“牙棒。”我焦急地一声大喝。

“它是牙棒。”牙棒恨恨地杵过来手中的狼牙棒。

“闪开。”娜斯塔西娅也大叫起来。

“我叫塔察儿。”牙棒自豪地喊。

塔察儿！

听到这个名字，我更坚信这里是昔木土脑儿，因为史书曾记载塔察儿随忽必烈在与阿里布哥的鏖战中立下赫赫战功。这个人大有名堂，蒙古国宗王、次将，孛儿只斤氏，成吉思汗幼弟铁木格斡赤斤的孙子，和忽必烈平辈。

在这刀光剑影中，五哥竟然命令了自己的上级，尽管情形异常，足见五哥对我的情意。我在人群中寻找着安答们，除了五哥，始终没见到别人的身影。

“将军，你身体里流淌着成吉思汗的血脉，这时候怎么可以袖手旁观？我们联手吧，杀个痛快。”

我将亲切的目光投向塔察儿，希望能被赞美蛊惑。

“我的额策格只是小小的千夫长。”塔察儿大声说。

哦呀，难道记错了吗？这位塔察儿不是堂堂皇太弟的后人，只是一个千夫长之子？放眼望去，五哥杀红了眼，永远杀不完身边的敌人。

娜斯塔西娅着急地说：“现在需要你发布正确的命令。”

非常同意娜斯塔西娅的话，现在看起来，五哥非常享受厮杀的过程，要想制止他有一定的难度。最要命的是带来的最多八百多人，不仅寡不敌众，还出现了被围困和剿杀的势头。

我威严地瞪着塔察儿，大吼道：“我是谁？”

“额日敦巴日将军。”塔察儿大叫。

“不管你是谁，现在命令……”

“我在——”

“不可久留不可恋战，带上人马走。”

塔察儿不动声色，勇士们把腰带抻得更紧。

尽管我已经义愤填膺，还是无计可施。没错，除了发布无用的命令，不能对他们做什么。娜斯塔西娅总是给我意外，当看到别人违背我的意志，会以最快的速度反击。现在，她举起了小山鹰，没有选择射击，抡起来重重砸向塔察儿的肩膀。

突然受袭，塔察儿摔落马下。蓝白相间的腰带圈子顿时出现缺口。

娜斯塔西娅在阿黛儿屁股上狠狠一掌，抢先冲了出去。若干次危急关头，娜斯塔西娅总把我挡在后面。每当这时候，她身体里的温柔消失不见，所有骨肉乃至头发都会成为最致命的武器。这一次，我要冲到前面，让她看一看我的威风。

几乎撕心裂肺的吆喝，雪豹被吓到，蹿到了阿黛尔前面。纵是再纷乱的战局，凭借雪豹和我的身高，很容易找到五哥，因为套马杆实在醒目。五哥的确杀红了眼，周围俱是凶残的表情和惨叫，只有他一个人哈哈大笑。

我突入战阵径直奔去，他根本没有看清是谁，劈头砸下了套马杆。我用小山鹰去挡，同时利用雪豹的惯性冲到近前，就在他认出我的一瞬之间，后面有人举着铁枪向他的肋部扎来。

小山鹰连发两箭，人马同时栽落。

沉重的铁枪仍然向前，五哥大腿被铁枪扎进一寸，他丝毫没有察觉，还在为能够认出我而喜悦，哈哈大笑着，又要挥动套马杆继续战斗。

“五哥，赶紧走。”我高声大叫。

“还没抓到阿里布哥。”五哥近似疯狂地大喊。

现在如何解释都是徒劳的，最好的办法是解除他的武器。长长的套马杆又向敌人挥去，我抢先一步把敌人的马射倒，他在愣怔的时刻，又选择了另外的猎物。

好吧，我选择如法炮制。如此五番，五哥愣怔的表情转化为恼怒。五哥为我抢了他的猎物而生气，愣怔间不知道向谁攻击更好，就在犹豫不决的时候，我探身夺过套马杆，像炫耀战利品一样高高举起。

五哥爆发出一声大叫，不亚于炸雷。

喊声蔓延开来，听到的人都扭头去找源头。

打作一团的两拨人马立刻分开，五哥带来的人向我涌来。

我以为他们会聚拢过来，等待下一个命令，完全没有想到，径直从我和五哥、娜斯塔西娅身边一掠而过，向着来时的方向涌去。

我和娜斯塔西娅相视一笑，明白了一件事情。

原来当套马杆高高举起的时候，竟是撤退的命令。

我得意地把套马杆扔给五哥，他吆喝着战马向勇士们追去。

“这就不管我了？”我大声向他喊叫。

突然获得的惊喜让我变糊涂，忘了还有几千敌人。这些人挥舞着刀枪又向我和娜斯塔西娅冲来。好吧，现在有了离去的理由，也有了离去的方向，我俩拨转马头，开心地疾驰而去。

草原的天空是奇幻的，如果你有耐性，躺在草地上舒臂数云彩，你的手永远追不上它们的速度。

云彩永远和风在一起，而风比奔马要快。

完全不必惊奇，当你数到二十这个数字，你的脸就会被雨淋湿，而你伸展开的手臂之外，往往是干燥的。

不知道哪朵云下雨，不知道哪朵云和你恶作剧。

有雨的云是天上的流浪汉，当它突然想家，会朝着空旷的草地大声号啕。如果你会唱歌，那就来一首长调，当然，在这天地交融的世界里，无论伤心还是快乐都不重要。所以，当我在五哥后面狂奔的时候，心里有了主心骨，有了归宿感，离开现代社会的些许愁怅消失不见。

“我的神虎，你的安答在跟你赌气。”娜斯塔西娅开心地大喊。

“这是可爱的地方。”我开心地回应。

“要不要让他崩溃？”娜斯塔西娅调皮地说。

“向伟大的昔木土脑儿致敬！”

我和娜斯塔西娅同时挥手，只轻轻拍打了雪豹和阿黛尔的屁股，两匹骏马欢叫着加快速度，很快追上五哥，很快从大队人马中穿越而过，将他们远远甩在后面。然后，在一条蜿蜒的河边，次第见到了五哥、四哥，再然后，看到大哥、二哥和三哥从不同方向朝我扑来。

我开心地大喊：“安答，天黑之前，我想见到伟大的忽必烈薛禅汗！”

第四十七章　美妙的曼古歹

奔袭三天三夜，感觉来到了乌珠穆沁。

现在是1261年？或许此时不叫这个名字。

该是勒马驻足的时候了，别辜负左边这条妩媚的河流。这条河，或许是今天的舍野日机，或许是宝日斯太，或许是彦吉嘎。不管叫什么名字，肯定不是乌拉盖，它是那几条支流的母亲。主流是有母亲风范的，宽大的脸盘，粗壮的腰身，还有永远都吸不枯竭的乳汁。

河水的声音刚好，正巧伴随激动的心跳。

河水的深度刚好，正巧映出下面七彩的卵石。

哦呀，看到了马，白马。

最好别用蹩脚的辞藻形容，只说白马成群，在草甸子上或停留或奔跑，不管做什么，它们的样子自由，它们的叫声惬意且温情。没错，安答们想在白马最多的地方找到莫日根和部下，他们想来哪里，最后就到了哪里。而在我认为不可能发生的情况之下，也现身在了这片大地之上，遇到了世上最纯净的草原。

其实，策马在草原上的任何一个地方，想看蜿蜒河流就请低头，想看蓝天白云就请仰望，想呼吸伴着花香的空气，就请敞开心扉。

不管此时距离现代生活多少年，享受到的这些，没有被污染，没有被亵渎，只是有人虎视眈眈地想把它们全部据为己有。或许不是某一人的罪过，这是整个人类的贪婪。在我学到的知识里，古今中外，都会有所谓的伟人和罪人在争斗，战火因此燃烧到任何地方，但神圣的天地总会以它们的尊严，让两者变为腐肉和白骨。从这个意义上说，任何人在纯粹的大自然面前都是猥琐的，猥琐到可耻，可耻到万劫不复。

看看，有风自西而来，带着刚下过雨的潮润。

安答们贪婪地呼吸着，大哥还豪迈地敞开了胸怀，他不知道这是丰厚的负氧离子的作用，只把这种快意归结于我，归结于兄弟相逢。

娜斯塔西娅策马和我并肩，用小山鹰瞄着远处的地平线。

“我的神虎，喜欢这个地方。”娜斯塔西娅憧憬地说。

“我也要说点什么，对吗？”我认真地问她。

“告诉姐姐，我们很好。”娜斯塔西娅开心地笑着。

热血开始沸腾，来自青春深处的激情，让我的脸通红。哦呀，就是想大声呐喊，聚集了丹田之气，就在双脚踹向马镫的时候，雪豹领会错了命令，前蹄腾空直立起来，它的嘶鸣和我的呐喊同时传向远方。

“夫复何求——”

终于理解了娜斯塔西娅的习惯，为什么在紧急时刻，总是会让俄语脱口而出，这是自然的反应，来自母语的熟悉本能。就像现在，我喊出去的是汉语，除了娜斯塔西娅，五位安答都没听懂。

大哥奇怪地问：“六弟，刚才说什么？”

我开心地说：“我说现在还需要什么。”

“当然是酒。”

五位安答同时高声大叫，同时解下腰里的酒囊扔过来。也许过于激动，面对空中飞行着的五个酒囊，竟不知道要抓哪一个，最后的结局可想而知，全部砸到了我的身上，随后落入草丛。

跳下马，捡起一个酒囊一饮而尽。

好吧，再张狂些，就像太白或者屈子那样，或疯癫或悲壮地舒展双臂，向着无边的天地抒发豪情。我以为这是完美的发泄，可当我举手望天，奔涌的泪水陡然令眼眶决堤，跪在草间抽泣起来。

“老家伙，这里才是放逐生命的地方……”

“老家伙，如果不是为了找你，根本不想再回去……”

“老家伙，我一生的依靠，只是从没有说过……”

“老家伙，孙儿已经不是白袍了，现在的他手上沾满了鲜血，可是还远远不够，因为没有在你的怀抱里……”

突然出现的情绪变化，娜斯塔西娅和五位安答猝不及防，急切地跑过来，像我一样跪在了地上。

“六弟，把这里当成家，就不会想家了。”

大哥重重拍着我的肩膀，我喜欢这样，从小就喜欢洪森这个动作，会感到安全和宽慰。

“我的神虎，你刚才说……白袍？”

娜斯塔西娅用力攥着我的手，她的手冰凉。

“曾几何时，我被人叫过哑巴，被人叫过江洋大盗之子，在吉美洛追这个名字出现之前，爷爷还曾将我叫作白袍。不知道白袍的意义何来，不知道人生的意义何在。我有最好的朋友洪森，可我的生活和他截然不同，他永远披着正义、善良的光环，而我永远像窃贼或者叛逆者，背着沉重的壳，没有勇气承受疼痛，不敢让这个壳离开我的身躯……”

五位安答听不懂汉语，我的神情却能让他们知道含义。

五位钢铁之躯的大汉，泪流满面。

五位杀敌从不眨眼的将军，泪流满面。

我的眼神，肯定让安答们想到了童年，他们的眼神也透彻起来，四位安答像贪玩找不到家的孩子，躲在大哥的臂膀下委屈地抽泣。

娜斯塔西娅不是别的女子，她是独一无二的。

娜斯塔西娅没有因我的倾诉而悲伤，她在笑。

娜斯塔西娅在笑。

那是一种幸福的微笑。

“我的神虎，娜斯塔西娅出现在你的后来，现在呢？”

要怎样回答这个问题呢？需要吗？

我怀揣着冲动站起身，真诚地把娜斯塔西娅和安答们拉起来，高声说：“看看，看看，什么叫现时空？就是现在，这才是真实，我有心爱的女人，我有兄弟，我拥有纯净的乌珠穆沁草原。就是现在，我找到了生命的意义，让心爱的女人幸福，让安答们心想事成。”

娜斯塔西娅还在笑，笑得如此妩媚动人。

“我的神虎，说给安答们听吧！”娜斯塔西娅轻声说。

“哦呀，应该让他们听懂。”我张开怀抱环拥着安答们，大声说：“安答，兄弟现在发誓，就是这里，凡叫过我兄弟的人，必是吉美洛追一生的兄长，凡叫过我哥哥的人，必是吉美洛追一生的兄弟，他就是图兀勒布日。”

五位安答没有反应，同时扬臂将我推出老远。

我以为他们根本不相信，神情刚显尴尬，他们却开心地围拢着跳起了鹰舞。误解了安答们，我的心里没有愧疚，只有快活，只有放浪。

“安答要杀的人，必是我的死敌。安答的仇人，我必不惜千里手刃其首级，去他妈的狗屁英雄，我不在乎。安答，兄弟向你们保证，你们离开这个世界的时候，不会心愿……未了。”

来吧！我在蓝天上，我在雄鹰之间。

我和安答们跳鹰舞，耳边是飏风。

在此之前，从未想过自己会这样放浪不羁，甚至没有来得及选择语言。如果说汉语，五位安答听不懂，如果说古蒙古语，娜斯塔西娅不知道我在说什么。强烈的冲动之下，尽管娜斯塔西娅提醒说给安答们听，还是说了最容易出口的汉语。

娜斯塔西娅弯腰摘下一朵紫色小花，踏着舞步加入进来。她的步伐和身姿和鹰舞无关，俄罗斯头巾舞，紫色的花即是头巾。

想起和她初次见面的情形。

想起那条神秘的绿披巾，可惜留在米娜的帐篷里。

娜斯塔西娅的舞姿超乎想象，六个男人的节奏没有搅乱她的步调，不管被谁的翅膀挤开，依然能旋着双脚贴在我面前，还把花朵插在我的耳后。

从未见过娜斯塔西娅如此撩人的眼神，此时此刻，她沉浸在俄罗斯民族的热辣情怀中。当她踮着脚步再一次转到我身侧，突然向后面仰去，我不得不伸出左臂去接，由于动作过大，左脸紧紧压住了她的胸脯。

娜斯塔西娅闭上了长长的睫毛，一滴泪水从左眼跳出。

完全傻掉，我竟然白痴般地心疼了这滴水。

我紧拥着娜斯塔西娅，双唇将逃跑的泪水擒获。

不会和我抢一滴水吧？尽管它出于你的眼睛。

娜斯塔西娅是无私的，那滴泪为我而流。

她只是吻着我的脸，在我耳边说了一句话。

如此迷乱的情愫之中，这句话必是迷乱的。

可是，娜斯塔西娅的语气，从未有过的坚定。

“我的神虎，宁愿为你去死……”

长生天啊，夫复何求？

腾格里啊，夫复何求！

五位安答早就停止了飞翔，愣怔地看着我和娜斯塔西娅。

“六弟，我们……先走一步……”大哥尴尬地说。

还没来得及回应，五匹骏马已经向东南方疾驰而去。

“哦呀——”

我和娜斯塔西娅同时惊叫出声。绝不是因为侧耳才听到的声音，我很清醒，当扭头追寻安答们的身影时，耳朵应该离声音更远。这种声音不是一排排袭来，也不是一点点震动耳膜，它是一记比草原还大的重锤，铺天盖地击打过来，胸膛瞬间被压缩得如同一枚干果，纵是浸在水里千年也难以复原。

除了血腥战场的动静，没有别的可能。安答们飞驰而去的方向，正发生着战争吗？

两匹马见识过主人的亲热，奔跑姿势竟然有了变化。

雪豹更加亢奋，肆意展示着雄性的英姿，双耳挺直着向前探去，而阿黛尔这匹在四齿时去势的“阿塔思”，漂亮的锦红之下，隐忍的力量始终处于离弦之缘，永远有用不完的劲道。

五匹马驻足在一处高坡之上，距离八百米。

安答们在巨响中一动不动，然而所有能飘动的东西都在动，看起来是在发抖。我和娜斯塔西娅大声吆喝着两匹马上坡，等到和安答们齐肩，看到了远处近乎惨绝人寰的一幕。

厮杀的人遮盖了胯下的战马。嘶鸣的战马遮盖了脚下的草原。

草原上没有草，长着攫取对方性命的蒙古人。蒙古人已不是人，都是愤怒的天神。面对这种场面，安答们的眼神充满了快活和欣赏，我和娜斯塔西娅的紧张情绪消失，明白了看到的是练兵，只是太过于逼真。

“最厉害的应该是骑兵阵法。”我淡定地说。

“马上就能看到。”大哥开心地说。

大哥话音刚落，厮杀的人马顿时分为两方，在旌旗的指引下准备列阵对冲。娜斯塔西娅很是惊奇，这些勇士的情绪高昂，对冲难免会有死伤。

必须要给娜斯塔西娅补课了，首先要弄清蒙古骑兵的种类、装备和功能，因为作战的时候，这些划分非常严格，作用也截然不同。我提议她用小山鹰瞄准镜去看勇士们的箭镞，当看到箭头上都缠着骨胶麻布，她的心放松下来。

我自豪地告诉娜斯塔西娅，蒙古人的骁勇举世闻名，赢得战争胜利并不是靠刀枪，而是凭借射程远和杀伤力强的弓箭。骑兵们用的弓拉力都在75公斤左右，有效射程可达200米，身架小巧便于骑兵使用，仅凭这一点，他们纵横欧亚，不可阻挡。

旌旗高举，落下的时候将看到气势如虹的场景。

娜斯塔西娅非常兴奋，一时不知道看哪里才好。

“你看，现在的队形各有5排，前两排属于重骑兵，武器为长矛、战斧和狼牙棒，弓箭也背在身上。后面3排身穿薄甲的是轻骑兵，武器为短刀和投枪，当发动攻击的时候……”

我的话还没说完，旌旗下落，耳朵再次被震聋。两军对冲，谁的速度和胆量更好，谁更有可能胜利。

有些专家认为蒙古人的战术很死板，我也受到过这样的言论影响，当目睹这一切，才发现他们纯属胡说，因为它有着旁人无法领略的灵活性。在成吉思汗时期，蒙古人的战阵就已经百战百胜，到了忽必烈手里，由于受汉文化的影响，结合了中国古代的稀有阵法，战阵更是令观者眼花缭乱，令对手心寒胆战。

不想打扰娜斯塔西娅的兴致，她已看得入神。

“这么快立判胜负，可惜。”娜斯塔西娅遗憾地大叫，北侧阵中的轻骑兵正在回撤，对面的骑兵追上来。

“亲爱的，好戏刚刚开始。”我开心地说，“注意观察回撤骑兵的举动，不要放过任何细节。”

“明白，这样避免伤亡，毕竟是演习。”

“不，这是最美妙的曼古歹。”

“曼古歹？”

“当然。”

“可是……什么是曼古歹？”

娜斯塔西娅的眼神犯了难，本想从我口中得到答案，又舍不得把视线从战阵中离开。我明白她的心理，故意视而不见，总有明白的时候，而战局则是稍纵即逝的。

“让我来告诉你，什么是曼古歹。”

这个深沉的声音来自身后，回头看去，一大队人马不知何时站在距离我们七米远的地方。快速从众人脸上掠过，中间一位黄白脸庞的汉人官员，留着迎风飘洒的长髯，目光炯灼。

这样的眼神告诉我，刚才的声音便是从他的口中发出。

五位安答向他以汉礼抱拳，我也随之效仿。

“两军之战，后翼三排轻骑先行散开与敌佯斗，旨在舒展双翅正面敌人大部。此时杀机匿藏于后，形同荷叶凝露，又如蛤蚌念珠，他们穿过前两排重骑兵的阵列，猛烈射箭和投枪，敌人定会混乱。如若效果甚微，轻骑便会撤退引敌追赶，此时便是回身箭的最好时机，待到敌军大乱，轻骑立刻再化双翅闪开，给重骑兵留下通路，对敌进行致命一击，随后轻重骑兵以敌为圆，在外围呈旋风状向中间实施绞杀，直到敌军变成肉泥。”汉人官员说完，凛然不可侵犯的样子。

旋风和绞杀，两个词放在一起，心惊肉跳。娜斯塔西娅在想象中完成了这个过程，但不足以解除困惑。

“我想知道什么是曼古歹。”娜斯塔西娅执着地问。

“曼古歹是一种战术，也是一支特殊的部队，他们突然冲向敌人射箭投枪，如同暴风骤歇，对方还没反应过来已经诈退，从不短兵相接。曼古歹的美妙之处，在于人马合一，速度、时机和进攻必须完美融合。”我不想在这个汉人官员面前卖弄，用了赞美的语气。

“额日敦巴日将军果然卓逸不群。”汉人官员赞赏地说。

“六弟，这位是大汗的督战军师李卓先生。”

大哥示意重新见礼，我恭敬地再次抱拳并颔首微笑。

“既然已经找到六将军伉俪，别让大汗等得太急，走吧。”李卓说完向部下挥手，部下们整队等待我们先行。

坡下的演习已经结束，轻重骑兵们分队撤离两旁。

两军中间宽敞的通道上，只有一人一骑伫立不动。

马是火焰红，人是铁甲黑。

众人策马到了近前，全部下马跪倒，我急忙示意娜斯塔西娅下马，随即在五哥旁边跪下叩首。

“大汗，六弟已经找到，回来复命。”安答们齐声说。

这一次……是真的忽必烈薛禅汗？

没有听到忽必烈的回应，眼前多了一双绣金皮靴。

我下意识抬头，只看到一个人宽阔的胸怀，一双手紧紧抓住我的双臂，偌大的力道拔向天空的方向。

两个人同时起身，我和忽必烈相距二十厘米。

当然，如果不是他的大肚子，距离还会近些。

曾经多次想象，见到忽必烈汗的那一刻，定是在辉煌的金顶大帐之内。他高高在上坐着，手里擎着金碗，金碗里盛着最浓郁的突厥美酒，大帐中央，五个褒衣博带的艳色女子烤着香味扑鼻的整羊。这个时候，我必须忍住笑，因为坐椅铺着整张虎皮，金碗就在老虎的血盆大口旁边，从我的角度看过去，好像他在喂老虎喝酒。

所有的想象都被现实毁于一旦。

忽必烈没有想象中高大魁梧，细长的眼睛倒是炯炯有神，八字胡也修剪得非常漂亮。没有看到他给老虎喂酒的场景，仍然找到了可笑的地方。他斜身而立，身体左侧刮过来的莽风，将他长长的八字胡左侧一撇高高吹起，而右侧的胡须依然下垂，这样看起来，或者是帽子不正，或者是衣衫不整。不管怎么样，他在历史中的伟大，不亚于他的爷爷成吉思汗，完全受得起我的大礼参拜。

我恭敬地说：“吉美洛追祝福大汗康寿。”

忽必烈手捂胸口，开心地说：“额日敦巴日，朕从没有用两年的时间去想一个人，今天见到了，像梦一样。”

这句话让我感动得晕头转向起来。

忽必烈称自己为朕，这是蒙汉文化交融的结果。

史书上记载，忽必烈在1260年登基成为大蒙古国皇帝，也就是蒙古帝国大汗。他在发布称帝的《皇帝登宝位诏》，书中自称为“朕”，称哥哥元宪宗蒙哥为“先皇”。

如此情景容不得多想，我要把娜斯塔西娅介绍给他，这时才发现她已经走向旁边的阿黛尔。我当然明白她的用意，她不会跪拜忽必烈汗，而站在近前又不合适，若想很好地保护自己的尊严，避开是最好的选择。

“大汗，娜斯塔西娅，我的女人。”我客气地说。

“从钦察汗国来？朕想起了一个人。”忽必烈突然低声说。

成吉思汗曾有四大汗国，分别是钦察汗国，察合台汗国，窝阔台汗国和伊儿汗国。钦察汗国又叫金帐汗国，位于现在的俄罗斯联邦地界，忽必烈肯定以为娜斯塔西娅是彼地女子，勾起了某种回忆。

“大汗十八岁那年，曾遇到一位从钦察汗国而来的女子，她相貌出众，精通舞技音律，是个不可多得的尤物。据大汗给在下的描述，她们两者有相似之处。”

我可以允许别人欣赏娜斯塔西娅的美，但不能原谅忽必烈和李卓关于尤物的比喻。不要说二人现在的眼神，用尤物比喻我的娜斯塔西娅，便是一种无知的罪过。

我的心里不快，脸上略有显现。

李卓学问深厚，当然能看清我的心思，急忙说：“六将军，大汗是最开明的圣主，我和他并无主仆之分，亲如兄弟，知无不言，希望你也一样。”

我走到阿黛尔近前把娜斯塔西娅抱下马，不卑不亢地对忽必烈说：“我的女人独一无二，和任何人不同。”

忽必烈看娜斯塔西娅的眼神不再异样，充满了关怀和亲切，和蔼地说：“当然，她肯定不像我们的蒙古女人，除了挤马奶就是煮奶茶。只是查干巴日以前没有说过，额日敦巴日还有如此威风的女人，这对你来说简直如虎添翼，祝福你。”

言语说到透亮，心里没了芥蒂，娜斯塔西娅很开心。

“我的神虎，你现在很像爸爸。”娜斯塔西娅小声说。

“你从没说过有恋父情结。”我认真地说。

“男人都会为他的女人吃醋吗？”娜斯塔西娅故意捣乱。

“超市在哪儿？”我装作凶残地问。

第四十八章　猎苍狼救白马

西边的太阳，突然从金黄浓郁为火红。

放眼而望，劲草也不再泛绿，悠悠燃烧着漫无边际的火焰。这些随风摇曳的火苗，烧烤着雪豹和阿黛尔的四蹄，它们刚刚落下又腾空，一直向着火焰的边界而去。

河边的浅滩上，为我备好了肉山酒海。从未有过的痛快淋漓，这种感觉纯粹到透明，了无牵挂。永远都不会吃饱，永远都不会喝够。

搁浅在北京那几年，曾伙同无数认识或不认识的人，到三里屯或者后海去泡吧。我没有多少耐性，五次之后便没了兴致。到处是男人猎艳的目光，到处是女人假装清高的眼神，作为一个来自边莽之地的年轻人，讨厌他们优雅地举着酒杯，做各种各样养尊处优的微笑。

其实，泡吧的人没有多少北京本地人。

他们泡吧的真正意义并不是休闲，而是从同桌的人身上，挖出一些东西添补到自己的内心，这种东西叫作居高临下。久而久之，所有的人都被别人从心里挖出一个大坑，他们开始仰望，并感觉到自己的卑微。这是现代城市交往的必然结果，也是从初时的亢奋，到酒醉的颓废过程。

这时的喝酒吃肉，和七百多年后有着天壤之别。蒙古人喝酒向来厉害，厉害的本质是勇敢。我缺少的不是勇敢，而是酒量。

觥筹交错中，不喝酒的人只有两个，忽必烈和娜斯塔西娅。入席之前，娜斯塔西娅告诉我，她会滴酒不沾保护我的安全。忽必烈只喝奶茶，也许这是习惯，也许便于观察我，大醉之后会露出一个人的本性。

最先醉倒的是五哥，他躺在后边用右臂揽住我的腰，鼾声如同雷鸣。倒下就好，按照蒙古人的习俗，在酒席上已经完成任务。

“大哥，想跟大汗说句话，可以吗？”我悄悄问大哥。

“又没拦着你。”大哥喝到开心，狠狠推了我一把。

“先生，想跟大汗说句话。”我礼貌地向李卓端起酒杯。

李卓端杯示意，笑着说：“别让大汗等急了。”

我豪迈地向忽必烈拱手，大声说：“大汗，在下有句话，不知当讲不当讲，你要说但讲无妨，我就讲，如果你不说，那就算了。”

此时，我并不知道自己已有醉意，不厌其烦地重复一句话，旨在证明豪迈与坦诚。忽必烈伸手示意，我很响地干咳了一声。

“大汗，温都根查干……有人认为是我害死的。”

话音刚落，大帐里突然静如坟墓。

只过了一秒钟，除了我和忽必烈，还有李卓以及醉倒的五哥，包括娜斯塔西娅在内全部站了起来，无一例外地握住了短刀。他们的短刀显然为我准备，而娜斯塔西娅手中的小山鹰，低垂着对准忽必烈的双脚。必须佩服娜斯塔西娅，她准备进攻的动作既不显山露水，又随时可以抬起来向忽必烈发难。

这取决于众人对我的态度如何。

“再说一遍。”大哥高声叫道。

“转世神马不是我害死的。”我舌头生硬地大声喊。

又是短暂的沉默，大帐里突然爆发出笑声。大哥抡胳膊将我放倒在座位上，用力拍着我的肚子。大哥的力道丝毫没有怜悯，只是笑得说不出话。

娜斯塔西娅递过来欣慰的目光，悄悄收起小山鹰。我似乎明白过来，虽然不知道现在的确切日期，有一件事情可以肯定，今天是陨石砸死转世神马之前的某个日子，转世神马还活着。如果这样说来，我刚才的话被别人当作了醉话。本该和他们开怀大笑，如果这样就会变成我的戏言。笑不出来。大脑突然被闪出来的疑问淋湿并且锈死。

看似极其平常的一句话，怎么总是绕不过去呢？

“六将军，你的酒量和本领没在一块儿，醉了。”

李卓走过来扶我坐下，人们发出善意的笑声。

“先生，它还好吗？”我把思绪拉回来，认真地问。

“温都根查干是蒙古人心中的圣物，谁也不敢把它怎么样，它是草原上的精灵，可以去任何一个地方。见到它的人们，除了跪拜不会做任何事情。六将军刚才的话，倒使李某困惑，此话何来？”

“我……喝醉了，恍惚之间……看到天上将要掉下一块陨石，可能……”我在似醉非醉之间，但分明用了装醉的方式，言语也说得很隐晦。

“哦？昨天正和大汗提起此事，我夜观天象，算出十天之后会有陨石下界，想不到六将军也有先见之明。”李卓惊诧地说。

忽必烈手端奶茶微微一笑：“英雄所见略同，可喜可贺。”

“可喜可贺——”人们随声附和。

哦呀！终于知道我和娜斯塔西娅身处在哪一天了。因为哈日瑙海那壶马奶酒，时光瞬间回溯到了古代，我清晰记得电脑屏幕上出现的即时时间是1260年6月12日23时15分，也就是说，现在这一天是1260年6月2日。

一切如常，浅滩上又恢复了祥和的气氛。大哥兴致颇高，执意让我亮亮本事，正要推辞，忽必烈放下奶茶碗，径直向远处走去。我知道再也无法推辞，拿上小山鹰被众人簇拥着走到忽必烈的对面。

天已黑下来，旷野的风很大，无数火把和纱灯摇晃。

我客气地问：“大汗，谁的箭法最好？”

忽必烈沉声说：“呼和巴日。”

我开心地对三哥小声说：“三哥，要怪就怪大哥让你没面子。”

三哥大声说：“你要赢，三哥大礼相赠。”

尽管是好安答，男人都有争强好胜之心，但是为了避免让三哥尴尬，不会让他有输的机会，这是万全之策。

“亲爱的，五支火把，两公里。”我对娜斯塔西娅说。

娜斯塔西娅打了一声呼哨，阿黛尔从远处飞奔而来。

娜斯塔西娅策马从河边掠了五支火把，在两公里处插好后，随即返回到我的身边下马，一位持枪的勇士急忙接过缰绳。我承认，她在插火把的时候耍了手段，这会让我更加神武，因为五支火把的间距，正是五支钢箭同时射击的、教科书般的理想距离。

瞄准镜测距，事实上差三十四厘米才够两公里。此时风力四级，中间的那支火把在瞄准镜里被无限放大，我迅速测算出风偏和夹角，轻轻扣动了扳机。本应五箭齐发，五箭中的。这样不过瘾，电光石火的瞬间，没有回味余地。我选择先一后四，把重头戏留在谢幕之前。第一箭从火苗底部穿过，松木碎裂，火星飞溅。没有预料中的叫好声，人们全部惊呆。四支火把还在远处闪烁，四支钢箭上弦，三秒钟之后，它们将灰飞烟灭。我调整呼吸，就是第三次呼气的时候，食指扣动了扳机。箭如流星，四支火把还在燃烧，完好无损。

除了娜斯塔西娅和忽必烈，所有的人都是一声惊呼。忽必烈经过大风大浪，这点失误绝不会失声。娜斯塔西娅没有吃惊，她不相信我会失手，肯定有原因。

没错，的确出现了异常。

就在我即将扣动扳机的时候，四支火把后面现出一片白色的影子，它在瞄准镜里像一束飘浮的光，吸引着十二只萤火虫，绿色的萤火虫。

十二只萤火虫紧紧追逐，白影无法摆脱。

当然是草原狼，除了它们的眼睛，什么会有如此尖刻的绿芒？当然是一匹白马，除了它的逃生，什么会有如此的恐惧，竟然忘记了嘶叫？

四支钢箭，现在插进了三只苍狼身上，一箭落空。

六只萤火虫还在飞舞，它们在跳跃，往白马身上扑咬。

此时的夜色中，除了瞄准镜能看到两公里外火把后面的情景，包括娜斯塔西娅在内，谁也不知道发生了什么。

探手。夺缰。

上马。飞驰。

哦呀，我向勇士伸手的本意，完全是要把铁枪挡开，然后抓住缰绳。这个听话的勇士会错了意，以为索要他的兵器，连同缰绳一起扔到我的手里。

好吧，那就用枪挑落六只萤火虫。

在四支火把后面三十米的地方，三只体形硕大的苍狼，呈三角之势围缠住白马。苍狼此起彼伏地跳跃，企图咬住白马的要害，使其不得动弹。

如果不是惨烈的场面，这情形一定是美轮美奂的。白马身上披着火把的光，通身泛着绛红。苍狼的皮毛在绛红的映衬下，透着神秘的偏紫佛青。

生命的舞蹈？你死我活的游戏！

阿黛尔闻到了苍狼的味道，发出一声很长的响鼻。因为不是我的坐骑，一时不知道它愤怒还是惊恐。必须给它鼓舞，我拍了拍它的脖子，阿黛尔陡然向白马冲过去。

白马看到我，终于发出一声嘶鸣。

阿黛尔也异常兴奋地嘶鸣，我明白过来，那是同类之间的沟通，基本和我无关。阿黛尔掉转了身躯，用后蹄向白马后面的苍狼踢出，我欣喜它的勇敢，但很快发现这样的情形非常不利，我始终无法面对苍狼，无法实施进攻。

我和阿黛尔的出现，没有使三只苍狼胆怯，更激发了它们的凶残，疯狂扑向白马，可是我手中的铁枪毫无用途。

阿黛尔的后踢一次比一次勇猛，我终于等到机会，就在它再次腾空的时候，屁股旋转到了白马的左侧，我双脚离蹬借着它的力道向上飞升。

本是要落地的，结果不尽如人意。我原来想过最好骑在白马身上，铁枪可以全方位向苍狼们进行攻击。白马背上无鞍，即使有力也使不出来。我的身体下落，白马躲避攻击，偏巧跨在它的身上。

马镫，绝对是人类历史上具有划时代意义的发明，英国科技史学家怀特说过：“很少有发明像马镫那样简单，而又很少有发明具有如此重大的历史意义。它把畜力应用在短兵相接之中，让骑兵与马结为一体。”没有马镫之前，骑兵需要减速或者停下才能射箭。没有马镫之前，官员的大门外要栽一桩上马石。马镫，公元3世纪中叶由中国北方地区游牧的鲜卑人发明之后，不仅仅改变了作战方式，也改变了世界战争史。此刻，我跨着无鞍之马，如同一棵无根之树。

一只苍狼咬住了皮靴，这也许是进攻的好时机。我情急中倒顺铁枪，用枪尾向它砸去，苍狼不仅没有松口，反而用力撕咬，右脚的小趾感觉到了疼痛。

完全是侥幸，如果苍狼松口，必定不会死。

倒顺铁枪的时候，我的身体彻底失去平衡，下意识中的支撑点，就是枪尾的落处。毫无疑问，苍狼充当了这个支撑点，可惜枪尾抡砸的力道太猛，脑袋开花。

很多人平时只注重四肢的肌肉训练，其实大多的逃生和脱险，用到的都是腰腹力量。就像此时，身体完全在马背上打开，仰面朝天堪堪坠落，我只能急中生智，双脚锁住白马的脖子，然后凭借腰腹力量，重新让自己弹射回来，在马背上获得平衡。

“不要——”

这是来自大哥的一声惊叫，惊骇而绝望。

我知道在失去平衡的时候，有六匹马疾驰而来。

当然是五位安答和娜斯塔西娅。

我的眼睛没有看向他们，只注视着剩下的两只苍狼。

两只苍狼向我亮出獠牙，准备发动进攻。

大哥跳下马向我扑过来，娜斯塔西娅举起了小山鹰。

大哥想救我，只是动作太慢，对于娜斯塔西娅这种高级射手而言，瞄准和射击眨眼之间便可完成。现在，弩弦发出震耳的响声，钢箭带着尖利的呼啸射出。

两声惨叫。悬起的心落地。两只苍狼死在白马脚下，我正准备从白马身上跳下，大哥蹿过来几乎将我连根拔起，重重放在草地上。

“大哥，谢谢你。”

我感激地看着大哥，他根本没有看我，扭头看向四位安答，突然伸出右手，恶狠狠地揪住二哥的脖领，仿佛二哥是个罪人。

“烂肠子。”二哥低声说。

“烂肠子。”三哥、四哥、五哥低声说。

什么意思？为什么要烂肠子？六只苍狼和烂肠子有什么关系？

我正要发问，白马慢慢走过来，它那么从容地扬着头，打了一声响鼻。我俯下身，希望能和它行碰头礼，可它直接走过来，亲热地拱着我的胸膛。

“我的神虎，它在感谢你。”

娜斯塔西娅站在我的身边，开心地看着白马。我拍了拍白马的头，它开心地“咴咴”叫着，撒开四蹄跑开。安答们没再说什么，拎起六只狼策马离去。

娜斯塔西娅把我搀起来，细致地拍着膝盖上的草屑。哦呀，绝对是赞美的节奏，我的心里荡漾起来。策马回到河边的浅滩上，听到了人们的欢呼声。五位安答的叫声最响，如同自己享受着尊敬。忽必烈一直没有说话，只是用眼神传达着欣慰，当人们向我敬完三碗酒，起身走过来，坐在我的身边。

“我的兄弟，可有破阵之法？”忽必烈不动声色地问。

“谁的阵？”我反问。

“你白天看到的。”忽必烈说。

“大汗，任何一种阵法，都不可能百战百胜，也不是千年不变的，当它运用到极致，必为敌人所破解。我明白你的意思，若我破解了大汗的阵法，就等于破解了阿里布哥的阵法，因为你们两兄弟的阵法如出一辙。在回答这个问题之前，我想问大汗一个问题，两兄弟作战，你要推翻他的汗位，还是取他项上人头，或者将他活捉然后杀死，再或者杀光他所有的人马？”我平静地说。

“六弟，这有不同吗？”大哥不解地问。

“不管哪一种，打败就好。”二哥大声说。

李卓伸手示意大家安静，忽必烈可能没想过这个问题，一直在低头沉默，他注视着桌上的碗。这只碗可以盛酒，可以盛水，也可以盛奶茶，因为现在是空的，里面什么都没有。

“大汗，可以选择不回答。”我轻声说。

“朕……朕想见见他。”忽必烈说完，拿起空碗看着。

“如果大汗允许，这件事我来做。”我沉声说。

忽必烈端着空碗端详良久，放下后似有似无地点了点头。

“六将军，需要多少人马？”李卓高声问。

自从忽必烈拿起空碗，李卓的眉头便紧蹙着，此刻疏朗开来。我张开左手伸给他，看到了他满意的笑容。

“十天之内，备齐十五万匹战马。”李卓说。

“不，一千五百匹。”我说。

除了娜斯塔西娅，所有的人都惊愕地看着我。

“疯了？”大哥抬腿踢过来，险些踢到忽必烈。

“他们能以一当百，每个人的本领将无法用言语形容，当然，安答们的本领最后会和我一样，甚至超过我。”我若无其事地说。

没有人相信，如果娜斯塔西娅能明白我在说什么，或许会相信，或许会选择阻止。此刻，她知道我和李卓在说什么，悄悄抓住了我的胳膊。

“一千五百人，是不是少了些？”娜斯塔西娅委婉地问。

“五百。”我朝娜斯塔西娅微笑。

“什么？”娜斯塔西娅惊愕地喊着俄语。

“亲爱的，我会解释。”我拍了拍娜斯塔西娅的手。

“学到这些本领，需要多久？”大哥愣怔地问。

“草尖黄了，他们脱胎换骨。”

众人都沉默下来，他们在计算时间。从今天到草原上的第一场秋风来临，大概四十五天。一个半月的时间，我能完成这个任务吗？现在还没想好具体的训练内容，因为这件事情刚刚发生。不知道米娜在我大脑中灌输了什么，有一样心里非常有底，按着特种兵的训练大纲，加速加倍让他们流血流汗。

以最少的兵力完成最大的任务，忽必烈很开心。他也许并不怀疑我的本领，现在担心的应该是他的人马，是否能达到我的要求。

“听着，从现在起，朕的大帐六将军随时可以进，他的命令如同朕的命令一样，任何人不听从，有权处置。”忽必烈高声说。

“谢过大汗，我会的。”我也高声回应。

“如果需要什么，我尽全力帮衬。”李卓诚恳地说。

“五百张羊皮，一百个铁匠，一百个木匠，还有心灵手巧如女人一样的男人，越多越好。还有一件事必须做到，明天的太阳出来之前，我要挑选人马，他们必须在我的帐外等候，年龄不超过二十岁，身材不低于五哥，没有完成任务之前，一律禁酒，胆敢违反，格杀勿论。”我坚定地说。

不让蒙古人喝酒，如同不让他们吃饭，众人面面相觑。

“从明天起，所有人不准喝酒，朕也……”

“嗖——”

忽必烈拿起空碗还未说完，一支箭突然射中了它，瓷片碎在他的手中，箭尾拴着的白布条，在他膝下抖动。

众人并没惊慌，也许习惯了这种事情。

忽必烈看过白布条上的字，冷静地问：“一个月，可好？”

我猜到定跟布条上的字有关，认真地点着头：“一个月。”

忽必烈豪迈地把箭扔到众人脚下，高声说：“朕有温都根查干保佑，一个月后，决一死战。”

“决一死战——”

“决一死战——”

“决一死战——”

“决一死战——”

第四十九章　黑雾龙卷风

太阳没有出来之前，五百勇士挑选完毕。

昨晚，我和娜斯塔西娅睡在大哥的帐里，李卓恭敬地告诉我，大汗已经下令为我们准备新的大帐，问有没有具体要求，我感激地表示，普通的毡房就可以，没有必要搞排场。

此刻，我和娜斯塔西娅站在五位安答身边，看着眼前威猛的肌肉森林，想象着他们一个月之后的样子，不禁对这个计划暗中赞叹。现在，我正等太阳从东面偏北的地平线上钻出来，因为爷爷说过，太阳出来时说的第一句话，朝霞都能听见。

远处，监马官们正挑选战马，娜斯塔西娅聚精会神地看着。我知道她一直在疑惑，为什么挑选五百名勇士，却为他们准备一千五百匹战马，更有甚者，我没有特别强调准备更多的箭袋，因为我要的五百张羊皮根本不够。

“我的神虎，该是解惑的时候了。”娜斯塔西娅说。

“蒙古人作战，每个勇士都有两三匹马轮换，保证长途奔袭。按照习惯，他们会选择母马作为坐骑，不必携带粮食，喝马奶就够了，这样可以背负更多的箭袋。亲爱的，你眼前的五百名勇士，他们不携带粮食，也不背负箭袋，他们的身体将是最无敌的武器。”我骄傲地解释着。

“没有想到马奶。”娜斯塔西娅认真地说。

“你会喝烦的。”我朝娜斯塔西娅微笑。

朝霞红得开始发亮，硕大的太阳拱出地平线。五百勇士的影子越来越长，挂在我和娜斯塔西娅身上。忽必烈和李卓率领一群将领走过来，在我的左后方站立。很显然，他们也想知道训练的第一课是什么内容。

“不会摔跤的举手。”我大声喊。

五百勇士一动不动，素质果然很高。

“会摔跤的举手。”我又大声喊。

五百勇士同时高举右臂，看似简单的一个动作，动静如同骤风猛然吹进森林，一股劲风直逼胸膛。

我和娜斯塔西娅向他们走过去，我伸手示意放下右臂，威严地高喊：“第一个命令，晌午的炊烟升起之前，必须把你们摔跤的本领全部忘掉，听见没有？”

第一个命令如同炸雷，勇士们惊诧和交头接耳。我和娜斯塔西娅镇定自若，出现这样的场面早已想到。现在，不管忽必烈和李卓是怎样的表情，不能扭头去看，接下来要做的是让他看我，看我如何在五百勇士面前树立威信。

“谁的摔跤本领最好？”我挑衅地大喊。

勇士们齐把目光看向大哥查干巴日，大哥拧了拧脖子站在我的面前。

“从没遇到过敌手。”大哥骄傲地说。

“来。”我淡定地说。

大哥紧了紧腰带，伸展胳膊鹰翔跳步。想起和吉达打斗的情景，大哥的脚步比吉达扎实得多，胳膊也粗了一圈，力量自然比吉达强。我学着大哥的样子跳来跳去，几乎没有费多大力气，他弯腰向前用右臂夹住我的前胸，顺势撂倒在地上。

“才用一只手。”大哥得意地说。

所有的人在笑，包括我看不到的忽必烈和李卓。

当然，没有人笑得像娜斯塔西娅那样，充满了深意。

丝毫没有难堪，我起身拍了身上的草叶，高声说：“你们刚才看到什么？查干巴日作为最好的摔跤手，摔倒一个人很容易，但是浪费了力气。既然一只手就能把人摔倒，那么他就浪费了另一只手和两条腿。我要教会你们的，是用身体的任何一个部分攻击敌人，一击制胜。”

人们又在交头接耳，安答们也疑惑地看着我。

“六弟，用牙去咬敌人的耳朵吗？”三哥笑着问。

“当你被敌人绑住四肢的时候，等死吗？”我反问道。

“六弟，你的肉什么味道？”四哥装作惊诧的样子。

“五位哥哥，兄弟要得罪了，不介意吧？”我笑着问。

“咬我的耳朵？”五哥惊慌地抱住头。

“一对五。”我严肃地盯着五哥，认真地说。

安答们绝对不会相信是真的，直到看见我眼中的锐气，不由得向后倒退几步。没错，我的眼里有一杆铁枪，只不过枪尖上裹着麻布。

“来。”我淡定地说。

安答们确认了我的举动，互相对视一眼，双腿深深弯曲，哈腰探出双手，一副随时群起攻之的阵势。娜斯塔西娅向后退去，这是她一直期待的。

“亲爱的，记住招式，你也是教练之一。”我笑着说。

尽管马上要动手，安答们的眼神却是软钝的。

“我的好安答，不想输得难看就用点力。”

必须将安答们激怒，这样才有预想的效果。

安答们的眼神渐渐磨亮，听到了十个拳头吱吱作响。

“大汗，请做个鉴证，当你数到七的时候，你的五虎上将都已经倒下了。”我扭头对忽必烈高声喊。

激将法果然奏效，安答们人叫着向我扑来。忽必烈开始高声数数，确切地讲，数到二的时候我才开始出手，数到六的时候，安答们全部倒在地上，最后一个数字出口，我不动声色地拍了拍手。

安答们没有起身，互相莫名其妙地看着对方，好像在回忆自己如何倒下的。五百勇士没了动静，不知道有没有看清动作，有一点可以肯定，全部惊呆了。

在和安答们的打斗中，我至少使用了五种不同的搏击方法，也许是中国特种兵一招制敌、泰拳膝术、美国三角洲特种部队搏击术、少林七十二擒拿和咏春拳。这一刻在脑海中快如闪电，无法分清。

安答们起身，捂着的受伤部位各自不同。

大哥捂着肋部痛苦地说：“六弟，什么妖术？”

我认真地说：“我要训练的比这还厉害，大哥，一个月以后，你能一对十。”

大哥欣喜若狂，刚要大喊，痛得又弯下腰去。

“现在，有谁不愿意忘记摔跤本领，说出来。”

我扭头对着众人大喊，五百勇士静默如群山。

按照计划，安答们各带一百名勇士，百人编成十组，分别由学习能力强的人担任指挥官。这些指挥官负责平时管理，每天汇报成果，并且建立严格的奖罚制度。

现在要去大营后方，那里有铁匠和木匠，他们正仿造娜斯塔西娅的小山鹰，这将是五百勇士最好的武器，也会成为蒙古战争史上的一个创举。至于那些心灵手巧的蒙古男人，他们会用手中的刀和针线，把整张羊皮缝制成一个个袋子，里面装满沙石，绑住五百勇士的小腿和胳膊，睡觉都不能取下。

策马而行，娜斯塔西娅兴致勃勃地介绍着“阿尔法”，作为曾经的特种兵，当然知道这支隶属于俄罗斯联邦安全局的特种部队，主要从事国内的反恐活动，专职于解救人质与处理应急事件，和美国的FBI异曲同工。

“若想成为合格的一员，从新兵算起，至少需要七年，承受常人难以想象的折磨和锤炼。”娜斯塔西娅感叹地说。

“我会努力的。”我随口说。

“爸爸有时候也小心眼。”娜斯塔西娅调皮地笑着。

“也字用得非常准确。”我抬右手竖起大拇指。

“他会对妈妈撒娇。”娜斯塔西娅皱着鼻子说。

“我也会的，只是不敢确定是不是娇。”

“理由？”

“没有试过。”

娜斯塔西娅肯定想到了我的身世，担心对话下去会引起我的失落，正急于如何解释，幸好到了大营后面的工棚。

“额日敦巴日将军，请回吧！”

工棚外面两名守卫同时跑过来，诚惶诚恐地说。

“除非听到好理由。”我被二人的神情逗笑。

“难道听不见吗？”其中一位疤脸守卫嗔怪地说。

当然听得见，不远处的工棚里，铁器、木器交织着作响，说明他们正干得如火如荼。

“我的眼睛更想享受。”我执着地说。

“呼和巴日将军说，进去……也可以，两天以后会后悔。”另一位守卫说，很明显，有些深藏不露的意思。

“三将军还说什么？”我问。

“这还不够吗？”疤脸守卫不悦地说。

我拨转马头就走，娜斯塔西娅开心地笑着紧随其后。娜斯塔西娅并不知道说了什么，但读懂了我尴尬的表情。是啊，再不走，两个守卫会把我当成不开窍的笨蛋。只是不明白，三哥在搞什么鬼？好吧，必须相信五位安答和工匠们的执行能力。两天以后水落石出。

信马由缰，我和娜斯塔西娅又开始了之前的话题，她说“阿尔法”有最好的体能训练师，她的格斗教练就是老“阿尔法”的儿子，一位不苟言笑的体能训练专家。关于对勇士们的体能训练方法，我希望娜斯塔西娅按着自己的理解，完全负担起这项工作。娜斯塔西娅非常开心，她表示会很快拿出方案，把格斗和体能训练完美结合起来。想象着要完成一项伟大工程，我们兴奋地吆喝着，雪豹和阿黛尔显然受到感染，脚步更加轻快，甚至小跑着颠了起来。

突然，雪豹和阿黛尔停住脚步，慌乱地喷着响鼻，前蹄刨着草地。我和娜斯塔西娅意识到有情况发生，迅速拿出小山鹰，四处巡视着。

雪豹和阿黛尔都是训练有素的战马，它们一定感到了非常严重的危险，所以才出现如此的反应。方圆一公里范围内，莫非出现了猫科动物？还是凶残的苍狼？或者体形还大的动物？

透过小山鹰的瞄准镜，绿色草地上没有发现任何杂色。不过，随着超远视线的快速移动，左前方十一点位置有片雪白，它在翻腾。

那是一匹精致的白马。

情况一定是这样的，在我们没出现之前，它悠闲地吃草，之后在休息，现在惬意地打滚。白马周围百米范围内，有五十余名马上的勇士守护。

心里骤然涌上感慨和激动，从未见到过如此雪白的马，根本不用猜，肯定是温都根查干，成吉思汗的转世神马。我想，这样一个圣物，它在大自然中的气场，能压过任何一种凶残的动物。雪豹和阿黛尔必然感受到了转世神马的力量，它们不敢向前踏步，用这种方式表达着自己的敬畏。

“转世神马。”

我和娜斯塔西娅同时脱口而出，脸上的表情如出一辙。

“我的神虎，不要打搅它吧！”

娜斯塔西娅的语气很轻，听得出来，她心里除了感慨还有愧疚。因为现在是那个灾难之前的日子，陨石还没有坠落，它还在草原上自由地活着。

“亲爱的，蒙古人见到温都根查干，都要跪下来，吉美洛追不能例外。”我颤抖着声音说，随后从雪豹身上跳下。

娜斯塔西娅莞尔一笑，尊重了我的信仰。

我恭敬地向转世神马走去，它始终背对着我，没有转身也没有任何反应。没错，它在草原上是自由的，它是蒙古人心中的圣物，所有人都对它存有敬畏，而它不必惧怕任何人。

一步步走，一步步踩着草叶上的阳光，一只只绕过正在吃草的羊。也许是黑头羊们的比衬，任何词汇都不能准确描述转世神马的颜色。它的雪白并不像雪，尽管毛发也像雪一样闪光，而是具有质感的银色。它的毛发根植于血肉之躯，所以在银亮中有了暖色。这种无与伦比的暖色，闪耀着圣洁的光辉。

慢慢移动脚步，慢慢调整和转世神马的角度。

不知道为什么，突然想起一首非常喜欢的歌曲。

风啊，轻轻地吹吧，

免得树叶沙沙地作响

温存话，悄悄地说吧

不要惊动草里的羊

月牙儿快钻进云里

不要把夜晚照得通亮

知心话，慢慢地说吧

不要惊醒酣睡的爹娘

感觉有两行热泪流下，情不自禁。

和传说中的转世神马一样，只有眼睛是黑亮的，深藏在长长的银色睫毛之下，充满了温润的福泽。

天地间所有的善良，都汇聚在它的眼神里。

天地间所有的神圣，从瞳孔里彰显着宽容。

一步步向转世神马走近，心里五味杂陈。几天之后，它将再次被陨石压在下面，也许我会向李卓先生请教，想到一种办法让它远离苦难之地，也许我会把它带往现代社会，让它免于一死。

不管怎么样，不能眼睁睁看着它再次面临灾难。因为在那首歌的旋律里，我突然找到了精神和信仰的源头。不要惊动草里的羊，不远处有神圣的转世神马。甚至不方便用神圣形容，它就是我从未谋面的父亲，或者上溯为我的爷爷，或者是我的血亲之祖，直指百年千年之遥。

这一刻，完全被神圣和伟大击垮。

哦呀，转世神马终于回头顾盼了，温驯地打着响鼻。面对面站立，我的膝盖没有受到任何外力，只是受到心里的驱使，毕恭毕敬地跪了下去。转世神马见惯了这种情景，迈着碎步走到近前，低下头拱着我的额头。

长生天啊，转世神马和我行顶头礼！

“天啊，我的神虎！”

娜斯塔西娅在后面大叫，继而是奔跑的声音。

我的胸膛一下子空旷起来，双臂自然展开，真想抱住它的头，然后默默许下心愿，哪知道刚摸住它的头，我的右手像被闪电击中。

突然明白了娜斯塔西娅大叫的真正含义。

突然明白了大哥昨夜为什么让四位安答发誓“烂肠子”，他们不惜以性命为注保守秘密，为了莽撞的六弟不死。

眼前的温都根查干，竟然是我昨夜胯下的白马。

我成了有史以来第一个骑过转世神马的人，这是对神的侮辱。按照遗训，任何一个蒙古人，都可以对我得而诛之。是的，就在刚才，我一直想着转世神马，丝毫没有和昨夜的白马联系起来，因为昨夜的火光，它的颜色是一片红。

从右手钻进的闪电传递到大脑，我瘫作一团。

娜斯塔西娅跑过来，慌乱地和转世神马行顶头礼。按理说，她完全没必要这样做，她在帮我，帮我减轻罪孽。

转世神马很开心，它认出了我，温柔地拱着我的胸膛。

十万高空的腾格里啊，我瞬间崩溃，跪爬着大礼参拜。

“温都根查干，原谅我的不敬……”

“温都根查干，原谅我的罪孽……”

“温都根查干，我定会用生命保护你……”

“温都根查干，原谅我，以后功过相抵……”

转世神马静下来，热烘烘的鼻息炙烤着我的脸，晃了晃耳朵，似乎在点头。

“我的神虎，这是缘分，请你们彼此珍惜。”

娜斯塔西娅快活地说着，揪了一把青草递过来，我慌乱地递到转世神马嘴边。如果它吃下去，说明愿意原谅我的罪孽。

转世神马没有看草，没有看我和娜斯塔西娅。

转世神马的鼻孔张开，眼神也肃穆起来。

哦呀，温都根查干，难道你是记仇的圣灵？

我和娜斯塔西娅都很失落，完全没有想到，转世神马突然一声嘶鸣，整个身体从我们头上腾空越过。哦呀，不愿意吃草就不要吃，不原谅就不原谅，铁蹄距离我的头超不过半厘米，非要让我以死谢罪？

不好！

当我翻身坐起，猛地发现转世神马奔去的方向，黝黑无边的烟雾升起。那原本是雪豹和阿黛尔驻足的地方，如今一切都被笼罩，只有两匹马的惊叫钻出来。

烟雾从何而来？

转世神马向它冲去，自投罗网还是解围？

我以最快的速度向烟雾奔去，无论如何迈动双腿，都不能追上转世神马，更不能追上那团烟雾。这团烟雾在前方以想象不到的速度旋转，所到之处青草连根拔起。

难道遇上了可怕的龙卷风？

我的胸前永远逆风，如何救出雪豹和阿黛尔？

我的双腿疾速奔跑，为何不能前进一步。

看到了娜斯塔西娅的身影，离我足有六米，正向烟雾冲刺。她的金发向后飘起，说明也正顶着风。可是她比我聪明，意识到了不可能前进，猛地收住脚步，身形向后退去，然后置身在了旋流里，夸张地绕了一个大圈，像一颗石子般投进了烟雾。

“娜斯塔西娅——”

我惊惧地大喊，风灌进喉咙，痛如溺水。

第五十章　女巫毛伊罕

夏季的草原，多为骤放骤收的雨。

草原有旋风，陆龙卷风极其罕见。

现代社会的草原，生态平衡遭到极度破坏，沙化非常严重，戈壁和沙漠形成龙卷风的情况变多。十一岁那年，我和爷爷在莎车县遇到过，老家伙常年在外奔波，自然见多识广，他催马向公路的涵洞跑去，几乎和龙卷风擦身而过。我们躲在里面，眼睁睁看着它像收割机一样，把地上的东西飞扬到空中，惊恐地躲过了一劫。

此刻，烟雾旋转着纠缠成了四绺。这是龙卷风的初时状态，速度变快后会成为桶状。龙卷风的去向，正是忽必烈汗的大帐东边。在前面那片开阔地上，五百勇士正在登记造册，如果龙卷风从中闯过，后果不堪设想。

任凭眼睛如何用力，始终无法从黑雾中看到娜斯塔西娅和两匹马，而雪白的转世神马，随着慌乱的奔跑，渐渐从头到脚进入了黑雾之中。

心里涌上悲哀，我和娜斯塔西娅难道就此别过？

呆愣着，渐渐发现了不同寻常之处。

黑雾的旋转速度，比一般龙卷风快很多，高度没有超过四米，直径也在五米之内。如果这样判断，旋转力量带来的真空灾害也许是零。这是怎样一种龙卷风呢？

娜斯塔西娅和三匹马为什么都没有声音？

不进入黑雾，永远背离真相，放弃吗？

狂奔？

狂奔！

双腿迈动越快，逆风越强烈。好吧，那就永远处于狂奔状态。

如果龙卷风有喘气的时候，就会迎来机会。

突然，我的余光看到一道黑影，立刻意识到不是单纯的天气现象，定是有人故意所为。这道黑影从我身后向前飘移，前方两米处停住。黑影背对着我，双臂猛地张开，十个指尖抖动，好像控制着黑雾。我想尽快接近黑影，甚至在奔跑中想到了女巫，可是女巫总穿着白袍，难道另有其人？黑影永远和我保持着两米距离，无论怎样加速，不能接近一寸。这是最为悲哀的时刻，没有能力救心爱的人，没有能力救三匹马。

无休止奔跑下去吗？体力是有限的。当我感到双腿沉重如铁石，听到了震耳欲聋的呐喊声。从黑雾的两侧，看到几千名勇士从对面跑过来，他们手拉着手，排成无数道人墙。人墙在呐喊声中以汹涌之势向旋转的黑雾撞过来，第一排被远远甩出，第二排又接着向前冲。

一排排勇士的身躯被远远抛出去。一排排勇士无所畏惧地前赴后继。阻挡的力量不足以制伏黑雾，只是放缓了前进的速度。终于，黑雾旋转到广场上，处在五百勇士的正中央。也许几千勇士的目的，旨在保护我挑选的五百精英。也许五百精英的目的，旨在保护忽必烈汗的金顶大帐。反正我听到了五位安答的怒吼，看到了五百勇士们手里的腰带。这些白色和蓝色的腰带，死命缠在他们的手腕上，如同天神纺织的巨网，在撼天动地的怒吼中，层层把黑雾缠住，一圈圈缩紧。

这是白蓝二色和黑色的较量。这是五百零五个血肉之躯和龙卷风的相互绞杀。我以为他们会顺着黑雾相同的方向旋转，这样会相对降低它的速度，可是我听到了大哥的命令，逆着它的方向而动。

哦呀，安答们要用人肉活生生绞死风速。黑雾不会认输。勇士们的腰带不会撒手。人肉阵不会出现缺口。结局会是什么？

必须赞美这些勇士，无论他们是否已到体能极限，从来没有发出一声惨叫，发出的永远是怒吼。他们永远不会出现体能极限，因为现在用的不是体能，而是信念。

黑影的双臂开始剧烈抖动，十个指尖闪烁光芒。我被晃了眼睛，急忙用手遮挡光线。本来要关闭眼帘的，慌乱间举起了手。好吧，这个错误来得太及时，我突然意识到自己的愚蠢，完全忘记了还背着小山鹰。

这个抬手的姿势，属于拿小山鹰的习惯动作。

此刻，黑影依然距离两米，我瞄准了左手。

钢箭从手掌穿越而过，手掌中间有不规则的空洞。

“啊——”

这是自娜斯塔西娅的惊叫之后，听到的又一次惊叫。

惊叫声在空旷的地方格外刺耳，黑雾仿佛被震慑，颜色渐渐变浅，直到透明。我看到了娜斯塔西娅和三匹马，都被蓝白二色的腰带捆住。

我越过人群向娜斯塔西娅冲过去，途中回头看了一眼，黑影的前面是白袍，毫无疑问，正是有过多次较量的女巫。

如果不是对转世神马的敬畏，绝不会发生后面的险情。当勇士们看到捆住了转世神马，吓得松了腰带散开。转世神马在长时间的旋转中失去平衡，摇摇晃晃奔跑的方向恰好是女巫站着的地方。没有人敢阻拦转世神马，眼睁睁看着女巫摇晃左手，幅度越来越大。

哦呀，充斥着鲜血的召唤。转世神马跑到女巫近前，虚弱地倒了下去。

雪豹和阿黛尔摇摇晃晃站起身，阿黛尔焦急地用头拱着娜斯塔西娅的身体，不知何时，娜斯塔西娅早已昏迷过去。我抱起娜斯塔西娅轻轻地摇晃着，听到了转世神马的嘶鸣。转世神马想奋力起身，怎么也无法站立，女巫用流血的手抚摸它的头，额上长出一朵梅花。转世神马似乎有了力量，起身的时候四蹄竟然腾空，伴着女巫渐渐离开地面的身体，向北面扶摇而去。

美丽到残酷的一幅画面。

女巫的黑袍猎猎，转世神马在旁边蹬着四蹄。

女巫仿佛是个精灵，正带着她的天马向远方隐去。

没有神话故事当中的腾云驾雾，一切都在透明的空气中进行，当女巫和神马消失，什么都没有留下，没有痕迹，没有声音，只有呆滞的观众，和他们心里的哀鸣。

宛若看了一场虐心的立体电影，所有的人六神无主。娜斯塔西娅一直昏迷，我更是悲从中来。雪豹和阿黛尔再也没有往日的神气，呆呆地卧在草地上，李卓找来最好的兽医，查不出任何症状，一筹莫展。

这个时候，我所能做的事情只有祈祷。希望娜斯塔西娅只是暂时的昏迷，希望雪豹和阿黛尔是因为看不到她醒来，从此变得情绪低落。

如果真是这样，那就最好不过了。可是，会有这么简单？

金乌西坠，我在草甸子上席地而坐。安答们静静坐在旁边，谁也没有说话。

娜斯塔西娅瘫软地躺在我怀里，垂散的金发在夕阳渲染下如同燃烧，就像我滴血的心，杀心顿起又不知仇人在哪里，只剩愤怒和无可奈何，只能一点点看着夕阳遁入山峦，无法将它挽留一分一秒。

神圣的金乌啊，无所不能的三足鸟，救救我的女人！

十万里高空的腾格里啊，救救我的女人！

突然发生的事件，让安答们心存疑虑，不知道我是否还有心情训练下去，或者说还要不要留在这里。说实话，的确想过放弃，甚至想过利用时空墙回到现代，让军方最好的医生为娜斯塔西娅治疗。

我不能走，不能在任何人面前表露出沮丧。

我是安答们的主心骨，如果放弃训练，一个月之后的生死大战输赢难定。阿里布哥之所以下战书，说明早有准备，有着必胜的把握。我清楚自己在做什么，并且知道为什么这样做，与其说追逐着安答们来到这里，莫如说寻着女巫的脚步而来，找到爷爷的下落，女巫是个突破口。尽管大哥说救走爷爷的人穿着限量版夹克衫，但我总是不能相信，因为到现在没有任何线索。

每一个男孩子，小时候都有英雄梦。那时候并不知道做什么才能成为英雄。我想过成为英雄，二十五岁的时候。我无须成为英雄，无须用英雄之名洗涤莫须有的罪恶之血。我只想救出爷爷，让老家伙安度晚年。我只想让我的女人醒来，随时都能在一起。

有个现象很万幸，娜斯塔西娅的生命体征一切正常，只是找不到昏迷的原因。按着一般情况推断，她在相当长的时间里处于疾速旋转状态，有可能神经受到损害，她的身体素质良好，我认为苏醒只是时间问题。

沉默良久，大哥小心翼翼地干咳了一声。

“什么时候走？”大哥问。

我没有回答，用反问的目光看着他。

“不拦你，弟妹的性命要紧。”二哥说。

我何尝不懂安答们的好意，在他们的心目中，我不愿意走又不得不走。可是，我从小就是一个叛逆的人，对别人叛逆，也对自己叛逆。对别人叛逆是因为我需要自由，对自己叛逆是因为我要改变命运。

现在，到了必须改变命运的时候。

在这种改变中，我不能束手无策，必须做点什么。

大约三个小时之前，勇士们在收敛同伴们的尸体，沾过血的地方被新土和鲜花覆盖，好像什么都没有发生。如果这样分析，我的心情会好很多。除了转世神马，除了牺牲的那些勇士，并没有损失更多。

坚信我的女人会安然无恙吗？当然，没有别的可能。

既然坚信娜斯塔西娅最终会醒来，有什么好郁闷的？

“今天晚上，我会一直这样抱着我的女人，明天，太阳的影子不用落在白桦树下，我会第一个站在训练场上，等你们。”我云淡风轻地说完，向大哥微微一笑。

“六将军，训练的事情放一放，尊夫人的安危要紧。”不知何时，李卓站在我的身后，脸色极其凝重。

“自有分寸，放心。”我感激地说。

李卓从怀里掏出一个蓝色瓷瓶，诚恳地说：“先父亲手熬制的丹丸，曾叮嘱不到咽气之时不能用，效力奇大，可服下半粒。”

我委婉地拒绝了好意，轻声说：“虽未找到原因，我的女人也没有这么悲惨，会醒来的。”

在李卓眼里，拒绝的举止实属固执，只能报以微笑。看得出来，他的微笑中很多成分是祝福。我抱着娜斯塔西娅起身，向前走出几步，看到了远处新搭的毡房。那真是一座精致的毡房，长在绿草之上，坐在蓝天白云之下，威武中透着温柔。我回身看着李卓和安答们，本想说句感谢的话，想不到出口的语气冷酷至极，把自己吓了一跳。

我用低沉的声音说：“我的好安答，你们彻夜在我的毡房前轮守，任何人不准经过，三百步之内，任何人不准喧哗。”

五哥拔出短刀，大声说：“谁敢惊扰弟妹，我宰了他。”

“不，我要想想怎样杀掉该死的女巫。”我说。

五哥的眼神中掠过一丝慌乱，短刀抖了一下。

五哥为什么慌乱，我的回答出乎意料吗？

也许是高兴吧，说明我不会离开这里，会和他并肩作战。

“有些事情……需要时间思考，为什么女巫轻而易举来到这里，所有的人没有发现？为什么她用那种方式把转世神马带走？还有，我想让阿里布哥的人马丧失战斗力，不战而胜才是最高级的。”

“当然好，不知是何妙法？”李卓兴奋地问。

还没有回应李卓的问题，大哥粗鲁地替我做了答复。

“想出来就告诉你了，这不是回去想吗？”大哥大声说。

我抱着娜斯塔西娅向前走，安答们跟在旁边。我知道，李卓和随从们都在向我行注目礼，他们心中充满了希望，盼着这个夜晚很快过去，而当明天太阳升起来的时候，我的女人已经安然无恙，也找到了战胜阿里布哥的办法。

一路之上，大哥讲述了以前的事情，女巫毛伊罕已是第四次出现在这里。每一次出现，都会给大营带来灾难，只不过这次除了灾难，还带走了转世神马。

第一次在217国道边见到五位安答的时候，大哥曾让我看忽必烈的圣旨。忽必烈之所以将五位亲信派出去，除了找到转世神马，就是要刺杀毛伊罕。鉴于毛伊罕高明的巫术，安答们明知道必死无疑，还是领命踏上了征途。

在大哥的讲述里，我知道了一些细节，那是他们结拜之后的去向。安答们知道毛伊罕的行踪不定，索性主动和阿里布哥的人马交手，假装落败成了俘虏，这是接近毛伊罕的最好途径。

想起乌德巴勒博物馆的那一幕，关于谁救走了爷爷，我虽然还不清楚，洪森和米娜也许早有了定论吧，毕竟那件夹克衫是全球的限量版。如果购买的人留下个人资料，警方找到他会轻而易举。

有件事情不能忽视，不管时空如何错位，女巫毛伊罕的本领越来越大。我想，忽必烈的思路是正确的，要想战胜阿里布哥的大军，首先要将毛伊罕置于死地，或者让她的本领消失。

“明天，我要知道毛伊罕的底细。”走到新毡房门口，我对大哥说。

“她无所不能。”大哥愁眉苦脸地说。

“谁都有弱点。”我向大哥微笑。

“杀死很容易，只需要……”四哥突然冒出一句话。

我抱着娜斯塔西娅刚要弯腰进入毡房，下意识回身，恰好看到大哥向四哥使眼色。这个举动让我心中一凛，他们有事隐瞒。我警觉的眼神从安答们脸上掠过，瞬间又装作若无其事。分寸刚刚好，我的眼神没有恶意，又让大哥明白本意。大哥脸上并没有出现尴尬和难为情，只是在犹豫。有意无意间，五哥和我不辞而别，独自向远处走去。五哥的背影有些奇怪，腰板僵直，走路时膝盖居然没有打弯。

“我的好安答，明天见。”

我向安答们点头致谢，弯腰抱着娜斯塔西娅走进毡房里。

哦呀，酥油灯太亮，鲜艳的红色晃了我的眼睛。

第五十一章　活在彼此的时空

这是我所见过的最华美和温馨的毡房。

安答们是粗人，忽必烈汗不会设计，应该是李卓的心血。

它不同于金顶大帐，到处充满了威严和冷酷，也不同于五位安答的毡房，明明很大的空间，被他们糟蹋到没有立足之地。

蒙古人的毡房大概有四千年的历史，爷爷曾经告诉我，毡房的样子是祖先按照羊胃的形状建造的，它和蜜蜂的蜂房一样，无论实用性还是美观度，都达到了无可挑剔的地步。

蒙古人崇尚蓝白二色，这源于他们繁衍生息在辽阔的蓝天白云之下，而在蓝天白云之上，则是腾格里居住的地方。不知道出于什么原因，或许李卓是汉人的缘故，就在成吉思汗的画像两侧，各垂着两方鲜艳的红丝绸，里面似乎是摆件或雕塑，比普通人高出两头。

哦呀，就是这些红丝绸，突然给了我一种错觉。

新毡房如此喜庆，像极了要成亲的洞房，如果不是女巫毛伊罕的出现，如果不是娜斯塔西娅还在昏迷，第一次走进来的时候，她定会开心地用俄语大叫。

第一次见面以来，我们的感情顺利朝着良性发展。有一点不得不承认，由于米娜的多次暗示，我始终觉得在这场爱情里，娜斯塔西娅总是处于主动地位，而我蒙在鼓里。娜斯塔西娅认定我是她所寻找的人，而我却不知道她为何寻找，孩提时代的童话，足以支撑整个人生的情感历程吗？有始无终的事常常发生。在娜斯塔西娅的讲述中，她一直拥有的熊睛，真正的主人是我，而我小时候所佩戴的酸樱桃，真正的主人是她。这两件东西的错位，当然会有故事，尽管她说出了一部分，但是远远不够，不足以查到我父母的真实身份。

这则错位的故事里，我是最蹩脚的主人公。

如果不是我把酸樱桃放进爷爷的石头袋子里，爷爷不会被阿里布哥的人掠走，虽然下落不明，有理由相信如今掌握在女巫毛伊罕手中。这将彻底销毁我的愿望，

因为一直在期待，熊睛和酸樱桃相聚的时候，会不会有奇幻的事情发生。

在某种程度上，我相信着娜斯塔西娅的解释，所以特别地爱着娜斯塔西娅，尽管她认定的爱情是宿命，对于我来说是一种偶遇。

凡是爱情都有责任感，现在情况发生了变化，我不得不把责任感更集中于娜斯塔西娅的生命安全，至于男女欢爱，早晨开玩笑的那些话，就当是开玩笑吧。

早晨的时候，说起将要搬进新毡房，娜斯塔西娅的脸色突然一阵绯红。如此白皙的皮肤，稍红一点便一览无余，我兴许能猜到原因，她联想到了一些事情，这些事情我们从来没有做过，总是被各种原因阻挡。

“值得期待。”娜斯塔西娅含糊地说。

“为你惋惜。”我放下奶茶碗，不动声色地说。

“与虎谋皮？”娜斯塔西娅笑了。

“伴虎而眠。”我做着惊恐的表情。

“妈妈教过我一个词，叫作惩忿窒欲，意思是控制愤怒和欲望，可是……用在这里显然不合时宜，前两个字不存在，后两个字是正确的。”娜斯塔西娅在故意捣乱。

“作为有志青年，尊重她老人家的意见。”我解嘲地说。

“乖，我保证她会喜欢你的。”娜斯塔西娅竖起大拇指。

哦呀，如此幸福的事情，就让娜斯塔西娅这样轻描淡写地化解了。我虽心有不甘，但也无计可施，只好用略带酸楚的微笑结束了话题。我以为娜斯塔西娅还会逗趣和掩盖下去，想不到径直走过来，紧紧搂住我的脖子，毫无顾忌地说出了心声。

“期待天黑，从此每个夜晚你都能……在我的怀里……”

两个人共同的期待，被毛伊罕的烟雾搅局，而当夜晚来临时，月亮被厚厚的云

层遮掩，万籁都噤若寒蝉。

娜斯塔西娅躺在羊皮褥子上，呼吸似有似无。亲爱的，我是如此无能，在你受难的时候，竟然无计可施。难道只有等待吗？只有等待？

恐慌的情绪骤然而来，只有踱步才能减轻痛苦，我在毡房里走来走去，最后停在红绸前面。好吧，这片红色是吉利的，不管遮盖着哪路神仙，祈求他能助我一臂之力，让我的女人化险为夷。

“哗——”

红绸揭下，倒提在我的手中。

“哗——”

哦呀！另一侧的红绸也被揭下，飘落在毡毯上。

如同乌云骤散透出蓝天，我的心哽在喉咙中间。

三哥！

三哥不让进入工棚，就是为了给兄弟这一刻的惊喜。三哥曾是天下无人可比的铁匠，除了打铁还会做什么？铠甲！绝美到天衣无缝的两副铠甲！

原来在成吉思汗画像两侧，红绸遮掩下的是两副用支架撑起的玄铁铠甲，它们在酥油灯下闪耀着冷酷、威严的光辉。

铠甲上分别挂着玄柄银鞘的鹰翅刀，上面都錾着白头雕。两把鹰翅刀宽窄长短各有不同，应是雌雄之分。铠甲下面各放一双战靴，黑红有别，穿金丝走银线各绣一虎一马。

哦呀，真是巧夺天工的技艺！

认得出来，两副铠甲制作方法不同，娜斯塔西娅的是柳叶甲，几千片窄长的铁叶叠在一起，分别构成了躯体的几个部分，让人惊奇的是铁片打磨得极其光亮，凑近些能看到几千张不同角度的脸。我的铠甲是玄铁翎根铠，用精钢、牛蹄筋和鹰羽根缝缀在一起，又裹了厚厚的骨胶，最让我喜欢的是头盔，中间夸张地隆起，便于保护鼻子和呼吸，额面錾着我的名号：额日敦巴日。

额日敦巴日。

神虎。

天之神。

神之虎。

好吧，既然我是天神，就守护在娜斯塔西娅身边，等同有了苍天的保佑。我笨拙而悲壮地把翎根甲穿戴完毕，本想坐在她的身边，铠甲无法折叠交错，索性在她对面躺下。

躺下，一个平常的动作，骤然心态发生变化。

那是身体接近地面的瞬间，心脏渐渐化为流质，就像科孜朵勒达克的心愿，在吉达的铁枪下毁灭一样，慢慢顺着羊皮褥子流淌开来，包围了娜斯塔西娅的身体。

哦呀，多么残酷的幻觉！

这时我撑起沉重的翎根甲，慢慢用左臂搂住娜斯塔西娅的后背。好吧，模样很滑稽，如同骷髅岛上的金刚抱着澳大利亚女人娜奥米·沃茨。不管形似什么，感觉娜斯塔西娅已经进入到我的身体里，无论爱还是血肉，都已经合二为一。

“亲爱的，我是你的天神，天神不会撒谎，你说的宿命是存在的。你四岁的时候遇到五岁的我，那时候我还是普通人，没有法力，你被冻僵在雪原上，所以请别人救了你，当你醒来的时候，你的手里……”

隔着玄铁头盔，我在娜斯塔西娅耳边轻轻说着，眼前浮现着想象的情景，当我说到她的手，脑海中骤然现出一个晴天霹雳。

长生天啊，吉美洛追，你是世上最迟钝的笨蛋！

不用再想象了，这是娜斯塔西娅口述的事实。就在娜斯塔西娅将要冻死的时候，一个发了善心的女人，她可能是我的母亲，把熊睛放在娜斯塔西娅的手里，熊睛的能量战胜了死神，于是活到今天，还沿着宿命的道路和我相遇。

熊睛！

熊睛！

我费力地起身想从脖子上摘下熊睛，翎根甲不允许这样做，情急之中摘下头盔，刚刚摸到脑后的链子，它一副急不可待的样子，带着我的身体向娜斯塔西娅跪了下去。

现在，熊睛被我们的手捂在中间，渐渐感到了它的热量，透过手指缝，发出的光芒越来越强烈，整个毡房都亮如白昼。

“哗——”

毡房的帘子猛然被撩开，冲进来五个蒙面劫匪。

这不可能，外面有安答们守护。当然，除非劫匪就是他们自己。

安答们冲进来停住脚步，手中没有短刀，都用手捂着蒙布。我想，一定是看到了毡房里的光亮，他们怕我和娜斯塔西娅有什么意外，所以不顾一切冲进来。

“六弟，要把毡房烧掉吗？”大哥傻傻地问。

“要不要帮你？”二哥比大哥更傻，还掏出了火镰。

我没有回答问题，甚至没有听他们说什么，只顾感受着我的心，因为它正慢慢熔化。自从见到熊睛以来，它一直单独在我或娜斯塔西娅的脖子上，从没有同时被我们捂在手中。难道这么做，结果会出人意料？

熊睛越来越烫，光芒越来越烈。

我坚信这绝不是温度和亮度的问题，一定是熊睛做了什么手脚，让我感觉血液被它全部吸收，然后通过它灌输到了娜斯塔西娅的身体里。搜遍脑海中的词汇，无法描述此刻的心境，而当熊睛的温度渐渐下降时，才发现我是多么愚蠢，这种心境再简单不过，只有两个字：侥幸。

安答们试探着脚步围拢过来，僵尸一般伸出手臂。

“我的好安答，你们的眼睛在哪里？”我轻声说。

安答们相继摘下蒙眼布，看着我和娜斯塔西娅的手，想知道光芒是怎样产生的。安答们凑过来，当脸庞映射到光芒，我看到了顺流而下的泪水，听到了此起彼伏的抽泣声。

“干吗要打仗呢？乌云其其格还在等我。”三哥哭着说。

“给老婆买的香囊快没味了，肯定要骂我。”二哥悲哀地说。

“我想女儿，还没有见过她。”四哥捂着脸抽泣。

“凭什么你们都有老婆？我是大哥。”大哥哀怨地说。

“你老糊涂了，我也等于没有。”五哥擦着眼泪，神色凄惶。

安答们为何突然如此脆弱，难道是熊睛带来的变化？五个战场上不惧生死的汉子，竟然泪流满面，女人一样哀怨。吉美洛追何尝不是如此？心里膨胀着的无数念想，都是可以不惜付出一切，换来娜斯塔西娅的苏醒。

时间在柔软的流逝，神奇出现了。

熊睛的光芒完全暗淡下去，这时才感觉原本毡房里是有十盏油灯的。当油灯的光亮暗淡下去，一轮明月从云层里钻出来，它的光芒统治了一切。

娜斯塔西娅悄然睁开眼睛，只是眼神里空洞无物。仅仅维持了一秒钟，仿佛天外的月光全部向她的瞳孔聚拢，她非但对帐篷里的六个人视而不见，还拿起小山鹰走出了毡房。如此诡异的举止，我认为在梦游，急忙示意安答们不要出声，悄悄跟在后面，一直走到广场上。

娜斯塔西娅迎风而立，我听到她的呼吸声是粗重的。

这是她的另一种昏迷，还是昏迷的另一种继续？

娜斯塔西娅开始用小山鹰瞄准前方的某一个地方，越过她的肩头，我发现前方五百米处，有一面足有一百五十平米的镜子，镜子里反射的很像北京的街景，天空乌云翻滚，地上脚步匆匆，大雨随之而来。

这面存在于空气当中的镜子是怎么形成的？

难道是以这种形式存在着的另一个时空？

我还没有想明白，听到了小山鹰发射的声音，一支钢箭向巨大的镜子射去。我以为这面镜子会砰然碎裂，它却像瞬间爆炸的炮弹，在一团火光和烟雾中消失不见。

“请回忆，2019年5月12日，上午10点13分，北京开始下雨，你走在望京的街上，曾和一个人擦肩而过，你撞掉了她手中的伞，并没有说对不起，反而开始奔跑。”娜斯塔西娅使用了非常妩媚的声线，宛若文艺片的旁白。

当然记得那一天的事情，暴雨突然而来，我向住处奔跑，回到二十四层的家里，看到了奇异的一幕。由于狂风在楼体间旋转，雨滴自下而上向天空飞卷。说实话，我在奔跑中或许撞到过一个人，或许撞到过很多人，以我们的身高差别而论，如果她打着雨伞，雨伞会遮住她的脸，我根本无法看到，可是她为什么对这件事情记忆如此清晰呢？莫非我们之前见过？

“记得，镜子里是那天的重现吗？”我疑惑地问。

“大雨未下，你的脸是湿的。”娜斯塔西娅肯定地说。

“为什么？”我疑惑不解。

“大雨未下，你是街上第一个奔跑的人。”娜斯塔西娅又说。

“为什么？”我开始大叫起来。

“一位和你并行的女孩，她用手机给妈妈打电话，刚说了一句母亲节快乐，你听到了，突然哭了，开始奔跑，不是躲避马上要来的大雨，是害怕再听到任何与母亲有关的词汇和句子。”

“那天……是母亲节？”我喃喃自问。

“你的心态是扭曲的，面带憎恨，却流着脆弱的泪水。”

“有过吗？我不记得。”

娜斯塔西娅回身，泪光闪烁着一步步走过来，抚摸着翎根甲，柔声说：“我的神虎，不要装冷酷了，你比任何人都想念母亲。”

我无法捡拾到当时的具体心态，也不想继续母亲的话题，急切地问：“昏迷的这段时间里，你经历了什么？”

娜斯塔西娅恍惚地说：“重新活了一次，明白了一件事情，在我们的经历当中，不但有现时空，有过去和未来，还有一种叫多重虚拟时空的东西。你的虚拟时空，我可以活在里面，我的虚拟时空，你也同样。”

“虚拟……还是真实？”我疑惑地问。

“虚拟的真实。”娜斯塔西娅肯定地说。

“你……重新活了二十四年？”

“十天，第一次去北京旅游的时间。”

“我在你的虚拟时空里……活着？”

“你……是个浪子。”

娜斯塔西娅说得很悲伤，我想，她刚刚经历虚拟时空时，我一定不是她理想中的模样。安答们听不懂我和娜斯塔西娅的对话，见到她苏醒过来已经很开心，催促我们尽早休息，我礼貌地挥了挥手，算是做了回应。

回到毡房，娜斯塔西娅看到毡房里的布置和柳叶甲，渐渐从虚幻中回到现实，快活地把柳叶甲穿在身上。本来还想继续关于虚拟时空的话题，看到她如此兴奋，我只好控制住了好奇心。

“忽必烈汗为我们准备的？”

“三哥的手艺。”

十盏油灯映射着娜斯塔西娅的脸庞，柳叶甲让她更显得英武俊朗。看到她飞扬的神采失而复得，我们隔着厚重的铠甲紧紧拥抱，害怕再次失去彼此。

一片方方正正的月光透过窗户，恰好照着成吉思汗的画像。我牵着娜斯塔西娅的手，慢慢沿着毡房的内弧走着，顺便吹灭了十盏油灯。

毡房里顿时宁静下来。经历了近乎一夜的烦恼，终于可以安闲了。

“如果以后遇见他，一定会致谢的。”

我拉着她的手坐下来，看着成吉思汗的画像轻声说。

“圣主，草原上的人都尊崇他，只有一个人例外，毛伊罕不是蒙古人，她用眼神告诉我的。”娜斯塔西娅淡定地说。

“亲爱的，告诉我你的经历。”我柔声说。

“我更愿意是一场梦。”娜斯塔西娅轻叹道。

凝望着窗外的月亮，娜斯塔西娅讲述了危险的经历。

我也是亲历者，没有想到的是，置身在黑雾内外，如同两个截然相反的世界。我认为毛伊罕当时就在黑雾之外，并且一直和她对峙。娜斯塔西娅说自己进入黑雾时，毛伊罕早就在里面，而且没有感觉到黑雾的旋转和速度，只能用意念和女巫对峙。

如同之前的情景一样，女巫希望娜斯塔西娅继承衣钵，娜斯塔西娅告诉她不可能离开我，不可能放弃自己的任务。不知道女巫用了什么手段，娜斯塔西娅重新活了十天，女巫希望娜斯塔西娅的记忆停留在没有认识我之前，这样就不知道我和使命的存在，就会乖乖听从吩咐。

有一件事情娜斯塔西娅绝没有想到，我们竟然在2019年5月12日的北京擦身而过。如果没有这次邂逅，如果不是认出了我，娜斯塔西娅的潜意识也许会把我抹掉，也许会做了女巫的传人，这是很可怕而又万幸的事情。

“曾有一度，我没有任何反抗能力，甚至不知道你在这个世界上，直到看见你把我的伞撞到地上，你在我心里活了下来，她再也不能把你赶走。”娜斯塔西娅紧紧地抱着我，声音在颤抖。

“超能力从何而来？”我生气地问。

“她有弱点。”娜斯塔西娅笃定地说。

“那就致命一击。”我兴奋地说。

“不行，她的弱点跟能力没有关系，只是不会说话，所以用眼神交流，她是哑巴。”

哑巴？

哑巴？

哦呀，如果女巫的弱点仅仅是不会说话，致命一击就是泡影。当然，如果我极具智慧，会把她的弱点无限放大，最后将其毁灭。只是无法想象，在她能与人交流的情况下，即使不会说话，对她又有什么影响呢？

绞尽脑汁，百思不解其解。

算了，别让毛伊罕毁了这个来之不易的夜晚。

“亲爱的，会不会太晚？”我若无其事地问。

“也许。”娜斯塔西娅微笑着看我的眼睛。

我把手放在翎根甲的牛皮搭扣上，希望娜斯塔西娅明白这个动作。这个动作有些执着，也有些宽泛，留着不会尴尬的余地。

“晚了。”娜斯塔西娅轻声说。

“脱下它，不会用多长时间。”我活动着十指说。

“不怕月亮看到吗？”娜斯塔西娅俏皮地指着窗户。

“不，我想让它做证。”我真诚地说。

娜斯塔西娅的眼神突然亮起来，里面装满了大大小小无数个月亮。她的眉尖挑了一下，看起来很像伤感的样子，悲壮地伸出手解我的翎根甲。哦呀，清楚地听到她的指尖触到铠甲时发出的声音，一连串的轻微磕碰，她的手和睫毛同频率着抖动。其实，褪尽铠甲的时间极其漫长，而当我们轻松站在地上，我的心里骤然涌上一阵哀伤。铠甲在身的时候，感觉自己无比强大，甚至无所不能，褪去了硬壳，突然清醒意识到自己多么渺小。

是的，我的怀抱里不再是冰冷的柳叶甲。

是的，我怀抱着娜斯塔西娅柔若无骨的呻吟。

世界很大，声音很小。

都是渺小的人，一生做不了多少有益的事。

都是渺小的人，乱世中的欢愉来之不易。

毡毯很厚，深陷进去的不是身体，而是激烈的柔情。

月光很蓝，发出的不是光芒，而是永生的沉默。

“我的神虎，你从哪里来？”娜斯塔西娅迷乱地问。

“宝木巴圣地，你是那里的女王。”我温柔地回应。

第五十二章　夜探阿里布哥营

八天以前，那是个具有特殊意义的早晨。

太阳还未露面，新毡房外面已经排列好四百八十六名勇士，这就意味着在那次黑雾事件中，十四个生命去了长生天的身边。

为了纪念逝者，我拒绝了忽必烈再补充名额的建议。

十四个人的名字，会永远写在花名册上。

队列之中，他们的位置将永远空缺。

我想用这种方式激励活下来的人，这既是他们心里的痛，也是力量的源泉。我想用这种方式提醒他们，危险随时都会发生。如果牺牲是必须的，剩下的路只有一条可以走，前赴后继。

如果非要比较，这些勇士的身体素质，要比我在新兵连的时候强壮百倍，他们仿佛不知疲倦，随时都能喷发力量。这让娜斯塔西娅无比兴奋，作为教官之一，她总是身先士卒，我非常明白，她也在给自己一个机会，把身体能量调整到最大。

虽然整个训练期限缩短了十五天，训练质量和效果却远远超出了期待，就在训练的第八天，我不得不改变计划，提前训练他们的格斗技能。

我的格斗教官曾经说过，人体内蕴藏着亿万年生命演化形成的、极为丰富的肉体和精神力量，这就是所谓的潜能素质。一般情况下，人的潜能往往只发挥百分之五，当把潜能激发到百分之十的时候，你的身体里会蕴藏着五个自己，也就是说你能以一敌五。除非生死关头，一般人的潜能极限是百分之十五，这时候潜能代替和超越了肉体，你可以所向披靡。当潜能发挥到接近百分之五十，你不再是人，而是传说中的超级野兽。

在娜斯塔西娅的训练计划中，我会挑选出一百人，让他们的潜能发挥到百分之三十以上。他们将作为最精锐的武器，随我战斗在任何一个地方，或取阿里布哥的首级，或将其生擒活捉。

无数次和娜斯塔西娅探讨这个问题，我一直持保留态度，而她坚信在教官做不到的情况下，依然可以训练出一百名杀手级的人物，只是担心有了这样的能量，有人会在战斗中丧失理智。没错，这是我最为顾忌的，如果不幸言中，后果不堪设想，尤其受了女巫的诱惑，他们将成为最恐怖的敌人。

进入训练第九天，我开始分别教五位安答不同的格斗方法，他们学会之后，再把掌握的技能教给所属的手下。五位安答中，大哥的力量最足，接受能力也最强，在大帐前面的广场上，他是最投入的一个。

我在欣喜的同时，很多疑惑也渐渐升起。

我曾告诉大哥一件非常重要的事情，胞弟图兀勒布日给阿里布哥的大军养马。按理说，大哥早应想办法把弟弟找回来，可他像完全忘了这件事，从没有商议，再也没有提起，仅仅是因为训练，把弟弟忘了？

四哥曾脱口说让女巫毛伊罕死很容易，大哥怪异的眼神时时在我眼前闪过，显然，他不想让我知道轻易杀死女巫的方法。既然有一种方法，为什么还要费尽周折呢？难道有什么忌讳，或者有超乎我想象之外的牺牲？

五哥的不辞而别也是可疑的，特别是在四哥出口之后。我看到的是他的背影，无从知晓神情是什么样的，不想参与话题，还是像大哥一样，心存制止和故意躲避？

还有一件事情非常重要，天上那块巨大的陨石。

按照李卓的推算，明天就应该是它降落的日子。我并不期待它能验证什么，包括我和娜斯塔西娅之前的经历，甚至如何从1260年通过时空墙去往两年之后，在一个河边的水塘里砸死转世神马。我想弄清楚的是，我如何在一瞬间再次突破时空墙，赶在空难之前把转世神马救出来，弥补之前的过失。

所有的疑惑都有待解开，截至目前，只有一个问题想出了答案。这个问题属于娜斯塔西娅，她一直奇怪为什么丢了转世神马，勇士们非但没有受到影响，反而更加意气风发？我的回答很简单，他们现在没有了精神上的寄托，心里是悲哀的，哀兵必胜。

关于自己的这些问题，我曾想在李卓那里找到答案。直到现在，李卓每天都会陪着忽必烈视察训练，但他从未开口提及诸事，确切地说，他从来没有想到我会有问题，也没有要随时回答问题的神色。

安答们肯定有什么秘密。也许李卓在这个秘密的外围。

现在，李卓又陪忽必烈来视察训练，安答们正在分头教练手下，我趁机走过去，忽必烈赞许地点着头，李卓的微笑很特别，似乎藏着暧昧，似乎藏着玄机。

“李大人，可否借一步说话？”我直截了当地问。

“但说无妨。”忽必死抢先说话，语气很平静。

忽必烈的意思很明显，并不想让李卓挪动地方，或者想听到我们之间的谈话内容。这多少有些不礼貌，有些强加于人，当然还有一种情况，没有把我当成外人。

我直率地问：“四哥曾说杀死女巫很容易，此话何意？”

李卓淡淡一笑，一本正经地说：“六将军曾说有办法让阿里布哥的大军失去战斗力，可曾记得？”

李卓竟然答非所问，我的心里不由得一凛。

“大人要给在下建议吗？”我谦逊地问。

“这个季节草原很少有雾，明日却可见氤氲弥漫。如果六将军想效诸葛孔明草船借箭，倒是一件快事。这里没有船，大汗准备了几千件牛皮草衣，你可大展身手。”李卓得意地说。

以草船借箭之法，掠夺阿里布哥的弓箭，方法当然不错。如果不喜欢效仿古人怎么办？这是血淋淋的战争，不是令人作呕的模仿秀，拾人牙慧能让人笑掉大牙。况且，当一捆捆的箭杆放在这里，妙手挪移而来的人是忽必烈和李卓，并非吉美洛追。本来要问杀死女巫的办法，李卓却把话题引到另一个方向，的确让人不悦，但又不便发作。如何继续这个难堪的话题？

我留给李卓和忽必烈不置可否的微笑，随后走向训练场。

我和李卓都让对方碰了软钉子，这不是扯平，李卓欠我一个人情，因为他的答非所问，显然不想说出事情真相，而我没有回答，只是没有想好而已。

“六将军，我很愿意回答你的问话。”李卓在后面大喊。

我保持着礼貌回身，看到了李卓和忽必烈的笑容。

“盖世英雄，豪气干云。”李卓凛然大喝。

李卓回答了我的问题，他认为四哥根本没把女巫放在眼里，手起刀落就能让她身首异处。难道是我多心？凭空怀疑了自己的安答？

我的脸有些发烧，心沉下去砸弯了草尖。

如果是一场无意的较量，李卓赢得了胜利，那么我的答案在哪里？如何让阿里布哥的大军失去战斗力？不能像四哥那样只是说出一句解气的大话，要有实质性的内容，要让他们心服口服。

吃过午饭，我叮嘱安答们继续训练，悄悄向娜斯塔西娅递个眼神，双双跨上战马直奔北面而去。我告诉娜斯塔西娅今晚夜探阿里布哥大营，现在启程是最好的时间。娜斯塔西娅得知我和李卓的对话经过，非常支持我的想法，她觉得完全没有必要效仿古人，用自己的智慧战胜敌人才是最值得尊重的。

以连绵的蓝色山脉为遮挡，黄昏时分，我和娜斯塔西娅一路逼近阿里布哥的大营。天黑的时候，又来到那片金莲花盛开的地方。短短十几天，金莲花已过盛花期，它们在用最后的时光让自己怒放。可惜光线太暗，无法看到灿烂的样子，它们在夜色中随风摇曳，原本橙红的颜色化成乌金。

哦呀，直到现在，所能想到的只是夜入大营，至于以后的行动，完全没有设想。我想过图兀勒布日，也许他能和我们里应外合，但是在万马军中，怎么找到他呢？

心越没有方向，天黑下来的速度越快。

玄夜之中，雪豹和阿黛尔一步步向着远处的大营灯火而去。

娜斯塔西娅依然从容，她一定有了误会，认为我成竹在胸，实际上，我在暗暗叫苦。这次贸然出行，很大程度上是和李卓赌气，唯一值得安慰的是我提前想到了一件事。阿里布哥的人都认识我和娜斯塔西娅，还有雪豹和阿黛尔，所以中途给它们披上了战衣，我们也换上了蒙古勇士的战袍。

距离大营一公里，我和娜斯塔西娅悄悄下马，在几棵白桦树的掩映下，透过小山鹰的瞄准镜，观察着大营里的情况。士兵们围着篝火喝酒，有人在摔跤，时常掀起哄笑的声浪，完全不像大战将临的样子。

完全属于下意识的想法，我在寻找吉达的身影，结果非常失望。所幸不是一无所获，意外发现了图兀勒布日，他孤独地躲在声浪之外，仿佛马奶酒和欢乐与己无关。也许在想念哥哥查干巴日，因为来自血缘的亲情无处不在，越是不能相聚，越在欢乐的地方，思念就会痛且强烈。

哦呀，又一个熟悉的身影出现了。这个人是哈日瑙海，总是喜怒无常的家伙。哈日瑙海在众位勇士的簇拥下走过来，看到人群之外的图兀勒布日，嬉笑着走过去，拧住了他的耳朵。图兀勒布日本想不理睬，怎奈耳朵在哈日瑙海手里，只好不情愿地挪动着脚步。

当然听不到哈日瑙海说什么，他的嘴唇不停地张合，原来让图兀勒布日参与摔跤。图兀勒布日完全不感兴趣，哈日瑙海生气地去打他的头，图兀勒布日气愤中将哈日瑙海推倒。哈日瑙海躺在地上胡乱蹬腿，因为角度问题，看不出在忍痛还是撒泼。人们拥上来将图兀勒布日围住，奇怪的是他竟没有还手，任凭拳打脚踢，直到躺在地上一动不动。

哈日瑙海起身了，摔跤般跳着鹰步在图兀勒布日身上蹦来蹦去，图兀勒布日像一棵被风刮倒的树，始终没有站立，一直到哈日瑙海没了兴致，把酒倒在图兀勒布日身上。

“为什么是闹剧？”娜斯塔西娅问。

“蹩脚的演员总把重头戏演成过场。”我说。

“有什么不妥吗？”娜斯塔西娅又问。

“落幕才会知道。”我说。

人们继续喝酒唱歌，哈日瑙海下令把图兀勒布日抬走，图兀勒布日突然起身，几乎没有看清怎么出手，五个人已被推倒六米之外。周围的人没有感到震惊，似乎习惯了这种力量，眼睁睁看着他往大营外面走。

“亲爱的，准备上场。”我开心地说。

“女主角的戏份多吗？”娜斯塔西娅俏皮地问。

“要看是否珍惜这次机会。”我说。

我和娜斯塔西娅同时放下小山鹰，没错，现在机会来了。

有意无意之间，图兀勒布日行走着弧线。如果再走五十米，右后方的毡房刚好挡住人们的视线，可惜只走了十米，再也没有往前。

我想站起身来，也许黑暗中能引起图兀勒布日的注意。就在我和娜斯塔西娅起身招手的时候，他和身后的连营突然镀上了一层红红的光亮。这层光亮，映出了图兀勒布日神情中的无奈。

不好！我警觉地回头，身后五百米处足有一千人马，举着火把以扇形之势站定，随时准备进攻的样子。

这些人是如何从天而降的？

吉达在扇形队伍的中间。

吉达没有举着火把，两旁在发光。

突然明白过来，即使有绵延的山脉遮挡，即使有夜色的掩护，我和娜斯塔西娅的行踪，仍然在敌人监视之中，这也是一路顺利而来的原因。

按着以前的情形，他们会活捉雪豹和阿黛尔，而我还没有归还吉达的宝石和圣旨，他们会实施生擒活捉。

娜斯塔西娅没有利用价值，死路一条。应该把结果告诉她，以便有充足的心理准备。我还没有开口，吉达的人马排着火墙冲过来。扇形队列具有完美的优势，不能从左或者右面躲避，更不能掉头向他们直冲，唯一的生路是马踏连营。现在，我的心里产生一种侥幸，那就是大营里的人或许没有防备。娜斯塔西娅也可能想到了这一点，我们对视一下眼神，同时催马冲了出去。

图兀勒布日呆呆地看着，雪豹和阿黛尔和他擦肩而过。

我和娜斯塔西娅拨转马头向西北方向而去，侥幸没有形成事实，大营里似乎早就等得不耐烦，勇士们好像随手就从身边拿起了武器，一排排的人墙岿然不动。

雪豹和阿黛尔都是不惧危险的灵物，如果命令它们飞越人墙，定然不会犹豫，而结果会是皮肉受伤。

怎么办？真的无路可走？

“死期到了。”吉达高声大叫。

娜斯塔西娅回头看了看追兵，我们处在层层包围之中。

“亲爱的，商量一下，谁先离开人间比较好？”

我用快活的眼神看着娜斯塔西娅，语气却极其淡定。娜斯塔西娅绝对能够感觉得到，我丝毫没有认输的意思，而是在鼓舞她，胸怀战死的决心。

“我的神虎，这么早结束爱情吗？你的长生天不会答应，我们会活很久很久。”娜斯塔西娅说着话，小山鹰瞄准了吉达。

这番话在我心里骤然风雷激荡，小山鹰瞄准了同一个目标。

“我发誓，一百岁的时候，还在你的怀里撒娇。”。

“我的神虎，那会让我想起爷爷的。”

我和娜斯塔西娅说着话，同时催马向吉达逼近。吉达的人马一步步后退，这是我和娜斯塔西娅期待的结果。我们从没有商量，也没时间探讨，似乎默契天生而来。必须向前走出十米，才能有向后面大营冲击的绝对速度，那将是雪豹和阿黛尔飞越人墙。

好了，十一米，吉达非常善解人意。

“亲爱的，这是西部片。”

“我的神虎，那就来个完美的镜头。”

突然拨马回身，同时踹镫提缰，娜斯塔西娅犹如我的影子。

哦呀，完美的长镜头开始了。

雪豹和阿黛尔向大营的人墙直冲，然后腾空而起。

戏剧的情节总是出人意料，两匹战马还在空中飞行，人墙突然左右分开，哈日瑙海和女巫毛伊罕现身在远处。

雪豹和阿黛尔落地，听到了哈日瑙海的大叫。

“听清楚，二人二马我要了，掉根毫毛不行。”

女巫没有反应，慢慢拿出一个黑乎乎的罗盘。

罗盘开始闪光，对准我和娜斯塔西娅。

我被这束光芒晃了眼睛，突然心生恐惧。不是因为胆怯，而是光芒过于霸道，几乎战胜我的心性和本能。娜斯塔西娅也许有同样的感受，但她内心极其刚强，就在我将失去抵抗能力的时候，她凛然地五箭连发。

那颗陨石坠落之后，哈日瑙海曾想用弓箭射死女巫，结果射中了罗盘中间的“苍天之眼”。一阵天崩地裂的巨响之后，我们从1262年回到了现代社会，正好赶上洪森和米娜的婚礼。

女巫当然不知道这些事，因为此刻那些事情还没有发生，转世神马还没有被砸死。没有出现陨石，就不存在从陨石上撬“苍天之眼”，从而有新的罗盘。我想，娜斯塔西娅肯定意识到了这一点，即便现在的罗盘上没有宝石，也不会去射它。万一再出现时光错位，现在的任务无法完成，更不能找到爷爷。

完全超乎我的想象，第一箭便射中了罗盘。

罗盘碎裂成片掉落地上，烟雾般消失得无声无息。

人们的惊叫声太慢，竟然在第五箭射出之后。

女巫的白马头部连中四箭倒地身亡，女巫摔到地上。

不知道为什么娜斯塔西娅决意射击罗盘，但是现在分明赢得了绝佳的机会，所有的人持续地愣怔在罗盘消失的惊愕中。

好吧，我向哈日瑙海冲去，右手牢牢抓住他前胸的衣服，顺势横在马鞍桥上。阿黛尔也疾速向前狂奔，娜斯塔西娅弯腰伸出胳膊下探，她要生擒毛伊罕。

哦呀，眼睁睁看着抓住了毛伊罕的白袍，就在娜斯塔西娅挺身的时候，我以为胜利十拿九稳，放心地拍马向前而去。

可惜，我的耳畔除了风声，还有一声裂帛。

第五十三章　雾漫迷途

从没有在每一天的早晨，感到过如此强烈的孤独与无助。

尽管身边依然有娜斯塔西娅，尽管世界上的每个地方都会有日出，可我看不到太阳，现在大雾弥漫，能见度不超过三米。大雾自凌晨时分开始，比李卓预测的早了十个小时。这也就是说，我和娜斯塔西娅整整在马上狂奔了十个小时。

雪豹和阿黛尔累了，需要清水和青草，可脚下是沙漠，呼吸空气中的潮味吗？我和娜斯塔西娅把最后的一点水给了它们，口干舌燥着开始辨别身处何方。

往前走出二百米，迎面遇到一棵老树。然后是第二棵、第三棵、第四棵。毫无疑问，我们来到了稀疏的树林之中。这些树很怪异，身形扭曲且枝丫乖张，就像一个个愤怒的老人用手杖互相对峙。看到它们的怒意，我心里坦然下来，虽然不知道在哪里，树很熟悉，新疆很多地方也有。

胡杨，也叫英雄树。

在南方，英雄树是木棉的别称，因为花朵的颜色。

在西北，英雄树是胡杨的尊称，因为生命的顽强。

“哦呀，年轻人，看看，看看，真是太奇怪了。为什么同一棵树上的叶子，长相完全不同呢？”娜斯塔西娅惊诧地大叫。

没错，这就是胡杨的美妙之处。嫩叶狭长如柳，老叶圆阔如掌。

一定是娜斯塔西娅刚才的叫声，打扰了这些沙漠上的精灵，或许是寂寞得太久，或许是受到了惊吓，狭长的叶片上有水滴纷纷落下，犹如一场兴奋的小雨。

娜斯塔西娅快活得像个调皮的孩子，伸出舌头迎接着水滴。

完全被娜斯塔西娅的开心唤醒，我的疲惫消失不见，学着她的样子边叫边走，用舌头迎接着一滴滴甘甜的露水。如果没有雾气阻隔，欢乐的叫声定会让长生天听到，让他知道地上有两个快活的孩子，玩着幼稚的把戏。

不知不觉，我们来到最粗的一棵胡杨近前，娜斯塔西娅突然回头看我，我还没来得及回应，骤然感觉脸颊很凉。怎么回事，老树有神奇的吸热功能？很多植物有吸热功能，但现在不是凉，是冷。我想仔细辨别脸颊上的感觉，情不自禁向右面扭头，听到了隐约而来的水声。除了河水，任何水不会有这种流动的声音，只有深度超过三米的河流，声音才会如此内敛和雄浑。

乌珠穆沁有很多河流，不知道为什么，突然想到了离它很远的额尔古纳河，也许是看到了胡杨的缘故。

额尔古纳。

额尔齐斯。

两个字之差，想起了新疆。

两个字之差，想起了生长的地方。

即使有娜斯塔西娅，即使有爱情，即使现在就可以紧紧把她拥在怀里，还是感到了孤单，确切地说也不是孤单，好像是一种委屈。现在，娜斯塔西娅也许和我一样，想到了她的国度和家乡，就在我向她张开双臂的时候，她的双臂也向我张开。

哦呀，同病相怜！

“我的神虎，这个拥抱是最好的纪念，请记住吧，我们的爱情曾经到过这里。”娜斯塔西娅开心地说。

我误会了娜斯塔西娅，她根本没有伤感。

娜斯塔西娅是快活的，她的嘴唇很烫。

“除了爱情，河水也让我幸福。”

娜斯塔西娅欢叫起来，循着水声奔跑，我和两匹马在后面追赶，跑出二十多米，看到一些破败的土垒建筑。这些建筑在河流的北侧，如果不是在胡杨林里，极容易让人认为到了草原和中原的交界地，或者前面的河流足够宽，会认为来到了黄河边。

好吧，这里竟是要找的地方。我曾把它想象得危险重重，原来如此美妙。

在这些破败的土垒当中，有我昨天想要的一切，至少一千张弓，五万支箭垛在一起。现在的问题有些棘手，我和娜斯塔西娅要杀死九个看守兵吗？即使没有了障碍，如何将它们运走呢？

果然有九个看守兵从土垒后面跑出来，兴奋地挥舞着手臂。这种兴奋那么朴素而猛烈，让人无法直视。我是心里有鬼的人，明白九个人判断错了我们的身份。他们只是看守兵，有人会定期来运走武器，绝不会想到眼前的一男一女是敌人。

热烈拥抱，彼此夸赞。

雪豹和阿黛尔背上驮满了肉干和水。

匆匆告别，九个人有六个人流下惜别的泪水。

“二十天以后，我还会再来。”我大声说。

“兄弟，等到了你，再来的是别人。”为首的守护兵说。

“真好，不用受罪。”我随声附和。

“要谢兄弟，你提前了三天。”为首的守护兵又说。

我正要胡编乱造借口，九个守护兵已经上马吆喝着离去，那姿势那么决绝，永世都不会再来的样子。哦呀，我认定的那些惜别的泪水，竟然是个错误，原来比他们预定的交接日期提前了三天。

在这样的地方，提前半天都是惊喜。惊喜之下，忽略了验证我们的身份。

看到了堆积如山的弓箭，就在最低矮的土垒洞里，洞口有树枝遮掩。如何把它们搬走呢？虽然要感谢图兀勒布日和哈日瑙海，如果没有他们指引，根本无法找到这里，如果讲出搬运的方法，岂不更好？

昨天夜里，当策马冲向图兀勒布日，擦身而过的瞬间，他告诉我要向西北方突围。他的指挥是对的，大营西北方向把守力量最为薄弱，可惜还没有冲出去，被大营里的人墙拦住。

关于这一点，我一直心生疑惑。

根据图兀勒布日的智力，应该离他很近的时候才会有反应，才有可能认出我。而当他要说话的时候，雪豹早已经窜出去足够五米。事实上，就在我接近他的时候，他已经开始说话了，语气低沉而肯定，丝毫没有慌乱，绝对不正常。

更令人困惑的是哈日瑙海，除了第一次在克拉苏河大桥下，他热情地扔出熊皮酒囊，后面的几次相见如同陌生人，或是根本不看，或是看了之后没有任何反应，我在他面前根本不存在。

昨天夜里，哈日瑙海是作为人质被我抓走的。当远远离开大营，哈日瑙海请求下马，然后说出一件我最关心的事，以此作为交换。哈日瑙海已然没了用处，当双脚踏上地面，身体还处在颠簸的惯性之中，摇晃着摔了个四脚朝天。我有足够的耐心等待，他丝毫没有配合我的预判，倒在地上不肯起身，大声说向西北走五个时辰，河边有我想要的东西。

在我的认知里，哈日瑙海是个可笑的蠢货。哈日瑙海看到了我的表情，突然冷下脸来。哦呀，这是我从没有见过的模样，蠢货也有严肃的时候。

“如果今天晚上没有死人，我不会背上蠢货的名声。”

哈日瑙海的声音很沮丧，站起身之后说了这句话。不知道此话何意，无谓的探究更无价值。毕竟是他让我们脱离了危险，挥挥手算是作别，策马和娜斯塔西娅奔着西北方向而去。哈日瑙海给出的交换条件挺丰厚，这里是阿里布哥大军运送粮草和武器的驿站，因为在大后方，戒备力量并不充足，我和娜斯塔西娅轻而易举便拿下了这个地方。

现在的问题是如何把弓箭运走，仅凭二人二马不可能做到。我和娜斯塔西娅对视，焦灼撞在一起，差一点就能燃烧。我烦躁地跺脚，然后听到脚下有奇怪的声音。声音微弱，声音很多，宛若无数沙虫钻出地面。

马的叫声。马群的叫声。

刚才一脚跺在地上，惊扰了它们的宁静。

叫声来自地下，找到源头并不困难，绕过几道土墙，看到了残败的洞口。我比哈日瑙海愚蠢，比九个守护兵愚蠢，他们以为我懂得其中的“秘密”，而我却因为快要崩溃才因祸得福。搬开移动土墙进入洞口，牲畜的味道扑鼻而来。八十匹马鱼贯而出，犹如听话的北极鲰鱼入鱼护。

第一个出来的自然是头马，全身赤红四蹄黝黑，耳朵威严地摇晃着，马群迅速围拢在它的身边。我以为这是一个吉利的整数，就在我的眼神将要从洞口移开的时候，一个白色的影子在洞口出现，一匹五个月大的小白马怯生生地走了出来。

如果它再小一点，也许就是在地下出生的。

如果假设成立，其中一匹马就是它的母亲。

当然，丝毫不怀疑其中也有它的母亲，它靠近谁，谁就是它的生母。我盯着小白马，它低着头溜进群中，紧挨着头马停下。头马是火焰红，不可能是它的父亲，只是它的首领。也许父母已死于战场，它是个孤儿。

头马比其他的马身材高大，眼神也更警觉，我现在是它的陌生人，还没有取得它的信任。好吧，不刻意去接近，把草料放在旁边随后走开。爷爷曾经告诉我，要想取得陌生牲畜的好感，最好的方法是将它喂饱，用手去摸它的头，让它熟悉你的味道，这是以后的事情。

三分钟之后，头马在草料的香味中屈服了。

我耐心地等待头马吃饱，用了爷爷传授的另一个手段，故意不去牵它，而是选中旁边的小白马。

“你很漂亮，应该叫高娃。”

我亲昵地拍了拍小白马的屁股，它听话地跟我走出马群。

这是我和头马关于智慧和地位的较量，如果它是一匹称职的头马，必然走出来拦截小白马，这个时候，所有的马会认为头马开始行动，我的伎俩也就得逞了。果然，头马走过来拦住我的去路，我趁机把小白马的头搂住，亲切地抵着它的额顶，吹响了柔和的口哨。

小白马完全没有危险，头马定然失落。当一匹马失落的时候，最需要得到安慰。我向头马走去，信任地拍着它的脖子，随后把手放在它的心脏位置。如果头马没有躲闪，我们之间的信任就已达成。头马刨了一下左前蹄，随后安静下来，我笑着和它行顶头礼，听到了它欢快的叫声。

“我的神虎，它现在是你的了。”娜斯塔西娅开心地说。

“我将赋予它一个最酷的名字，嘎利，火焰。”我说。

看似堆积如山的弓箭，其实是一件件分装好了的，只需要放上马背即可。这样的工作并不轻松，用了几乎一个半小时，当看到满载武器的马群呈几何状庞大起来，成就感油然而生。多亏爷爷的理论正确，让我顺利地降伏了这个马群。

尽管雾越来越浓，在娜斯塔西娅的精心策划下，根据来时的大概方向，划定了一个最短距离的弧线。当然，这是想象中的途径，但愿能安全绕过阿里布哥的大营，并且在明天上午10点左右，当太阳开始轰赶浓雾的时候，这些战利品已放在忽必烈大帐前面的广场上。

队伍出发，头马走在雪豹和阿黛尔的中间。

浓雾一团团迎面而来，我和娜斯塔西娅的衣衫早已湿透。

离胡杨林越来越远，队伍依然沿着河岸行进，大约走了半个小时，我突然勒住雪豹，指了指左侧浓雾缝隙中一闪即过的河面。

“亲爱的，从这里下水。”我大声喊。

“直觉？”娜斯塔西娅问。

“经验。”我肯定地说。

娜斯塔西娅并没有看到乍现的河面，我看到的不是涌动着暗流的水，而是平缓着高低起伏的水包，这说明河水很浅，下面藏着不规则的圆石头。

雪豹第一个下水，阿黛尔紧随其后，头马显然受到了侮辱，嘶鸣了一声跳入水中，后面的八十匹马争先恐后跳进了河中。小白马在岸上似乎有些犹豫，我刚要回去鼓励它勇敢地效仿前辈，它直挺挺地蹦了下去，险些被石头绊倒。

我承认，带领马队过河的时候，心里有过不祥的预感。如果这时候遇到袭击，马队将分崩离析，我也会前功尽弃。

幸好没有出现状况，顺利到达了彼岸。

为了照顾马队的脚力，不得不让雪豹和阿黛尔放慢脚步，甚至有时候故意让头马跑在前面。我以为这是对它的赞赏和鼓励，三个小时以后，发觉犯了一个巨大的错误。头马没有想象中的那样温驯，它一直在伪装，它一直在带着我们兜圈子，又回到了最初的地方，只不过不是那些破败的土垒，而是和它隔河相望。

“我的神虎，它欺骗了你。”

娜斯塔西娅在愤怒中用小山鹰对准头马的脑袋。如果不去阻拦，头马会在顷刻间丧命。在我的心中，愤怒并不比娜斯塔西娅少，只是更清楚，如果头马死去，马群会作鸟兽散。还有，也许我们误解了它，它也是无辜的。

头马一声嘶鸣，就像得意的笑。哦呀，笑声暴露了心思，原来我把它想得太好。面对小山鹰，这个家伙并不胆怯，可能它害怕的是弓箭。它和我对视，眼神里有遮掩不住的得意，淡定得出奇。

“它尽职尽责，是个好头领。”我说。

这种眼神让我放弃了惩罚的念头，因为它算得上是一条汉子。但是，我不能轻易甘拜下风，必须有所表示，可是除了惩罚，还有什么高妙的招数？

想不出计策，就是无计可施。

哦呀，救星出现了，这就是我的坐骑雪豹。

我对雪豹之前的印象，已经完美到无以复加，没想到它竟如此深沉地理解着主人的尴尬。雪豹知道被头马欺骗了三个小时，所以带着愤怒走到近前，用头顶住了它的头部。

两匹马用这种方式对峙，一动不动。

两匹马鼻孔里喷出的热气，完全裹住了它们的脑袋。

良久，雪豹轻轻抬头，露出的牙齿能咬下头马的左耳。

一声惊动天地的嘶鸣，头马倒退了三步。

头马被雪豹的气概震慑，服帖地低下头，再也没抬起来。

奔跑再次从起点开始，四个小时过去，眼前隐约现出一道黑黝黝的山梁。早已不知道身在何处，我和娜斯塔西娅谁也没有第一个提出休整，当我看清了山梁的起伏线，娜斯塔西娅抢先勒住了阿黛尔。

“难为它们了。”娜斯塔西娅下马，看着气喘吁吁的马群。

我下马走到娜斯塔西娅身边，突然发现来的时候并没有带着草料。这些蒙古马驮着重物，七个多小时下来，早已超过了体能极限，多亏呼吸的雾气补充了水分，不然早就累瘫在地。

我在马群里牵出小白马，它的体形和毛色应该属于乌珠穆沁马。这种马是成吉思汗最喜欢的，它虽弱小，但在马群中格外显眼，因为只有它全身雪白。只是在左臀上烙着一个奇怪的符号，类似汉字“夫”。曾听爷爷说过，当一匹马长到一岁的时候，主人为了和别人家的马有区别，会给它烙下属于自己的符号，可以是名姓，可以是其他纪念性文字。小白马明显不到一岁，为何有了印记呢？小白马已经累得摇摇晃晃，它想坚持着站立，最后没能实现，卧倒在地上。我想扶它起来，雪豹抢先一步走到近前，低下头拱着它的脖子，发出“咴咴”的鸣叫。

“看看，看看，雪豹心疼了，从没有听到过它这么温柔的叫声。”娜斯塔西娅惊讶地说着，走到小白马近前，宽慰地抚摸着它的后背。

“有什么打算？”我沉声问道。

其实，我的心里已有答案，只是想听娜斯塔西娅说出来。

娜斯塔西娅小心翼翼地抚摸着小白马的头，用乞求的眼神看着我说：“它如此不同凡响，如此美好，不应该出现在这里。既然遇到了我们，不能把它抛弃，等它站起来，等它体力恢复。”

娜斯塔西娅把囊里的水倒在手掌上，递到小白马的嘴边。

小白马虚弱得像个婴儿，嗅了嗅水的味道，伸出舌头慢慢地舔舐。雪豹比我和娜斯塔西娅还要开心，竟然仰起头颅发出高亢的嘶鸣。

或许浓雾太过稠密，嘶鸣无法传向远方。如此辽阔的莽原，又是如此黑暗的夜，本不应该有什么回应，但这完全是我善良的想象。当这种想象有悖于现实，我和娜斯塔西娅听到了缥缈的叫声。

狼。至少有十几匹狼。

幸亏距离太远，若想找到这里并不容易。

雪豹激情昂扬地走到小白马身边，用嘴拱着它的脖子。小白马仿佛受到鼓舞，艰难地站起身，抖着发亮的皮毛。

该是寻找山路的时候了，我在心里暗暗鼓励自己。浓雾似乎略显稀薄，看到前面都是山，无法躲过艰难。

"亲爱的，翻过山梁，或许是好地界。"我假装肯定地说。

"到了才能知道。"娜斯塔西娅上马大声说。

哦呀，就在我翻身上马的时候，左侧突然出现了朦胧的天光。也许它是稍纵即逝的仙女，可我还是用眼睛抓住了它的薄纱。

没错，左侧的雾气在发亮。我意识到雪豹朝着正南偏东，准备翻越的山在正西。好奇怪的一个钝角，这和当初的设想大相径庭。正要告诉娜斯塔西娅这个发现，突然看到她快速拿过了背后的小山鹰，眼神瞬间冷得犹如两块寒冰。

"这些弓箭够用吗？"娜斯塔西娅反问自己。

"我们只有四只手。"我替娜斯塔西娅做了回答。

透过重重浓雾，听到了左前方六百米处传来的喊杀声。声音混成一团，这是战场上的厮杀，人吼马鸣。在不远的地方，有战事发生吗？为什么我没有嗅到血腥的味道？难道是错觉？娜斯塔西娅手中的小山鹰垂下来，我的耳朵嗡嗡作响。

好吧，很少有这种状况，我和娜斯塔西娅同时丧失判断能力。这些发出喊杀声的地方，究竟是五位安答的地盘，还是阿里布哥的大营？究竟离我们有多远？

怪诞的事情发生了，当我侧身仔细听辨声音，它的源头竟然不是一处。确切地说，源头左右飘忽不定，速度也忽快忽慢，好像和迎面而来的风同步。我疑惑地看着娜斯塔西娅，就在我的眼神到达她眼睛的时候，声音突然疾驰而至，如同飓风钻进了她的蓝色瞳孔，足以把虹膜震裂。

冲击波？战场上的声音形成了冲击波？

也许是吧，我迅速纠正了之前的判断，因为源头不是左右飘忽不定，而是一个完整的圆形弧线，排山倒海般逼迫过来。

球面波。

娜斯塔西娅的金发在声浪中飘飞。

所有的马鬃在声浪中飘飞。

我的心在胸膛里撞击，就要炸裂而出。

马群瞬间崩溃，它们偌大的身躯如同六月的麦田遇到干热风，头重脚轻地摇摆。有些箭杆脱离了捆绑，还没落到地上就被荡到了天空。马群即将分崩离析，如果形成事实，无论如何也不能再把它们聚拢起来。我正暗暗叫苦，头马愤怒了，嘶鸣着向第一个离群的白马追过去，它越过了青马的身体，然后抬起了后蹄，白马被踢翻在地。

马群被头马镇住，开始向它围拢，小白马被困在箭捆之间。

我以为小白马会享受这份照顾，不料它低下身体从缝隙中左突右撞，摇晃着来到倒地的白马身边，卧下来舔着它嘴边流出的血。

白马是小白马的母亲？不然呢，小白马为何如此勇敢？

我长叹一声，庆幸头马在危急时刻挽救了这次行动。当我再次看向娜斯塔西娅，她正回头看着后面，等回过身来，神情不再迷惑。

“我们戏弄了自己。”娜斯塔西娅说。

“这是科学解释？”我简直不能相信。

“不，它在走路，就像风，只是经过了我们的耳朵。”

娜斯塔西娅说着，伸手示意我向她指定的方位聆听。果然，喊杀声犹如肆虐的沙尘暴，已经凌驾于狂风之上，奔向遥远的西北方向。

第五十四章　蒙古人公敌

永远走不出浓雾，永远不知道前方是哪里。

骑在雪豹背上，看不到马蹄踏着什么，如在云中颠簸。

忘记了哪里是草原，哪里是沙漠，也许交替了若干次。雪豹用极小的步幅奔跑，和马队后面的小白马若即若离。娜斯塔西娅和阿黛尔在前面，我们已经轮换了三回。再次停下，娜斯塔西娅下马的动作很缓慢，当我下马的时候，手脚已完全不听使唤。也许是浓雾中缺氧的缘故，意识有些模糊，我走向娜斯塔西娅，双手发麻双脚趔趄，几乎就要跌倒。

我和娜斯塔西娅惊诧地彼此看着，又同时向马群看去，不禁大叫失声。长生天啊，这样一路走来，究竟发生了什么？

除了人和马的眼睛，所有的一切都变为黑色。娜斯塔西娅的金发纠结成黑绺，雪豹和阿黛尔成了青锈的雕塑。整个马群，包括小白马高娃，早已经成了玄色的动物，与其说是马，莫如说是一群野猪。

“爸爸。”娜斯塔西娅木讷地对着前面喊。

“那是洪森，他在游泳。”我说。

错觉，绝对的错觉。我用仅存的意识去抓娜斯塔西娅的手，她的手滚烫，或者是冰凉，我不知道。但是，这一点点刺激让我清醒了很多，抬头望天，看不到蓝色，低头看战靴，如同刚从黏稠的沥青中拔出。

“逃命。”我想大声喊叫，声音在嘴边消失。

我拉着娜斯塔西娅向前走，忽然一动不动。长生天啊，竟然看到孤零零的一棵六叶草，头上顶着白色的单瓣花。它在雾中不摇不晃，就在前面两米远的地方。

经过它的身边，我被轻薄的花瓣绊倒，连累了娜斯塔西娅。胸膛在痛，身下是石头，这里是戈壁。透过叶片向前看去，如果有力气表达情绪，应该狂笑而死——以这棵不知名的草为界，前面的浓雾消失了。

拉着娜斯塔西娅向前爬，我的胸膛碾过石头，呼吸舒畅起来。前面是一片澄明，令人愉悦的澄明。我下意识向后面看去，不禁打了一个冷战。

“我的上帝。”娜斯塔西娅用俄语叫道。

娜斯塔西娅也看出了端倪，身前身后的雾竟有天壤之别，尽管它们有着同样的潮湿，身前的雾淡得透明，身后的雾浓得污浊不堪。

前后的雾以孤草为界，这是什么样的界限？

前后的世界以白花为界，这是什么样的花朵？

“为什么一直感觉胸闷，看到前面才明白，我们一整夜遇到的根本不是水雾。还记得我射中了女巫的罗盘吗？它碎裂到地上之后就变成了黑雾，我们离开了那里，没有看到它扩散开来，这里应该是阿里布哥和忽必烈辖地的边界。”娜斯塔西娅惊诧地说。

“毛伊罕在用黑雾保护阿里布哥的辖地？”我急切地问。

“我们安全了。”娜斯塔西娅拉住我的手。

“或许还有别的可能，我们奔跑的这一整夜，都在犯着概念上的错误。我和李卓在对话的时候，他曾说明天夜里将有大雾，现在就是他说的那个夜晚，而之前的并不是真正的雾。这样说来，不管是什么，我们还要被雾包围一天两夜，而现在正是夜里。”我心有余悸地说。

“我的神虎，天已经亮了。”娜斯塔西娅指着澄明的雾说。

是啊，如果没有天光，前面也不会澄明。为什么我还认为此时就是黑夜呢？时间惯性？我梳理着从离开阿里布哥大营之后的经历，简直难以置信。

“我们曾在白天奔跑，黑雾造成了错觉。”

娜斯塔西娅感慨地说着，拉着我向前面走去，渐渐地，看到了地上稀疏的草，往远处看，一派绿意茵茵。好吧，终于看到了草原，应该离忽必烈汗的大营不远了。

一声呼哨，我在呼叫雪豹。八十三匹马从黑雾中钻出来，来到了澄明的空气中。草原上刚下过雨，有了富含负氧离子的空气，有了青草和草尖上的雨水，马群快速恢复了体力。走吧，别让安答们等得太久。

归心似箭，心境宁静，走出一个多小时，突然发现前面一个木桩，我不禁大叫起来。这个木桩太熟悉，它曾拴过雪豹和阿黛尔，也就是说登上前面的高坡，就能看到大营，看到安答们训练的身影。

当我和娜斯塔西娅带着这些战利品，出现在安答们面前的时候，他们肯定会疯狂地跳起来。想想就让人激动，我快马加鞭离开队伍向前冲去，雪豹懂得我的心情，欢叫着登上了高坡。

大营安在？

五位兄长安在？

金顶大帐和我们的新毡房安在？

不可能认错地方，究竟发生了什么？

我在愣怔，娜斯塔西娅策马过来，看着远处大惊失色。

马群跟随而来，没有声音，空气已经凝为固体。

雪豹和阿黛尔不催自走，最后在空地上停下脚步。

没错，我们的确回到了忽必烈的大营，站在了熟悉的广场上。忽必烈汗的大帐不复存在，我和娜斯塔西娅的毡房无影无踪，所看到的是惨不忍睹的场面。广场上白骨累累，无法辨认那曾是谁的生命。

长生天啊，我宁愿现在变成瞎子！

一件件快要腐朽的衣物里，看到了四位安答的战袍。

除了五哥，四位安答都已经战死了吗？

我跳下马来发疯般找遍了整个广场，没有发现五哥的战袍，却找全了四位安答的兵器。我只走了一天两夜啊，难道经历了沧海桑田？

“错觉，不是真实的。”娜斯塔西娅大叫。

娜斯塔西娅提醒了我，我仔细观察着这些白骨，死去的时间至少在两个月以上，因为白骨表面已经出现了略微的风化。只离开了一天两夜，根本不可能。

谁能告诉我，看到的是不是幻景？

心存这样的侥幸，强自镇定把八十一匹马拴在残缺的木桩上，正要去看我那座毡房的所在地，隐约听到一声哭号。

五哥，希日巴日。

这是五哥的声音，距离一千米。

我和娜斯塔西娅策马循声而去，五哥应该在工匠们仿制小山鹰的地方。透过稀薄下来的水雾，我看到了披头散发的五哥，他的战袍褴褛，完全像个乞丐。

我跳下马踉跄着跑过去，他看到了我，丝毫没有惊喜，血红的眼睛里喷射着怒火。

“亚玛日窝其日嘎日勃？”

我问五哥发生了什么事情，五哥傻傻地看着我。

“亚玛日窝其日嘎日勃？”我不禁大吼起来。

五哥摇晃着起身举拳打来，拳头碰到胸膛，丝毫没有力量。

就是这样一个动作，他把自己累瘫到我的脚下。

娜斯塔西娅给五哥喂水，他恢复了一些体力，没有用这些能量继续打我，而是用来昏厥，不省人事。

现在所看到的一切，的确超出了我的想象。

我在迷雾中奔波的一天两夜，在这里似乎经历了至少两个月，因为工匠们仿制的小山鹰铁件，已经生锈得不像样子。

我开始相信中了毛伊罕的巫术，手法高妙到无人能解。在这个巫术里，我的时间被毛伊罕偷走，从而给了她突袭或是打击五位安答的机会。

我的判断没错，当五哥醒来，讲述了两个多月以来的事情。

我和娜斯塔西娅在那个中午离开之后，忽必烈汗一直等我们归来。五天过去，除了五位安答，几乎所有人都认为我们逃离了战场。阿里布哥和忽必烈约好的决一死战的日期还没有到，吉达的人马在夜里突袭了大营，勇士们在迷雾中丝毫没有反抗能力，只能坐以待毙，忽必烈无奈率军撤离。

大哥死前吩咐，无论如何等待我和娜斯塔西娅出现。

这根本无关我的生死，他委托五哥验证的是结拜时的誓言。

五哥怎么也想不到，我现身在两个月以后。

五哥艰难地讲述完事情经过，沉默如同石像。

我和娜斯塔西娅无意间对视了眼神，都意识到自身罪孽深重。娜斯塔西娅认为，如果不是她射碎了毛伊罕的罗盘，不会有漫天迷雾，不会有报复，也就没有那么多勇士和四位安答的死亡。我的罪孽更是难以洗脱，和安答们的友谊才刚刚开始，不知道以后要发展到什么程度，现在一切化为了乌有。如果不是和李卓赌气，如果不是极力自我表现，不会和娜斯塔西娅悄悄离开大营，不会幻想着单枪匹马去解救转世神马。

转世神马在阿里布哥的大营里，他的勇士们意气风发。

忽必烈大营失去了转世神马，没有了神的庇佑。

这样强弱立判的战斗，结果可想而知。

我把五哥扶上马，执意让他去看马群和战利品，到了广场上，五哥下马死死抱着箭捆泣不成声。

“六弟，大哥说得对，你没有离开我们。李大人也猜对了，他说你去偷阿里布哥的弓箭，可惜四位哥哥都看不到了。”

我悲伤地说：“五哥，我和娜斯塔西娅中了毛伊罕的巫术，你等待了两个多月，而我们只去了一天两夜。我本不是去偷这些弓箭的，我想把转世神马带回来，没有找到它。”

说到转世神马，猛然想起一件事情，如果按五哥经历的时间，那么陨石早就已经降落了。如果按在黑雾里的时间，降落会在今天上午。

如果现在赶往转世神马被砸的那条河，来得及吗？

来得及，前提是要从1260年瞬间去往两年以后。

可能吗？前提是我要找到陨石降落的地方。

陨石曾降落在哪里，我不知道。

现在只有返回原路找回时间，可是黑雾还在吗？

我和娜斯塔西娅同时意识到这些问题，无可奈何。

很想把真实的念头告诉五哥，五哥哭着从身上解下四个酒囊，塞到我的手里。酒囊存着安答们的体温，就像捧着他们鲜活而愤怒的生命。

手在抖，我的生命负担不了它们的重量。

“他们给你留的，大哥临死之前说，如果你这辈子能喝到，就是没有抛弃兄弟。不管什么原因没有并肩战斗，都可以原谅，这辈子最好的兄弟。”

我知道安答们历来视酒如命，当我下达禁酒令之后，一直严格执行，就连五哥长达两个多月的困顿，都没有喝上一口。

“亚勒嘿赫……”

“敖日格德勒……”

“希德格赫……”

我跪下说我在犯罪。

我跪下说我是逃犯。

我跪下说我该判刑。

酒囊没有回应，如同安答们的沉默。

我的安答，让我怎么做，你们才能重新活着？

我的安答，让我怎么做，你们才能重新活着？

悲伤举天而来，尽管知道受困于毛伊罕的巫术，如果我多一些本领，灾祸就不会发生。是我无能，是我认为无所不能。

睹物思人，深入骨髓的罪恶，如何去承受？

打开四个酒囊，浓烈的马奶酒香刺激着神经。

“喝吧，哥哥们放心了。”五哥哭着说。

一饮而尽，原本香甜的液体进入喉咙苦涩无比。喝的不是酒，是四位安答的友情和信赖。这也是他们的生命，赶往了我的生命里，他们会和六弟合而为一，永远不再分开。

娜斯塔西娅没有阻拦，甚至用眼神给了我鼓励。她认为只有酩酊大醉，酒精才会侵入血液稀释悲痛。

哦呀，娜斯塔西娅跪下来，默默捧着我的脸，我们都看不清对方的容貌。在我和她之间，分别隔着蓝色的海水和白色的雪山。

一片海是北冰洋，一座山是汗腾格里峰。

天地旋转，我在一点点缩小，一点点熔化。

我开始憎恨米娜，为什么不说365个文件都是什么，为什么不肯多给一些本领，让我躲开或是摆平这一切？

大脑和耳朵里开始轰鸣，这是从小听怕了的声音。

好吧，不管是谁，肆意惩罚逃犯吧，他罪有应得！

无尽的懊恼和痛悔，铺天盖地碾轧着良心。此时，特别想让自己堕落，有多深都不顾一切坠跌下去，摔到粉身碎骨。我疯狂拍打着头顶，眼前开始出现粼粼波光，它们像乱窜的飞虫，最广谱的溴氰菊酯都不能杀死。

这是米娜给我的365个文件的碎片？

在这些碎片里，是否有解脱痛苦的程序？

我希望某一个碎片固定下来，它不再飞窜，而是停下来徐徐展开，能够看清上面的信息，告诉我如何在这里继续战斗下去，直至找到可爱的老家伙。或者如何再一次回溯时空，回到两个月之前。如果时光可以倒流，我必定放弃单独行动，和安答们在一起。

哦呀，期待的碎片出现了。真的是碎片吗？它停下来转身，竟是一面长满了冰裂纹的镜子，上面摊着米娜扭曲残缺的脸。没有找到米娜的左眼，尽管她的右眼也不完整，我依然读懂了眼神中的鄙视和不屑。

该死！如同跟女巫的交流一样，她用眼神和我对话。她告诉我这一切根本不存在，它不是现在，也不是过去，更不是未来。我通过时空墙来到的不是真实的1260年，因为时空倒流根本不存在。我现在身处的地方，只是心里的某一个位置，用自私创造的所谓的虚拟世界。这个虚拟世界从五岁就已经开始了，我希望被关注，这种关注必须是善良的，而不是作为江洋大盗之子饱受蔑视。我在自己创造的虚拟世界里永远是主角，最后摇身一变成了英雄。在这个过程中，我可以肆意杀戮认定的敌人，可以不惜牺牲朋友，在成为英雄的道路上可以践踏所有，直到我认为的成功得以实现。

去你妈的！米娜，老子要把你挫骨扬灰！

你这个自以为是的女人，现在要击溃老子的尊严，因为你无法穿过时空墙，所以信口雌黄。等着，等我回去，定用证据绞杀你的自作聪明。

我以为憎恨会震慑到米娜，但她首先出示了证据。当我第一次和娜斯塔西娅穿过时空墙，来到的就是那拉提草原，尽管我说出了理由，没有看到婆婆纳，没有看到金莲花，没有看到假水苏和龙胆，没有见到塔吾萨尼和终年白雪的喀班巴依峰，但是我忽略了七百多年的时空距离，如果再一次去往那里，定会看到我所想看到的一切。

谎言，无耻的谎言。

如果这样推断，我在这片草原上见到的忽必烈，不是忽必烈本人？我在想象中认定的乌珠穆沁不是乌珠穆沁？我在想象中认定的额尔古纳河不是额尔古纳河？我所看到的胡杨树不是胡杨树？我所看到的娜斯塔西娅不是娜斯塔西娅，或者俄罗斯根本不存在这样一个姑娘？那么和我在毡房里亲热的是谁，幻影还是鬼魂？我在看一部立体电影吗？我同时是主演和观众？

“你是谁？”我警觉地看向娜斯塔西娅。

“和你并肩战斗的人。”娜斯塔西娅说。

“装着什么？”我端起小山鹰，钢箭戳着她的心脏位置。

“我们的爱情。”娜斯塔西娅说。

“你在哪里？”我又问。

“我的神虎，在你身边。”娜斯塔西娅又说。

什么是真？什么是假？我居然无从分辨。

胸腔里不知道翻腾什么，就是想呕吐。我拿着小山鹰走到远处，然后迷乱地回身看着五哥和娜斯塔西娅，泪水喷薄而出。

“欢迎来到吉美洛追的虚拟世界。”我仰面摔倒时惨声大叫。

天地翻转了，我现在飞行在天上。

千万要准时，长生天下帖要请我喝酒。

哦呀，听到了长生天的脚步声，确切地说是两个人的脚步声，另一个人定是他老人家的护卫。长生天抱住我，问我从哪里来，为什么晚了两个月。我不敢回答，说的任何话都将是罪证，必须命令自己沉默。

“我的神虎，脆弱是可耻的。”

“六弟，你醉了。”

哦呀，这是娜斯塔西娅的激励，这是五哥的哀伤。

娜斯塔西娅抱着我，滚烫的嘴唇烤着我的脸颊。

“我的神虎，你没有在虚拟世界里，尽管以后会遇到，但现在不是。你不需要自责，需要的是勇气，你的不完美不是因为身世，不需要从罪人之子到英雄的华丽转身，所以请你克制。”娜斯塔西娅冷静地说。

“我……不完美吗？”我愣怔地问。

“我更差一些，所以想用爱情弥补。”

娜斯塔西娅说着俯下头来，吻到我的嘴唇时轻轻咬了一下。

幸福的痛感来袭，娜斯塔西娅是真实的。

五哥是真实的，眼前的累累白骨是真实的。

即将发生的天降陨石是真实的，我要营救转世神马。

应该是醉了，当脑海中的碎片消失，我的眼前模糊一片。我摸到了娜斯塔西娅的肩膀，我让她好好照顾五哥，随后摇晃着身躯走向雪豹。

不用说要去哪里，雪豹懂我的心情。

我用力搂着雪豹的脖子，依稀看到了我们的影子。应该是太阳出来了，一直踏着影子前进，这就是要去的方向，那里有一条河，有转世神马。

大脑和耳朵再次轰鸣，巨响来自马奶酒和风。

我在轰鸣中听到了后面的马蹄声和嘶鸣，这是阿黛尔给出的动静。好吧，娜斯塔西娅就在我的后面，这件事她完全能够做得出来。她要和我在一起，为了我的安危，会毫不犹豫地放弃五哥。

阿黛尔和雪豹并肩前进，稀薄的雾消散，空气彻底透明。

大汗淋漓，马奶酒的副作用。当我感到全身发冷，西天出现了一道红光。哦呀，天降陨石要开始了吗？可我距离那条河还有两年，如何压缩将近两万个小时的光阴？只管拼命狂奔，这样跑下去，才能争取到解救转世神马的机会。

西天的红光面积越来越大，色彩越来越浓。

前面出现一条大河，那是转世神马的丧命之地吗？

也许是的，如果不是，为什么现在横陈在这里？

河水被天光映得如同妙手抛出的红色贡缎，雪豹和阿黛尔疾速前冲，这时我才感到心里堆砌着悲哀。即使此河是彼河，转世神马会在对岸，要想解救它，还要蹚过宽阔的河面。

为什么看不到温都根查干，你在哪里？

时间，你给我机会吗？

雪豹和阿黛尔早闻到了河水如同血水般的味道，它们的臀部忍受着鞭挞，愤怒地嘶鸣着加速。就在从岸上一跃而起还没有入水的空当，它们的身体在飞行，速度却极其缓慢，如同电影的慢动作，要想踏入河水需要很久很久。

哦呀，持续飞行的过程中，西边漫天的红光消散，被一个疾速坠落的白点替代。雪豹和阿黛尔入水了，血液般的河水被溅起，我在从下而上飞腾的红浪中，看到白点在扩散，听到震耳欲聋的轰鸣。

陨石已经落地。

雪豹和阿黛尔不再前进，呆立在河水之中。

营救转世神马的计划落空。

突然感觉天旋地转，河水从平面缓缓直立起来。还以为这是巨大的悲痛袭击了我的心，从而给眼睛造成了错觉，但很快听到了娜斯塔西娅的惊叫，因为她的头从下而上仰着，也被眼前的景象惊呆。

强迫自己，看到的一切不是真实的。

刚刚大醉过，我的骨肉里还有酒精的余孽。

可是……可是我的眼睛告诉我，这一切无比真实。

乌德巴勒死城，我看到了远处的乌德巴勒死城。

我看到了无边的帐篷，帐篷边缘有一条河，就像现在身处的这条河流一样，两匹马站在河水当中。

我看到了骑在雪豹上的自己。

旁边同样是娜斯塔西娅，右臂张开，要拿小山鹰的动作。

难道在另一个时空里，还有一个我和娜斯塔西娅？

眼前这两个人充满了愤怒，用小山鹰对准我和娜斯塔西娅。

无论如何，无法解释看到的一切。

我感觉思维停止不动，听到了对面的我发出的怒吼。

这声音沉闷且带着回响，被直立的水幕从对面折射过来。

“吉美洛追，你现在还有什么？为了你的英雄梦，完全不惜抛弃一切。你丢弃了养育你的老家伙，如今生死不明；你辜负了科孜朵勒达克，从没想让她复活；你抛弃了陪你长大的城市，它已经是一座巨大的坟墓；你有爱情，那是自私的欢愉；你用酒精麻醉罪孽，你用无能再次害死转世神马。你这不折不扣的罪人，蒙古人的公敌，死期到了！”

（第一部完。敬请期待“喀纳斯谎言”系列第二部）

“喀纳斯谎言”系列第二部内容简介

回到乌德巴勒死城的路途艰难无比，现实中的死城更比离开时凶险。若尔巴吕斯市长还活着，十天后的死亡讣告却惊现报端；米娜作为传人被毛伊罕掳走；洪森整日躺在白桦树下如同僵尸；储存在吉美洛追脑海中的记忆映像被修改，军警双方断然开始了阻止时光倒流的惊天计划。

除了吉美洛追，计划无人能够完成，他再次成为被蒙在鼓里的一颗棋子。当吉美洛追将洪森带入760年前，毛伊罕早已把米娜脑海中所有关于丈夫的记忆删除。洪森为了拯救米娜，不惜和吉美洛追成为死敌，归顺了阿里布哥的大营。

库尔佩娜依赠送的神奇防弹衣并没有保护吉美洛追，反而屡屡发生怪事。蒙古人都在寻找转世神马，吉美洛追分明看到它站在河流中央，在别人眼里却是一朵像马的白云倒影。究竟发生了什么事情，吉美洛追突然从英勇果敢变得犹豫不决，胸膛里还有了一颗隐形心脏，难道这是传说中的人马合一？

吉美洛追承受着来自现实和虚拟世界的双重逼迫，娜斯塔西娅是唯一的安慰，可是当二人激情缠绵之时，苦寻不见的转世神马竟从胸膛里蹦出，怪异的心跳频率，让娜斯塔西娅变得石头般僵硬。

毛伊罕一步步引诱吉美洛追错下去，军警双方的计划不幸做了帮凶。两军阵前，毛伊罕施展巫术，让所有人都以为吉美洛追杀死了转世神马，从而进入了密咒的惩罚。

在惩罚中，吉美洛追何以生存？来之不易的爱情，还能不能延续？倘若大难不死，能否发现自己原来一直被谎言操纵，从而愤然结束这虚枉的征程？吉美洛追在意生死，还是在意爱情？